KNAUR

Über die Autorin:
Gabriele Wünsch wurde an der Deutschen Journalistenschule in München ausgebildet. Der Beruf und das Leben führten sie u. a. als Mitarbeiterin von Tageszeitungen und Redakteurin bei Frauenzeitschriften nach Berlin, München, Hamburg und Offenburg. Nach Ratgebern zu den Themen Psychotherapie und Familienbeziehungen ist »Die Frühlingsfrau« der erste Roman der Autorin. Sie lebt heute in einem kleinen Ort am Schwarzwaldrand.

Gabriele Wünsch

Die Frühlingsfrau

Roman

KNAUR

Das Zitat auf S. 56 ist entnommen aus:
J. R. R. Tolkien. Der Herr der Ringe. Band 1: Die Gefährten.
Aus dem Englischen von Wolfgang Krege (Wolfgang Kreges Übersetzung aus dem Jahr 1999 wurde für diese Ausgabe vollständig neu durchgesehen und korrigiert).

Besuchen Sie uns im Internet:
www.knaur.de

FSC
www.fsc.org
MIX
Papier aus verantwortungsvollen Quellen
FSC® C083411

Originalausgabe Mai 2014
Knaur Taschenbuch

Redaktion: Dr. Gisela Menza
Umschlaggestaltung: ZERO Werbeagentur, München
Umschlagabbildung: Gettyimages, CSA Images/Mod Art Collection; FinePic®, München
Satz: Adobe InDesign im Verlag
Druck und Bindung: CPI books GmbH, Leck
ISBN 978-3-426-51478-8

2 4 5 3 1

Wenn ich wüßte /
wo das ist /
ginge ich heim

Anne Beresford Heimweh,
in: *Sonnenlicht im Obstgarten,*
BABEL Verlag: Denklingen 2011,
übersetzt und herausgegeben
von Kevin Perryman,
S. 11.

Teil I

Der Aufbruch

1

Susanne hatte Sandra Westhoff beobachtet, vom ersten Moment an, als sie die Agentur betrat. Mit ihrem Hyänenlachen. Mit diesem Gang, betont lässig und doch wie ein Ausrufezeichen. Sandra war die Art von Frau, die sich mit den richtigen Leuten traf, Leuten, die man privat kennen sollte, um vorwärtszukommen. Sie repräsentierte alles, was Susanne verachtete.

Ihr wurde schnell klar, worauf es hinauslief. Sandra würde die Leitung der Agentur übernehmen. Sie war sechsunddreißig. Sie war hungrig. Sie hatte ein Ziel. Die ganze Generation war so verdammt zielbewusst. Leitende Position. Eigentumswohnung. Umwerfender Partner. Eine Generation von Selbstoptimierern, die keine Ahnung davon hatte, dass man genau in dem Moment den Verstand verlieren könnte, in dem man im Supermarkt vor der Tiefkühltruhe steht. Weil alles so einfach ist. Und so absurd. Susanne fühlte sich manchmal wie die letzte Hüterin des Wissens einer untergegangenen Kultur.

Die Werbeagentur Ochsenfrosch belegte den dritten Stock einer ehemaligen Schraubenfabrik. In den Anfängen der Agentur gab es im Rückgebäude noch einen Rest der Produktion. Besprechungen wurden gelegentlich vom Rumpeln eines Lastwagens in der Tordurchfahrt übertönt. Auf dem kleinen Platz vor der Fabrik hingen Junkies herum. Sechzehn-

jährige in ballonseidenen Jogginghosen führten ihre Pitbulls Gassi.
Es war Mitte der achtziger Jahre, 20. Jahrhundert. Texte schrieb man auf Kugelkopfschreibmaschinen. Layouts wurden geklebt. In Ottis Bratwursteck gleich auf der anderen Straßenseite versorgte sich das Ochsenfrosch-Gründungsteam mit Currywurst, Pommes rot/weiß und Holsten-Bier. Mehr als ein Vierteljahrhundert war seitdem vergangen. Die letzten Industriebetriebe hatten Ottensen verlassen, genauso wie die Junkies und die Pitbulls. Die Gegend war fest in der Hand von Kreativschmieden und spät gebärenden Öko-Eltern. Im ehemaligen Bratwursteck verkaufte jetzt Harrys Slowfood-Kantine Rucola-Traubenrisotto an Wachtelbrüstchen für achtzehn Euro die Portion. Die Stehtische waren mit Damast gedeckt.
Immerhin servierten sie dort einen anständigen Milchkaffee. Susanne balancierte den randvollen Becher zu einem Tisch am Fenster. Sie schaffte es nie, sich zu Hause noch mit dem ersten Koffeinschub des Tages zu versorgen. Natürlich hätte sie auch in der Agentur ihren Kaffee trinken können. Eine von Sandras ersten Maßnahmen als Chefin war die Anschaffung einer chromglänzenden italienischen Espressomaschine. Doch Susanne mied die morgendlichen Plauderrunden der eintrudelnden Kollegen. Es waren inzwischen zu viele Leute da, die nichts als belanglosen Quatsch redeten. Bei der Vorstellung, in ein paar Minuten wieder in das Geplapper und Geflatter eintauchen zu müssen, stieg bleierne Müdigkeit in ihr auf. Ein plötzlicher körperlich spürbarer Widerwille, der sie so erschreckte, dass der Kaffee überschwappte und Flecken auf der blütenweißen Decke machte. So kannte sie sich nicht. Sie hatte immer gern gearbeitet.
Ein Klopfen an die Scheibe riss sie aus ihren Gedanken. Draußen stand Katharina Behrends, Juniortexterin in der Agentur.

Mit einer fragenden Geste wies sie auf den Platz neben Susanne. Die winkte sie mit einem Nicken herein. Sie mochte Katharina. Im Gegensatz zu vielen anderen hoffnungsvollen Nachwuchskräften hatte sie etwas im Kopf.

»Mensch, Susanne, das ist gut, dass ich dich hier sehe. Ich wollte dich letzte Woche schon was fragen, aber in der Agentur weiß man ja nie, wer zuhört.« Schwungvoll stellte Katharina ihre Handtasche auf den Tisch. »Geiler Parka übrigens. Wo hast du den her?«

Susanne lächelte. Es war kaum vorstellbar, dass Katharina jemals in ihrem Leben einen Parka anziehen würde. An diesem Morgen trug sie knallrote Highheels, gelbe Strümpfe, einen giftgrünen superkurzen Rock, eine blau-weiß getupfte Bluse und darüber ein Kostümjäckchen. Wie es aussah, alles original sechziger Jahre, wahrscheinlich erstanden in einem dieser Secondhandshops, die Katharina so liebte. »Danke. Ist einer meiner Lieblingsparkas. Habe ich vor Jahren in London gekauft. Was wolltest du mich fragen?«

»Es geht um all diese Gerüchte über Umstrukturierungen in der Agentur, bessere Synergien, effektivere Teams. Klingt ja alles super, aber es heißt, es müssten Leute gehen.« In Katharinas Augen lag echte Sorge. »Ich wollte dich fragen, nun ja, du weißt ja sicher mehr darüber als wir anderen ... Ich habe doch gerade diese neue Wohnung gefunden, morgen soll ich den Mietvertrag unterschreiben. Aber ich bin als Letzte gekommen, und wenn sie mich als Erste rausschmeißen ...«

Susanne zögerte. Es löste in ihr ein seltsames Gefühl aus, dass die junge Kollegin zu glauben schien, sie sei im Besitz von Herrschaftswissen. »Dich gehen zu lassen wäre die schwachsinnigste Entscheidung, die Sandra je getroffen hat. Außerdem bist du schön billig. Da sparen sie eher mein Gehalt ein.«

Katharina lachte. »Hör auf, ohne deine Erfahrung wäre der Ochsenfrosch aufgeschmissen. Aber danke, jetzt geht es mir echt besser.« Sie sah erleichtert aus. »Na ja, ich begebe mich rüber in die Höhle des Löwen. Bleibst du noch?«

»Einen Moment, ja.«

»Dann bis gleich.«

Susanne sah ihr nach, wie sie über die Straße eilte. Sie kannte niemanden, der auf so hohen Absätzen so schnell laufen konnte. Sie glaubte nicht an anstehende Umstrukturierungen in der Agentur. Sie war überzeugt, dass Sandra selbst die Gerüchte forcierte. Das war ihr Erfolgsrezept. Je unsicherer sie wurde, desto mehr Druck machte sie anderen.

2

Zehn Minuten später überquerte auch Susanne die Straße. Es war einer dieser typischen Hamburger Frühlingstage, die morgens früh mit Sonnenschein täuschen, um zwei Stunden später graue Wolkenschlieren über den Himmel zu jagen. Sie fröstelte und zog den moosgrünen Parka fester um sich. Er war wirklich eines ihrer Lieblingsteile, weit geschnitten, an Ärmeln und Rücken mit Phantasieblumen bestickt, die Kanten wiesen leichte Abnutzungsspuren vom vielen Tragen auf.

Ein Parka war für Susanne mehr als ein Kleidungsstück. Ein Parka war ein Lebensgefühl. Seit ihren Zeiten als Soziologiestudentin lief sie in Jeans und Parka durch die Welt. In über fünfundzwanzig Berufsjahren als Werbetexterin war sie diesem Stil treu geblieben, selbst in der Phase, in der sie in Frankfurt in einer der ganz großen Agenturen arbeitete. Ihr Zugeständnis an die Branche waren edle Mokassins und Kaschmir-Twinsets. Für Kundenpräsentationen besaß sie zwei schwarze Blazer. Sie fühlte sich darin verkleidet.

»Kind, wie sieht das nur aus, diese abgewetzten Klamotten, und das in deinem Alter. Du bist doch nun auch schon über vierzig.« Susanne verlangsamte den Schritt. Warum dachte sie ausgerechnet jetzt an diesen Satz, mit dem ihre Mutter sie bei jedem Besuch zu empfangen pflegte? Ihre Mutter war seit acht Jahren tot. Es war ein merkwürdiger Montag.

In rasantem Tempo röhrte ein schwarzes Porsche-Cabriolet heran. Susanne musste nicht hinschauen, um zu wissen, wer es fuhr. Schwungvoll parkte Sandra auf dem Bürgersteig direkt vor dem Aufgang zur Agentur. In ihrer blonden Mähne steckte trotz des verhangenen Wetters eine Sonnenbrille. Beim Aussteigen winkte sie Susanne mit der rechten Hand beiläufig zu. Mit der linken drückte sie ihr Smartphone ans Ohr.
Sandra trug eines ihrer Dressed-to-kill-Outfits – einen schwarzen Hosenanzug, Jill Sander, schätzte Susanne, darunter ein schwarzes T-Shirt mit einem Ausschnitt, der sich gerade so vom Rande der Dreistigkeit fernhielt. Für den Nachmittag stand ein Besuch von Richard van Bromen ins Haus. *Dem* Richard van Bromen, lebende Legende der Werbeszene, der als Einmannunternehmen angefangen hatte und mit einer inzwischen weltweit agierenden Agenturkette zum Millionär geworden war. Rick, wie Sandra zu sagen pflegte. Seit fünf Jahren gehörte der Ochsenfrosch zu seinem Imperium.
Ohne ihr Telefongespräch zu unterbrechen, hievte Sandra vom Beifahrersitz ein in Geschenkpapier eingewickeltes Paket hervor. Susanne beschloss, nett zu sein, und wartete, um ihr die Eingangstür aufzuhalten.
»Nein, Schatz, natürlich müssen wir das nicht jetzt sofort entscheiden. Aber ich sage dir, wenn wir diesen traumschönen Bungalow direkt am Strand wollen, kann ich Fernando nicht erst einen Tag bevor wir kommen anrufen … Sicher, Schatz, aber ich habe keine Lust, in irgendeiner Hotelklitsche zu landen, die gerade noch frei ist. Außerdem kriegen wir den Bungalow zu einem Superpreis … Da haben wir nun aber schon ein paarmal drüber gesprochen, Schatz.« Sandras Stimme bekam einen genervten Unterton. Im Vorbeigehen warf sie Susanne einen Gott-diese-Männer-Blick zu, den diese geflissentlich ignorierte.

Es war kaum möglich, in der Agentur zu arbeiten, ohne über Sandras Freizeitaktivitäten informiert zu sein. Der Klingelton ihres Handys – eine weibliche Stimme, die mit französischem Akzent lasziv hauchte »Oh, ooh, Liebling, isch glaube, da isch ein Anrüf« – durchzog den Tagesablauf mit dem Nervfaktor von auf Glas quietschendem Metall. Sandra nahm auch in Besprechungen Privatgespräche an. So bekam jeder mit, wie sie mit Schatz die Gestaltung des Abends plante, mit Dodo vom Tennisclub das Catering beim nächsten Event oder mit Paps und Mom die gemeinsame Kurzkreuzfahrt.

»Wir müssen uns gleich mal zusammensetzen und überlegen, was wir machen, wenn Rick heute Nachmittag kommt.« Sandra hatte ihr Telefonat beendet und wandte sich Susanne zu. Die runzelte die Stirn.

»Was wir machen? Ich dachte, wir führen ihm unsere Präsentation vor.«

»Ja, sicher. Aber wir müssen uns noch etwas Witziges drum herum einfallen lassen.«

»Warum das denn?«

Sandra bedachte sie mit einem indignierten Blick. »Er hat doch heute Geburtstag.«

»Das wusste ich nicht. Dann ist das da wohl für ihn.« Susanne deutete auf das Paket unter Sandras Arm.

»Eine Kleinigkeit. Er sammelt doch alte Spieluhren. Und zufällig habe ich eine total witzige entdeckt.«

»Na, das ist aber reizend.« Es sollte ironisch klingen und verfehlte seine Wirkung nicht. Sandras Lippen wurden schmal. »Aber ganz ehrlich, ich glaube nicht, dass er ein Ständchen von uns erwartet«, fuhr Susanne fort. »Er erwartet ein knackiges Konzept, und das würde ich gern heute Morgen noch mal mit dem Team durchgehen. Die Geburtstagsparty können wir ja dann hinterher besprechen.«

»Wie du meinst. Wenn du dir deiner Sache so unsicher bist ...« Sandra straffte die Schultern. »Aber bei der Besprechung will ich dabei sein.« Damit wandte sie sich ab und nahm die letzte Treppe zur Agentur im Stechschritt.

3

»Na, hast du unsere große Anführerin schon am frühen Montagmorgen geärgert? Madame sah ganz schön genervt aus, als sie reinkam.«
Susanne blickte kurz von dem Präsentationskonzept auf, bevor sie sich wieder ihren Notizen zuwandte. Im Türrahmen lehnte David Wittmann, der Webkonzeptioner der Agentur, einen Stapel mit Ausdrucken in der Hand. »Nie würde ich jemanden ärgern, lieber David, das liegt nicht in meiner Natur.«
David lachte. Ungeachtet Susannes Geschäftigkeit schlenderte er herein, ließ sich auf ihrem Besucherstuhl nieder und angelte in dem Glas mit Süßigkeiten, das sie für Besprechungen immer auf ihrem Schreibtisch stehen hatte, nach Cremehütchen.
»David, ich weiß wirklich nicht, wie du das machst. Du stopfst von morgens bis abends Süßkram in dich hinein und hast trotzdem eine Figur wie Adonis.«
»Was soll ich sagen? Wen die Götter lieben …« Genussvoll ließ er die Cremehütchen im Mund zergehen. Jeder, ob Frau oder Mann, musste ihn immerzu ansehen; er war so attraktiv, bewegte sich so anmutig. Manchmal erinnerte er Susanne an eine edle Rassekatze. David verstand es, Leuten, von denen er etwas wollte, um die Beine zu streichen und hinreißend zu schnurren. »Für wen ist denn das Paket, mit dem Sandra sich da abgeschleppt hat?«, fragte er beiläufig.
»Na, für Rick.« Susanne sprach den Namen mit dem gleichen

bedeutungsvollen Unterton aus, den Sandra hineinzulegen pflegte. »Wo er doch heute Geburtstag hat. Natürlich nur eine Kleinigkeit. Wie es aussieht, dürfen wir alle Happy Birthday singen, wenn sie es ihm überreicht.«
»Wie peinlich ist das denn? Die schreckt aber auch vor nichts zurück, um sich bei ihm einzuschleimen.«
Susanne ließ das unkommentiert. Sie hatte gelernt, mit ihren Äußerungen David gegenüber vorsichtig zu sein. Auch seine Loyalität war von katzenhafter Geschmeidigkeit. »Bist du so weit mit dem Webauftritt für die Präsentation?«, brachte sie das Gespräch in eine professionelle Richtung.
»So gut wie. Nur noch etwas Feintuning.«
»Mach mich nicht fertig. Wie du weißt, will ich mich in einer Stunde mit euch noch mal zusammensetzen, da muss das Ding stehen.«
»Keine Sorge, Frau Creative Director. Verschon mich mit diesem Studienrätinnenblick, sonst zeig ich dir nicht, was ich im Netz gefunden habe.« Grinsend zog er einen DIN-A4-Ausdruck aus seinem Stapel und schob ihn Susanne hin.
Sie starrte auf das Foto, das vor ihr lag. Zwei Frauen und drei Männer, versammelt um einen Resopaltisch, auf dem viele leere Bierflaschen standen. »Ich fasse es nicht. Wo hast du das aufgetrieben?«
»Blog eines Freundes. Der sammelt solche Juwelen aus den goldenen Jahren der Werbebranche. Das Lockenköpfchen neben Peer Hörnig bist doch du, oder? Ging ja lustig zu anno ’85 beim Ochsenfrosch.«
Susanne hatte wenig Lust, Davids erwartungsvolle Neugier auf eine War-eine-wilde-Zeit-Story zu befriedigen. Sie versuchte sich zu erinnern, wer an diesem Abend fotografiert hatte, an dem sie ihren ersten großen Auftrag feierten. Zu viert oder fünft waren sie spontan in Ottis Imbiss rübergezogen. Peer

Hörnig, der Gründer und kreative Motor der Agentur, spendierte Bratwurst, Pommes und Bier. Er war der klügste Kopf, dem Susanne jemals in der Branche begegnet war. Es tat ihr seltsam weh, sich selbst als diese strahlende junge Frau zu erkennen, die mit ihm auf ihren erfolgreichen Slogan anstieß. Von der Dauerwelle im Afrolook ganz zu schweigen.

»Warst damals aber noch ein Küken«, unterbrach David ihre Erinnerungen.

»Na ja, ich war …« Sie stutzte überrascht. »Ich war sechsundzwanzig, wie Katharina heute.« Während sie es sagte, begriff sie, dass sie unvorsichtig gewesen war. Sie hörte förmlich die Rechenaktion in Davids Kopf.

»Dann bist du jetzt … dreiundfünfzig? Das hätte ich nicht gedacht.« Sein Erstaunen wirkte echt. Es war nicht so, dass Susanne ein Geheimnis aus ihrem Alter machte, aber sie ging damit auch nicht in der Agentur hausieren. Sie fühlte sich nicht wie »eine Frau über fünfzig«. Sie lehnte es ab, in solchen Kategorien zu denken. Davids Reaktion zeigte ihr wieder einmal, dass sie immer noch für jünger gehalten wurde.

»So what«, sagte sie betont gleichgültig, »zurück an die Arbeit. Wir sehen uns nachher.«

»Aye, Aye, Madame.« Er salutierte lässig.

»Idiot.« Susanne grinste. »Ach, und danke für das Foto.«

4

Auch Richard van Bromen sah man nicht an, dass er an diesem Tag vierundsechzig wurde. Graue Locken umrahmten ein sonnengebräuntes, jungenhaftes Gesicht. Er trug Jeans, Kaschmirpulli und ein Surferarmband aus geflochtenem Leder. Den rechten Fußknöchel lässig auf das linke Knie gelegt, die Hände im Nacken verschränkt, lehnte er sich auf seinem Stuhl am Kopf des Konferenztisches zurück und wippte mit der Lehne. Eine typische Pose. Susanne kannte sie nur zu gut. Die Werbelegende dachte nach über das, was das Agenturfußvolk ihr soeben als Konzept präsentiert hatte. Keiner wagte diesen Denkprozess durch eine voreilige Bemerkung zu unterbrechen.

Fünf Augenpaare hingen in Erwartung des Urteils an van Bromen. Katharina kaute an einem Bleistift. Die Praktikantin neben ihr, deren Namen Susanne sich nicht merken konnte – diese Zwanzigjährigen sahen alle gleich aus und hießen immer Luisa oder Vanessa –, hatte vor Aufregung über ihr erstes Treffen mit dem berühmten Agenturboss rote Hektikflecken am Hals. David schaffte es, gleichzeitig konzentriert und bewundernsvoll auszusehen.

Sandra trug ihr demonstratives Ich-bin-entspannt-Lächeln zur Schau, das sie aufsetzte, wenn sie nervös war. Der Ochsenfrosch hatte in den letzten Monaten zwei wichtige Kunden verloren. In Krisenzeiten wurde der Kampf um große Werbeetats

immer härter. »Wir müssen noch besser werden, noch überraschender, wir müssen unverbraucht und neu denken«, war van Bromens Order.
Es überraschte Susanne nicht, dass Sandra seitdem eine panische Grundstimmung in der Agentur verbreitete. Sie konnte sich gut verkaufen, doch sie hatte keine Ahnung von Werbemagie. Wenn sie einen Kampagnenentwurf beurteilen sollte, fing sie an nach Luft zu schnappen wie ein Fisch auf dem Trockenen. Sie ließ es sich nicht anmerken. Susanne merkte es trotzdem. Die Teambesprechung am Vormittag, bei der Sandra unbedingt hatte dabei sein wollen, war ein typisches Beispiel für ihre Fähigkeit, viel Wind zu machen, ohne inhaltlich etwas beizutragen.
»Der Weg. Das Ziel. Das Auto.« Van Bromen hatte seine Denkphase beendet. Er deklamierte den Slogan, den Susanne zuvor präsentiert hatte, wie eine Phrase aus einer griechischen Tragödie. Sinnend blickte er in die Runde. »Das hat was. Das hat schon was. Hm.«
Er griff sich die Zeichnungen, mit denen der Artdirector die Schlüsselszenen des geplanten Werbespots umrissen hatte. Es ging um einen neuen Komfort-Geländewagen, eine Autoklasse, die wegen der angenehm hohen Sitzposition gern von älteren Kunden gefahren wurde. Als besonderer Kaufanreiz waren zwei E-Bikes nebst Fahrradträger im Preis inbegriffen.
Im Werbekonzept von Susannes Team fuhr der Wagen durch eine einsame Traumlandschaft. Ihr schwebten die Canyonlands im Südwesten der USA vor. Plötzlich ein Schild: Road Ends. Die Autobesitzer, ein Paar um die vierzig, stiegen aus, nahmen die E-Bikes vom Träger und radelten damit in die untergehende Sonne hinein. Während die Kamera ihnen nachblickte, wurde über der Szene der Hauptslogan der Kampagne eingeblendet: Der neue Katanka – Faszination Freiheit.

»Sie finden das also gut, Susanne?« Van Bromen hob bei der Frage nicht den Blick von den Scribbles.

»Selbstverständlich. Für mich trifft es das Sehnsuchtsmoment, das im Kauf so eines Wagens liegt. Auch wenn man die Kiste jeden Abend brav in der Garage abstellt, möchte man das Gefühl haben, am nächsten Morgen damit überallhin aufbrechen zu können.«

»Ah, die Meisterin der Emotionen. So nannte Peer Sie doch, nicht?« Van Bromen lächelte versonnen. »Aber ich weiß nicht, ich weiß nicht, irgendwas ...«

»Es fehlt noch ein Song, den wir über das Ende der Szene legen wollen, das hatte ich ja eingangs gesagt.« Susanne versuchte sich die Irritation über die Erwähnung Peer Hörnigs nicht anmerken zu lassen. »Ich denke da an was von Bob Dylan. Richtung ›Like a Rolling Stone‹.«

»Hm.« Van Bromen wippte wieder.

Sandra beugte sich vor, zog die Zeichnungen zu sich heran und studierte sie, als sähe sie sie zum ersten Mal. »Ich muss sagen, dass es mir da geht wie dir, Rick. Irgendwie ...« Sie schüttelte vage den Kopf.

Susanne verspürte Lust, aufzustehen und ihr ins Gesicht zu schlagen. Was für eine Demonstration höchster Sandra-Kunst. Mit seismographischer Intensität hing ihre Aufmerksamkeit an van Bromen. Sobald ihre inneren Sensoren in seiner Gefühlslage einen Ausschlag nach oben oder unten registrierten, richtete sie in Sekundenbruchteilen ihre Meinung danach aus.

»Tja, was ihr da ausgearbeitet habt, ist schon nicht schlecht. Aber da müsst ihr noch mal ran.« Mit einem entschiedenen Ruck setzte van Bromen sich auf. »Da ist mir zu viel Seniorendenke drin. Kinder, ich sage es euch, werdet überraschender, jünger. So, und jetzt will ich mein Geschenk auspacken.«

Zu Sandras sichtlicher Enttäuschung hatte er das Paket, das sie ihm bei seiner Ankunft in der Agentur überreichte, mit den Worten »Erst die Arbeit!« achtlos beiseitegestellt. Nun riss er das Geschenkpapier ungeduldig auf.
»Mensch, Sandra, du bist verrückt, so was Teures. Wo hast du denn die gefunden?« Vorsichtig hob er eine mit kunstvollen Intarsien geschmückte Holzschatulle aus der Verpackung und stellte sie auf den Tisch, damit alle sie bewundern konnten.
»Verrat ich nicht.« Sandra platzte fast vor Stolz über seine Begeisterung.
Van Bromen klappte den Deckel der Schatulle hoch. Auf einer kleinen Empore begann eine Tänzerin aus Porzellan sich zu traurigen Walzerklängen zu drehen.
»Das ist ja mal eine tolle Geschenkidee.« David schenkte Sandra sein strahlendstes Lächeln. Susanne bedachte ihn dafür mit einem Na-du-possierlicher-kleiner-Schleimer-Blick. Er tat, als würde er ihn nicht bemerken.

5

Der graue Tag war in einen überraschend blitzblanken Abend übergegangen. Neunzehn Uhr fünfzehn zeigte die Statuszeile im Rechner. Vom Flur drangen die Stimmen Davids und der Praktikantin herein. Im Druckerraum gegenüber spie der Printer Seite um Seite aus. Susanne war klar, wer da so fleißig war, ehe sie das Stakkato von Katharinas Absätzen auf dem Holzboden hörte.

Sandra war schon seit halb sieben weg. Sie hatte die Vorgabe hinterlassen, bis zum nächsten Morgen eine junge, absolut überraschende Alternative für die Katanka-Kampagne zu entwickeln. Pflichtgemäß surrten die Dynamos der Agentur. Susanne trat ans Fenster und sah gedankenverloren hinunter in den Innenhof des Fabrikgebäudes. Wo einst Lastwagen beladen wurden, schufen jetzt Sitzecken, umrahmt von Kübeln mit japanischem Ahorn und Liguster, eine Kommunikationsfläche für die Kreativen aus den umliegenden Büros. So stand es in dem Prospekt, der Hamburg-Touristen auf Entdeckungstour in die industrielle Vergangenheit Ottensens locken sollte. Es saß selten jemand dort unten. Die Kommunikationsfläche war ein Nicht-Ort geblieben.

Mit einem dumpfen Schlag prallte etwas von außen an die Scheibe. Susanne fuhr zusammen. Auf dem Fenstersims hockte zitternd ein kleiner braungrauer Vogel. Ein Spatz? Wahrscheinlich war es ein Spatz. Es kam immer mal wieder vor, dass

Vögel bei tiefstehender Sonne gegen das reflektierende Glas knallten. Der Spatz saß eine Weile regungslos da, wie betäubt. Dann schüttelte er sich, bewegte vorsichtig die Flügel und ließ sich von dem Sims fallen. Mit angehaltenem Atem erwartete Susanne den Aufschlag auf dem Boden. Doch in Höhe des ersten Stocks stieg der Vogel plötzlich wieder nach oben. Etwas wacklig, aber zielstrebig flatterte er über das gegenüberliegende Dach davon. Sie sah ihm nach, bis er verschwunden war. Dann fasste sie einen Entschluss.

Sie schaltete den Computer aus und griff ihren Parka und den Rucksack. An der Zimmertür kehrte sie noch einmal zum Schreibtisch zurück, um das Foto in die Tasche zu schieben, das David ihr gegeben hatte.

»Du gehst?« Katharina kam aus dem Druckerraum und machte große Augen.

»Ja, ich muss los. Im Seniorenheim gibt es montagabends Toast Hawaii. Das will ich auf keinen Fall verpassen.«

»O Mann, ist das heute ein beschissener Tag.« Das kam aus tiefster Brust.

Susanne lachte. »Wir haben noch zwei Wochen bis zur Kundenpräsentation. Mach dich nicht verrückt mit dem Gedanken, dass bis morgen früh ein total neues Konzept stehen muss.« Katharina sah sie zweifelnd an. »Keine Sorge, ich nehm das auf meine Kappe. Und ich kram nachher auf jeden Fall in meiner Plattensammlung, mit welchem Song wir die Seniorenversion total überraschend aufpeppen können.«

6

Tief atmete Susanne die kühle Abendluft ein. Es war mehr als merkwürdig, in der Schlussphase einer Kampagnenvorbereitung um halb acht Feierabend zu machen. Wie viele Abende ihres Lebens hatte sie in der Agentur verbracht? Zu Peers Zeiten bestellten sie oft noch um Mitternacht eine Runde Pizza und Bier. Wenn dann morgens um drei eine Idee geboren wurde, die das gewisse Funkeln hatte, gab es wenig, das sich lebendiger anfühlte.

Sie vermisste Peer Hörnig. Sie war einen langen Weg mit ihm gegangen. Er gab ihr als abgebrochener Soziologiestudentin eine Chance. Er holte sie zurück, als sie nach acht Jahren in großen Agenturen all die dort versammelte Wichtigkeit zu hassen begann.

Dann wurde er krank.

Während Susanne durch die Straßen in Richtung ihrer Wohnung nah der Elbchaussee lief, fiel die Erinnerung wie ein Schwarm kreisender Vögel über sie herein. Es war auch Mai, im Frühling 2004, als Peer ihr sagte, wie ernst es um ihn stand.

Sie saßen im Maisenberg, einer Ottensener Kneipeninstitution. Er qualmte filterlose Gitanes und beobachtete durch den Rauch die Wirkung seiner Worte.

»Richard van Bromen hat mir ein Angebot gemacht. Er ist interessiert daran, den Ochsenfrosch zu übernehmen.«

»Ist er doch schon lange. Du wirst ja wohl nicht darauf eingehen, Peer. Das wäre das Ende von allem, was wir bisher als Philosophie hochgehalten haben.«
Er schüttelte den Kopf. »Muss nicht passieren. Nicht, wenn ein vernünftiger Mensch an meiner Stelle die Agentur weiterleitet.«
»Wer sollte das sein?«
»Na du, Sanna. Übernimm du den Ochsenfrosch. Ich kann das beim Verkauf zur Bedingung machen.«
»Ach Peer, du weißt doch, warum ich aus Frankfurt zurückgekommen bin. Was ich da erlebt habe, war reines Van-Bromen-Denken, das Hohelied der Technokraten und Marketingstrategen. Wenn ich ganz oben mitspielen will, muss ich werden wie sie.«
»Du bist aus Frankfurt zurückgekommen, weil der Ochsenfrosch dein Zuhause ist. Denk darüber nach, ich bitte dich.«
Reifenquietschen riss Susanne zurück in die Gegenwart. »He, Alte, wohl verrückt geworden.« Der Kamikaze-Mountainbiker, der ihr gerade noch ausweichen konnte, als sie ohne zu schauen die Straße überquerte, beschimpfte sie über die Schulter.
Sie hatte über Peers Angebot nachgedacht, eine schlaflose Nacht lang. Am nächsten Morgen sagte sie ihm, dass sie nicht seine Nachfolgerin werden könne.
Der Ochsenfrosch fiel an van Bromen. Die Sandras kamen in die Agentur. Peer Hörnig starb nur ein Jahr später. Susanne fürchtete immer noch, dass er ihre Entscheidung bis zuletzt nicht verstand.
Sie beschleunigte ihren Schritt. Bis acht war der Weinladen am Ottensener Marktplatz geöffnet. Zu trinken und alte Platten zu hören schien ihr ein angemessener Abschluss dieses Tages zu sein.

7

Vor dem Biogemüseladen an der Ecke stand ein grauhaariger Mann mit einer Babytrage vor dem Bauch. Im Vorbeigehen registrierte Susanne die beschützende Geste, mit der er dem Kind die Mütze im kühlen Wind zurechtzog. Dabei bemerkte sie das Schmuckstück an seinem Handgelenk. Eine Spange aus gehämmertem Silber, besetzt mit einem mäandernden Muster aus Türkisen.

Sie erkannte sofort, dass es Indianerschmuck war, aus dem Reservat der Zuni. Ein besonders schönes Stück. Ein sehr seltenes Stück. Der Mann schaute von dem Baby auf. Ihre Blicke trafen sich.

»Susanne?«

»Wolfgang!«

Einen Moment lang standen sie unschlüssig voreinander. Sie konnte nicht aufhören auf seinen Armreif zu starren.

»Du trägst ihn noch.« Während sie es feststellte, wurde ihr klar, dass es bessere Eröffnungen für ein Gespräch gab.

»Äh, ja, sicher, ich meine …« Er ließ die Hand sinken. Der Ärmel seines Strickpullis verdeckte das Silberglitzern. »Wolltest du ihn zurück?«

»Quatsch.«

Susanne biss sich auf die Unterlippe. Ihre letzte Begegnung lag fünf Jahre zurück, und doch brauchten sie keine drei Sätze, um sich unbehaglich zu fühlen.

Wolfgang Hartmann hatte sich kaum verändert. Immer noch dieser leise Ausdruck permanenten Grübelns in seinem scharf geschnittenen Gesicht. Immer noch diese angespannte Falte über der Nasenwurzel. Doch seine Haare waren nicht mehr schwarz. Sie waren jetzt grau.
»Wer ist denn der junge Mann?« Sie blickte auf das schlummernde Wesen in der Bauchtrage.
»Das ist, äh, Daria.«
»Oh, ach so.« Susanne musste lachen. Sie war nicht besonders erfahren im Begutachten von Babys.
»Die Kleine ist gerade drei Monate alt geworden.« Wolfgang strich dem Kind zärtlich über den Kopf. »Ist sie nicht wunderbar?« Die angespannte Falte auf seiner Stirn war verschwunden. Sein Gesicht leuchtete vor Zärtlichkeit.
Susanne spürte eine seltsame Wut. »Und, wie läuft es so an der Uni? Hat das mit der Dozentenstelle damals geklappt?«, fragte sie schnell.
Die Erinnerung an all die Nächte, in denen sie seine Doktorarbeit zum Thema »Die bürgerliche Italiensehnsucht am Beginn des 19. Jahrhunderts in zeitgenössischen Briefen« von allzu unsäglichen Wortgebilden befreite, war plötzlich wieder da. Wolfgang hatte seinen Doktor erst mit fünfundvierzig gemacht. Er war immer ein Spätberufener.
»Ich habe jetzt eine Professur. Aber seit Anfang des Monats bin ich in Elternzeit. Ich nehme ein ganzes Jahr. Weißt du, ich will da sein, wenn meine Tochter ihr erstes Wort spricht. Und Lotte kann mit ihrem Forschungsprojekt weitermachen.«
Susanne nickte langsam. Lotte hieß sie also.
»Und wie geht es dir? Hast du dich inzwischen selbständig gemacht? Wolltest du doch, wenn ich mich recht erinnere, nach dem Verkauf der Agentur.«

Täuschte sie sich, oder war da etwas von der nur zu vertrauten Ironie in seiner Stimme? Sie schluckte die Antwort hinunter, die ihr schon auf der Zunge lag. Ja, Wolfgang, ja, wie könnte dich deine Erinnerung täuschen. Aber ich hab's noch nicht gemacht. Ich habe fünf Jahre lang gewartet, damit du mich heute mit deiner Frage in die Enge treiben kannst. »Äh, stimmt, will ich auch immer noch«, begann sie stattdessen und ärgerte sich, dass es so lahm klang. »Ich ...«

In dem Moment flog die Tür des Gemüseladens auf. Mit einer prallgefüllten Papiereinkaufstüte stürmte eine Frau heraus. Alles an ihr schien zu wehen, die langen roten Haare, der Strickponcho, der um ihre Schultern geschlungen war.

»Sie haben keinen schönen Rucola heute. Ich habe Lollo rosso dafür genommen. Hallo, mein Kleines, alles klar?« Sie küsste das Kind. »Wolf, Lieber, ist dir nicht kalt? Du hättest eine Jacke überziehen sollen.«

Sie war höchstens dreißig. Wolfgang sah sie mit strahlenden Augen an. Dann sah er zu Susanne hinüber. »Äh, Lotte, das ist Susanne. Susanne, das ist Lotte.« Mit einem kaum wahrnehmbaren Zögern fügte er hinzu: »Meine Frau.«

Lotte streckte Susanne die Hand hin. »Ach, hallo, du bist die Frau mit den Werbeslogans. Wolfgang hat mir von dir erzählt. Freut mich, dich kennenzulernen.« Ihr Händedruck war fest und warm.

Susanne versuchte ein Lächeln. »Wohnt ihr hier im Viertel?«

»Seit kurzem erst. Wir haben in den neuen Familienhäusern eine Wohnung gekauft, gerade hier um die Ecke«, erklärte Lotte.

»Da sind wir ja fast Nachbarn«, entfuhr es Susanne.

»Hm, stimmt.« Es klang, als fiele das Wolfgang gerade zum ersten Mal auf.

Susanne empfand ein überwältigendes Bedürfnis, die Flasche Chardonnay in ihrem Rucksack zu öffnen. »Ich muss dann mal weiter«, sagte sie schnell. »Muss noch was arbeiten.«

»Alles noch genau wie früher«, bemerkte Wolfgang. »Na dann, mach's gut.«
»Ja, ihr auch.«
Bevor Susanne in eine Seitenstraße abbog, sah sie sich noch einmal um. Die beiden gingen in die entgegengesetzte Richtung und hielten sich dabei an der Hand, er das Baby rechts, sie die Einkaufstüte links.

8

Sie hat ihn tatsächlich gefragt, ob ihm nicht kalt sei. Das muss man sich mal vorstellen. Bestimmt schmiert sie ihm auch abends um elf noch ein Butterbrot, wenn er hungrig aussieht. Verdammt, schaut diese Jungtussi endlich mal rüber?« Ungeduldig versuchte Susanne zum wiederholten Mal die neue Bedienung im Maisenberg auf sich aufmerksam zu machen. Endlich steuerte die Blondine ihren Tisch an.

»Wolltet ihr noch was bestellen?«

»Nein, ich dachte, wir reden ein bisschen«, bemerkte Susanne trocken. Die Bedienung sah sie verständnislos an. »Also gut, ich nehme noch ein Viertel von dem Soave. Und du, Michaela, eine Schorle?«

»Nein, nein, ich hab noch.« Rasch legte Michaela Schüler eine Hand auf ihr halbvolles Glas. Mit missbilligendem Blick zog die Kellnerin davon.

»Also wenn du mich fragst, bist du über die Trennung von Wolfgang immer noch nicht hinweg. Sonst würdest du dich nicht so über seine neue Liebe aufregen«, setzte Michaela das Gespräch fort.

»Ich rege mich nicht über seine neue Liebe auf. Ich ärgere mich nur darüber, dass ich mir fünf Jahre lang anhören durfte, wie sehr er unter seiner dominanten Mutter gelitten hat. Dabei suchte er offensichtlich die ganze Zeit nach einer neuen Mami.«

»Manchmal bist du echt seltsam. Was ist denn so schlimm daran, wenn sie ihn fragt, ob ihm kalt ist?«
»Ach, es ist ... Ich finde es zum Kotzen, dass Männer immer auf das Versorgungsmuster abfahren, egal, wie intellektuell sie daherquatschen von wegen gleichberechtigter Beziehung. Am Ende läuft es doch nur darauf hinaus, dass die Frau ihnen den warmen Pullover rauslegt, wenn es draußen kalt wird, und ihre zergrübelte Denkerstirn streichelt.«
»Na und? Beziehungen sind immer Geben und Nehmen. Warum soll eine Frau einem Mann keine Geborgenheit geben, wenn es ihr Spaß macht?« In Michaelas grauen Augen lag Verwunderung.
Susanne nahm einen Schluck Soave. Sie hasste es, wenn die Freundin ihr mit Weisheiten aus den Psychoratgeberbüchern kam, die sie verschlang. »Wenn du strahlst, erleuchtest du die Welt« oder so ähnlich lauteten meist die Botschaften. Michaela hatte schon als Sekretärin in den Anfangszeiten des Ochsenfrosch einen niemals erlahmenden Glauben an das Gute im Menschen und insbesondere das Gute im Manne in sich getragen. Ihr Familiennest in einem Hamburger Vorort war eingesponnen in einen Kokon populärwissenschaftlicher Erkenntnisse über das gedeihliche Zusammenleben in zwischenmenschlichen Beziehungen.
Nein, Susanne konnte ihr nicht dieses Gefühl erklären, das das unverhoffte Wiedersehen mit Wolfgang in ihr ausgelöst hatte. Sie hatte sich immer danach gesehnt, einem Mann zu begegnen, der begriff, wovon sie redete. Der mit ihr auf einer Ebene war. Mit dem sie eine Beziehung ohne alberne Spielchen führen konnte. Am Anfang, ein paar zaghaft euphorische Momente lang, glaubte sie wirklich, Wolfgang sei dieser Mann. Sie waren damals beide dreiundvierzig.
Es gab Highlights. Die Reise durch den Südwesten der USA in ihrem zweiten Jahr. Die monumentale Erhabenheit und Leere

der roten Felsen. Die Nächte im gemieteten Jeep, am Ende einer Dirtroad mitten im Nirgendwo, drei Milliarden Sterne am Himmel. Der kleine Tradingpost im Zuni-Reservat. Wolfgang drehte den silbernen Armreif lange hin und her. Er fand, achtzig Dollar seien zu viel dafür. Susanne kaufte das Schmuckstück heimlich und gab es ihm in ihrer nächsten Wildnisnacht. Es war einer ihrer Glitzermomente.

Sie kehrten zurück. Das Glitzern verging. Susanne begriff immer weniger, was Wolfgang eigentlich wollte. Schließlich erklärten sie die Beziehung für beendet. Die Trennung war unspektakulär. Keine, bei der etwas kaputt ging. Doch jetzt diesen Blick zu sehen, den er Lotte zuwarf, hingebungsvoll wie ein Hund seinem Frauchen – es war für Susanne ein Verrat an allem, was sie mal in ihm gesehen hatte.

»Es ist sicher nicht leicht für dich, dass Wolfgang noch Vater geworden ist«, unterbrach Michaela ihre Erinnerungen. »Du bist schließlich in der Erkenntnisphase, dass es für dich unwiederbringlich zu spät ist. Das ist wie Trauerarbeit, auf einer tiefen Ebene. Habe ich gerade erst was drüber gelesen.«

»Komm mir nicht wieder damit. Es gibt in meinem Unbewussten kein Eckchen, das sich nach dem nie gekriegten Baby verzehrt. Ich bin kein Muttertier wie du.«

Das schien Michaela an etwas zu erinnern. Sie griff nach ihrem Handy, das auf dem Tisch in Reichweite lag. »Warum geht nur der Anrufbeantworter dran?« Angespannt lauschte sie in den Hörer. »Das macht mich ganz … Hallo, Schatz, Mama hier. Wo bist du? Ruf mich bitte sofort an, ja?« Besorgt sah sie Susanne an. »Wenn sie sich nicht in der nächsten Viertelstunde meldet, fahr ich sofort heim.«

»Ach komm, Sarah ist fünfzehn, die wird doch wohl mal einen Abend allein bleiben können. Was wollte sie denn machen?«

»Musik hören.«

»Na bitte, dann wummert sie sich gerade die Ohren so zu, dass sie das Telefon nicht hört.«
»Aber wir haben abgesprochen, dass ich sie zwischendurch anrufe.«
Michaelas Hände spielten fahrig mit dem Telefon. Ihr sanftes, immer noch mädchenhaftes Gesicht war zutiefst bedrückt. Susanne verzichtete auf eine Bemerkung über Gluckenmütter. Seit die Freundin mit vierunddreißig unverhofft schwanger geworden war, drehte sich ihr Leben fast ausschließlich um Kind, Mann und das Siedlungshaus, das sie in einem Hamburger Außenbezirk gekauft hatten. Ursprünglich wollte sie nach der Babypause wieder arbeiten. Doch das Erlebnis der Geburt, hatte sie mit strahlenden Augen erklärt, verändere alles.
»Warum ist Theo denn eigentlich heute Abend nicht zu Hause?«, lenkte Susanne das Thema von der Tochter weg.
»Der ist unterwegs, um in einem Dorf bei Flensburg Dachziegel zu kaufen.«
»Der macht bitte was?« Susanne versuchte sich den intellektuellen Besserwisser Oberstudienrat Theo Schüler in einer Baustoffhandlung vorzustellen.
»Da gibt es jemanden, der italienische Ziegel importiert, ziemlich günstig, von einem Betrieb, der nur ökologisch reine Farbpigmente verwendet.« Michaela erklärte es ohne eine Spur von Ironie. »Wir wollen doch das Dach neu decken, und Frankfurter Pfanne passt einfach nicht auf ein altes Haus. Italienische Ziegel haben so einen wunderschön sanften, nostalgischen Rotton, weißt du. Wir schenken uns das zu meinem fünfzigsten Geburtstag.«
»Ich dachte, ihr wolltet endlich mal wieder richtig verreisen?«
»Ja, das stimmt, aber Theo meinte, wir stecken das Geld besser ins Haus. Auf Reisen ist er eh nicht auszuhalten.«

Ihr Handy klingelte. Mit dem ersten Ton war sie dran. »Sarah? ... Ah, aha ... Na hoffentlich hat die Musik die Nachbarn nicht genervt ... Ist ja gut. Sag mal, ist Papa wieder da? ... Kannst du ihn mir mal kurz ... Was?? ... Ach du liebe Güte ... Na dann, bis später«

»Alles in Ordnung?«, erkundigte sich Susanne.

»Der Anhänger mit den Ziegeln passt nicht durch die Einfahrt.« Michaela seufzte. »Ich glaube, ich trinke jetzt doch noch ein Gläschen.«

Susanne winkte der Bedienung, die dieses Mal erstaunlich schnell am Tisch erschien. »Eine Weinschorle und einen Soave.« Sie ignorierte Michaelas dezent mahnenden Blick auf ihr zweites Glas, das noch nicht leer war.

Einen Moment schwiegen beide. Im Hintergrund lief Lounge-Musik. An seinem Stammplatz am Fenster saß ein ehemals bekannter Fernsehseriendarsteller und redete auf eine junge Schönheit ein, die ihm an den Lippen hing. Seit Susanne in der Nähe wohnte und das Maisenberg zur Stammkneipe erkoren hatte, was inzwischen über zehn Jahre waren, erschien der Mann immer in Damenbegleitung. Er wurde im Lauf der Zeit alt und grau und verschwand irgendwann vom Bildschirm. Die Frauen an seiner Seite blieben Anfang zwanzig, und ihre Haare wallten dunkellockig über die Schultern.

»Warum versuchst du es nicht mal im Internet?«

»Was soll ich im Internet versuchen?« Irritiert wandte Susanne ihre Aufmerksamkeit wieder Michaela zu.

»Es gibt da inzwischen Kontaktbörsen, die auch für etwas ältere Frauen interessant sind. Eine andere Mutter aus Sarahs Reitstall hat darüber einen sehr netten Mann kennengelernt. Der ist zwar schon über sechzig, aber wirklich kultiviert und gebildet.«

»Ich habe keinen Bedarf an irgendeinem Blödmann, der sich in seinem Profil als feingeistiger Charmeur beschreibt.« Susanne griff nach ihrem Glas und leerte den Rest darin in einem Zug.

»Aber du bist jetzt seit fünf Jahren allein. Weißt du, mit der Zeit wird man immer, äh, ungeübter, was Beziehungen angeht, und …«

»Oh, vielen Dank.«

»Ich meine ja nur, dass es dir bestimmt guttun würde, wieder jemanden zu haben. Schau mal, dieser Stress in der Agentur, du arbeitest zu viel, du grübelst zu viel. Und abends kommst du zurück in eine leere Wohnung. Also ich könnte so nicht leben.«

»Zum Glück musst du das ja auch nicht.«

»Du hast aber auch immer so abgehobene Vorstellungen.« Michaela fuhr mit dem Zeigefinger über den Rand ihres Glases. »Nein, bloß kein Mann aus dem Internet, das sind alles Idioten.«

»Ich bin nicht auf der Suche nach einer neuen Beziehung. Verdammt, geht es über dein Vorstellungsvermögen, dass eine Frau sich auch nach etwas anderem sehnen kann als nach einem Mann?« Susanne spürte, wie scharf es klang, aber die Freundin war dabei, eine rote Linie bei ihr zu überschreiten.

Michaelas Wangen glühten. »Ach ja? Nach was zum Beispiel?«

9

Der Pfad stieg immer steiler an. Auf dem sandigen Boden fanden die Füße keinen Halt. Jeder Schritt war ein Vorwärtskämpfen. Sie strauchelte, fiel. Weiter. Weiter. Sie waren schon ganz nah. Doch sie konnte sich nicht bewegen. Der Lärm. Dieser Lärm.

Die Alarmanlage eines Autos! Direkt unter ihrem Schlafzimmerfenster. Mit einem Schlag war Susanne wach. Durch die Ritzen des Rollos sickerte Tageslicht herein. Sie blinzelte zum Radiowecker hinüber, der auf dem Nachttisch schwieg. Neun Uhr dreißig. Fluchend rappelte sie sich hoch. Sank gleich wieder zurück. Hinter ihrer Stirn pochte ein stechender Schmerz. Die Alarmhupe lärmte immer noch.

Vorsichtig, jede Erschütterung vermeidend, schob sie die Beine seitlich über die Bettkante. Das Pochen in den Schläfen eskalierte zum Inferno. Sie stützte den Kopf in die Hände und schloss die Augen.

Schemenhafte Bruchstücke des vergangenen Abends tauchten auf. Nüchtern wäre sie sicher gelassener geblieben. Doch dann stand Soave Nummer vier auf dem Tisch. Und in ihr war eine dunkle, zerstörerische Wut explodiert.

Was hatte sie Michaela an den Kopf geworfen? »Du glaubst, ich träume von einem Leben in irgendeiner beschissenen Ökospießerhölle? Ich würde da draußen ersticken mit deinem Theo und seinen italienischen Ziegeln auf dem Dach.«

Susanne stöhnte. Hatte sie wirklich beschissene Ökospießerhölle gesagt? Sie musste Michaela anrufen, später, wenn der Kopf nicht mehr so dröhnte. Zunächst mal musste sie sich in der Agentur melden. Sie stand auf und unterdrückte einen Brechreiz. Früher hatte sie Alkohol besser vertragen. Beim Hochziehen des Rollos verstummte endlich die Alarmanlage. Sie warf einen Blick nach unten. Ein Transporter zwängte sich gerade in eine reichlich knappe Lücke hinein. Dabei war der Fahrer offenbar gegen den betagten Mercedes ihrer nicht minder betagten Nachbarin gestoßen, der direkt vor der Haustür parkte. Die alte Dame stand im Morgenmantel auf dem Bürgersteig und gestikulierte aufgeregt.

Wo war das Telefon? Susanne tastete sich hinüber ins Wohnzimmer. Ihr Blick blieb an dem fast vollen Weinglas auf dem Couchtisch hängen, daneben ein Packen CDs. Die lagen da noch vom Abend zuvor, als sie versucht hatte, etwas Passendes für den Katanka-Spot zu finden. Dunkel erinnerte sie sich, dass sie Wolf Biermann, Eva Maria Hagen, Hannes Wader angehört hatte. Ihr war jedoch klargeworden, dass ihre Siebziger-Jahre-Erinnerungen nicht mit dem Abklatsch kompatibel waren, der inzwischen unter Siebzigerkult lief.

Sie fand das Telefon in der Küche. Betrachtete beim Wählen das schmutzige Geschirr, das sich in der Spüle stapelte. »Wie soll sich denn ein Mann hier wohl fühlen?« Michaela hatte diese Frage mal bei einem ihrer seltenen Besuche in der Wohnung gestellt. »Er kann ja gern aufräumen«, so Susannes Konter. Normalerweise trug sie ihr Nicht-Hausfrauensein demonstrativ vor sich her. An einem Morgen wie diesem machte sie die Unordnung depressiv.

»Agentur Ochsenfrosch, Katharina Behrends«, hörte sie die muntere Stimme ihrer jungen Kollegin.

»Warum bist du im Sekretariat?«

»Ulla musste mit ihrer Kleinen zum Arzt und hat solange auf mich umgestellt. Wo steckst du?«

»Ich habe total verpennt. Bin in einer halben Stunde da.«

»Nur kein ungesunder Stress. Sandra kommt erst mittags. Mordswichtiger Termin mit Rick.«

10

Eine knappe Stunde später zog Susanne die Haustür hinter sich zu. Nach drei Aspirin war der stechende Schmerz im Kopf einem dumpfen Druck gewichen. Sie fühlte sich wie eingehüllt in einen Nebel. Bleiern hingen Wolken dicht über den Dächern der Stadt. Sogar die Straßenbäume wirkten trostlos.
Eine Frau mit Kinderwagen hastete vorbei und fluchte vor sich hin: »Eine Unverschämtheit, wie die hier parken. Da kommt doch niemand durch.« Das stimmte. Zwischen dem Mercedes der alten Nachbarin und dem Gefährt dahinter passte keine Handbreit. Was Susanne von oben für einen Transporter gehalten hatte, war ein Wohnmobil älteren Baujahrs. Bei den Besitzern handelte es sich offenbar um romantisch veranlagte Späthippies. Jeder Zentimeter des Wagens war liebevoll bemalt. Blütengirlanden, in denen bunte Vögel saßen, zerflossen mit tropfenförmigen Mustergittern. An der Stirnseite des Fahrzeugs, genau in der Mitte des Alkovens über der Fahrerkabine, prangte wie ein drittes Auge eine goldrote geöffnete Lotosblüte.
Im Beifahrerfenster hing eine Karte, auf der jemand die zurückgelegte Strecke eingetragen hatte. Von Hamburg über Tschechien, Ungarn, Rumänien nach Istanbul, weiter durch die Türkei und den Iran bis an den Golf von Oman. Eine gestrichelte Linie führte übers Meer nach Bombay. Dann ging es weiter quer durch Indien, Bangladesch, Burma, Thailand.

Diffuse Sehnsucht stieg in Susanne auf. Und die ersten Zeilen eines Liedes, das sie, wie sie sich plötzlich wieder erinnerte, in der vergangenen Nacht gleich mehrmals hintereinander gehört hatte. »Heute hier, morgen dort, bin kaum da, muss ich fort, hab mich niemals darüber beklagt …«
Hannes Wader. Der Soundtrack ihres Bielefelder Soziologiestudiums. Sie hatte immer davon geträumt, aufzubrechen, irgendwohin. »Lebe wild und gefährlich.« Der Spruch hing als Poster in der Küche ihrer WG. Das war jetzt dreiunddreißig Jahre her. Dreiunddreißig. Das Grau des Hamburger Donnerstags legte sich wie eine Betondecke über sie.
Was stand eigentlich auf dem Zettel neben der Weltkarte? Sie kramte ihre Brille aus dem Rucksack. »Kauf mich und fahr mich weiter um die Welt.« Achttausend Euro wollte der Besitzer für das Hippievehikel haben. Sie könnte Sandra den Job vor die Füße knallen, heute noch. Sie lächelte grimmig. Wie oft hatte sie das in den letzten Jahren schon gedacht? Sie würde es ja doch nicht tun. Sie hatte nichts anderes gelernt, als Texte zu schreiben. Und sie kannte sich gut genug, um zu wissen, dass sie zur Freiberuflerin nicht taugte. Sie verachtete die Sandras der Branche zu sehr, um sie hofieren zu können.
Seufzend beschloss Susanne, weniger zu trinken. Der Alkohol machte sie traurig und fett.

11

Ein silberglänzender Katanka rollt durch futuristische Großstadtschluchten. Schnitt auf den Fahrer, leicht angegraute Haare, Dreitagebart. Er lächelt zufrieden, weil der Wagen so viel Spaß macht. Dann wirft er einen Blick zur Seite. Schnitt auf die Beifahrerin, jung, Model-Typ. Sie sieht gelangweilt aus. Halbtotale: Der Fahrer biegt rasant in eine Durchfahrt ab. Sie führt zu einer verlassen aussehenden Hafenanlage. Großaufnahme: Eine Hand, die die Schaltung auf 4-Wheel-Drive stellt. Ein Fuß, der das Gaspedal durchdrückt. Der Katanka rast durch eine postapokalyptische Industrielandschaft, hinter der eine blutrote Sonne versinkt. Rumpelt über Bahngleise, taucht in Rauchwolken, die aus zerborstenen Rohren quellen, schnellt durch wassergefüllte Krater. Als er vor einer Art Lagerhaus zum Stehen kommt, ist er über und über mit Matsch bedeckt. Vor dem Eingang, aus dem Elektrobeats dröhnen, wartet eine lange Schlange stylischer junger Menschen. Ein schrankähnlicher Türsteher verwehrt ihnen den Eintritt. Aller Augen wenden sich dem Katanka zu. Schnitt auf die Insassen: Die junge Schönheit strahlt den Fahrer an. Schlusseinstellung: Im Vordergrund der dreckbespritzte Geländewagen. Im Hintergrund schreiten das Model und der Dreitagebartträger engumschlungen an den Wartenden vorbei auf den Eingang des Lagerhauses zu.

»Also, was sagt ihr dazu?« Katharina blickte erwartungsvoll von Susanne zu David.

»Cool. Da könnte man im Onlineauftritt was mit einer Liste der heißesten Clubs machen.« Der Webkonzeptioner nickte

Katharina anerkennend zu, während er in dem Glas mit Süßigkeiten herumfischte. »Mist, keine Cremehütchen mehr. Hast du noch welche da?«
»Nee, alle weggefuttert. Rate mal, von wem.« Susannes Kopf dröhnte immer noch. Es fiel ihr schwer, sich zu konzentrieren. Schlecht war er auf jeden Fall nicht, der Entwurf für den Katanka-Spot, den sich Juniortexterin und Praktikantin zusammen ausgedacht hatten. Es fehlte ihm allerdings eine Kleinigkeit. »Spannender Ansatz. Aber wie bringt ihr darin die E-Bikes unter?«
»Ach, diese blöden Dinger.« Katharina verdrehte die Augen. »Wer braucht denn die?«
»Tja, zum Beispiel unser Kunde, der sie ausdrücklich in dem Werbekonzept drinhaben will.« Susanne lächelte ihr tröstend zu.
»Wie wäre es, wenn sie den Türsteher mit einem E-Bike bestechen würden? Sie stellen es ihm hin, er radelt davon, und alle freuen sich, weil sie jetzt endlich in den Club reinkönnen.«
Drei Köpfe wandten sich der Praktikantin zu. In größerer Runde hatte sie noch nie so einen langen Satz gesagt. Im Gegensatz zu den meisten Zwanzigjährigen, die Susanne bisher in dem Job kennengelernt hatte, schien sie schüchtern zu sein. Jetzt leuchteten ihre Augen voller Eifer.
»Also, Luisa ...«
»Vanessa. Ich heiße Vanessa.«
»Äh, Vanessa, das ist eine schräge Idee. Aber lasst uns da ruhig etwas dran herumspinnen. Aus schrägen Ideen entstehen oft die besten Einfälle.«
Das blonde Mädchen strahlte. Susanne empfand einen Hauch von Rührung. Es konnte doch Spaß machen, mit einem jungen Team zu arbeiten.
»Ah, ihr seid an dem Katanka-Spot. Das ist gut. Das ist sehr gut.« Sandra stand plötzlich in der Tür, die neonpinkfarbene

Designertasche noch über der Schulter. Mit ihrem Auftritt zerplatzte die kreative Stimmung im Raum wie eine Seifenblase. David nahm sich eine Handvoll Gummibärchen. »Ich möchte, dass wir Rick morgen ein neues Konzept präsentieren. In zwei Stunden will ich im Konferenzzimmer alle Entwürfe sehen.« Sandra sah in die Runde. Als keine Reaktion kam, wandte sie sich wortlos ab und verschwand in Richtung ihres Zimmers.

»Ich möchte, dass wir Rick morgen ein neues Konzept präsentieren.« David ahmte ihren Tonfall nach. »Es ist wohl eher so, dass er Madame Druck gemacht hat.«

»Besonders erfreulich war der Termin mit ihm auf jeden Fall nicht, so wie die drauf ist.« Katharina seufzte.

»Okay, vergesst ihre Launen. Lasst uns weiter an der Idee mit dem Türsteher und den E-Bikes basteln. Ich glaube, das lohnt sich«, versuchte Susanne das Team wieder aufzubauen. In dem Moment klingelte ihr Telefon. Sie sah die Nummer auf dem Display und verdrehte die Augen. »Ja, Sandra?«, meldete sie sich.

Die Stimme ihrer Chefin klang geschäftlich. »Kommst du bitte mal zu mir rüber? Ich will etwas mit dir besprechen.«

12

Mit der Leitung der Agentur hatte Sandra das Zimmer von Peer Hörnig übernommen. Zu seinen Zeiten war es eine Kommunikationszentrale, die Tür immer offen, der Kühlschrank immer gefüllt. Er verzichtete auf einen demonstrativen Chefschreibtisch, arbeitete stattdessen an dem großen runden Tisch, der auch als Besprechungsplatz diente. Peers Tafelrunde hatten sie es genannt. Die meisten der später legendär gewordenen Ochsenfrosch-Kampagnen entstanden dort, im kreativen Pingpongspiel, an dem jeder Mitarbeiter der Agentur nur zu gern teilnahm.

Den Tisch gab es noch, in eine Ecke des Raums gerückt und dort fast vergessen. Was aus Susannes Sicht symptomatisch war für Sandras Führungsstil. Niemand kam auf die Idee, sich freiwillig für ein spontanes Brainstorming in ihr Zimmer zu begeben. Teambesprechungen fanden im eigens dafür eingerichteten Konferenzraum statt, was ihnen die lockere Selbstverständlichkeit früherer Zeiten nahm.

Sandra stand mit verschränkten Armen am Fenster und sah hinaus. Ein ungewohnter Anblick. Normalerweise gab sich die Agenturleiterin umtriebig, am liebsten telefonierend am Schreibtisch, wenn sie jemanden herbeizitierte.

»Ah, da bist du ja. Komm rein.« Sandra ging an Susanne vorbei zur Tür und schloss sie hinter ihr. Dann deutete sie auf den runden Tisch in der Ecke.

Stirnrunzelnd zog Susanne einen der selten benutzten Stühle heraus. Ihr letztes Vieraugengespräch lag fast ein halbes Jahr zurück. Damals hatte sie sich beschwert, weil Sandra einen Slogan ohne ihr Wissen vor einer Kundenpräsentation geändert hatte. Dadurch stimmte das Konzept nicht mehr. Prompt war ihnen der Auftrag entgangen.
»Ich hatte heute Morgen einen intensiven und sehr offenen Austausch mit Rick.« Sandra setzte sich Susanne gegenüber an den Tisch.
»Das ist, äh, schön.«
»Wir haben über Strukturen und Abläufe hier in der Agentur gesprochen.« Sandra schlug die Beine übereinander, lehnte sich zurück und wippte mit dem Stuhl. Eine Kopie van Bromens, soweit sich das in einem knallengen Minirock realisieren ließ. »Wir waren uns darin einig, dass wir überraschender, witziger, jünger in der Denke werden müssen.«
»O Gott, nicht das schon wieder.«
»Bist du anderer Ansicht?«
»Ich habe nichts gegen witzig und überraschend, aber ich kann diese Leier von jünger nicht mehr hören. Mensch, Sandra, die Generation der Babyboomer geht stramm auf die fünfzig zu. Ich sage dir, es dauert nicht mehr lange, bis die Marktanalysten merken, dass die werberelevante Zielgruppe nicht mehr bei neunundvierzig Jahren aufhört. Mit den Konzepten immer jünger und jünger zu werden ist bei vielen Produkten einfach nur Quatsch. Das wird auch bei dem Katanka-Spot nicht funktionieren.«
Sandra hörte auf zu wippen. »Ich trage die Verantwortung dafür, dass diese Agentur auch weiterhin Spitzenaufträge bekommt. Darum habe ich Rick eine personelle Veränderung vorgeschlagen.«
Also das war es! Sofort tauchte Katharinas besorgtes Gesicht vor Susanne auf. »Aber wir haben im Moment ein sehr gutes Team«, sagte sie schnell.

Sandra verschränkte die Hände vor sich auf dem Tisch. »Die Veränderung betrifft auch nicht die Teampositionen.«
Sekundenlang war es still im Raum. Susanne begriff mit einer Plötzlichkeit, die ihr die Luft zum Atmen nahm.
»Du schmeißt mich raus?!«
»Ich weiß, du hast viel für die Agentur geleistet. Aber ich habe das Gefühl, dass der Kampf, den wir jetzt führen müssen, nicht so ganz dein Ding ist.«
Es war so absurd, dass Susanne lachen musste. »Woher willst du wissen, was mein Ding ist?«
»Wir schlagen dir einen Aufhebungsvertrag vor, verbunden mit einer angemessenen Abfindung. Ich habe mich dafür eingesetzt, dass es ein Jahresgehalt ist.«
»Das ist rührend von dir.« Susanne bemühte sich, alle Verachtung, die sie für diese Frau hatte, in den Satz hineinzulegen. »Ein Jahresgehalt brutto für netto.«
Sandra zuckte kaum merklich zusammen. »Das muss ich mit Rick besprechen.«
»Dann tu das.« Susanne stand auf. »Ich schätze, das war es, was du mir mitteilen wolltest?«
»Eines noch. Es macht unter den gegebenen Umständen wenig Sinn, wenn du weiter an der Katanka-Kampagne beteiligt bist.« Sandra räusperte sich. »Ich möchte, dass du deinen Schreibtisch sofort räumst.«

13

Die Ökospießerhölle lag fünfundzwanzig S-Bahn-Minuten vom Bahnhof Altona entfernt. Verkehrsberuhigte Straßen durchzogen ein Stadtviertel, das hanseatische Gediegenheit ausstrahlte. Hinter hohen Buchsbaumhecken entzogen sich schmucke Einfamilienhäuser allzu aufdringlichen Blicken. Die Autos, die vor den Garagen standen, waren benzinsparend. An jeder Ecke forderten von Kinderhand gemalte Schilder auf, Schrittgeschwindigkeit zu fahren. Susanne fragte sich, wo all die Kinder an diesem Samstagnachmittag steckten. Nur aus wenigen Gärten drangen Spielgeräusche. Vielleicht gab es ja irgendwo in der Nähe eine pädagogisch wertvolle Ausstellung über nachhaltigen Holzwippenbau.

Sie bog in die Straße ein, in der Michaela wohnte. Schon von weitem sah sie den Anhänger, der am Straßenrand vor dem Haus parkte. Theos italienische Dachziegel waren offenbar immer noch nicht entladen. Wie konnte ihm nur eine solche Fehlplanung unterlaufen? Reiß dich zusammen, mahnte eine Stimme in ihr. Es war nett von den beiden, sie einzuladen, um ihr über den Rausschmiss hinwegzuhelfen.

»Du Arme, du musst dich schrecklich fühlen«, hatte Michaela voller Mitleid gesagt, als Susanne ihr am Telefon von der Neuigkeit erzählte, und angesichts der Dramatik des Ereignisses die Entschuldigung für den soavelastigen Ausrutscher sofort angenommen. Dabei war Susanne genau genommen nicht arm, sondern deutlich reicher als zwei Tage zuvor. Van Bromen akzeptiere ihre Abfindungsforderung, hatte Sandra ihr noch am Abend der Entlassung per Mail mitgeteilt. Sie fühlte sich auch nicht schrecklich, eher wie hinauskatapultiert aus etwas, das aus irrsinnig schneller Bewegung plötzlich zum Stehen gekommen war. Jetzt schwebte sie in einem Zustand der Schwerelosigkeit im leeren Raum.

Das Haus von Michaela und Theo gehörte zu den kleinsten und ältesten in der Straße. Ein spitzgiebliger Rotklinkerbau, der, wie Susanne wusste, seit dem Kauf noch einmal ein kleines Vermögen für Renovierungen verschlungen hatte. In das filigrane Girlandenmuster des schmiedeeisernen Gartentors war die Jahreszahl 1925 eingelassen. Den gemauerten Türpfosten zierte eine Pflanzschale, die die Handschrift der Freundin trug. Wasserblaue Vergissmeinnicht, zartviolette Stiefmütterchen und rosa Tulpen ergaben ein Ensemble wie aus einem Hochglanzmagazin. In der Mitte des Arrangements steckten zwei Stäbe mit dunkelblauen Strohschmetterlingen.

Der Anblick rührte Susanne so, dass sie stehen blieb. Ihre Mutter hatte solche Deko-Utensilien geliebt. Sie hatte sogar einen Volkshochschulkurs über die Herstellung von Strohfiguren belegt. Das war kurz bevor sie die Krebsdiagnose bekam. Sie leistete der Krankheit nicht viel Widerstand. Susanne sah sich wieder an dem Krankenhausbett sitzen, ihre Mutter so klein und zart, dass sie von der Bettdecke erdrückt zu werden schien. Sie war schon weit fort, dämmerte nur noch vor sich hin. Doch plötzlich öffnete sie die Augen, sah Susanne an und sagte mit fester Stimme: »Du hättest Klaus Biemann heiraten sollen. Sein Vater war Chefarzt.«

Es waren ihre letzten Worte. Susanne löste mit dumpfem Schmerz ihre Wohnung auf, packte Dutzende von Strohbasteleien in Müllsäcke und fragte sich, was um alles in der Welt in

ihrer Mutter vorgegangen sein mochte, dass sie der Gedanke an diesen pickligen Streber Klaus, der in ihrer Abiturklasse war, bis aufs Sterbebett verfolgte.
Sie riss sich vom Anblick der blauen Schmetterlinge los, verscheuchte die Rührseligkeit und öffnete die Gartentür.
»Ah, da bist du ja. Wir hatten dich schon eher erwartet.« Michaelas Kopf tauchte zwischen den Rosenbüschen im Vorgarten auf.
»Was? Oh, sagtest du nicht zum Kaffee?«
»Na ja, den trinken wir so um halb vier.«
Susanne zog ihr Handy heraus und schaute aufs Display. Es war kurz vor fünf. »Ach herrje, das tut mir leid.«
»Vergiss es. Ich hätte ja auch eine Uhrzeit sagen können.« Michaela lief auf Susanne zu und nahm sie in den Arm. »Wie geht es dir denn?«
»Mir geht es prima. Ich kriege die nächsten Monate mein Gehalt fürs Nichtstun.« Vorsichtig wand Susanne sich aus der Umarmung heraus. Sie wollte nicht bemitleidet werden. »He, deine Rosen sind eine Pracht«, lenkte sie schnell ab.
»Danke.« Michaela lächelte stolz. »Nur William Shakespeare macht mir etwas Sorgen. Er entwickelt noch keine einzige Knospe.« Sie deutete auf den Strauch, hinter dem sie zuvor gekniet hatte. Tatsächlich ließ er verzagt die Zweige hängen, während die Büsche daneben in klarem Weiß und sattem Purpur blühten. Vor jeder Rose steckte ein kleines Namensschild in der Erde. »Schneewittchen«, las Susanne, und »Old Port«.
»In welcher Farbe blüht denn William Shakespeare? Ich meine, wenn er blühen würde.«
»Das ist so ein gebrochenes Karmesinrot. Wunderschön.« Michaela seufzte. »Vielleicht gebe ich ihm noch einmal eine Düngung mit Brennnesselsud.« Sie hakte Susanne unter und zog sie in Richtung Haus. Kurz vor den Stufen, die zur Tür führ-

ten, hielt sie inne. »Tu mir einen Gefallen, ja? Sprich bei Theo bitte nicht das Thema Dachziegel an.«
»Ich habe schon gesehen. Hat mit dem Ausladen wohl noch nicht geklappt?«
»Hör bloß auf. Der Dachdecker hat uns versetzt, er kommt erst in zwei Wochen. Jetzt hat Theo Bewegungsmelder an den Anhänger montiert. Wenn nachts jemand zu nah daran vorbeiläuft, geht bei uns im Schlafzimmer ein Alarmsignal los. Zum Verrücktwerden.«

14

Theo Schüler hatte es sich mit hochgelegten Beinen in einem Ledersessel bequem gemacht. Er las die ZEIT. Als die beiden Frauen ins Zimmer traten, ließ er die Zeitung sinken.

»Spät kommt sie, aber sie kommt.« Grüßend nickte er Susanne zu. »Schweinerei, was dir da passiert ist. Die Kündigung ist natürlich so nicht haltbar. Ich habe alles zusammengestellt, was du jetzt unbedingt tun musst.«

»Nun lass sie erst mal ein Stück Erdbeerkuchen essen.« Michaela warf ihm einen vorwurfsvollen Blick zu. »Komm, Susanne, mach es dir gemütlich. Wie findest du die neuen Gardinen?«

Sie schob Susanne zu einem massiven Esstisch, von dem der Blick in den Garten fiel. Die großen Fenster säumten cremefarbene Vorhänge mit Streublümchenmuster.

»Sehr hübsch. Sind die von IKEA?«

»Das ist ein Originalstoff aus der Provence.« Die Freundin sah sie konsterniert an.

»Ach ja, natürlich. Oh, der Kuchen sieht ja köstlich aus.« Susanne nahm sich ein Stück, verzichtete aber vorsichtshalber auf die Frage, ob er selbst gebacken war. Sie wollte nicht noch einen Fauxpas begehen. Am Ende stammte er aus irgendeiner berühmten Demeter-Bäckerei.

Sie spürte, wie sich das typische Beklemmungsgefühl auf sie legte, das Besuche im Hause Schüler in ihr auslösten. Alles hier war so geschmackvoll hochwertig, so aufgeräumt funktional. Jedes Detail atmete einen festgefügten Sinn. Sicher standen oben im ehelichen Schlafzimmer auf den pastellfarbenen Vorlegern auch wieder gefilzte Pantoffeln bereit, braun-schwarz gestreift auf Theos Seite des Bettes, blaukariert auf Michaelas. Ihr Anblick hatte sich Susanne anlässlich einer Besichtigung des maßgezimmerten Kleiderschranks einige Monate zuvor eingebrannt. Selten hatte sie etwas Bedrückenderes gesehen.

»So, hier sind die wichtigsten Infos für dich auf einen Blick.« Theo legte einen Vorordner auf den Tisch und zog aus dem Fach mit dem Buchstaben A mehrere Blätter heraus. »Warst du schon bei der Arbeitsagentur?«

»Na hör mal, ich bin Donnerstag gefeuert worden, heute ist Samstag.«

Theo wiegte bedenklich den Kopf. »Der Arbeitnehmer ist verpflichtet, der Agentur sofort anzuzeigen, wenn er von seiner Kündigung Kenntnis erlangt. Andernfalls können sich bei der Dauer und in der Höhe des Anspruchs auf Arbeitslosengeld Abzüge ergeben«, las er vor.

»O Gott, da musst du Montag gleich hin.« Michaela sah erschrocken aus.

»Und dann solltest du Verbindung mit einem Anwalt aufnehmen. Auch eine Werbeagentur ist kein rechtsfreier Raum. Ein guter Arbeitsrechtler haut denen die Kündigung um die Ohren. Meiner Meinung nach müssen die dich wieder einstellen.« Theo griff zum nächsten A-Blatt. »Hier habe ich die Kontaktdaten eines Anwalts für Arbeitsrecht. Ein Bekannter von uns, er wohnt gleich um die Ecke.«

»Das ist ein sehr netter, sehr gebildeter Mann. Mitte sechzig, würde ich sagen. Seine Frau ist vor ein paar Jahren bei einem Autounfall gestorben.« Michaela blinzelte Susanne vielsagend zu.

Susanne legte die Gabel auf ihren Kuchenteller und schob ihn ein Stück von sich weg. In dem Moment klingelte das Telefon.
»Das ist sicher Sarah, um zu sagen, wann sie abgeholt werden will. Wo ist der Hörer?«
»Ich glaube, in der Küche.«
Michaela sprang auf und eilte hinaus.
»Sarah ist beim Reiten«, erklärte Theo nach einer kurzen Pause. Er wirkte nicht sonderlich begeistert. »Um auf den Anwalt zurückzukommen ...«
»Wir müssen Sarah heute nicht abholen. Sie fährt noch mit zu Lena. Die bringen sie dann später nach Hause«, sagte Michaela, wieder zurück, und warf ihrem Mann einen seltsam vorsichtigen Blick zu.
Der strich sich mit der Hand über den leicht angegrauten Bart. Seit Susanne Theo kannte, trug er Vollbart, beige Cordhosen und karierte Hemden. Er machte das Gesicht, das in der Regel einen seiner belehrenden Vorträge ankündigte.
»Wir hatten mit ihr die Abmachung, dass sie nach dem Reiten nach Hause kommt. Es ist aus pädagogischer Sicht falsch, sie diese Absprache brechen zu lassen, nur weil es ihr gerade so passt.«
»Lena ist doch ihre beste Freundin.«
»Ich bin wie du weißt nicht der Ansicht, dass diese Elbchaussee-Clique ein guter Umgang für Sarah ist. Was die ihr für Ideen in den Kopf setzen. Eine Reitbeteiligung ist plötzlich nicht mehr gut genug für die junge Dame. Ein eigenes Pferd möchte sie jetzt. Lena hat ja auch eines. Klar, wenn Lenas Vater so ein Großkotz von Investmentbanker ist.«
»Soll sie denn lieber mit diesen Typen rumhängen, die sich an der S-Bahn-Station rumtreiben?« Michaela klang empört. »Hast du die gesehen, als du gekommen bist, Susanne? Schmieren alles mit Graffiti zu, fürchterlich.«

Susanne unterdrückte ein Grinsen. Theo war mal Jusovorsitzender im Bezirk Hamburg Nord. Dass seine Tochter in Kapitalistenkreisen verkehrte, musste ein schwerer Schlag für ihn sein.

Einen Moment herrschte angespanntes Schweigen.

»Also, um auf den Anwalt zurückzukommen«, wiederholte Theo. »Hast du eine Rechtsschutzversicherung?«

Susanne atmete tief ein. »Ich brauche keinen Anwalt. Ich werde die Vertragsaufhebung mit der Abfindung akzeptieren.«

Theo sah sie an, als würde er an ihrem Geisteszustand zweifeln. »Mein Gott, hast du dir das genau überlegt? Ich meine, in deinem Alter, wo willst du denn wieder eine feste Stelle finden?«

Michaelas Wangen röteten sich vor Aufregung. »Und dann dieses Hartz IV, in einem Jahr bist du da drin, deine Wohnung kannst du damit nicht halten.«

»Fünfzehn Monate. Sie ist dreiundfünfzig, da sind es fünfzehn Monate bis Hartz IV«, warf Theo ein.

»Ach, diese drei Monate mehr, die sind rum wie nichts. Und sie ist allein, da ist niemand, der sie finanziell stützen kann.« Michaela legte Susanne die Hand auf den Arm. »Also du musst Montag unbedingt zum Arbeitsamt. Vielleicht haben die ja sogar was für dich. Oder du machst irgendeine Umschulung.«

»Was auch eine Möglichkeit sein könnte, wenn alle Stricke reißen ...« Theo strich sich über den Bart. »Du versuchst es mit einer Erwerbsminderungsrente wegen Burn-out.«

Susanne fühlte sich wie in einem absurden Film. Sie dachte an die Pantoffeln oben im Schlafzimmer. An den verwitweten Anwalt. An Warteschlangen im Flur eines Arbeitsamts. An eine Straße, die sich auf eine Bergkette zuwand. »Die Straße gleitet fort und fort, weg von der Tür, wo sie begann, zur Ferne hin, zum fremden Ort ...« Woher kannte sie diese Zeilen? Aus einem Lied? Sie wusste es nicht mehr.

Sie lehnte sich zurück. Sie war selbst überrascht von dem, was sie sich sagen hörte. »Ich habe nicht die Absicht, zum Arbeitsamt zu gehen oder eine Umschulung zu machen. Ich verschwinde von hier. Ich steige aus. Ich kaufe ein Wohnmobil und fahre los.«
Fassungslos starrte Michaela sie an. »Allein? Und wo willst du hin?«
»Keine Ahnung. Mal sehen, wohin die Straße mich führt.«
»Das ist doch kompletter Blödsinn. Wovon willst du leben, wenn die Abfindung weg ist? Und an die Rente denkst du wohl gar nicht. Da klafft bei dir später eine riesige Lücke. Also ich kann dir nur dringend raten ...«
»Mensch, Theo, hast du nie Träume gehabt? Hat es dich nie fortgezogen aus dieser verfluchten kleinmütigen Sicherheit? Denk an die Rente, kauf dir ein Haus, steck jeden Cent in irgendwelche blöden Dachziegel, dann hast du was im Alter.«
Wut überflutete Susanne. »Ich will jetzt leben, jetzt, verstehst du? Woher soll ich denn wissen, ob ich bis zur Rente nicht schon längst tot bin?«
Michaela stand mit einer abrupten Bewegung auf. »Ach, du, du ...« Sie packte den Kuchenteller, der noch auf dem Tisch stand. Die Gabel fiel klirrend zu Boden. »Du immer mit deinen großartigen Ideen.« Sie drehte sich um und rannte in die Küche.

Drei Stunden später saß Susanne im Fond eines Taxis, das sie nach Hause brachte. Michaela hatte darauf bestanden, dass sie nach Einbruch der Dunkelheit unmöglich an den Typen vor der S-Bahn-Station vorbeilaufen könne. Als sie aus der Küche zurückkam, war sie wieder die vertraute, sanfte Michaela gewesen. Theo öffnete eine Flasche Rotwein, was die Stimmung deutlich hob. Über Zukunftspläne verloren sie für den Rest des Besuchs kein Wort mehr.

Das Taxi rollte im Zwielicht der Alleebäume dahin, die den Schein der Straßenlaternen dämpften. »Die Straße gleitet fort und fort …« Susanne stieß einen kleinen Überraschungslaut aus. Der Taxifahrer musterte sie im Rückspiegel. Sie wusste wieder, woher sie die Zeilen kannte. Aus Tolkiens *Der Herr der Ringe.* Zu Bielefelder Studentenzeiten hatte sie den Roman gleich zweimal hintereinander verschlungen. Und sich in der Sehnsucht nach unbekannten Fernen so verzehrt, dass ihr die Lust auf die wöchentlichen Marx-Arbeitsgruppen ihrer Wohngemeinschaft für immer vergangen war.

Sie war ins Unbekannte losgezogen und in Hamburg gelandet. Mehr als drei Jahrzehnte dachte sie, damit sei sie am Ziel. Doch etwas in ihr hatte immer darauf gewartet, dass das Leben ihr ein Zeichen zum Aufbruch gab. Die Wucht dieser Erkenntnis ließ sie erschauern.

15

Als Fünfzehnjährige hatte sie zuletzt solche Deals mit der Vorsehung gemacht. »Wenn der Vogel sich auf der Birke statt der Akazie niederlässt, traue ich mich heute in der Pause, diesen Typen mit den Locken aus der Oberstufe anzusprechen.« Der Vogel flog die Birke an. Der lockige Typ hieß Dieter und wurde ihre erste große Beziehungsenttäuschung.

Das Wohnmobil parkte am Sonntag immer noch vor ihrer Haustür. Auch der Verkaufszettel klebte noch am Fenster. Das war die Bedingung, die Susanne dem Schicksal gestellt hatte, als sie von Michaela und Theo heimfuhr. Es sollte also so sein! Während sie die Holztreppe zum dritten Stock eines der letzten unrenovierten Altbauten Ottensens hinaufstieg, stellte sie sich vor, was Theo zu dieser Art der Entscheidungsfindung sagen würde. Sie verzog das Gesicht. Es gab kein einziges vernünftiges Argument für das, was sie vorhatte. Genau darum tat sie es. Einer wie er würde das niemals verstehen.

Einen Moment verharrte sie vom Aufstieg keuchend vor der Wohnungstür mit der buddhistischen Gebetsfahne, die Anders Johannsen ihr beschrieben hatte. Der Altachtundsechziger, der den buntbemalten Camper verkaufte, war offenbar Schwede. Susanne stellte ihn sich mit langen silbernen Haaren und sanftem Blick vor. Sie klingelte. Fast in der gleichen Sekunde begann hinter der Tür ein Hund zu bellen. Ein großer

Hund, wie es klang. Instinktiv trat sie einen Schritt zurück. Große Hunde waren ihr nicht geheuer.
Die Tür ging auf. Vor ihr stand ein etwa acht Jahre altes Mädchen, das mit seinen hüftlangen blonden Locken etwas Feenhaftes hatte. Neben ihm hockte ein gelblicher Hund. Selbst sitzend reichte er dem Mädchen fast bis zur Schulter. Susanne bemerkte, dass er nur ein Auge hatte.
»Hallo, ich bin Marie, und das ist Minou«, sagte das Mädchen, nachdem es Susanne mit ernstem Blick betrachtet hatte. »Du bist bestimmt wegen Ivy da.«
»Hallo. Äh, Ivy?«
»Ivy kommt von Iveco.« Hinter Marie tauchte ein großer, kantiger Mann auf und streckte Susanne die Hand hin. »Anders Johannsen. Iveco ist das Fabrikat.«
»Ach so, ja. Ich komme wegen Ivy.«
Der Händedruck entsprach seiner massiven Statur. Er musterte Susanne mit dem gleichen forschenden Blick wie das Mädchen zuvor. Dann grinste er. »Sie kennen sich wohl mit Wohnmobilen noch nicht aus?«
Zehn Minuten später saß Susanne in einer Küche, gegen die ihre eigene ein Muster an Ordnung war. Auf allen nur erdenklichen Abstellflächen stapelten sich Teller, Gläser, Töpfe, Nudel- und Reispackungen, Dosen mit Hundefutter, Zeitungen, Werkzeuge, Kerzenständer, Malutensilien.
»Kaum zu fassen, wie viel Krams sich ansammelt, wenn man in einer Wohnung lebt, nich?« Sylvie Johannsen stellte eine Tasse mit einem braungrauen Gebräu vor Susanne auf den Tisch. »Schwarzer Tee mit Butter und Salz. Sieht 'n büschen komisch aus, iss aber nich zu verachten. Seit Nepal sind wir verrückt danach.«
Lange hatte Susanne nicht mehr so ein breites Hamburgisch gehört. Es passte zu der großen, blonden Frau, an der alles klar, unkompliziert und entschieden wirkte. Mit einem Lächeln

schob sie sich auf einen Stuhl, was mit dem Achtmonatsschwangerschaftsbauch sicher nicht leicht war. Sylvie und Anders Johannsen waren eines dieser Paare, die sich ineinander spiegeln. »Wir haben uns an unseren Träumen erkannt«, hatte Sylvie erzählt. »Zusammen war unser Fernweh so groß, dass wir einfach losgefahren sind.«

Susannes Gefühl sagte ihr, dass Marie nicht von Anders war. Das Feenhafte an dem Mädchen musste aus einer anderen Quelle stammen. Aber vielleicht war es ja auch das Staunen über all die Eindrücke einer fast dreijährigen Reise, das diese seltsame Tiefe in Maries Blick gelegt hatte.

Susanne nahm einen vorsichtigen Schluck von dem Buttertee. Die Johannsens schauten sie erwartungsvoll an. Die Brühe schmeckte, wie sie aussah. Sie bemühte sich, das Gesicht nicht zu verziehen. »Hm, ja ...«, sagte sie.

»Im Original wird der Tee mit Yakbutter zubereitet«, bemerkte Anders. »Aber das ist etwas gewöhnungsbedürftig.«

Susanne fühlte sich unbehaglich. Was auch daran lag, dass der große gelbe Hund immer näher an sie heranrückte. Die Johannsens hatten ihn mehr tot als lebendig in Indien aufgelesen, wusste sie inzwischen.

»Minou mag dich«, stellte Marie fest.

Irgendwie kam Susanne sich vor, als bewürbe sie sich darum, in eine Wohngemeinschaft aufgenommen zu werden. Dabei wollte sie doch nur einen gebrauchten Camper kaufen. Einen Camper, von dem seine Vorbesitzer wie von einem Familienmitglied sprachen.

Seit der Rückkehr von der Asienreise hatte Ivy ein Jahr auf einem Unterstellplatz zusammen mit anderen Campvehikeln verbracht, erfuhr Susanne. Offenbar wollten sich Sylvie und Anders die Tür zu einem erneuten Aufbruch noch einen Spaltbreit offen halten.

»Es gibt Zeiten zum Reisen, und es gibt Zeiten zum Dableiben. Tscha, für uns ist jetzt erstmal Dableiben angesagt.« Sylvie legte die Hand auf ihren Bauch. »Wir hätten Ivy auch in die Zeitung setzen können, aber wir wollten, dass sie jemand sieht und sich in sie verliebt.«

Susanne nickte schweigend. Das war wirklich etwas absurd.

»Gefällt dir, wie sie bemalt ist?« Marie übernahm die Befragung.

»Ja, klar. Ganz besonders die Lotosblume. Sieht aus wie ein drittes Auge.«

Die Johannsens lächelten.

»Fährst du auch mit ihr nach Indien?«

Susanne zögerte. Ging das dieses Kind etwas an? »Ich weiß noch nicht, wohin ich fahre. Der Weg ist das Ziel, oder etwa nicht?«

»Genau so sind wir damals auch aufgebrochen.« Sylvies Blick wurde wehmütig. »Ivy hat uns immer die richtige Route gezeigt.«

»Und du? Willst du allein los?« Auch Anders ging zum Du über. Seine hellen Augen schienen nach irgendetwas in Susannes Gesicht zu forschen.

»Ja, das will ich.« Während sie es sagte, wurde ihr seltsam flau im Magen. »Habt ihr auf eurer Fahrt viele getroffen, die allein unterwegs waren?«

»Lizzie war allein unterwegs«, mischte sich Marie ein. »Wir haben sie in Thailand getroffen. Die war klasse. Und auch schon ziemlich alt.«

Susanne zuckte zusammen.

»Das war echt eine verrückte englische Nudel. Über siebzig. Nach dem Tod ihres Mannes holte sie den Wohnwagen vom Dauercamperplatz, und auf ging es.« Sylvie lächelte.

»Erinnerst du dich an ihren umwerfenden Satz?«, fragte Anders. »Traveling makes you aware of your loneliness. Da kannst du Bücher drüber schreiben.«

»Das ist ja nichts Negatives«, fügte Sylvie schnell hinzu. »Es ist einfach nur wahr. Reisen macht dir bewusst, wer du bist.«
Sie und Anders sahen sich an. Es lag so viel wortlose Verbundenheit in diesem Blick, dass Susanne irgendwo in der Herzgegend einen ziehenden Schmerz spürte. Sie straffte die Schultern. Sie wollte keine verdammte Rührseligkeit.
Etwas Schweres, Warmes stieß an ihre Beine. Mit leisem Schrecken stellte sie fest, dass Minou den Kopf auf ihre Knie gelegt hatte. Aus ihrem einen Auge schaute sie wissend zu ihr auf. Vorsichtig hob Susanne die Hand und kraulte den Hund zwischen den Ohren.

16

Es regnete. Regnete mit einer Heftigkeit, die selbst für einen Hamburger Juni untypisch war. Auf dem Bürgersteig vor dem Fenster staute sich das Wasser zu einem See. Die stetig fallenden Tropfen bildeten darauf Blasen, in denen der rotblaue Neonschriftzug der Außenreklame hundertfach schillerte. Susanne hatte sich diesen Abend in den letzten Tagen so oft vorgestellt, während sie ihre persönlichen Sachen aus der Wohnung in den Keller schleppte. Wie sie ihrer Untermieterin den Schlüssel übergab. Als Letztes noch den Rucksack mit dem Geld und den Papieren überwarf. Die Treppen hinunterstieg, die Haustür zum letzten Mal hinter sich schloss. Die CDs, die sie mitnehmen wollte, hatte sie mit Sorgfalt ausgewählt, die für diese erste Nacht obenauf in die Tasche gelegt. Hannes Wader. Leonard Cohen. Bob Dylan. Sie würde in die zunehmende Dunkelheit hineinfahren. Die Idee gefiel ihr.

Mit allem Möglichen hatte sie gerechnet. Auch damit, dass das Wohnmobil nicht sofort anspringen würde. Bei zwei von vier Übungsfahrten tat es das jedenfalls nicht. Ivy habe zu lange herumgestanden, meinte Anders. Wenn sie erstmal merke, dass es wieder auf große Fahrt gehe, sei sie voll da.

Womit sie nicht gerechnet hatte, war der Regen. Während sie in der mit all den leeren Regalen seltsam nackt wirkenden Wohnung auf die Untermieterin wartete, verfinsterte sich der Himmel. Als sie schließlich mit dem Rucksack vor die Haustür trat, peitschte kalter Wind ihr das Wasser fast senkrecht ins Gesicht. Es war der Moment, in dem sich abgrundtiefe Verzagtheit über sie legte und ein Gedanke in ihren Kopf schoss, der jeden Rest von Erhabenheit des Aufbruchs zunichtemachte. Sie hatte keine Wohnung mehr. Keinen Ort, an dem sie in Kälte und Regen geborgen war. Gut, sie hatte das Wohnmobil. Doch die Vorstellung, jetzt in dieses nasse Grau hineinzufahren, erschien ihr plötzlich unsagbar traurig.

»War der Salat okay?« Die Bedienung unterbrach Susannes sentimentale Betrachtung der Regenpfütze vor dem Fenster. Es war wieder die Blondine. Sie räumte die Reste der Putenbruststreifen an Rucola ab, ohne eine Antwort abzuwarten, und deutete mit dem Kopf in Richtung des Weinglases. »Noch einen Soave?«

Susanne zögerte. Wenn sie im Lauf dieser Nacht noch losfahren wollte, war ein zweites Glas keine besonders gute Idee. Andererseits hätte sie dann auch das erste schon nicht trinken dürfen. Sie nickte. »Ja, ich nehme noch einen.« Würde sie eben erst am nächsten Morgen aufbrechen. Ein letzter Soave im Maisenberg hatte ja auch eine gewisse Symbolik.

Sie ließ den Blick durch den vertrauten Raum streichen. Wie oft war sie hier gewesen. Und wie viele Dinge in ihrem Leben waren hier zu Ende gegangen. Susanne stützte den Kopf auf die Hände. Seltsam, dass ihr das vorher nie aufgefallen war. Da drüben an dem Tisch gleich am Eingang hatte Peer ihr gesagt, dass er todkrank war und die Agentur verkaufte. Neben dem Durchgang zur Küche beschlossen Wolfgang und sie ihre vernünftige Trennung. An genau dem Fenstertisch, an dem sie jetzt saß, hatte sie zwei Wochen zuvor ein paar Abschiedsgläser mit Katharina und David getrunken. Und dabei erfahren, dass Sandra tatsächlich mit dem postapokalyptischen Katanka-vor-dem-Szeneclub-Spot zum Kunden gegangen war. Sie hatte den

Zuschlag für den Werbeetat damit nicht bekommen. Natürlich nicht.

Susanne nahm einen Schluck aus dem neuen Glas, das die Blondine gebracht hatte. Sie wollte nicht wieder rührselig werden. Sie könnte schon in den Kasseler Bergen sein, wenn diese verdammte Rührseligkeit ihr vorhin vor der Haustür nicht die Kehle zugedrückt hätte. Auf was für ein Zeichen zum Aufbruch wartete sie eigentlich noch?

»So ganz allein heute Abend? Das ist ja ein seltener Anblick.«

Susanne drehte sich um. Am Nebentisch saß der ehemals bekannte Fernsehseriendarsteller. Hatte er sie wirklich angesprochen? Jahrelang hielt er es nicht einmal für nötig, erkennend in ihre Richtung zu nicken. Er hob sein Glas und prostete ihr zu.

»Scheint heute Ball der einsamen Herzen zu sein.« Demonstrativ musterte sie die leeren Stühle an seinem Tisch. Keine lockenmähnige Schönheit weit und breit.

»Wer jetzt kein Haus hat, baut sich keines mehr. Wer jetzt allein ist, wird es lange bleiben«, deklamierte er. Ein vages Lächeln spielte um seinen Mund. »Schade eigentlich, nicht?«

Dieses Lächeln. Vielsagend. Jungenhaft. Ein bisschen verschmitzt. Ja, natürlich! So lächelte der Kreuzfahrtschiffsarzt, den er mal gespielt hatte. Seine erfolgreichste Rolle. »Das ist ein Herbstgedicht«, sagte sie. »Und ich sollte schon weit fort sein.«

»Sollten wir das nicht alle?« Er war ziemlich betrunken, stellte Susanne fest. Sie versuchte sich an seinen Namen zu erinnern. Es war irgendwas Hamburgisches wie Jan Hansen oder Jörn Petersen. In seinen Gesichtszügen waren noch Spuren einstiger Attraktivität zu erkennen. Er hatte sinnliche Lippen. Die aufgedunsenen Lider jedoch zeugten von zu vielen Maisenberg-Nächten mit zu viel Alkohol. Sie fragte sich, was all diese jungen Mädels noch an ihm fanden. Er lächelte sein Schiffsarztlächeln und sagte mit etwas schwerer Zunge: »Sie sind eine interessante Frau.«

»Ach tatsächlich?« Sie konnte es nicht lassen. Sie legte den Kopf leicht schief, hob die Augenbrauen, verzog einen Mundwinkel zu einem melancholisch bedeutungsschweren Ausdruck und sah ihm tief in die Augen. Früher, als sie solche Spielchen öfter spielte, funktionierte diese Geste immer sehr gut. Im Grunde bist du der Traum meiner schlaflosen Nächte, aber das Schicksal reißt mich fort, signalisierte sie Jan Petersen also. Zufrieden registrierte sie die Wirkung.

Er beugte sich vor. Sein Blick flackerte. »Mensch, Mädel, wir sind wie Schiffe, die sich nachts begegnen«, krächzte er mit rauher Stimme.

»Tja, leider muss ich los ins Trockendock.« Sie stand auf, schulterte den Rucksack und nickte dem ehemals bekannten Fernsehseriendarsteller noch einmal zu. Er starrte sie sichtlich fassungslos an. Im Weggehen merkte sie, dass das Weinglas, das sie auf ihrem Tisch zurückließ, noch fast voll war. Es war ein gutes Gefühl. Sie zahlte an der Theke und ging, ohne einen letzten Blick zurückzuwerfen.

In der Eingangstür stieß sie mit einem Paar zusammen, das engumschlungen ins Maisenberg hineinstrebte.

»Oh, hallo!« Lotte löste den Kopf von Wolfgangs Schulter.

»Hallo. Heute ohne Nachwuchs unterwegs?«

»Wir haben zum ersten Mal seit Darias Geburt einen Babysitter.« Lotte lächelte. Wolfgang schien das Logo des Maisenberg über dem Eingang zu studieren.

»Das ist ja sicher mal wieder schön«, bemerkte Susanne.

»O ja. Wir waren im Kino. Und jetzt ...« Lotte blickte auf Wolfgang, als würde sie erwarten, dass er auch etwas sagte.

»Jetzt wollten wir noch ein Glas Wein trinken«, sagte er also.

»Gute Idee. Und dein Lieblingstisch in der Ecke ist sogar frei.«

Er sah Susanne mit einem leicht gequälten Gesichtsausdruck

an. Einen Moment schaute sie schweigend zurück. »Also dann, habt noch einen schönen Abend.« Sie wandte sich zum Gehen. Von Lotte klang ein frohgemutes »Danke, werden wir!« hinter ihr her.

Es regnete immer noch. Susanne zog die Kapuze ihres Parkas über. Sie spürte die Nässe kaum. So etwas wie ein Glühen breitete sich in ihrem Körper aus. »Die Straße gleitet fort und fort …« Sie verwarf den Gedanken, für diese Nacht in ein Hotel einzuchecken. Was für eine lächerlich verzagte Idee.

Sie beschleunigte den Schritt und passierte das Haus, in dem sie bis vor ein paar Stunden gewohnt hatte. In ihrem Schlafzimmer brannte Licht. Die Untermieterin war also sofort eingezogen. Sie zuckte mit den Schultern. Na und? Ihr Zuhause war ab sofort die Ferne.

Ivy parkte zwei Häuserblocks entfernt. Susanne schloss die Tür zur Wohnkabine auf und fand nach einigem Suchen den Schalter für die Beleuchtung. Die Johannsens hatten auch die Holzausstattung des Innenraums liebevoll bemalt. Die Schranktüren waren mit indischen Blumenmotiven verziert. Im winzigen Bad zogen bunte Elefanten über die Wände, der hintere hakte sich jeweils am Schwanz des vorderen ein.

Sie zog die nassen Jeans aus und hängte sie zum Trocknen über die Sitzbank am Esstisch. Dann kletterte sie die sechs Trittleiterstufen hinauf zum breiten Bett im Alkoven. Es gab Fenster zu beiden Seiten und eines im Dach. Von unglaublichen Sternennächten hatten Sylvie und Anders geschwärmt. Die Wolken am Ottensener Nachthimmel leuchteten hell im Widerschein der Lichter des nahen Containerhafens. Susanne schloss den Sichtschutz, rollte sich unter der Bettdecke zusammen und lauschte auf das gleichmäßige Klopfen der Regentropfen auf dem Dach. »Morgen früh geht es los, versprochen«, flüsterte sie Ivy zu. »Höchste Zeit, von hier abzuhauen.«

17

Susanne fuhr so heftig aus dem Tiefschlaf hoch, dass sie sich den Kopf am Wagendach stieß. Da war ein Geräusch. Oder hatte sie geträumt? Sie öffnete den Sichtschutz einen Spaltbreit. Es war noch dunkel. In dem Moment hörte sie das Geräusch wieder. Es klopfte an der Tür des Wohnmobils.
Sie hielt den Atem an. Wer zum Teufel wusste, dass jemand hier im Wagen war? Unsicher spähte sie aus dem Alkoven nach unten. Das Licht über dem Esstisch brannte. Sie hatte vergessen, es auszuschalten.
Es klopfte erneut, lauter und drängender.
»Hallo, jemand zu Hause? Machen Sie bitte auf. Hier ist die Polizei«, rief eine Frauenstimme.
Susanne stieg die Trittleiter hinunter, rutschte an der untersten Stufe ab und rempelte unsanft gegen die Sitzbank. Vorsichtig schob sie die Jalousie am Türfenster ein Stück zur Seite. Draußen standen zwei Streifenpolizistinnen. Zögernd öffnete sie.
»Moin, moin, junge Frau.« Die ältere der beiden Polizistinnen tippte mit der Hand an ihre Mütze. »Könnte es sein, dass Sie hier campen?«
»Das wäre nämlich nicht erlaubt«, fügte die andere munter hinzu.
Beide Frauen trugen ihre Haare straff zu Pferdeschwänzen zurückgebunden und kauten Kaugummi. Sie strahlten eine lederjackige Strenge aus, die sie auf nächtlicher Streifenfahrt in Hamburg sicherlich brauchten.

»Nein, nein, ich campe nicht«, beeilte sich Susanne zu versichern. »Ich bin sozusagen schon unterwegs.«
»Dann sollten Sie sich vielleicht vorher 'n büschen mehr anziehen«, bemerkte die Ältere mit amüsiertem Grinsen.
Erst da fiel Susanne auf, dass sie nur im T-Shirt in der Wohnmobiltür stand.
»Guter Tipp, danke«, sagte sie ebenfalls grinsend.
»Wo soll es denn hingehen? Ist ja eine interessante Kiste, die Sie da fahren.« Die Beamtinnen waren in Plauderlaune, wie es schien.
»Öh, erstmal Richtung Süden.«
»Und kurz vor der Sonne links ab, näch?« Die jüngere Polizistin fand ihre Bemerkung so witzig, dass sie sich fast am Kaugummi verschluckte. Aus dem vor Ivy geparkten Streifenwagen erklang das elektronische Piepsen eines Sprechfunkgeräts. Immer noch prustend spurtete sie hin.
»Kundschaft«, rief sie gleich darauf. »Komm, Britta, wir müssen.«
Britta nickte Susanne zu. »Na dann man gute Reise.«
Die beiden preschten mit Blaulicht davon. Susanne lehnte am Türrahmen und atmete tief durch. Es regnete nicht mehr. Vom Hafen drang das niemals endende dumpfe Dröhnen herauf, mit dem die Roboterkräne Container übereinanderstapelten. Die Luft war klar und sehr kühl.
»Es war die kalte Stunde vor der Dämmerung.« Susanne lächelte, als ihr dieser Satz aus *Der Herr der Ringe* plötzlich wieder in den Kopf schoss. Die Stunde, in der Tolkiens Helden zu ihren schicksalhaften Wanderungen aufzubrechen pflegten. Konnte es einen symbolträchtigeren Moment für ihren eigenen Aufbruch geben? Sie schickte ihren uniformierten Freundinnen einen warmen Dank hinterher. Ohne die beiden hätte sie den Sonnenaufgang glatt verschlafen.

18

Auf der Uhr am Armaturenbrett war es drei Uhr dreißig. Susanne steckte den Schlüssel ins Zündschloss und hielt den Atem an. Der Motor startete sofort. Mit zufriedenem Dieselbrummen glitt Ivy aus der Parkbucht. Ottensen schlief noch. Hinter den Fenstern der stuckverzierten Fassaden brannte kaum ein Licht. Susanne beschloss, nicht den kürzesten Weg zur Autobahn zu nehmen. Sie steuerte Richtung Zentrum, um Hamburg über die Elbbrücken zu verlassen. Noch einmal durch die Stadt zu fahren, in der sie mehr als zwanzig Jahre lang gelebt hatte, schien ihr ein angemessener Abschied zu sein. Außerdem ersparte ihr diese Route ein Wendemanöver. Hinter Ivys Lenker fühlte sie sich immer noch wie in einem Vierzigtonner.

Sie verließ das kuschelig enge Ottensen. Jenseits der Max-Brauer-Allee säumten Rotklinker-Wohnblocks die Straßen Altonas. Als sie St. Pauli erreichte, legte die Dämmerung ein mattes Blaugrau über die Reeperbahn. Sie hatte nie romantische Gefühle mit dieser Ansammlung von tristen Betonbauten an einer vierspurigen Durchgangsstraße verbunden. Im fahlen ersten Morgenlicht wirkte die Gegend noch trostloser.

Susanne fröstelte. Eine große Tasse Kaffee, das war, was sie brauchte. Sie erinnerte sich, dass es an der Reeperbahn eine Tankstelle gab, die die ganze Nacht geöffnet hatte. Im gleichen

Moment sah sie den hell leuchtenden Esso-Schriftzug zur Rechten. Vorsichtig manövrierte sie das Wohnmobil in eine komfortabel breite Parkbucht vor dem Verkaufsraum.
An der Theke drängte sich ein Pulk sehr junger, sehr blasser Nachtschwärmer aus den umliegenden Clubs. Dabei war es Dienstag, ein ganz normaler Wochentag. Susanne runzelte die Stirn. Mussten die nicht in die Schule, die Uni, zur Arbeit? Vor der Kaffeeausgabe hielt sich ein Pärchen aneinander fest und schien dabei eingeschlafen zu sein.
»Wartet ihr auf irgendwas?«, fragte Susanne.
Das Mädchen drehte den Kopf in ihre Richtung. Es sah sie an, als wäre sie eine Traumerscheinung. Sein bleiches Gesicht wirkte mit den schwarz umrahmten Augen und den rasierten, dunkel nachgezogenen Brauen wie eine Maske.
»Lassmaldiemuttidurch«, murmelte es und zog ihren Freund auf die Seite.
Susanne bestellte Milchkaffee und trank ihn begierig sofort. Einen zweiten Becher und zwei Käsebrötchen nahm sie mit zum Wohnmobil. Auf dem Weg dorthin überholte sie das junge Glück von der Kaffeetheke. Das Mädchen stakste unsicher auf hohen Keilabsätzen in den heller werdenden Morgen. Ihm musste kalt sein in diesem albernen schulterfreien Glitzertop. Aber wahrscheinlich merkte es das gar nicht. Susanne fragte sich, ob es überhaupt schon achtzehn war. Sie versuchte sich vorzustellen, was Michaela wohl sagen würde, wenn ihre geliebte Sarah in einem solchen Zustand nach Hause käme.
Michaela! Schlagartig fiel ihr wieder ein, was die Freundin ihr zum Abschied mit auf den Weg gegeben hatte.
»Du musst uns alle drei Tage deinen Standort melden, hörst du?«
»Warum bitte das denn?«

»Es weiß doch sonst keiner, wo du bist. Wenn dir was zustößt, dauert es ewig, bis jemand das merkt.«
Wieder löste diese typische Theo-Idee in Susanne wütende Mattigkeit aus. »Skelettierte Frauenleiche in Alkoven eines Wohnmobils auf Autobahnparkplatz entdeckt. Ein Jahr lang vermisste sie niemand!« Sie sah die Schlagzeile vor sich, dazu ein Foto der unglücklich dreinblickenden Michaela mit dem Zitat: »Wir haben es kommen sehen.«
Sie kletterte zurück hinters Steuer. Saß minutenlang einfach nur da, trank Kaffee und dachte nach. Wie konnte es sein, dass sie nach all den Jahren niemanden in Hamburg zurückließ, der sie vermissen würde? Allerdings musste sie zugeben, dass es in der Stadt auch niemanden gab, bei dem sie hätte bleiben wollen. Leute waren gestorben. Leute hatten geheiratet. Ihr waren immer seltener Menschen begegnet, die sie interessierten. Sie kam ohnehin so gut wie nie vor acht Uhr abends aus der Agentur.
Traveling makes you aware of your loneliness. Vielleicht hätte sie einen Hund als Gefährten für die Reise aus dem Tierheim holen sollen. Oder den ehemals bekannten Fernsehseriendarsteller fragen, ob er mitkommen will. Bei dem Gedanken musste Susanne plötzlich so lachen, dass sie fast den Rest Kaffee verschüttete.
»Was für ein Blödsinn«, sagte sie laut. Wollte sie nicht wild und gefährlich leben? Einsamkeit war der Preis der Freiheit. Sie kramte in ihrer Musiksammlung nach Hannes Wader und startete den Motor. Beim Ausparken streifte ihr Blick die Bushaltestelle an der Ecke. Dort stand das Mädchen mit dem Glitzertop und übergab sich in einen Papierkorb.
Fluchend parkte Susanne wieder ein und lief hinüber. Das Mädchen übergab sich immer noch.
»Wo ist denn dein Freund geblieben?«, fragte Susanne.

»Welcher Freund?«
»Na der, mit dem du gerade in der Tankstelle warst.«
»Ach, der. Hab ich nur so getroffen. Kenn ich nich.« Das Mädchen zitterte.
»Und wo willst du jetzt hin?«
»Nach Hause.« Es klang kläglich.
»Wo ist denn das?«
Das Mädchen nannte eine Adresse am Blankeneser Ende der Elbchaussee.
»Da stehst du aber an der falschen Haltestelle. Dein Bus fährt da drüben.« Susanne wies auf die andere Reeperbahnseite. Das Mädchen sah aus, als verstünde es nicht. Nie im Leben war es achtzehn.
»Mir isso schlecht.«
Susanne seufzte. Was war eigentlich in sie gefahren? Derlei Anfälle von mütterlicher Fürsorglichkeit kannte sie von sich nicht. Sie sah sich um. Ein paar Meter weiter war ein Taxistand. Sie winkte den vordersten Wagen heran. Zögernd stieg der Fahrer aus.
»Hier, bringen Sie die junge Dame heim.« Susanne gab ihm vierzig Euro. Das sollte reichen.
»Die kotzt mir doch den Wagen voll.« Argwöhnisch betrachtete der Mann seine Passagierin.
»Schon mal was von Beförderungspflicht gehört?« Susanne schob das Mädchen auf den Rücksitz. Dabei schoss ihr ein verrückter Gedanke in den Kopf. Wie hieß gleich wieder dieser Banker-Spross von der Elbchaussee, mit dem Michaelas Tochter verkehrte?
»Lena!?«
Das Mädchen fuhr herum und starrte sie an.
»Äh, schon okay.« Susanne schlug die Tür zu und sah dem abfahrenden Taxi nach. Bestimmt gab es Dutzende von Lenas an

der Elbchaussee. Abgesehen davon war die Kleine nicht ihr Problem. Ihr Problem war, dass es halb fünf war und die Sonne bald aufgehen würde. Wenn sie Hamburg bis dahin hinter sich lassen wollte, musste sie sich beeilen.

Als vor ihr die gewundene Stahlkonstruktion der Norderelbbrücke auftauchte, spürte sie endlich wieder das innere Glühen. Sie war unterwegs! Auf der Gegenfahrbahn tröpfelten frühe Pendler dreispurig in die Stadt. Ivy floss im Strom der Fernlaster, die aus den Hafenanlagen der Veddel und den Gewerbegebieten Moorfleet und Billbrook gesickert waren, hinaus in die Welt.
Mit leiser Wehmut erinnerte Susanne sich, wie die Stadtteilnamen für sie wie Meer und Weite und Abenteuer klangen, als sie zum allerersten Mal nach Hamburg hineinfuhr; in diesem alten Käfer, zusammengespart in unzähligen Nachtschichten bei der Bielefelder Telefonauskunft. Ihr ganzer Stolz war der Kassettenrekorder, den Harald ins Handschuhfach eingebaut hatte. Harald, ihr WG- und Bettgenosse, der fand, Privatbesitz korrumpiere, was besonders für Autos galt. Als sie damals die Elbe überquerte, wusste sie, dass sie nie wieder in Bielefeld leben würde.
Sie stellte fest, dass sie keine Lust hatte, sich in diesem Moment in Mutmaßungen über eine Rückkehr nach Hamburg zu ergehen. Es war schon ein Zugeständnis an Theosche Kleinmütigkeit, die Wohnung nicht aufzugeben, sondern erstmal für ein Jahr unterzuvermieten. Da sie nie luxuriös lebte, hatte sie außer der Abfindung auch noch einiges an Erspartem. Wenn sie es sich nicht zur Gewohnheit machte, zugedröhnten Mädchen Taxiheimfahrten zu spendieren, kam sie länger als ein Jahr sorgenfrei hin. Es war ein wildes, gefährliches Leben mit Sicherheitsleine, in das sie aufbrach.

Alles reichlich bürgerlich also! Der Gedanke gefiel ihr nicht. Überhaupt nicht. Wo war die Wader-CD, die sie an der Tankstelle herausgesucht hatte? Es gab so viele Ablageflächen in diesem Wagen. Sie griff hinüber zum Beifahrersitz und bremste dabei ab. Hinter ihr dröhnte die Hupe eines Lastwagens. Sie fuhr zusammen. Im Rückspiegel war nur der Kühlergrill zu sehen, so nah war der Fahrer aufgefahren.
»Idiot«, zischte sie und zog die CD unter der Tüte mit den Käsebrötchen hervor. Der Lastwagen, einer dieser Möchtegerngiganten, die mit viel Aluminium aufgemacht waren wie amerikanische Trucks, setzte zum Überholen an. Sie legte die CD ein und suchte den Titel, den sie für die Elbüberquerung vorgesehen hatte. Der Lkw zog gleichauf mit Ivy. Aus dem Führerhaus glotzte der Beifahrer hinunter, ein dürrer, schnurrbärtiger Glatzkopf. Er sagte etwas zu seinem Kumpel am Steuer. Wie es aussah, war das nichts besonders Frauenfreundliches.
Susanne drückte den Startknopf des CD-Players, winkte dem Glatzkopf zu und gab Gas. Ivy war nicht gerade eine Rakete, hatte jedoch, wie Anders Johannsen es liebevoll beschrieb, einen starken, tapferen Motor. Der Lkw blieb zurück. Die Elbe glitzerte unter dem blau-weißen Morgenhimmel.
»Ich bin unterwegs nach Süden und will weiter bis ans Meer.« Susanne schossen Tränen in die Augen, als sie die Liedzeile hörte. Hatte sie nicht ihr Leben lang von diesem Moment geträumt? In dem Moment drang aus den Tiefen des Motorraums ein Geräusch wie das Klirren von rostigen Ketten. Sie drehte die Musik leise und lauschte. War da was? Ivys Diesel schnurrte ruhig und gleichmäßig. Sie musste sich verhört haben.
Sie nahm ein Käsebrötchen. Etwas in ihr hatte gerade eine Entscheidung getroffen. Sie würde an diesem Tag noch so weit wie möglich fahren, wollte abends nicht mehr in Deutschland sein.

Sie stellte Hannes Wader wieder auf laut. Inzwischen lief schon der nächste Titel.
»Heute hier, morgen dort, bin kaum da, muss ich fort.« Susanne sang mit, während sie sich am Horster Dreieck auf die A7 Richtung Süden einordnete.

Teil II

Engelsgrund

19

»Also ...« Bernd Huber erhob sich von der Gartenbank, von der aus er die letzte halbe Stunde den Fortgang der Ereignisse beobachtet hatte, und streckte sich. »I müssd jetzt dann mal wieder schaffe.«

So wie der rundliche Mann in blauer Arbeitslatzhose die Bemerkung in den sonnenbeschienenen Hof warf, klang es, als könnte er von dieser Verpflichtung jederzeit zurücktreten, falls es interessante Neuigkeiten gäbe. Der Benni, wie Huber den Besitzer des mit diversen Autoteilen übersäten Anwesens vorgestellt hatte, reagierte nicht. Mit dem Ausdruck höchster Konzentration beugte er sich unter Ivys geöffnete Motorhaube und betastete dort etwas.

»Der Benni kriegt das schon gedeigselt.« Huber zwinkerte Susanne aufmunternd zu. »Sie hen so ein Glück ghätt, dass i da grad vorbeikomme bin.«

Susanne stöhnte innerlich auf. Sie hatte das Gefühl, jeden Moment den ersten Heulkrampf ihres Lebens kriegen zu müssen. Was für ein Alptraum war das?

Wie im Rausch war sie gefahren, weiter, immer weiter nach Süden. Mit jedem Kilometer wurde das Wetter schöner. Mit jedem Kilometer wuchs in ihr die traumwandlerische Sicherheit, dass die Straße ihr den richtigen Weg wies. Ohne eine Sekunde zu zögern, nahm sie am Bad Hersfelder Dreieck die A5 Richtung Frankfurt. Mittags glitzerten die Bürotürme der

Bankenstadt vor ihr in der Sonne. Eine Welle der Euphorie durchflutete sie. Bis Einbruch der Dunkelheit würde sie längst in Frankreich sein.
Vom Taunus stieg die Autobahn hinab in die weite Niederung der Rheinebene. Ivy machte Tempo, als würde sie bereits das Mittelmeer wittern. Ab Karlsruhe rückten im Osten die Höhenzüge des Schwarzwalds heran. Hinter Baden-Baden meinte Susanne zum zweiten Mal, irgendwo das Rasseln rostiger Ketten zu hören. Doch wieder klang das Brummen des Motors danach völlig normal. Für die nächste halbe Stunde jedenfalls. Plötzlich gab es einen Schlag, verbunden mit einem schrecklich metallenen Geräusch. Sämtliche Warnlampen leuchteten auf. Mit einem letzten Motorrasseln blieb Ivy auf dem Seitenstreifen stehen. Dann wurde es still.
Es war etwas Schlimmes passiert. Susanne spürte das instinktiv. Sagte sich, dass es albern war, weiter mit den Händen am Steuer dazusitzen. In dem Moment hielt vor ihr auf der Standspur ein Kleinlaster mit Autotransportanhänger. »Der Huber-Blitz – wir fahren alles« stand auf der Plane.
Zwanzig Minuten später war Ivy auf den Anhänger verladen. Mit diversen »Herjejejeje« hatte Bernd Huber einen Blick unter die Motorhaube des Wohnmobils geworfen und befunden: »Damit tät i nimmer fahren.« Was Susanne von seinem Vortrag in einem zischelnden Dialekt verstand, war, dass die Werkstätten in Autobahnnähe allesamt von Halsabschneidern und »Schluderern« betrieben wurden. Er aber könne sie zu einem Kumpel bringen, »dem Benni«, der so etwas wie ein Gott unter den Automechanikern sein musste.
So stieg Susanne niedergeschlagen zu ihm in den Transporter. »s'git badische & unsymbadische« stand auf einem Sticker am Armaturenbrett. Sie fuhren von der Autobahn ab, ließen eine größere Kreisstadt links liegen und folgten einer Bundesstraße

in einen weiten Taleingang hinein. Schon die Römer seien durch dieses Tal gezogen, erklärte Huber mit unverhohlenem Heimatstolz. Die Gewerbegebiete, die sich inzwischen zu beiden Seiten der dreispurigen Fahrbahn aneinanderreihten, stammten allerdings ganz offensichtlich aus nachrömischer Zeit.

Bennis Werkstatt stellte sich als ehemaliges Bauernhaus mit großem Hof heraus, gelegen zwischen einem Supermarkt und einer Schreinerei. »Willkommen in Haggerach, Tor zum Schwarzwald« grüßte das Ortsschild. Gleich dahinter offerierte die Gemeinde: »Gewerbeflächen zu vermieten«.

»Der Benni isch ein verrückter Hund«, hatte Huber gesagt, bevor sie auf den Hof fuhren. »Er isch sowas wie ein Autoflüschterer.«

Susanne fragte sich, was er da die ganze Zeit flüsterte. Seit über einer halben Stunde verharrte der schlaksige Mittvierziger mit angegrautem Pferdeschwanz und Brilli im Ohr in seiner versunkenen Haltung, klopfte mal hier, schraubte mal da. Es war inzwischen fast fünf Uhr, eine goldene Nachmittagssonne beschien die Berge, die an dieser Stelle des Tals enger zueinanderrückten.

»Aha.« Benni richtete sich auf, stützte die Hände in die Seiten und nickte grimmig. »Da haben wir's.«

Huber, der seit seiner Ankündigung, mit der Arbeit weitermachen zu wollen, unentschlossen stehen geblieben war, trat neben ihn. »Und?«

»Der isch hie.«

»Echt hie?«

»Hie!«

Einen Moment lang starrten beide Männer in andächtigem Schweigen hinunter auf Ivys Motor.

»Und was heißt das?« Susanne hörte selbst, wie schrill ihre Stimme klang.

Benni sah sie mit einem Blick an, mit dem ein Arzt eine fatale Diagnose mitteilt.
»Kolbenfresser. Die Zylinder sind komplett hinüber. Hat sogar die Kurbelwelle zerhauen. Haben Sie denn vorher keine verdächtigen Geräusche gehört?«
»Ich ahnte doch nicht ...« Susanne schluckte. »Können Sie das reparieren?«
»Pffft.« Er zog die Schultern hoch. »Isch ein altes Modell. Müsst i versuchen, ob i da überhaupt noch ... Kann auf jeden Fall dauern. Austauschmotor ginge schneller.«
»Was würde der kosten?«
»Na ja, so vier-, fünftausend.« Er bemerkte Susannes entsetzten Blick. »Könnt i vielleicht auch billiger besorgen. Dauert dann aber auch wieder.«
»Ich wollte doch heute Abend schon weit unten in Frankreich sein.« Natürlich war es kindisch, so etwas zu sagen. Aber Susanne fühlte sich plötzlich wie ein Kind, dem man seine gerade gebaute LEGO-Ritterburg mit einem Hammer kaputt haut, einfach so. In ihr waren nur noch Müdigkeit und Leere. »Gibt es hier im Ort irgendwo eine günstige Pension?«
Benni sah sie nachdenklich an. Dann legte er ihr die Hand auf die Schulter.
»Wissen Sie was? I hab da grad eine Idee ...«

20

Der Ortskern von Haggerach schmiegte sich auf der östlichen Talseite an den Ausläufer eines Bergkamms. Es gab Reste einer Stadtmauer, begonienkästengeschmückte Fachwerkhäuser, eine schmale Hauptstraße mit ein paar Geschäften, einen kopfsteingepflasterten Marktplatz, auf dem ein von Bänken umstandener Brunnen plätscherte. Am Rande des Platzes parkte Bernd Hubers Transportergespann, was einen kleinen Verkehrsstau ausgelöst hatte. Huber stand neben einer der Bänke am Brunnen und war in ein gestenreiches Gespräch mit zwei älteren Männern vertieft.

»Der Huber isch ein Oberschwätzer«, bemerkte Benni und hob im Vorbeifahren grüßend die Hand in Richtung der beiden Senioren auf der Bank. Zu Susannes Überraschung hatte er einen alten Porsche aus der Scheune hinter seinem Haus hervorgeholt. Selbst restauriert, wie er erklärte. »Geiles Auto. Bin früher Rallyes damit gefahre.«

Zügig steuerte er den Wagen durch den Ort, umkurvte einen Hang, in den mehrere Reihen von properen Einfamilienheimen hineingebaut waren. »Wohnen Sie, wo andere Urlaub machen« ermunterte die Werbetafel eines Maklers.

Sie ließen das Neubaugebiet hinter sich und bogen nach der Hangnase in einen schmalen Wirtschaftsweg ab. Unvermittelt öffnete sich vor ihnen der Blick in ein tiefgrünes Tal. Zwischen sanft hintereinander ansteigenden bewaldeten Bergen führte

es auf eine Kette höherer Gipfel im Südosten zu. Wildblumen blühten in saftigen Wiesen. In der Mitte rauschte ein Bach. Der Weg folgte dem Wasser einige Kilometer talaufwärts. Ab und zu kamen sie an Bauernhöfen vorbei.
»Das ist ja wie im Bilderbuch.« Susanne warf Benni einen Seitenblick zu.
»Hm.«
Im Gegensatz zum Huber-Blitz war der Autoflüsterer nicht besonders gesprächig. Sie fand das angenehm, verspürte wenig Lust, über ihre Reisepläne zu reden.
Hinter einer scharfen Kehre trabte ihnen am Bachrand ein Reiter entgegen. Benni trat auf die Bremse. Der Reiter nahm grüßend seinen Cowboyhut ab.
»Hallo, Manni, wie geht's?«
»Hajo, prima. Bleibt's bi Samschdaag?«
»Klarer Fall. Um halb sieben bauen wir auf. Das isch übrigens Susanne. Die wohnt für eine Weile in meinem Hüttle.«
»Also dann ...« Manni nickte Susanne zu, die sich fragte, was Benni mit »einer Weile« meinte. Dann setzte er den Hut wieder auf, tippte lässig an die breite Krempe und trabte davon.
»Der Manni.« Benni sah ihm nach. »Der wollte nach Kanada auswandern, in die Wildnis.«
»Hat aber wohl nicht geklappt?«
»Er hatte hier schon alles aufgegeben. Aber dann hat ihn am Frankfurter Flughafen so das Heimweh gepackt, dass er nicht hat fliege könne. Lebt jetzt auf einem Hof ganz hinten im Tal.«
Ein paar Minuten fuhren sie wieder schweigend. Plötzlich begann Benni mit kratziger Stimme *Country Roads* zu singen.
»He, das klingt klasse.«
»Manni und ich haben eine Band zusammen. So, da sind wir. Das Bildstöckle müssen Sie sich merken. Da geht's rein.«

Er stoppte und wies auf eine Steinsäule am rechten Straßenrand. In den oberen Teil der Säule war ein Hohlraum eingelassen. Darin stand eine kleine verwitterte Marienstatue hinter einem schmiedeeisernen Gitter.
»Ist das hier ein Wallfahrtsort?«
»Aber nein. Bildstöckle gibt's viele in der Gegend. Manche erinnern an einen, der gestorben isch, manche an ein überlebtes Unglück. Die meisten stehen einfach da, weil irgendwann mal jemand meinte, da sollte eines stehen.«
»Und das hier?«
»Keine Ahnung. I nehm's halt als Wegmarke zum Abbiegen.«
Kurz hinter der Säule zweigte ein Sandweg in ein kleines Nebental ab. Nach etwa zweihundert Metern durch kniehohe Wiesen erreichte er den Waldrand. Dort stand Bennis »Hüttle«. Ein Holzhäuschen auf einem gemauerten Fundament, dessen Rückseite in den Hang gebaut war. Es hatte Sprossenfenster mit grünen Fensterläden. Das tiefgezogene, geschwungene Dach sah aus, als würde ein großer Vogel seine Flügel schützend darüberbreiten. Vom Haus aus öffnete sich der Blick in das Tal, durch das sie hergefahren waren. Eine abenteuerlich aussehende Stromleitung stelzte an Holzpfeilern über die Wiese herauf. Nur wenige Schritte vom Häuschen entfernt plätscherte ein kleiner Bach. Die Abendsonne tauchte alles in irisierendes Licht.
»Hab i zu viel versprochen? Idylle pur. Und es gibt alles, was man braucht. Küche, kleines Bad. Seit einem Jahr hat es hier sogar Handyempfang.« Benni wies auf einen Mobilfunkmast, der über Baumwipfel auf der anderen Talseite herausschaute. »Aber wenn man das Ding ausstellt, kriegt man nichts mit von der Welt draußen.«
Susanne blickte zu den mächtigen Buchen am Hang über der Hütte hinauf. Der Ort berührte etwas in ihr, ohne dass sie sagen konnte, was das war.

»Warum leben Sie nicht selbst hier?«
»Hab i mal. Früher. Mit meiner Ex.« Er vergrub die Hände in den Taschen. »Isch vorbei. Jetzt vermiet i an Tourischte.«
Eine Weile verharrten sie schweigend.
»Also, was meinen Sie? Isch Zufall, dass des Hüttle frei isch. War eigentlich den ganzen Sommer an ein älteres Paar aus Bremen vermietet. Die haben letzte Woche abgesagt. Vierhundert pro Monat.«
Susanne sah ihn irritiert an.
»Äh, gut, dreihundert. Isch ja eine besondere Situation.«
»Aber ich werde keine vier Wochen hier sein. Ich will weiter, sobald der Wagen fertig ist. Das dauert ja sicher keinen Monat.«
Benni wiegte bedächtig sein Haupt. »Ich tu halt, was ich kann.«
Susanne atmete tief durch. »Okay. Aber wenn ich die Hütte nehme, brauche ich irgendeinen fahrbaren Untersatz, so abgelegen, wie das hier ist.«
»Äh …« Benni kratzte sich am Kopf. Dann leuchteten seine Augen auf. »Na klar, isch kein Problem. I hab einen alten Golf auf dem Hof, den mach i morgen früh fertig und bring ihn her.«
Zehn Minuten später waren die Vorräte, die Susanne im Supermarkt neben der Werkstatt gekauft hatte, in den Kühlschrank geräumt. Benni hatte zwei Flaschen Weißwein aus eigenen Beständen spendiert. »Kleines Willkommen für den erschten Abend.«
Susanne saß auf der Holzbank vor der Hütte und sah ihm zu, wie er wieder in seinen alten Porsche stieg. Plötzlich fiel ihr noch etwas ein.
»He, Benni. Wie heißt das Tal hier eigentlich?«
»Unser Seitental hier oben? Das isch der Engelsgrund.«
Er winkte ihr zu. Kurz darauf preschte der Sportwagen in rasantem Tempo das Tal hinunter. Susanne blickte ihm nach, bis er

in der scharfen Biegung verschwand, an der sie auf dem Hinweg Manni getroffen hatten. Um sie herum zwitscherten Heerscharen von Vögeln ein Abendlied. Die Sonne stand tief über einer Berghöhe im Westen.
Plötzlich fiel ihr ein, was dieser Ort in ihr berührte. Welches Bild er heraufbeschwor. Eine üppig blühende Landschaft. Seltsame, aber im Grunde freundliche Gestalten, die in lieblichen Tälern lebten. Tolkiens Auenland! Sie war in der kalten Stunde vor der Morgendämmerung auf der Suche nach geheimnisvollen Fernen aufgebrochen, um zum Sonnenuntergang bei den Hobbits zu stranden.
Seufzend stand Susanne auf. Blieb nur zu hoffen, dass zum Inventar in Bennis Hüttle ein Korkenzieher gehörte.

21

Dunst stieg auf aus den Wiesen, legte über die Talmulde einen Schleier, der im Widerschein des Abendhimmels pfirsichfarben schimmerte. Unter den Bäumen breitete sich smaragdenes Zwielicht aus. Die Szenerie hatte etwas Unwirkliches. Susanne schenkte sich noch ein Glas von Bennis Riesling ein. Sie konnte nicht aufhören dem Bach zuzuschauen, wie er vorbeifloss. Es ging eine große Ruhe von diesem Fließen aus.

»Hinter den weißen Bergen, dort bei der kleinen Stadt, da steht das Haus, wo Bauer Plath sich niedergelassen hat.« Diese Liedzeile drang plötzlich aus einer sehr tief gelegenen Erinnerungskammer zurück in ihr Bewusstsein. Doch es überraschte sie nicht. Sie passte zu diesem Platz wie kaum etwas anderes, das jemals geschrieben wurde. Wie hieß das Duo gleich? Witthüser & Westrupp. Was für schräge, bekiffte, metaphysische Musik die gemacht hatten.

»Wenn die Sichel des Mondes das Sternenfeld mäht, wenn der Nachtwind vom Bach her die Nebel aufweht, dann hören wir vom Wald her ein fröhliches Klingen und sehen dort Elfen tanzen und singen.« Die Platte lief, als sie ihren ersten Joint rauchte, erinnerte Susanne sich. Sie war im ersten Semester Soziologie an der Uni in Bielefeld, ’77 musste das gewesen sein. Harald hatte ihn ihr gedreht. Sie runzelte die Stirn. Zum zweiten Mal seit ihrem Aufbruch in Hamburg dachte sie jetzt an ihn. Was deutlich mehr war als in den dreißig Jahren zuvor.

Das irritierte sie. Sie war nicht ausgezogen, um in Verklärung ihrer Siebziger-Jahre-Jugend zu schwelgen. Sie suchte etwas anderes auf dieser Reise. Auch wenn sie keine Ahnung hatte, was das war.
Sie schaute hinüber zu den Hängen, die das Tal vor der Welt verbargen. Ihre Konturen zeichneten sich dunkel ab gegen das Nachglimmen der dahinter versunkenen Sonne. Da draußen lag die Rheinebene, in der auch jetzt, in diesem Moment, Menschen auf ihrem Weg nach Norden oder Süden vorbeihetzten, in der Lebensströme flossen. Hier oben floss nur der Bach. Susanne spürte, wie sich ein seltsamer Frieden über sie legte. Sie war an einem aus der Zeit gefallenen Ort.
Und still war es. So still, dass sie die Geräusche der Bäume hören konnte. Sie wisperten, knarrten, raschelten. Darunter das Murmeln des Baches wie ein Flüstern. Oder war da noch etwas? Knackten weiter oben am Hang hinter der Hütte nicht Zweige, als träte jemand darauf?
Das Geräusch riss sie aus ihrer entrückten Stimmung. In den beiden Bauernhöfen, die sie unten im Tal sehen konnte, brannte Licht. Der Engelsgrund lag inzwischen fast im Dunkeln. Eine Dunkelheit, wie sie sie aus Hamburg nicht kannte. Es gab keine Straßenbeleuchtung, wurde ihr mit einem gewissen Erschrecken klar. Sie wusste nicht, wo im Haus der Lichtschalter war. Und die starke Taschenlampe, die sie für die Reise erstanden hatte, lag in Ivys Handschuhfach.
Sie sprang auf. Das Handy! Irgendwo hatte das Ding doch eine LED-Funktion. Susanne suchte in der Tasche ihres Parkas herum. Warum zum Teufel bewahrte sie immer ihren halben Hausrat darin auf? Kracks! Wieder knackte es am Hang, näher dieses Mal. Sie zwang sich, ruhig zu bleiben. Wie wollte sie in einem Wohnmobil unbekannte Fernen erobern, wenn sie schon im friedlichen Baden vor Angst starb? Aber hatte sie

nicht neulich etwas von der Rückkehr der Wölfe in den Schwarzwald gelesen?
Endlich lag das Handy in ihrer Hand. Hektisch drückte sie auf den Tasten herum und flüsterte tonlos »bitte«. Der LED-Strahl flammte auf. Er reichte nicht bis zum Bach, auch nicht bis zum Waldrand. Immerhin war die Wiese vor dem Haus jetzt matt erleuchtet. Rückwärts bewegte Susanne sich auf die Hüttentür zu. Alles in ihr zog sich zusammen. Da war etwas im Dunkeln. Es kam aus dem Wald. Sie hatte die Tür fast erreicht, als sich ein Schatten aus dem Rand des Handy-Lichtkegels löste. Entsetzt starrte sie darauf, unfähig, sich zu bewegen. Es war ein enorm großer schwarzer Hund. Oder war es wirklich ein Wolf? Die Nase dicht über dem Boden, blieb er stehen. Er witterte. Witterte in ihre Richtung. Dann hob er den Kopf. Die Augen leuchteten fahl.
Etwas Eiskaltes kroch Susanne über den Rücken. Zitternd machte sie noch einen Schritt zurück. Ein Fehler. Das Tier hatte sie entdeckt. Es kam langsam näher. In Panik hörte sie sich schreien: »Hau ab, du verfluchtes Mistvieh.« Das zeigte eine gewisse Wirkung. Das Untier setzte sich hin.
»Frodo, zu mir.« Jemand rief es vom Hang, und was immer es war, schoss davon. Als gleich darauf die Gestalt eines hochgewachsenen Mannes im Lichtschein auftauchte, war das große schwarze Wesen nah an seiner Seite. »Ich wusste nicht, dass in der Hütte jemand ist, sonst hätte ich den Hund zurückgehalten«, sagte der Mann. »Aber Frodo tut keiner Maus etwas zuleide.«
»Das sagen sie alle.« Jetzt, da die Panik sich auflöste, wurde Susanne wütend. »Ich wäre vor Angst fast gestorben.«
Der Mann kam näher. »Das tut mir leid. Warum sitzen Sie hier ohne Licht, wenn Sie sich im Dunkeln fürchten?«
»Ich fürchte mich nicht im Dunkeln. Ihr Hund hat mich erschreckt.« Susanne starrte argwöhnisch auf das schwarze Tier,

das am Bein seines Besitzers lehnte. »Haben Sie ihn wirklich nach Frodo aus *Der Herr der Ringe* genannt?«

»Ich hätte ihm das nie angetan.« Er grinste. »Er hieß schon so, als ich ihn aus dem Tierheim holte. Jetzt müssen wir daraus das Beste machen.«

»Ich dachte komischerweise gerade eben, dass mich die Gegend hier ans Auenland erinnert.« Susanne fragte sich, warum sie das diesem wildfremden Typen erzählte. »Ich meine, es wirkt alles so friedlich und die Leute so, nun ja, zufrieden.«

»Zufrieden.« Es sah aus, als würde er darüber ernsthaft nachdenken. »Hm, ja, sie leben im Tal der Seligen, das könnte man schon sagen.«

»Sie sind nicht von hier?«

»Warum?«

»Sie sprechen nicht so.«

Er lachte. In der Sekunde erlosch das LED-Licht.

»Ach, Mist, der Akku ist leer«, fluchte Susanne.

»Dann machen Sie am besten das Licht in der Hütte an.«

»Tja, das suchte ich gerade, bevor Ihr Monster da erschien. Ich bin heute erst angekommen.«

»Der Schalter ist gleich links von der Tür. Darf ich?« Zielsicher fand er den Weg.

Gleich darauf wurde es hell. Es gab sogar eine Außenbeleuchtung. In deren warmen Schein wirkte Frodo nicht mehr dunkel und gefährlich. Er sah eher aus wie ein großer wandelnder Flokati in Schwarz.

»Sie haben hier wohl auch mal gewohnt?«

»Vorübergehend.« Frodos Herrchen trug eine Tasche über der Schulter, die nach Kameraausrüstung aussah, stellte Susanne fest.

»Sie fotografieren den Schwarzwald bei Nacht?«

»Sie stellen viele Fragen. Ist Ihnen das schon mal aufgefallen?«

Er musterte sie nachdenklich. Er hatte ungewöhnlich graue Augen. Susanne fragte sich, wie alt er sein mochte. Die Haare waren grau. In seinem scharf geschnittenen Gesicht lag eine Wachsamkeit, die sie verwirrte. Sie entschied sich, seine Bemerkung zu überhören.
»Tja, jetzt wissen Sie, wo der Lichtschalter ist. Da kann ich ja beruhigt weiterziehen.« Er lächelte ihr knapp zu. »Komm, Frodo.« Der Hund sprang begeistert auf.
Die beiden folgten dem Bach ins Tal und verschwanden so plötzlich im Dunkel, wie sie daraus aufgetaucht waren. Susanne blieb zurück, allein mit dem Wispern der Bäume. In ihr regte sich etwas, das sie lange nicht mehr gespürt hatte. So lange, dass sie fast vergessen hatte, wie es sich anfühlte – einem Mann zu begegnen, der sie interessierte.
Nicht weit entfernt raschelte etwas im Laub. Mit einem letzten Blick hinunter ins Tal ging sie in die Hütte und verschloss die Tür hinter sich.

22

Soooo!« Die ältere Dame hinter der Brötchentheke stieß es aus wie einen Fanfarenstoß, mit einem am Ende leicht ansteigenden Ton. »Sie sind dann wohl die Frau mit dem buntbemalten Wohnmobil, die wo grad in Bennis Hüttle isch?«
Die Lautstärke der Frage übertönte das alles andere als leise Stimmengemurmel in dem kleinen Café der Bäckerei. Einige Köpfe wandten sich interessiert um. Der seltsame alte Mann mit den zerschlissenen ALDI-Tüten, der an einem Stehtisch im Verkaufsraum lehnte, ließ die Kaffeetasse sinken und starrte Susanne unverhohlen an.
Die runzelte irritiert die Stirn. Es war der zweite Morgen nach ihrer Ankunft. Das erste Mal, dass sie mit dem Uraltgolf, den Benni ihr schließlich spät am Vortag gebracht hatte, in das Städtchen gefahren war. Woher wusste diese Frau …
»Der Benni isch mein Neffe«, erklärte die Seniorchefin der Bäckerei – um die handelte es sich offensichtlich – voller Stolz. »Wie gefällt es Ihnen denn da draußen im Engelsgrund?«
»Oh, gut. Es ist sehr idyllisch.« Susanne sprach demonstrativ leise. »Besonders der Bach wirkt so beruhigend und friedlich.«
»Der Bach, soso, jaaa …«, trompetete ihr Gegenüber.
»Der Bach flüschtert den Namen vom Bärbeli. I hab es gehört.« Der Alte mit den Plastiktüten lachte wiehernd. »I hab es genau gehört.« Das Lachen erstarb in einem Hustenanfall.

»Ach, Willi, gar nichts hast du gehört. Hier, kriegscht noch einen Kaffee.« Die Bäckersfrau griff zu der Kanne auf einer Warmhalteplatte, schenkte eine Tasse ein und trug sie mit energischen Schritten zu ihm hinüber. »Aber jetzt sei friedlich.«
»Wer ist das Bärbeli?«, fragte Susanne, als sie wieder hinter ihrer Theke stand.
Die Bäckersfrau beugte sich zu ihr hinüber. Sie senkte tatsächlich die Stimme. »Hören Sie dem Willi bloß nicht zu. Der redet nur dummes Zeug.« Dann stemmte sie die Hände in die Seiten und fragte in ihrem üblichen Schmetterton: »Was darf ich Ihnen denn richten?«

Susanne hatte den Wagen vor den Resten der Stadtmauer geparkt, die den Ort in früheren Zeiten einmal als massives Bollwerk umschlossen haben musste. Auf dem Rückweg blieb ihr Blick an einem Fachwerkhaus hängen, das sich erschöpft an die Mauer lehnte. Vielleicht kuschelte es sich auch an. Auf jeden Fall wirkte es pittoresk. Im Erdgeschoss befand sich eine kleine Buchhandlung. Interessiert überquerte sie die Straße. Dabei schaffte sie es gerade noch, sich mit einem Hechtsprung vor zwei jugendlichen Mofafahrern zu retten, die in irrwitzigem Tempo über das Kopfsteinpflaster in das Städtchen hineinbretterten. Während sie hinter ihnen herschimpfte, fiel ihr auf, dass die beiden die ersten Wesen unter siebzig waren, die ihr an diesem Morgen im Ort begegneten.
Mythen und Sagen des Schwarzwalds
Geheimnisvolle Plätze in Mittelbaden
Steinkreuze und Bildstöckle – Vom Raunen vergangener Zeiten
Etwas beklommen betrachtete Susanne die Titel im Schaufenster der Buchhandlung. Sie dachte daran, was der verrückte Willi über den Bach im Engelsgrund gesagt hatte. Ihren Bach, wie sie es schon fast empfand.

Rasch trat sie in den Laden ein. Der Dielenboden knarrte unter ihren Schritten. Im Raum hing der Geruch von altem, poliertem Holz. Er erinnerte Susanne an etwas, das schon sehr lange zurücklag. Kurz blitzte ein Bild auf. Die Treppe zum Dachboden im Haus ihrer Großmutter. Als kleines Mädchen war sie oft in den Ferien dort. Auf dem Speicher gab es eine halbwilde Katze. Sie hatte sich manchmal hinaufgeschlichen, um verbotenerweise mit ihr zu kuscheln. Mit dem Bild stieg ein Gefühl tiefer Geborgenheit auf. Es verflog, bevor Susanne es richtig fassen konnte.

»Hallo. Kann ich helfen, oder möchten Sie in Ruhe stöbern?« Eine Frau erhob sich von einem bequem aussehenden Sessel hinter dem Kassentresen und legte ein Buch beiseite.

»Vielen Dank. Ich schau mich ein wenig um.«

»Natürlich. Sie können gern reinlesen, wenn Sie etwas interessiert.« Die Frau wies auf das Sofa in einer Ecke des Raums. »Einen Kaffee hätte ich auch im Angebot.«

»Oh, Kaffee wäre jetzt großartig.« Susanne verspürte plötzlich ein brennendes Verlangen nach der ersten Dosis Koffein des Tages. Trotzdem wunderte sie sich über sich selbst. Sie hatte nicht vor, lange zu bleiben.

»Na bitte, dann passt's ja.« Die Frau lächelte. Dabei bildeten sich feine Fältchen um ihre Augen. Sie ging zu der Maschine, die auf einem Tisch neben dem Lesesofa stand, und legte einen Pad ein. Susanne versuchte ihr Alter zu schätzen. Eine Angewohnheit, bei der sie sich in letzter Zeit öfter ertappte, wenn eine Geschlechtsgenossin ebenfalls die fünfzig überschritten zu haben schien. Das Schätzen war bei der Buchhändlerin allerdings nicht leicht. Ihre langen Haare, die sie zu einem lässigen Knoten im Nacken geschlungen hatte, waren komplett ergraut. Ihr Gesicht wirkte jung. Sie trug eine weite Leinenhose und ein schmal geschnittenes T-Shirt in leuchtenden Grüntönen. Sie hatte etwas an sich, das nicht in diesen Ort passte.

Durch ein Seitenfenster fiel die Morgensonne auf hohe Bücherregale, die zwischen die freigelegten Balken der Fachwerkverstrebungen eingefügt waren. Da der Verkaufsraum sehr klein war, wirkte er mit all dem dunkelhonigfarbenen Holz fast wie eine alte Studierstube.

»Ihr Laden ist wunderschön.«

»Vielen Dank. Ich wollte etwas, das mehr ein Wohnzimmer ist als ein Geschäft. Milch? Zucker?« Susanne schüttelte den Kopf. Die Buchhändlerin reichte ihr eine Tasse und nahm sich selbst auch eine. »Wissen sie, was ich hier besonders liebe? Diese Atmosphäre von, wie sagt man, Altertümlichkeit.«

Wie sagt man? Natürlich! Der kaum wahrnehmbare Akzent war Susanne gleich aufgefallen. »Sie sind Amerikanerin?«

»Yes, Ma'am. Aus San Francisco.«

»Was hat Sie dann ausgerechnet hierher verschlagen?« Die Frage entfuhr Susanne so spontan, dass ihr erst beim Aussprechen einfiel, wie wenig sie das anging.

Die Buchhändlerin lächelte. »Das Leben, würde ich sagen.«

»So was Ähnliches ist mir auch gerade passiert«, bemerkte Susanne schnell, um von ihrer übertriebenen Neugier abzulenken. »Ich wollte ganz woanders hin. Doch dann hatte ich auf der Autobahn eine Panne. Tja, und nun bin ich hier.«

»Ah. Sie sind also die Frau aus Hamburg mit dem buntbemalten Wohnmobil, die jetzt in der Engelsgrund-Hütte ist. Ich dachte gleich, als Sie reinkamen, dass Sie nicht wie eine typische Touristin aussehen.«

»Das weiß also schon der ganze Ort?«

»Die alte Frau Metzinger von der Bäckerei ist die Haggeracher Nachrichtenzentrale.« Die Buchhändlerin beobachtete Susanne schmunzelnd über den Rand ihrer Tasse hinweg. »Wir sind in einer sehr kleinen Stadt. Die Leute wissen immer mehr über einen, als man denkt.« Sie nahm einen

Schluck. »Aber eigentlich sind sie ganz nett. Ich heiße übrigens Ellen.«

»Susanne.«

»Wie lange bleibst du, Susanne?«

»Bis Frau Metzingers Neffe einen neuen Motor für mein Wohnmobil besorgt hat.«

»Also etwas länger ...« Ellen lachte, als sie Susannes alarmierten Blick bemerkte. »Keine Sorge, Benni ist ein genialer Autobastler. Ohne ihn wäre ich mit meiner zwölf Jahre alten Kiste längst verzweifelt. Aber hier dauert immer alles etwas länger. Und Benni ist ein typischer Vertreter seiner Heimat.«

In diesem Moment betrat ein älteres Ehepaar mit Nordic-Walking-Stöcken die Buchhandlung.

»Haben Sie vielleicht eine Karte von der Jejend hier«, rief der Mann mit breitem rheinischem Akzent schon von der Tür.

»Selbstverständlich. Was brauchen Sie denn? Eine detaillierte Wanderkarte? Eine Radwegkarte? Eine Straßenkarte? Eine Karte mit Erklärungen zu allen touristischen Attraktionen?« Ellen lief zu einem Regal mit Schubladen.

Während sie das Ehepaar beriet, stöberte Susanne auf dem Auslagetisch in der Mitte des Raums. Aktuelle Bestseller. Eine interessant klingende Auswahl unbekannter Autoren. Und viele Bände mit Sagen, Märchen und Legenden, dazwischen ein Stapel Faltblätter. Susanne griff sich eines. »Verwunschene Plätze – Wandern Sie mit Ellen Johnson in der Abenddämmerung zu uralten Sühnekreuzen, geheimnisvollen Lichtungen und verhexten Steinen in den Bergen um Haggerach. Hören Sie Geschichten, an die sich nur noch die Alten erinnern.« Ein Foto unter dem Text zeigte einen Waldweg, der in dichten Nebel hineinführte.

»Nächste Woche biete ich wieder eine Wanderung an. Komm doch mit.« Ellen hatte das Ehepaar beim Begutachten der Kar-

tenauswahl einen Moment allein gelassen. »Die Leute sind hinterher immer begeistert.«
»Führt eine der Wanderungen zufällig in die Ecke um den Engelsgrund?«
»Nein, da habe ich bisher noch keine Route. Aber weißt du was? Ich will schon lange eine ausprobieren. Es gibt da im Wald oben ein altes Kreuz mit einer wunderbar gruseligen Geschichte. Wenn du Lust hast, können wir am Wochenende zusammen hochlaufen.«
»Klingt wie ein gutes Angebot.« Zum zweiten Mal an diesem Morgen registrierte Susanne mit leiser Verwunderung, was sie da sagte. Eine gefühlte Ewigkeit war ihr kein Mensch so schnell vertraut erschienen wie diese Amerikanerin. Sie stellte fest, dass es sie erschreckte.
»Fein. Dann komme ich bei dir vorbei, und wir starten von dort.« Ellen sagte es ganz selbstverständlich.
»Äh …« Susanne zögerte. »Hat das Kreuz vielleicht mit einem Bärbeli zu tun?«
»Ach, du kennst die Geschichte schon?«
»Nein, nein. Aber vorhin hat ein seltsamer alter Mann in der Bäckerei was davon erzählt, dass der Bach im Engelsgrund den Namen flüstern würde.«
»Willi? Das habe ich bisher noch von keinem gehört.« Ellen wirkte wie elektrisiert. »Da muss ich ihn unbedingt genauer befragen …«
»Jute Frau, wat kostet denn diese Karte hier?« Die Rheinländer hatten sich entschieden. Ellen eilte zur Kasse.
Susanne legte das Faltblatt auf den Stapel zurück. Ihr war etwas mulmig zumute. Nicht dass sie so empfänglich war für übersinnliche Geschichten, doch die Hütte lag schon verdammt einsam. In Gedanken versunken lehnte sie sich an den Tisch. Dabei stieß sie einen großformatigen Fotoband hinun-

ter. Er landete auf dem Boden, die Rückseite nach oben. Sie bückte sich danach und hielt mitten in der Bewegung überrascht inne.
Vom Autorenfoto sahen sie merkwürdig wachsame graue Augen an. Sie kannte diesen Blick. Sie kannte diesen Mann. Es war Frodos Herrchen.

23

Sebastian Berger (geb. 1956) bereiste jahrelang als Fotograf Kriegs- und Krisengebiete dieser Welt. Seine Dokumentationen von Greuel und Elend wurden mehrfach ausgezeichnet. Dieser Band stellt erstmals eine andere Seite seines Werks vor. *Moments* vereint einfühlsame Porträts von Menschen in Alltagssituationen und überwältigende Naturaufnahmen. ›Ich sah, wie Leben in einem einzigen Augenblick ausgelöscht wurden. Jetzt sammle ich Augenblicke, denn jeder Moment ist Leben‹, erklärt er.«

Mit einem Gefühl diffuser Unzufriedenheit drehte Susanne das Buch um. Sie hatte den Text auf der Rückseite oft genug gelesen. Fragte sich nur, was es ihr half zu wissen, dass der Mann Sebastian hieß und Mitte fünfzig war. Er stieg nicht aus seinem Foto heraus, um sich zu ihr auf die Bank vor der Hütte zu setzen.

Die Aufnahme auf dem Buchcover zeigte einen jungen Araber, der im Schneidersitz auf einem staubigen Dorfplatz hockte. Sein Gewehr lag neben ihm. In den Händen hielt er ein zerknittertes Blatt Papier. Er betrachtete es mit einem verträumten Lächeln. Ein Liebesbrief? Ein paar Zeilen von seiner Mutter? Das Foto berührte sie. Trotzdem fand Susanne, dass es für den Titel eines Buchs, in dem die andere Seite eines Kriegsberichterstatters gezeigt werden sollte, keine gute Wahl war.

»Ein toller Bildband. Der Fotograf lebt übrigens seit einiger Zeit hier in der Gegend«, hatte Ellen erklärt, als Susanne den

stolzen Preis von neunundvierzig Euro neunzig zahlte. Das »Ich weiß« lag ihr schon auf der Zunge, doch dann empfand sie plötzlich das Bedürfnis, die Begegnung für sich zu behalten.
Susanne seufzte. Drückende Schwüle lag an diesem Spätnachmittag wie eine Decke über dem Engelsgrund. Alles darunter war zu einem Stillstand gekommen. Kein Blatt raschelte. Kein Vogel sang. Auf der Straße im Tal war kein Auto unterwegs zu den weiter oben gelegenen Bauernhöfen. Kein rüstiges Rentnerpaar beschritt federnden Schrittes den schmalen Pfad, der dem Bachverlauf folgte.
Welcher Wochentag war eigentlich? Sie musste überlegen. Freitag. Es war Freitag. War sie wirklich erst drei Tage hier? Die Konturen der Zeit verschwammen an diesem Ort. Es war nicht das erste Mal, dass ihr das auffiel. Doch so stark hatte sie es noch nie empfunden.
»... wenn man das Ding ausstellt, kriegt man nichts mit von der Welt draußen.« Benni hatte recht. Ihr fiel ein, dass sie ihr Handy seit der Ankunft nicht aufgeladen hatte. Kurz tauchte der Gedanke auf, dass sie Michaela anrufen, ihren Standort durchgeben sollte. Sie ließ ihn dahinziehen, hatte das Gefühl, sich von außen zu beobachten, wie sie vor der Hütte saß und es nichts gab, das sie tun musste. Sie war sich nicht sicher, ob es ein gutes oder schlechtes Gefühl war.
Sie stand auf und ging über die Wiese zu der kleinen Mulde, durch die der Bach floss. Es waren nur ein paar Meter, doch die Luft war kühler dort. Das Wasser rann so träge dahin, dass es nicht einmal flüsterte. Vor ein paar Steinen im Lauf hatte sich ein Miniatursee aufgestaut. Die Oberfläche war fast unbewegt. Sie beugte sich darüber und sah eine Frau in einem weiten cremefarbenen Leinenhemd, die ihre halblangen dunkelblonden Haare hinter die Ohren zurückstrich. Das Spiegelbild wirkte jung, fand sie. Die grauen Strähnen spiegelte der Bach freundlicherweise nicht.

Susanne streifte die Sandalen ab und stieg ins Wasser. Sie zuckte zusammen. Sie hatte nicht erwartet, dass es so kalt war. Es reichte ihr bis zur Hälfte der Unterschenkel. Sie krempelte ihre Dreivierteljeans noch weiter hoch. Vorsichtig machte sie ein paar Schritte im Bachbett hangaufwärts. Sie spürte Sand und Kiesel unter den Füßen. Schneller ging sie jetzt, schob mit jedem Schritt kleine Wellen vor sich her, die in der Sonne glitzerten.
Wieder stieg eine lang vergessene Szene in ihr auf, so intensiv und plötzlich wie beim Geruch des polierten Holzes in Ellens Laden. Sie musste elf oder zwölf gewesen sein. Ihr Schulweg in der Kleinstadt führte sie an einem von Kiefern umstandenen Baggersee vorbei. Dort traf sie sich nach dem Unterricht oft mit ein paar Mädchen und Jungen aus ihrer Klasse, um heimlich zu rauchen. Sie liefen barfuß durchs flache Uferwasser und spritzten sich gegenseitig nass. Es war unschuldig, doch gespickt mit vorpubertären Reizen.
Susanne erinnerte sich an das Gefühl von Knut Hartings Hand, die irgendwie unter ihre Bluse geraten war und über ihren Rücken strich. Knut Harting war älter als sie, er war zweimal sitzengeblieben. Sie erinnerte sich auch, wie sie abends vor dem Kommodenspiegel im Schlafzimmer ihrer Eltern stand und die Bluse eng um sich zog, damit sich darunter die ersten Brustansätze abzeichneten. In dem Moment war ihre Mutter hereingekommen. »Bin ich hübsch?«, hatte Susanne sie gefragt. Ihre Mutter hatte geantwortet: »Du bist ein apartes Mädchen.« Susanne war sich nicht sicher, was das bedeutete. Zweifelsohne bedeutete »apart« aber nicht hübsch. Sie schlug dann in dem Lexikon im Buchregal nach. »Apart = von eigenartigem Reiz, besonders, ausgefallen« stand da.
Nachdenklich blieb Susanne im Bachbett stehen. Das Gefühl, »besonders« zu sein, war immer ein Grundgefühl ihres Lebens

gewesen. Nicht, dass sie es als Auszeichnung empfand. Manchmal war es fürchterlich anstrengend. Wie seltsam, dass ihr dieser Umstand gerade jetzt, an diesem weltverlorensten aller Orte so glasklar wurde.
Ein fernes Donnergrollen riss sie aus ihren Gedanken. Ohne es zu registrieren, war sie ein ganzes Stück bergauf gegangen. So weit oberhalb der Hütte war sie bisher noch nicht gewesen. Genau an der Stelle, an der sie stand, trennten sich Pfad und Bach. Der Pfad führte weiter durch die von Gras und Wildblumen bewachsene Senke den Berg hinauf. Irgendwo da oben musste er auf einen Rundweg stoßen, vermutete sie, denn die Wanderer und Nordic Walker, die gelegentlich an der Hütte vorbeikamen, kehrten nie zurück. Der Bach jedoch wandte sich vom Pfad ab, durchschnitt einen flachen Erdwall und verschwand dahinter unter dichtem Laubwerk.
Einen Moment sah Susanne zu, wie das Wasser träge aus den grünen Schatten herausfloss. Seltsam dunkel sah es aus. Es donnerte wieder. Im selben Augenblick schoss ihr durch den Kopf, dass das Fotobuch noch auf dem Tisch vor der Hütte lag. Außerdem stand die Tür sperrangelweit auf. Sie stieg aus dem Bachbett und lief so schnell sie auf nackten Füßen konnte den Pfad zurück.

Der Hund lag ausgestreckt im Gras, ein struppiger dunkelbrauner Fellhaufen. Als Susanne näher kam, hob er den Kopf und wedelte andeutungsweise. Dann ließ er sich wieder niedersinken. Sein Besitzer stand mit untergeschlagenen Armen neben dem Gartentisch. Er sah auf das Buch hinunter.
Susanne machte vorsichtshalber einen Bogen um Frodo. Sebastian Berger schien sie noch nicht bemerkt zu haben. Sie wünschte, sie hätte den Fotoband beiseitegeräumt. Es war ihr unangenehm, dass er ihn bei ihr entdeckt hatte. Als gäbe sie

etwas von sich preis, das sie verletzlich machte. Was sollte sie sagen? Etwa Blödes wie »Ach, diese Fotos haben Sie gemacht? Na, so ein Zufall.«?

»Ich dachte, ich bringe Ihnen eine anständige Taschenlampe vorbei.« Ohne seinen Platz zu verlassen, wandte er ihr den Kopf zu.

»Das ist ja nett. Die kann ich hier wirklich gut gebrauchen.« Susanne hatte inzwischen im Küchenschrank eine gefunden, aber das musste er ja nicht wissen.

Er griff in die obligatorische Kameratasche, zog eine LED-Stableuchte heraus und reichte sie ihr.

»Oh, damit kann ich zur Not auch jemanden niederschlagen«, bemerkte sie, als sie das Gewicht spürte.

»Wenn Sie meinen, dass das im friedlichen Tal der Hobbits nötig sein könnte ...«

Ein spöttisches Lächeln spielte um seine Lippen. Er trug helle Chinos und ein schwarzes Hemd ohne Kragen. Susanne bemerkte ein Lederband um seinen Hals. Der Anhänger daran war unter dem Hemd verborgen. Sie ertappte sich bei dem Gedanken, dass es ein Ehering oder sonst irgendein Liebessymbol war, und kam sich dabei albern vor.

»Möchten Sie etwas trinken? Ich habe Kaffee, Mineralwasser, Apfelsaft ...« So beiläufig wie möglich fügte sie hinzu: »Eine Flasche gekühlten Riesling gäbe es auch.«

Die wachsamen grauen Augen musterten sie. »Danke, vielleicht ein anderes Mal. Ich muss weiter. Wir haben heute Abend gutes Licht zum Fotografieren, das will ich ausnutzen.«

»Es wird bald ein Gewitter geben.«

»Nein, ich denke nicht. Es donnert weit oben in den Bergen.« Er wies mit der Hand über die Hütte Richtung Südosten. »Von da kommen Gewitter selten hier runter. Wenn es heftig wird, dann ziehen sie aus dem Westen über die Rheinebene heran.

In dem Fall sollten Sie übrigens ihre Sandalen nicht am Bach liegen lassen. Bei starkem Regen verwandelt der sich in ein reißendes Monster.«
Susanne schaute auf ihre nackten Füße hinunter und musste lachen. Die Sandalen hatte sie völlig vergessen.
»Danke für den Hinweis.«
»Immer gern zu Diensten.«
Er schloss die Kameratasche und blickte sich suchend nach dem Hund um. Sie wollte nicht, dass er ging.
»Arbeiten Sie an einem neuen Buch?« Es war das Erste, was ihr einfiel, um ihn zurückzuhalten. In der gleichen Sekunde verfluchte sie sich dafür. Hatte sie das Thema des Fotobands auf ihrem Tisch nicht umschiffen wollen?
Er antwortete nicht, schaute aber wieder hinunter auf das Cover.
»Gefällt Ihnen das da?«, fragte er.
»Ja. Besonders die leisen Bilder, in denen so viel rüberkommt. Ich hätte nur …« Sie biss sich auf die Zunge. Warum musste sie immer alles besser wissen?
»Was hätten Sie?«
»Ich hätte ein anderes Foto für den Titel ausgewählt.« Sie zögerte, aber er hatte sie gefragt. Und es war ihre Meinung. »Das Buch soll ja zeigen, dass Sie nicht nur Kriegsfotograf sind. Da ist es irreführend, ausgerechnet ein Bild aus einem Bürgerkrieg so prominent herauszustellen.«
»Welches hätten Sie denn genommen?«
»Warten Sie. Mal sehen, ob ich es auf die Schnelle finde.« Sie blätterte durch die Seiten. Es gab tatsächlich ein Foto, an dem sie mehrmals hängengeblieben war. »Ah, da ist es ja.« Sie zeigte es ihm. Eine junge Frau in Jeans, T-Shirt und rosafarbenem Arbeitskittel lehnte am vorderen Bildrand an einer Mauer und rauchte. Ihr Gesicht hielt sie mit geschlossenen Augen in die

Sonne. Im Hintergrund öffnete sich der Blick auf einen tiefblauen See in grandioser Alpenlandschaft. Der Betrachter wunderte sich zunächst über den merkwürdigen rosa Kittel der Rauchenden. Erst beim genauen Hinschauen entdeckte er das Holzschild an der Mauer »Toilettenbenutzung 50 Cent« und begriff, dass es sich um die Klofrau handelte, die das Alpenparadies sauber hielt.

Er nickte, ohne eine Miene zu verziehen. »Das war auch mein Favorit. Der Verlag meinte, man könne eine Toilettenfrau nicht auf einem Buchcover bringen.«

»Das ist Quatsch. Das Bild hat Kraft, Wärme, einen subtilen Humor. Es macht neugierig und zieht ins Buch rein.« Susanne redete sich in Fahrt. »Wie kann man die andere Seite eines Fotografen, der sich sonst mit bitterernsten Themen beschäftigt, besser verkaufen?«

O verdammt, war das zu flapsig? War sie ihm zu nahe getreten? Sein Blick ruhte unverwandt auf ihr, doch sie konnte ihn nicht interpretieren. Das machte sie nervös.

»Klingt, als würden Sie etwas vom Verkaufen verstehen«, stellte er trocken fest.

»Sollte ich wohl, nach mehr als zwanzig Jahren in Werbeagenturen.« Während sie es sagte, schien es ihr, als läge diese Zeit lange, sehr lange zurück.

»Eine Werberin also. Dafür hätte ich Sie jetzt nicht gehalten.«

Sie war nicht sicher, ob sie das als Kompliment auffassen sollte. »Für was denn dann?«

»Sagen wir, für jemanden, der in einer einsamen Hütte in einem abgelegenen Schwarzwaldtal lebt.« Er lächelte.

»Vielleicht bin ich das ja.« Sie verlor sich in seinem Lächeln. »Ich arbeite jedenfalls nicht mehr in der Werbebranche.«

»Und was machen Sie jetzt?«

»Nachdenken.«

»Dafür ist das ein guter Ort.« Er wies mit dem Kopf auf die Hütte. »Man vergisst hier, dass es so etwas wie Zeit gibt.«
»Sie haben das auch so empfunden? Es ist seltsam, oder? Nichts ist plötzlich mehr wichtig. Mir ist im Moment sogar gleichgültig, ob Benni den Motor für mein Wohnmobil nächste Woche oder nächsten Monat besorgen kann.«
Sie fragte sich, warum sie ihm das erzählte. Um etwas zu tun, klappte sie das Fotobuch zu und legte es zurück auf den Tisch.
»Ich kenne das Gefühl. Es ist, als würde man tief unter Wasser tauchen. Alles liegt in grünem Dämmerlicht, und jedes Geräusch hört sich an, als wäre es im eigenen Körper.«
Für einen Augenblick sah Susanne ihn schweigend an.
»Sie sind offenbar zurück an die Oberfläche gekommen«, sagte sie schließlich leise.
»Das werden Sie auch.«
Er wandte sich wieder nach dem Hund um. Frodo sprang hoch, als hätte er nur auf ein Signal zum Aufbruch gewartet.
»Danke für die Taschenlampe«, rief Susanne den beiden nach.
Am Bach drehte Sebastian sich noch einmal um. »Bei Benni würde ich übrigens eher auf nächsten Monat tippen«, sagte er, deutete mit der Hand auf Susannes Sandalen, die immer noch am Wasser lagen, und machte sich auf den Weg bergaufwärts.

24

Ah, der Platz da oben sieht gut aus.« Ellen erklomm die Anhöhe mit leichten, schnellen Schritten. Susanne blieb einen Moment stehen und rang nach Atem. Das Hemd klebte ihr am Rücken.

Vor mehr als einer Stunde waren sie an der Hütte aufgebrochen und folgten zunächst dem Pfad durch den Engelsgrund. Nachdem er den Bach verlassen hatte, führte er steil bergauf. Nach einer gefühlten Ewigkeit stießen sie tatsächlich auf einen breiten Querweg. Eine offensichtlich beliebte Rundwanderstrecke, auf der an diesem Sonntagnachmittag viele Spaziergänger unterwegs waren.

Zu Susannes Bedauern wandte sich Ellen bereits nach kurzer Zeit von dem bequemen Wanderweg ab. Sie schlugen einen schmalen Steig ein, der sie tiefer und tiefer in den Schatten hoher Bäume hineinführte. Zwischen Baumstämmen hindurch, über Wurzeln hinweg wand er sich den Berg hinauf. Auf dem Boden dämpfte eine Schicht Tannennadeln jedes Geräusch.

»Jetzt weißt du, warum die Römer diesen Bergen den Namen Schwarzer Wald gaben«, hatte Ellen gesagt und nach oben gewiesen. Über ihnen ragten Tannen auf, deren Zweige kein Sonnenstrahl durchdrang. Susanne empfand die Düsternis unter den Bäumen plötzlich als bedrückend. Wie etwas Schweres legte sie sich auf ihre Brust, nahm ihr die Luft. Sie war erleichtert, als sie kurz darauf auf dieses lichte Hochplateau hinaustraten.

»Jetzt komm schon, nur nicht schlappmachen«, rief Ellen. Die Anhöhe, auf der sie stand, war der höchste Punkt des Plateaus. Ein einsamer, vom Blitz zerborstener Baumstamm reckte darauf seine toten Äste gen Himmel. Ein Windstoß zerrte an Ellens Haaren und ihrem langen schwarzen Leinenkleid. Für Sekunden schien sie Susanne fast selbst eine Gestalt aus einer alten Geschichte zu sein. Aber vielleicht lag das auch an dem bizarren Baumstumpf. Sie raffte sich auf und nahm ächzend die letzten Meter.

Der Ausblick war beeindruckend. Zum Süden und Südosten hin stiegen in der Hitze fast durchscheinend wirkende Höhenrücken hintereinander auf. Vor ihnen Richtung Westen fielen die Berghänge zur Rheinebene ab. Die dunkle Linie der Vogesen am Horizont war nur zu erahnen.

»Da unten ist der Engelsgrund.« Ellen wies auf ein in den Hang eingeschnittenes Tal, über dem ein Dunstschleier hing. »Der Pfad, den wir heraufgekommen sind, ist ein alter Weg in die Berge hinein. Die breiten Wandertrassen wurden erst im letzten Jahrhundert angelegt. In früheren Zeiten spazierte niemand zu seinem Vergnügen hier herum. Der Wald war für die Menschen keine Idylle. Wenn sie ihn betraten, dann hatten sie einen Grund. Sie machten Holz für den Winter, trieben Vieh von abgelegenen Höfen auf die Märkte oder mussten hindurch, weil es der schnellste Weg von einem Tal zum anderen war. Wer nach Anbruch der Dämmerung noch unterwegs war, der begann zu beten.« Ellen machte eine bedeutungsvolle Pause. Sie sah sich hastig um, als würde sie unliebsame Zuhörer fürchten. Dann senkte sie die Stimme. »In den Dörfern wisperten die Leute Geschichten von seltsamen Lichtern unter den Bäumen. Von unheimlichen Gestalten, die plötzlich neben einem Felsen auftauchten. Von Orten, an denen ruhelose Seelen umgingen. Orten wie diesem, an dem wir hier stehen.«

Über ihren Köpfen ertönte ein heiserer Schrei. Susanne fuhr zusammen.
»Siehst du, sogar die Vögel sind Teil meiner Vorstellung.« Ellen lachte. »Keine Sorge, das ist nur ein Mäusebussard. Es ist natürlich wirkungsvoller, wenn an dieser Stelle ein Käuzchen ruft. Darum lege ich die Wanderungen immer so, dass wir zum Sonnenuntergang an den Plätzen ankommen, von denen ich erzähle. In der Dämmerung lässt sich am besten eine schaurige Stimmung erschaffen.«
»Du würdest deine Gruppe im Dunkeln diesen Weg durch den Wald zurückführen?« Ungläubig sah Susanne sie an.
»Aber nein. Man kann auch anders herkommen. Etwa zwanzig Minuten entfernt ist ein Wanderparkplatz.«
»Na super.« Stöhnend sank Susanne zu Boden und lehnte den Rücken gegen einen Felsblock. Sie war völlig fertig.
Ellen setzte den Rucksack ab, den sie trotz der Hitze mit sich trug.
»An dieser Stelle der Wanderung gibt es normalerweise eine kleine Stärkung mit Bauernwurst und Kirschwasser. Dafür ist es heute ein bisschen zu heiß. Aber ich habe Apfelsaft direkt vom Bauern. Wie wäre es mit einem Schluck?«
Während Susanne begierig trank, erkundete Ellen ohne jedes Zeichen von Ermattung das Plateau. Sie ging mal hier ein Stück in den Wald hinunter, tauchte kurz darauf an einer anderen Stelle wieder auf, schien mal da einen Ausblick über die Täler zu testen. Schließlich kam sie zu Susanne zurück.
»Ja, der Platz ist wirklich perfekt. Den Felsen kann ich als improvisierten Tisch für den Imbiss nutzen. Der tote Baum sorgt für Atmosphäre. Während die Leute essen und trinken, erzähle ich die Geschichte. Wenn wir dann zum Kreuz hinuntergehen, ist es schon sehr dämmrig. Das wird sehr gut wirken.«
»Was ist das für ein Kreuz?«

»Das Kreuz der Näherin. Das Mahnmal für ein ruchloses Verbrechen.« Ellen legte ein geheimnisvolles Vibrato in ihre Stimme. Dann nahm sie sich auch von dem Saft und setzte sich neben Susanne. »Ich zeige es dir auf dem Rückweg.«
In der Stille, die folgte, ließ Susanne den Blick hinüber zu den Vogesen schweifen. Wo in den Fernen dahinter wäre sie jetzt, wenn Ivys Motor sie nicht im Stich gelassen hätte? Spanien? Vielleicht sogar schon auf einer Fähre nach Marokko? Der Gedanke löste weniger Sehnsucht aus, als sie erwartet hatte. Für den Moment fühlte es sich erstaunlich gut an, auf diesem Berg zu sitzen.
»Es gibt schlechtere Orte, um auf einer Reise zu stranden, oder?«
Erstaunt wandte Susanne Ellen den Kopf zu. Hatte die ihre Gedanken erraten?
Ellen lächelte. »Bei mir war es übrigens eine Beziehungspanne. Ich bin mit einem Mann hergezogen, doch die ganze Liebe war ein Irrtum. Er war schnell wieder weg. Aber ich war in Haggerach.«
»Wie lange ist das her?«
»Lass mich überlegen. Manchmal kann ich es kaum glauben. Ich bin jetzt fast zwanzig Jahre hier.«
»Mein Gott!«, entfuhr es Susanne. »Ich meine, äh, du kommst aus San Francisco, das ist eine tolle Stadt, da muss es doch, nun ja, etwas schwierig sein, in Haggerach zu leben.«
Ellen sah sie nachdenklich an. »Ich habe eine europäische Seele. Das wusste ich schon als Kind. Meine Familie lebt seit Generationen in Kalifornien. Niemand verstand, dass ich wegwollte. Doch als ich zwanzig war, bin ich gegangen, ohne Geld, denn dafür wollten mir meine Eltern nichts geben. Ich machte alle möglichen Jobs. Weißt du, es waren die siebziger Jahre. Ich hatte einen alten VW-Kastenwagen, mit dem bin ich herumge-

fahren, Frankreich, Italien, Spanien, Deutschland. Ich war auf der Suche.«

»Was hast du gesucht?« Susanne spürte, wie sie trotz der Hitze eine Gänsehaut überlief.

»Den Platz in Europa, an dem sich meine Seele wirklich zu Hause fühlt.«

»Und der ist in Haggerach.« Susanne sagte es leise.

»Was?« Ellen starrte sie an. »Du liebe Güte, nein.« Sie sprang auf und wies mit der Hand nach Südosten. »Dort liegt der Ort, an den es mich eines Tages für immer ziehen wird«, sagte sie in ihrem dramatischen Deklamationston.

Stirnrunzelnd blickte Susanne in Richtung der Gipfel des Hochschwarzwalds, über denen sich Gewitterwolken zusammenzogen.

»Was meinst du? Den Bodensee?«

»Quatsch.«

»Österreich?«

»Weiter, viel weiter.«

Plötzlich begriff Susanne.

»Du willst nach Griechenland.«

»Als ich zum ersten Mal die Sprache hörte, war es, als wäre sie mir seit ewigen Zeiten vertraut. Ich fuhr wochenlang durch das Land, bis ich nach Areopolis kam. Das ist ein kleiner Ort ganz im Süden des Peloponnes auf dem mittleren Finger. Ich weiß, es klingt verrückt, aber ich spürte sofort, dass es dort ist, das Zuhause meiner Seele. Es gibt ein kleines Haus auf einem Felsen, der aufs Meer blickt. Es stand leer, als ich zum ersten Mal dort war. Ich habe es zunächst gemietet. Inzwischen gehört es mir.« Ellens Augen leuchteten. »Ich fahre jedes Jahr für ein paar Wochen hin. Irgendwann habe ich mit dem Laden genug Geld verdient, um ganz da zu leben.«

In Susanne zog sich etwas zusammen. Ellen hatte getan, wovon sie ihr Leben lang immer nur träumte. Sie beneidete sie um ihre Verrücktheit. Sie beneidete sie darum, dass ihre Seele ein Zuhause hatte.

»Was ist mit dir? Wohin bist du unterwegs? Es ist ja wohl kein gewöhnlicher Urlaub, oder?« Ellen betrachtete sie aufmerksam.

»Nein, das ist es nicht. Wenn du so willst, ist es die Reise meines Lebens. Ich dachte ...« Susanne hielt inne. Ihre Pläne kamen ihr plötzlich unausgegoren und matt vor.

»Was dachtest du?«

»Ich dachte, ich finde unterwegs heraus, was das Ziel ist.«

»Klingt spannend. Genau so war es ja auch bei mir.«

»Na ja, aber du bist nicht erst mit dreiundfünfzig aufgebrochen.«

»So what? Ich bin achtundfünfzig und immer noch nicht angekommen.«

»Du weißt aber inzwischen, wo du hinwillst. Du kannst es wahrscheinlich kaum erwarten, von hier wegzukommen.«

Ellen schien über den Satz nachzudenken. »Wenn die Sehnsucht so quälend wäre, würde ich gehen«, sagte sie nach einer Weile. »Bei mir ist es so, dass ich mich immer wieder Hals über Kopf in Sachen verliebe, die im Augenblick da sind. In Menschen. Manchmal in Männer. In Ideen. In Plätze. In meinem Laden zum Beispiel war vorher ein Strickgeschäft. Eine alte Frau verkaufte Wolle und selbstgehäkelte Decken.« Sie lachte. »Ich wäre nie auf die Idee gekommen, mir so ein Ding auf den Tisch zu legen. Aber ich kaufte immer welche, weil ich den Laden so schön fand. Dann erzählte sie mir, dass sie das Geschäft schließt, und ich überredete sie, an mich zu vermieten.« Nach einer Pause fügte sie hinzu: »Sie sammelte Gespenstergeschichten aus der Gegend. Sie schrieb sie in dieser altertümlichen Schrift, wie heißt die noch ...«

»Sütterlin?«

»Ja, in Sütterlin schrieb sie sie in einem Schulheft auf. Weil ich das nicht entziffern konnte, las sie mir daraus vor. Ich war total

fasziniert. Daraus entstand später die Idee zu den Wanderungen.«
In diesem Moment donnerte es in der Ferne.
»Das ist oben im Hochschwarzwald, das kommt selten hier rüber«, bemerkte Ellen. »Aber ein aufziehendes Gewitter ist eine tolle Begleitmusik für die Geschichte von der unglücklichen Näherin.« Sie strich sich mit einer theatralischen Geste die Haare aus dem Gesicht, schlüpfte wieder in die Rolle der Erzählerin. »Also hör. Es geschah im Jahre des Herrn 1626. Zu jener Zeit war diese Anhöhe ein finsterer Ort, an dem ein Kohlenbrenner sein einsames Dasein bestritt. Nur einmal im Jahr stieg er hinunter ins Tal, um Holzkohle auf dem Markt in Haggerach zu verkaufen. Dort lief ihm die Näherin Barbara, das Bärbeli, über den Weg. Sie verfiel ihm und folgte ihm in die Waldeseinsamkeit.« Ellen warf Susanne einen vielsagenden Blick zu. »Vielleicht haben sie den Weg genommen, den wir heute gegangen sind. Da wusste Barbara noch nicht, dass sie niemals zurückkehren würde. Bald bemerkte sie, dass sie schwanger war. Sie sagte dem Köhler, dass er sie heiraten müsse. Er aber lachte nur. Sie bedrängte ihn. Da stieß er sie in seinen Kohlenofen, und sie verbrannte bei lebendigem Leib. Aus der Asche jedoch stieg eine weiße Taube auf. Es war die unschuldige Seele des nie geborenen Kindes. Als der Köhler das sah, packte ihn Entsetzen. Halb von Sinnen stürzte er hinunter ins Tal, gestand seine Tat und richtete sich selbst.«
Es donnerte wieder.
»Schöne Geschichte.« Susanne blickte zu Ellen hinauf, die mit unbewegter Miene in die Ferne sah. »Aber das ist eine Legende, das ist nicht wirklich passiert, oder?«
»Jede Legende hat einen wahren Kern. Und für dieses Verbrechen gibt es ein steinernes Zeugnis.« Ellen schnappte sich ihren Rucksack. »Das Kreuz dort unten im Wald. Komm, lass uns

gehen. Wir sind vorhin schon daran vorbeigekommen. Es ist im Farn verborgen.«
Susanne rappelte sich auf. Mit wenig Begeisterung folgte sie Ellen zurück in den düsteren Tannenwald. Sie waren noch nicht weit gegangen, als ihre Führerin anhielt. Wortlos deutete sie zwischen zwei Baumstämme. Es war die Stelle, an der Susanne auf dem Hinweg keine Luft mehr bekommen hatte.
Zunächst sah sie nur dichte Farnwedel. Dann entdeckte sie das Kreuz. Es war höchstens kniehoch, grob gehauen, der Stein verwittert und moosbewachsen.
»Die Inschrift ist kaum noch zu entziffern. Man muss genau hinschauen.« Ellen war zu dem Kreuz getreten und winkte Susanne heran. Zögernd beugte die sich hinunter. Sie erkannte die Jahreszahl 1626. Dann etwas, das wie ein Stock aussah. Und ein Gebilde wie ein umgekehrter Eimer.
»Was soll denn das sein?«
»Eine Elle. Ein Fingerhut.« Ellen zeichnete die Umrisse mit dem Finger nach. »Die Arbeitsgeräte einer Näherin. Die Leute aus dem Tal haben das Kreuz aufgestellt, um dem Bärbeli Frieden zu geben.«
Wieder legte sie eine ihrer bedeutungsschwangeren Pausen ein. Susanne kannte den Trick inzwischen. Trotzdem fröstelte sie. Es war so still in diesem verdammten Wald.
»Doch ihre Seele fand keine Ruhe. Rastlos wanderte sie umher auf dem Pfad vom Tal in die Berge.« Ellen flüsterte jetzt. »Sie suchte das Kind. Noch im 19. Jahrhundert gab es Berichte von Einheimischen, denen im Wald eine Frauengestalt erschienen war, die sie flehend ansah.«
Susanne war plötzlich sehr kalt.
Ellen lächelte, sichtlich zufrieden mit der Wirkung ihrer Geschichte. »Das Bildstöckle mit der Marienfigur unten bei dir an der Straße hat übrigens auch mit der Näherin zu tun. Ein Holz-

fäller soll es um 1870 gestiftet haben als Dank dafür, dass die Madonna ihn vor dem Geist beschützt hat.«

Damit wandte sie sich um und schritt mit ihren leichten Schritten bergab. Susanne beeilte sich, sie nicht aus den Augen zu verlieren. Sie ertappte sich dabei, wie sie sich immer wieder umsah. Der Pfad hinter ihnen lag verlassen da.

25

Ivy stand mit hochgeklappter Fronthaube in einer Ecke von Bennis Hof. Unter der Haube war kein Motor mehr, wie Susanne beim Näherkommen feststellte. Ein Anblick, der ihr einen Stich ins Herz gab. Sie tätschelte den Kotflügel des Wohnmobils und blickte sich um. Von Benni keine Spur. Es war Mittwochabend. Seit er ihr eine Woche zuvor den Golf gebracht hatte, hatte sie von ihm nichts mehr gehört.

»Benni?«, rief sie laut.

Eine dicke Katze schob sich träge hinter Ivys rechtem Vorderreifen hervor. Sie strich um Susannes Beine herum. Dann verschwand sie maunzend in Richtung der Scheune, aus der Benni den alten Porsche hervorgeholt hatte. Im gleichen Moment ertönten von dort Gitarrenklänge.

Zögernd ging Susanne zum Eingang hinüber. Benni saß auf einem Hocker neben dem Porsche, eine Weinflasche zu seinen Füßen. Er sang mit tiefster Inbrunst *Me and Bobby McGee.* Susanne blieb an der Scheunentür stehen. Sie kam sich vor wie ein Eindringling in eine sehr private Szene. Doch er hatte sie bereits bemerkt.

»Die meisten Leute meinen, der Song sei von Janis Joplin. Aber im Original hat ihn Kris Kristofferson geschrieben. Und Bobby isch natürlich eine Frau.« Er nahm einen Schluck aus der Flasche.

»Ich kenne die Version von Kris Kristofferson.«

»Echt?« Benni sah sie trübsinnig an und trank noch einen langen Schluck. »Morgen isch Fronleichnam«, sagte er dann.
»Äh, ja. Ein Feiertag hier, wie ich hörte.« Susanne ergriff die Gelegenheit, zum Thema zu kommen. »Da wollte ich vorher mal nachfragen, ob Sie inzwischen was wissen über den neuen Motor für …«
»Fronleichnam isch sie abgehauen. Hat ihre Sachen gepackt und gesagt, das wär's, wir täten nicht zueinanderpassen.«
»Das tut mir leid.« Sie wusste nicht so recht, was sie sonst sagen sollte. »War das die Frau, mit der Sie in der Hütte gelebt haben?«
Er griff wieder in die Saiten und summte den Refrain. »Als sie weg war, hatte auch ich nichts mehr«, setzte er hinzu.
»Tja, ich komme dann wohl besser Freitag noch mal vorbei.« Susanne wandte sich zum Gehen.
»I hätt gestern fast einen Motor gehabt.«
Sie drehte sich wieder um.
»Dann stellte sich heraus, dass es doch die falsche Baureihe war.«
Stumm sah sie ihn an.
»Aber das wird schon. I hab mit einem Kumpel in Freiburg gesprochen, der einen Schrottplatz hat und alte Wohnmobile auseinandernimmt. Sobald der was reinkriegt, meldet er sich.«
»Kann man denn sagen, wann das sein wird?«
»Na ja, mit Glück vielleicht schon nächste Woche.« Benni machte eine vage Handbewegung. »Aber man steckt halt nicht drin.«

Im Supermarkt neben Bennis Hofwerkstatt herrschte Hochbetrieb. Als Susanne sich in die lange Schlange an der Käsetheke einreihte, bereute sie den Einfall, dort ausgerechnet am Abend vor einem Feiertag einkaufen zu wollen. Andererseits hatte sie Ellen für den nächsten Tag zum Wein eingeladen. Sie war nicht der Typ Gastgeberin, der zu einem solchen Anlass Stunden in der Küche verbrachte. Es schien ihr aber eine gute Idee zu sein, Käse und Baguette anbieten zu können. So wie sie Ellen einschätzte, war die nicht der Typ Frau, der einen dekorierten Tisch mit kunstvoll gefalteten Servietten erwartete. Zumindest hoffte sie das.

»Peng, du bist tot.«

»Bin nicht tot.«

»Doch, bist du. Ich hab dich getroffen.«

»Uuäääää! Mamaaaa ...«

Ein ohrenbetäubendes Gebrüll hob an. Neben dem Tiefkühlregal stand ein vier, fünf Jahre alter Junge und schrie aus Leibeskräften.

»Memme, Memme.« Ein größerer Junge linste feixend hinter einer Pyramide übereinandergeschichteter Weinkartons hervor, in der Hand eine Spielzeugpistole.

»Uuuuuäääääää ...«

»Ach, Paul, du sollst Luca doch nicht ärgern.« Eine Frau stürzte herbei. Sie nahm den Kleinen an die Hand, der daraufhin noch erbarmungswürdiger weinte.

»Himmelherrgott, immer dieses Theater. Es reicht!« Die Stimme des Mannes klang, als würde er jeden Moment Amok laufen. Er schob einen vollgepackten Einkaufswagen vor sich her. Das Gesicht hinter der runden Hornbrille war merkwürdig weich, was irgendwie nicht zu dem teuren Business-Anzug passte. »Paul, verdammt noch mal, habe ich nicht gesagt, die Pistole bleibt im Auto?«, fauchte er den älteren Jungen an.

»Aber ich hab doch gar nichts gemacht. Immer bin ich schuld, das ist so gemein«, maulte Paul. Er verzog das Gesicht, als würde auch er gleich in Tränen ausbrechen.

»Warum läufst du nicht schon mal vor zum Zeitschriftenregal und suchst dir einen Comic aus«, warf die Frau schnell ein. Sie war blass.

»Darf ich zwei, Mama?«
»Ich will ein Kinder-Ei«, krähte Luca dazwischen, der schlagartig aufgehört hatte zu schreien.
»Also gut, von mir aus. Hier, Paul, nimm Luca mit und pass auf ihn auf.«
»Och Mensch«, protestierte Paul.
»Tu einfach, was ich dir sage.«
Die Kinder zischten davon. Die Frau strich sich mit der Hand durch die Haare. Es wirkte fahrig. Sie war um einiges jünger als der Mann. Der sah aus, als wäre er am liebsten weit, weit fort.
Während Susanne in der Käsethekenschlange einen Meter vorrückte, dachte sie mit leiser Genugtuung daran, wie ein genervter Wolfgang in ein paar Jahren mit einer brüllenden Daria in einem überfüllten Supermarkt stehen würde. »Willkommen im Familienglück«, flüsterte sie.
Eine angespannte Frauenstimme lenkte sie von ihrem kleinen inneren Triumph ab.
»Warum sagst du mir das jetzt erst?«
»Herr im Himmel, weil ich es erst heute Nachmittag erfahren habe.«
Unauffällig sah Susanne zur Seite. Das genervte Paar stand neben ihr in der Schlange.
»Das kannst du nicht machen. Du hast den Kindern versprochen, dass wir Freitag nach Karlsruhe in den Zoo fahren«, fuhr die Frau auf.
»Glaubst du, es macht mir Spaß, ausgerechnet an einem Brückentag für die Firma unterwegs zu sein? Aber wir haben nun mal den Ableger in Norddeutschland, und da ist morgen kein Feiertag.«
»Die Firma. Die Firma. Ich höre von dir nichts anderes mehr. Was ist mit mir? Ich hocke die ganze Zeit allein in diesem Kaff.«
»Marion, bitte, komm mir nicht wieder damit. Du wolltest das Haus hier doch unbedingt kaufen.«

Marion umklammerte den Griff des Einkaufswagens, als müsste sie sich festhalten. Ihr Mann starrte auf die Sonderangebotstafeln an der Wand hinter der Theke. Er war deutlich über fünfzig, schätzte Susanne. Angegraute Locken kaschierten die schütteren Stellen am Hinterkopf. Gerade als sie sich wieder abwandte, schob er mit einer abwesenden Bewegung seine Brille zurecht. Woher kannte sie diese Geste? Sie runzelte die Stirn. Sie erinnerte sich nicht.
»Was soll es für Sie sein?« Die Verkäuferin riss sie aus ihren Überlegungen. Das Déjà-vu-Gefühl verflog.

Susanne kurbelte das Seitenfenster herunter. Es war ein extrem schwüler Tag. Von fern hörte sie das inzwischen schon vertraute abendliche Donnergrollen, dem bisher nie ein Gewitter gefolgt war. Der Blick auf die Uhr sagte ihr, dass es kurz nach acht war. Bis zur Hütte brauchte sie zwanzig Minuten. Sie würde zu spät zurück sein, um ihn auf seinem Weg zu welchen Orten auch immer abzupassen, die er im Abendlicht fotografierte. Sie sah sein Gesicht vor sich. Sein undurchdringliches Lächeln. Jeden Abend hatte sie darauf gewartet, dass er mit seinen langen Schritten am Bach auftauchen würde. Er war allerdings nicht gekommen.
Susanne schloss einen Moment die Augen. Was war nur in sie gefahren? Sie benahm sich wie eine Geisteskranke. Entschieden setzte sie rückwärts aus der Parklücke. In letzter Sekunde sah sie den Schatten, der hinter dem Geländewagen auf dem Nebenparkplatz hervorschoss. Sie bremste scharf. Mein Gott, wo war das Kind geblieben? Sie sah es im Rückspiegel nicht. Mit leicht zitternden Knien stieg sie aus.
»Peng! Du bist tot!« Paul sprang so plötzlich hinter dem Heck des Golfs hoch, dass sie aufschrie. Triumphierend stand der Junge vor ihr, die Spielzeugpistole im Anschlag. Sie öffnete den Mund, wollte schimpfen, doch dazu kam sie nicht.

»Paul! Ich habe gesagt, es reicht jetzt!« Pauls Vater stürmte heran. Er packte seinen Sohn am Arm, riss ihn herum und schüttelte ihn. »Dafür gibt es eine Woche kein Fernsehen, haben wir uns verstanden.«
»Mama!«, brüllte Paul.
»Lass doch den Jungen.« Marion sah ihren Mann wütend an. Sie war noch blasser als zuvor.
Susanne hatte das Gefühl, schreien zu müssen, wenn sie noch eine Sekunde länger in der Nähe dieser Familie blieb.
»Es ist nichts passiert, alles in Ordnung«, sagte sie schnell, stieg wieder in ihren Wagen und ließ den Motor an. Im Wegfahren warf sie einen letzten Blick in den Rückspiegel. Der Mann mit den schütteren grauen Locken stand neben der Fahrertür des Geländewagens. Er starrte ihr nach. Mit einer abwesenden Geste rückte er seine Brille zurecht.

26

Home, sweet Home. Susanne warf einen Blick zu den properen Eigenheimen am Neubauhang hinauf. Eines davon musste Marions Traumhaus sein. Sie war sicher, dass das Nervenkrisenpaar aus dem Supermarkt dort wohnte, wo andere Urlaub machen. In dem Moment fiel ihr Michaela wieder ein. Sie sollte das Handy aufladen und sich endlich bei ihr melden. Ob Marion und der Business-Anzugträger wohl italienische Ökoziegel auf dem Dach hatten?

Susanne bog auf den Wirtschaftsweg in das Seitental ab. Sie war schweißgebadet. Der Abend war noch schwüler als die vorangegangenen. Bennis alter Golf hatte keine Servolenkung, jede Kurve war eine körperliche Herausforderung. Als sich vor ihr der Blick in die blühenden Wiesen hinein öffnete, atmete sie tief durch.

Das an der Käsetheke belauschte Gespräch bedrückte sie. Sie fragte sich, warum. Etwas in der Stimme der Frau hatte sich tief in ihre Nerven hineingebohrt. Und dieses seltsam Weiche, ja, Unerwachsene in den Zügen des Mannes. Wieder sah sie die Geste vor sich, mit der er die Brille zurechtrückte. Eine Abwehrgeste? Was zum Teufel erschien ihr daran vertraut? Unbehaglich rutschte Susanne auf dem Fahrersitz hin und her.

Musik! Sie hatte vorhin bei Benni die Tasche mit den CDs aus dem Wohnmobil genommen. So alt der Golf war, die Musikanlage war klasse. Sie fuhr rechts ran, holte die Tasche aus dem

Kofferraum und begann darin zu kramen. Bob Dylan? Leonard Cohen? Hannes Wader? Nein, alles zu elegisch. Sie brauchte jetzt irgendwas Belebenderes.

»Ah, das ist es. Perfekt«, murmelte sie, als ihr eine CD der Neville Brothers in die Hände fiel. Sie legte sie ein, suchte ihren lange, viel zu lange nicht mehr gehörten Lieblingstitel *Yellow Moon* und drehte die Anlage auf, so dass die Bässe wummerten.

Susanne wippte die Reggaebeats mit. Die hypnotisierende Südstaatenmusik vermischte sich mit der Schwüle des Abends. »Yellow Moon, Yellow Moon.« In der Nacht zuvor war ein riesiger dickbauchiger Halbmond über dem Engelsgrund aufgegangen. Mein Gott, wie hatte sie dieses fiebrige Verlangen vergessen können, das der Song in ihr auslöste?

Ein Saxophon umschwirrte die Melodie der Singstimme in sehnsuchtsvoll ekstatischen Kreisen. Susanne spürte, wie alles in ihr im Rhythmus vibrierte. Eine Gänsehaut überlief sie. Yellow Moon, sag es mir, ist er bei einer anderen Frau? Sie hatte die Einfahrt zum Engelsgrund fast erreicht, überlegte, ob sie umdrehen, eine Weile in der Gegend herumfahren, den Song wieder und wieder hören sollte. In der Hütte gab es keinen CD-Player. Sie drückte die Repeat-Taste.

Da sah sie den weißen Pick-up, der langsam den Feldweg von Bennis Hütte herunterrollte. Der Fahrer blinkte mit der Lichthupe und hielt an. Susanne runzelte die Stirn. War das Benni, der sie da aus ihrer tranceähnlichen Stimmung riss? Sie konnte sich kaum vorstellen, dass er noch in der Lage war, Auto zu fahren. Zögernd bog sie von dem asphaltierten Talweg ab. Aus dem Beifahrerfenster des Pick-ups schob sich ein zotteliger Hundekopf heraus. Yellow Moon, Yellow Moon. Im Moment jedenfalls war Sebastian Berger bei keiner anderen Frau. Sie stoppte den Golf neben seinem Wagen.

Er sagte etwas. Sie verstand kein Wort. Lachend deutete er auf ihr Autoradio. Fast widerwillig drehte sie die Musik leiser. Sie wollte von ihrer fiebrigen Stimmung nicht lassen.
»Ah, Sie hören die Neville Brothers. Ein genialer Titel, der da gerade läuft.«
»Ja, nicht? Das Saxophon bringt einen regelrecht in Trance.«
Sein rechter Arm lag auf dem Rahmen des runtergekurbelten Autofensters, der Ärmel seines Hemds weit hochgekrempelt. Susanne bemerkte plötzlich die lange Narbe, die sich, weiß in der gebräunten Haut, vom Ellbogen bis fast zum Handgelenk hinunterzog. Sie hätte nur die Hand ausstrecken müssen, um ihn zu berühren. Sie atmete tief durch und fragte stattdessen: »Wollten Sie zu mir?«
»Ich war zufällig in der Nähe und dachte, da warne ich Sie vor dem Gewitter. Heute kommt es nämlich von Südwesten. Kann noch dauern, bis es wirklich hier ist, aber dann könnte es sehr ungemütlich werden.« Er grinste. »Am besten packen Sie alles, was Sie irgendwo im Gras herumliegen haben, vorher zusammen.«
Den Wetterbericht wollte er ihr also bringen. Was hatte sie denn erwartet? Mit grimmigem Lächeln schaltete sie den CD-Player ab. »Ihre Fürsorglichkeit ist wirklich rührend«, sagte sie in die sich ausbreitende Stille hinein und erschrak im gleichen Moment darüber, dass sie klingen musste wie eine zickige Sechzehnjährige. Sie wandte ihm das Gesicht zu. Er betrachtete sie, wie es ihr schien, mit einem Hauch von Verwunderung. Sie lachte leise auf. »Danke für die Warnung«, bemerkte sie so neutral wie möglich. »Wenn Ihnen vor dem Weltuntergang vielleicht noch nach einem Glas Wein ist, hätte ich da nach wie vor einen kühlen Riesling anzubieten ...«

Donner rollte gegen die Berghänge. Der Boden erzitterte unter dem Grollen. Hinter den grünschwarzen Wolkentürmen, die vom Westen her die Abenddämmerung verschluckten, wetterleuchtete es im Sekundentakt. Doch noch waren keine Blitze zu sehen, und nur ein leiser Windhauch bewegte die Bäume. Das Tal schien den Atem anzuhalten in Erwartung des heranziehenden Unwetters.
Es war schon fast dunkel, obwohl es noch keine zehn war. Susanne zündete das Windlicht auf dem Gartentisch an und beobachtete, wie der Kerzenschein flackernde Schatten über den Stuhl tanzen ließ, auf dem bis vor ein paar Minuten Sebastian gesessen hatte, den Hund ausgestreckt zu seinen Füßen.
Sie griff nach der Weinflasche und stellte fest, dass sie leer war. Sollte sie noch eine öffnen? Sie konnte alles tun, was sie wollte. Alles. Nur eine Gelegenheit nutzen, wenn sie sich bot, das konnte sie nicht. Sie lachte bitter. Oh, dieses wunderbare Gefühl der Selbstzerfleischung. Sie hatte nicht genug getrunken, um nachsichtiger mit sich zu sein. Sicher würde sie noch eine Flasche aufmachen. Sie stand auf, zögerte kurz, bevor sie Sebastians Glas vom Tisch abräumte.
Der Wein aus dem Supermarkt war noch nicht durchgekühlt. Egal. Sie nahm die Flasche mit hinaus. Wieder erschütterte Donnergrollen den Engelsgrund. Eine plötzliche Böe brachte die Kerze im Windlicht in Aufruhr. Sie flackerte hoch auf und erlosch. Susanne zündete sie wieder an und schenkte sich ein. Sie trank. Trank schnell, um die Stimme in ihrem Kopf zum Schweigen zu bringen, die ätzte: Feigling, du warst so nah dran. War sie? Und woran eigentlich?
Sag mir, dass du nicht nur wegen des Gewitters zu mir gekommen bist. Sag mir, wer du bist, was du hier bei mir machst. Nein, kein Wort davon war über ihre Lippen gekommen. Stattdessen hatte sie drauflosgeplaudert wie ein aufgeregter Teenie,

nachdem es so überraschend einfach war, Sebastian an den Tisch vor der Hütte zu locken.

»Es ist schade, dass Benni keinen CD-Player in der Hütte hat. Aber vielleicht kaufe ich einen. Ich war heute bei ihm. Sieht verdammt so aus, als hätten Sie recht damit, dass es noch etwas dauert mit dem Motor. Wissen Sie, ob es in der Kreisstadt einen Elektromarkt gibt?«

»Nicht nur einen. Aber Sie müssen kein Geld ausgeben. Ich habe eine kleine Musikanlage, die auch mit Batterien funktioniert. Die brauche ich nur, wenn ich mit dem Wohnwagenaufsatz auf dem Pick-up unterwegs bin. Ich kann sie Ihnen leihen.«

»Das wäre klasse. Ich habe eine ganze Tasche voller CDs dabei. Wissen Sie, es gab an vielen Stellen meines Lebens Lieder, die für mich eine besondere Bedeutung hatten. Die meisten davon sind ziemlich melancholisch.«

»Was sind das für Lieder? Erzählen Sie mal. Vielleicht haben wir ja außer ›Yellow Moon‹ noch andere gemeinsame Favoriten.«

»Oh, manches davon ist schräges Zeug aus den Siebzigern. An dem Abend, an dem ich hier angekommen bin, ist mir zum Beispiel wieder etwas eingefallen, was wunderbar zu diesem Tal passt. Aber ich weiß nicht, ob das überhaupt viele Leute kennen. Bauer Plath von …«

»Witthüser & Westrupp? Und ob ich die kenne. Ich war neunzehn, und mein ganzer Stolz war eine rote Ente. Ins Handschuhfach hatte ich einen Kassettenrekorder eingebaut. Wenn ich geraucht hatte, bin ich oft die halbe Nacht durch die Gegend gefahren, die Musik voll aufgedreht. Raten Sie mal, was da lief.«

»Ist ja witzig. Bei Bauer Plath habe ich meinen ersten Joint geraucht. Und da gab es noch dieses andere Album, auf dem sie Texte von Novalis und Heinrich Heine vertont haben, ziemlich morbides Zeug. Kennst du das auch?«

Wieder ließ ein Windstoß die Kerze aufflackern. Susanne sah zum Himmel, der im Westen jetzt von einem Gitternetz ferner Blitze überzogen war. Sie spürte immer noch das Ziehen im Bauch, das sie empfunden hatte, als ihr plötzlich das Du herausgerutscht war. Sebastian hatte es aufgenommen, ohne mit der Wimper zu zucken.

»Du meinst die Lieder von Vampiren, Nonnen und Toten? Da war ein geniales Liebeslied drauf. Erinnerst du dich? ›Frag uns nicht, woher und wohin. Frage uns nicht nach dem Sinn. Breite deine Glieder aus. Nimm uns mit in dein Haus.‹«

Er hatte die Zeilen gesungen, mit einer kratzigen, dunklen Stimme. Die Erinnerung durchzuckte sie wie ein Stromstoß. »Halt uns fest, doch halte uns nicht. Suche nicht in unsrem Gesicht. Suche nicht nach Freude und Leid. Fang an! Denn kurz ist die Zeit.« Zwanzig war sie gewesen, als sie diese dunkle Hymne an die Lust zum ersten Mal hörte. Natürlich war der Text noch in ihrem Kopf. Sie hatte lange davon geträumt, einmal einem Mann zu begegnen, der das Bedingungslose und Unabhängige begriff, das sie darin spürte. Irgendwann hatte sie den Traum aufgegeben.

Jetzt saß Sebastian da und sang ihr die Zeilen vor, die für sie mal der Inbegriff des Begehrens waren. Und was tat sie? Sie murmelte was davon, dass sie sich an das Lied im Moment nicht erinnern könne. Sie plauderten noch eine Weile über Musik. Dann sagte er, dass Frodo Angst vor Gewitter habe und es darum besser sei, er würde sich auf den Heimweg machen.

Sie hatte ihn einfach gehen lassen. Susanne trank das Glas in einem Zug leer. In der Sekunde zischte ein Blitz in die Straße unten im Tal hinein, unmittelbar gefolgt von einem gewaltigen Donnerschlag. Dann brach ein Inferno los. Sturmböen peitschten durch die Bäume, fegten das leere Glas vom Tisch wie Papier. Der Himmel explodierte in einem Stakkato von Blitzen.

Susanne sprang auf und rannte zur Hüttentür, die der Sturm gegen die Hauswand drückte. Mit aller Kraft versuchte sie sie zuzuziehen. Hagelkörner prasselten auf ihre nackten Arme. Wieder tauchte ein gewaltiger Blitz den Engelsgrund in grelles Licht. Sein Zischen war so nah, dass Susanne herumfuhr. Und da sah sie es. Am Bach stand eine schwarze Gestalt. Der lange Kapuzenumhang, in den sie gehüllt war, wehte im Sturm.

Mit dem Donnerschlag, der folgte, wurde es dunkel. Schrecklich dunkel. Zitternd presste Susanne sich an die Tür. Sie wollte schreien, doch sie brachte nur ein trockenes Krächzen hervor. Erwartete jede Sekunde, dass eine kalte Hand nach ihr griff. Wieder blitzte es. Susanne zwang sich, zum Bach zu sehen. Das Wasser hatte den Pfad überspült. Die Gestalt war verschwunden.

27

Darf ich?« Ellen zeigte fragend auf die Weinflasche.
»Was? Ach so, natürlich. Entschuldige, hab nicht gesehen, dass dein Glas leer ist. Nimm dir doch bitte einfach.« Susanne sah zu, wie sie sich nachschenkte. Sie hatte recht gehabt, Ellen gehörte nicht zu der Sorte Frau, die nach dem ersten Glas kichernd sagte: »Huch, jetzt bin ich aber beschwipst.«
Ellen wollte auch Susannes Glas füllen, bemerkte dann aber, dass es noch fast voll war. »Ich trinke immer ziemlich schnell«, sagte sie ein wenig schuldbewusst.
»Ich normalerweise auch«, beeilte sich Susanne zu versichern. »Aber irgendwie hängt mir das Gewitter von gestern nach. Mir ist etwas schummrig.«
In Wahrheit war ihr nicht schummrig, sie fühlte sich immer noch schlecht von dem Kater, mit dem sie erwacht war. Was für eine Alptraumnacht. Nachdem sie es endlich geschafft hatte, die Hüttentür hinter sich zu verriegeln, bemerkte sie, dass die Fensterläden offen waren. Um nichts in der Welt wäre sie noch einmal rausgerannt, um sie zu schließen. So saß sie im Dunkeln in die Ecke des Raums gedrückt, die am wenigsten von draußen einzusehen war. Das Gewitter tobte weiter. Der Sturm rüttelte an den Läden. Es klang, als würde jemand an die Fenster klopfen. Erst als die Morgendämmerung ins Zimmer sickerte, war sie in ihrer Ecke eingeschlafen.

Jetzt lag der Engelsgrund friedlich unter einem strahlend blauen Himmel. Die Luft war klar und zehn Grad kühler als am Tag zuvor. Der Bach war angeschwollen, das Wasser rauschte mit plötzlicher Eile an der Hütte vorbei. Susanne hatte Ellen nichts von ihrem nächtlichen Erlebnis mit der dunklen Gestalt erzählt. Im hellen Sonnenschein war sie nicht mehr sicher, ob da überhaupt etwas am Bach gewesen war. Sicher war nur, dass sie zu viel getrunken hatte. Und warum? Der Gedanke ließ sie zu ihrem Glas greifen.

Ellen saß auf dem Stuhl, auf dem Sebastian gesessen hatte, und hielt ihr Gesicht mit geschlossenen Augen in die Sonne. Ihre Hände spielten mit ihren Haaren, verschlangen sie im Nacken zu einem Knoten. Sie hatte etwas Strahlendes, Sinnliches. Susanne konnte sich vorstellen, dass sie Männer anzog, immer noch. Ob sie Gelegenheiten wohl besser zu nutzen wusste als sie selbst?

»Darf ich dich was fragen?«

»Frag«, sagte Ellen, ohne ihre behagliche Position zu verändern.

»Bist du eigentlich mit jemandem zusammen? Ich meine …« Susanne zögerte. »Du hattest ja gesagt, dass du dich immer mal wieder in Männer verliebst.«

Ellen öffnete die Augen und sah sie forschend an. »Ja, das passiert hin und wieder. Geht dir das nicht so?«

Susanne wich ihrem Blick aus, sah zum Bach hinüber. »Ich habe mich eigentlich noch nie schnell verliebt, auch früher nicht. Ich meine, es gab wenige Männer, die …« Sie seufzte. Wie sollte sie das erklären? »Ich habe im Lauf meines Lebens viele Frauen kennengelernt, die intelligent und witzig und was weiß ich alles waren. Dann lernte ich irgendwann ihre Männer kennen. Was meinst du, wie oft ich mich gefragt habe, warum um alles in der Welt tut die sich diesen Typen an.«

»O ja, das kann ich mir vorstellen. Du denkst viel. Du siehst einen Mann und fängst an zu grübeln. Wer ist er? Ist er das, was

ich denke? Ich verstehe das sehr gut. Aber weißt du was?« Ellen lachte. »Wenn du zu lange über einen Mann nachdenkst, findest du meist keinen Grund mehr, mit ihm etwas anzufangen.«
Susanne stimmte in das Lachen ein. »Auf diese Art und Weise erspart man sich eine Menge unnötiger Probleme.«
»Richtig. Aber vielleicht verpasst man manchmal auch eine Menge Spaß.« Ellen bemerkte Susannes zweifelnden Blick und grinste. »It's sex, stupid. Ist dir denn nie jemand begegnet, der dich einfach angezogen hat, ohne dass du es dir erklären konntest?«
Susanne nahm sich ein Stück Käse, um Zeit zu gewinnen. Sie wollte Ellen nichts von Sebastian erzählen. Außerdem hatte sie inzwischen viele Erklärungen für das, was sie an ihm anzog. Sie konnte es sich eigentlich immer erklären, warum sie mit einem Mann im Bett landete. Die Gelegenheiten waren allerdings seit dem Ende der Beziehung mit Wolfgang nicht so zahlreich gewesen, dass sie darüber den Überblick hätte verlieren können.
»Zwei Tage nach meinem fünfzigsten Geburtstag habe ich mit einem Mann geschlafen, den ich praktisch gar nicht kannte«, sagte sie und biss vom Käse ab. »Es war auf einer Reise, die ein großer Verlag für Anzeigenkunden veranstaltete. Er hieß Dominik und war irgendwas im Marketing bei einem Autokonzern. Wir gehörten zu den Letzten an der Hotelbar. Weißt du, ich hasste solche Termine wie die Pest, aber ich musste hin, weil meine Chefin krank war. Ich ertrug das Geplapper nur, wenn ich was trank.«
»Und?« Ellen setzte sich neugierig auf.
»Und nichts weiter. Ich ging mit auf sein Zimmer, wir landeten im Bett, das war's. Wir haben keine Handynummern getauscht, wenn du das meinst.« Susanne zuckte mit den Schultern. »Hinterher fragte ich mich, warum ich das eigentlich gemacht habe. Er war weder besonders attraktiv noch besonders interessant.

Aber er war jünger als ich, Anfang vierzig, schätze ich. Vielleicht wollte ich mir nur beweisen, dass ich ihn noch rumkriege.«

»Soso, du hast den armen Jungen also nur benutzt«, sagte Ellen mit leiser Ironie.

»Er wird es überlebt haben. Außerdem ist im Grunde eine Freundin von mir schuld. Die versucht ständig, mir Männer über sechzig schmackhaft zu machen.«

»Ich wollte nie einen alten Mann. Nicht mit achtunddreißig, nicht mit achtundfünfzig.« Ellen schenkte sich zum zweiten Mal nach. Auf ihren fragenden Blick hielt Susanne auch ihr Glas hoch. »Ich hatte in Griechenland eine Liebe, Giorgios, ein Musiker aus Athen, der bei Areopolis ein Haus besaß. Er war zehn Jahre jünger als ich.«

»Du sagst hattest. Dann ist es jetzt vorbei?«, fragte Susanne vorsichtig.

»Er lebt nicht mehr. Ist mit seinem Boot rausgefahren und nicht zurückgekommen.« Ellen lächelte traurig. »Es war nicht so, dass wir ständig Händchen hielten, wenn ich dort war. Wir brauchten beide unsere Freiheit. Doch wir liebten uns. Verstehst du, was ich meine?«

»Ja, ich verstehe. Ich verstehe genau, was du meinst. Ich dachte mal, ich hätte so eine Liebe endlich gefunden, in der er und ich beide gleich und beide frei sein können.«

»Was ist passiert?«

»Er heiratete eine junge Frau und ist gerade mit dreiundfünfzig zum ersten Mal Vater geworden.«

Ellen nickte langsam. Eine Weile hörten sie dem Rauschen des Baches zu.

»Du hast gefragt, ob ich mit jemandem zusammen bin«, sagte Ellen schließlich. »Das ist etwas kompliziert.«

Susanne sah sie gespannt an.

Ellen zögerte. »Nun ja, er ist etwas kompliziert. Ich bin manchmal auch kompliziert. Es läuft jetzt schon drei Jahre, aber ich würde nicht behaupten, dass es eine Beziehung wie mit Giorgios ist.« Sie machte eine abwägende Kopfbewegung. »Sagen wir, es ist eine Art Beziehung. Wir sehen uns nicht sehr oft. Aber wenn wir zusammen sind, ist es schön. Im Moment will ich auch nicht mehr.«

»Klingt zumindest interessant«, bemerkte Susanne. »Kommt der Typ aus Haggerach?«

»Haggerach hat nicht gerade ein Überangebot an interessanten Männern. Aber wenn es so sein soll, läuft dir eben doch einer über den Weg.« Ellen lachte. »Wer weiß, vielleicht kommt ja dein Traumprinz morgen hier an deiner Hütte vorbei.«

Susanne fuhr zusammen. Um vom Thema abzulenken, sagte sie schnell: »Hier kommen die seltsamsten Gestalten vorbei. Letzte Nacht zum Beispiel ...« Plötzlich spürte sie die Panik wieder. Die Sonne stand inzwischen schon tief. Bald würde es wieder dunkel sein und sie allein mit dem Bach. »Ich glaube, ich habe letzte Nacht die Näherin gesehen.«

»Was? Wo denn?«

»Da vorne am Bach stand sie.« Susanne deutete hin. »Es war in dem Gewitter. Sie trug einen langen Kapuzenumhang. Sie schaute zu mir herüber.«

Ellen runzelte die Stirn. Sie schien über etwas nachzudenken. »Gestern war der 21. Juni«, sagte sie dann.

»Sommeranfang?«

»Ja, auch. Und für manche ein ganz besonderes Fest.« Ellen sah Susanne lange an. Schließlich nickte sie, als hätte sie einen Entschluss gefasst. »Ich denke nicht, dass du einen Geist gesehen hast. Es gibt sehr lebendige Menschen, die vermutlich gestern Abend hier am Bach unterwegs waren, und die sind absolut harmlos.« Sie stand auf. »Der Engelsgrund hat ein

Geheimnis, von dem ich auf meinen Wanderungen nichts erzähle. Es wird noch lange genug hell sein. Komm, ich zeige es dir.«

An der Stelle, an der der Bach den Erdwall durchschnitt, schoss das Wasser an diesem Abend schäumend in die Talmulde hinein. Ellen verließ den Pfad und lief durch die Wiese zum Waldrand.

»Hier ist alles total matschig«, rief Susanne ihr nach.

»Im Wald ist der Boden fester. Na los. Wir müssen nur ein paar Minuten laufen.«

»Aber man kommt da doch gar nicht durch.« Zweifelnd blickte Susanne auf schulterhohe Sträucher. Noch während sie es sagte, schlüpfte Ellen hindurch.

Es war schon dämmrig unter den Bäumen, doch es war nicht die bedrückende Düsternis des Tannenwalds oben am Berg. Der Engelsgrund war von Laubbäumen bestanden. Vor allem Buchen, wenn Susanne ihre botanischen Kenntnisse nicht täuschten. Rechts von ihr rauschte der Bach in einer tief eingeschnittenen Rinne.

Ellen war ein ganzes Stück voraus. Ihr weißes Hemd war im Zwielicht gut zu sehen. Es fiel Susanne nicht schwer, ihr zu folgen, obwohl sie keinen Weg erkennen konnte. In zügigem Tempo liefen sie einige hundert Meter den Hang hinauf.

»Da sind wir.« Ellen blieb so plötzlich stehen, dass Ellen fast in sie hineinrannte. Vor ihnen lag eine kleine Lichtung, die am oberen Ende von einem felsigen Steilhang begrenzt wurde. Er leuchtete rot in der Abendsonne. Der Widerschein spiegelte sich im Bachlauf. Das Wasser rann am rechten Rand der Lichtung dahin. Es schien fast, als würde der Bach zögern, sich von diesem friedlichen Platz talabwärts in die Niederungen des Alltags zu begeben.

»Schön ist es hier«, sagte Susanne. »Aber wo ist denn jetzt das Geheimnis?« Sie verspürte wenig Lust, erst nach Sonnenuntergang durch den Wald zurückzulaufen.

»Da drüben an den Felsen bei der Quelle. Komm.« Mit einem stillen Seufzer folgte Susanne ihr über die Lichtung. Ellen musste es offenbar immer spannend machen.

Am Fuß des Steilhangs wucherten dornige Ranken und Farnwedel. Ein Teppich aus kleinen blauen Blüten überzog den Boden. Der Bach entsprang aus einer Spalte zwischen zwei moosbewachsenen Felsblöcken, halb verborgen hinter Brombeer- und Haselsträuchern. Ein seltsames Gefühl überfiel Susanne, als sie sich der Quelle näherte. Dann sah sie es. Abrupt blieb sie stehen.

Überall in den Zweigen hingen Bündel aus bizarr zusammengewundenen Stöcken. In einigen steckten knorrige Wurzeln, Federn oder Mooskissen, in anderen Knochen von irgendwelchen kleinen Tieren. Manche wurden zusammengehalten von verknoteten Lederbändern, manche von etwas, das aussah wie Haarsträhnen. Und manche waren auch umwunden von Stofffetzen mit merkwürdigen dunklen Flecken.

»Was um alles in der Welt ist das?«, entfuhr es Susanne. »Das sieht ja aus wie in *Blair Witch Project.*«

»Keine Sorge, in dieser Gegend gibt es keine bösen Hexen, nur gute.« Ellen lachte. »Meist treffen sie sich bei Vollmond. Gestern war zwar kein Vollmond, aber für sie das höchste Fest des Jahres. Sie nennen es Litha. Sie kommen her, um sich mit den Kräften der Quelle zu verbinden. Diese Bündel sind so eine Art Schutzzauber.«

»Das ist jetzt nicht dein Ernst, oder?«

»Aber klar doch. Sie bringen den Naturgeistern Gaben mit, die sie vorher mit jeder Menge positiver Energie aufgeladen haben. Schau nur.« Ellen wies zu den Felsen an der Quelle. Wie auf einem Altar waren dort alle möglichen Dinge arrangiert – Amulette aus Holz, Edelsteinen, Silber, Glas, kleine Flaschen mit undefinierbaren Flüssigkeiten oder Pulver, Steine, in die geheimnisvolle Zeichen geritzt waren. »Sie sagen, dass der Bach ganz besondere Kräfte hat. Das Wasser verstärkt die Energien, die man aussendet, und zieht an, was einem fehlt.« Ellen warf Susanne einen ironischen Seitenblick zu. »Ist dir das etwa noch nicht aufgefallen?«

Susanne biss sich auf die Lippe. Das war doch alles lächerlich. »Unser armes Bärbeli dürfte das etwas anders sehen«, nahm sie die Ironie auf. »Woher weißt du das überhaupt alles? Bist du etwa auch als Hexe aktiv?«

»Bestimmt nicht. Die Frau, die die Gruppe leitet, besitzt viele alte Bücher über regionale Sagen. Darüber habe ich sie kennengelernt. Wir sind ein paarmal zusammen gewandert. Irgendwann hat sie sich als Schamanin geoutet. Sie bildet magische Nachwuchskräfte aus. Im Hauptberuf arbeitet sie auf dem Finanzamt in der Kreisstadt.« Ellen grinste. »Ich habe ihr versprochen, das Geheimnis der Quelle nicht an die große Glocke zu hängen. Ich will mir ja nicht den Zorn ihrer Hüterinnen zuzie…«

Platsch! Hinter ihnen gab es ein Geräusch, als würde etwas Schweres ins Wasser fallen. Sie fuhren herum. Ein großer Hund stürmte den Bach herauf auf sie zu, sprang vor ihnen ans Ufer und schüttelte sich. Es dauerte eine Paniksekunde, bis Susanne ihn erkannte.

»Frodo, du bist unmöglich!«, rief Ellen und wischte sich die Tropfen aus dem Gesicht. Frodo wedelte freudig. Dann ließ er sich neben Ellen nieder. Seinen mächtigen Kopf legte er auf ihren Fuß.

Überrascht sah Susanne auf den Hund hinunter. Eine solche Geste der Zuneigung hatte er ihr bisher nicht zukommen las-

sen. Offensichtlich kannte er Ellen gut. Der Gedanke löste in Susanne einen dumpf ziehenden Schmerz aus.
»Ich dachte, die Party war gestern. Aber wie es aussieht, ist sie doch noch nicht vorbei.« Sebastian tauchte unter den Buchen auf und blickte von Ellen zu Susanne und zurück.
»Die Quelle zieht immer Überraschungen an«, unterbrach Ellen die abwartende Stille, die seinem Auftritt folgte. »Willst du hier Fotos machen?«
Er nickte. »Ein so klares Abendlicht ist selten um die Jahreszeit.«
»Pass nur auf, dass du die Quellgeister nicht verärgerst.« Ellen lächelte.
»Keine Sorge, wir kennen uns gut. Sie sind kaum noch kamerascheu.«
Einen Moment sahen die beiden sich schweigend an.
»Ach, überhaupt«, sagte Ellen dann. »Susanne, das ist Sebastian Berger. Ich hatte ja gesagt, dass er seit einiger Zeit in der Gegend lebt. Sebastian, das ist Susanne ... Oh, wie heißt du eigentlich weiter?«
»Holtmann.« Susanne hatte das Gefühl, dass ihre Stimme krächzte. Sie räusperte sich.
»Susanne wohnt zurzeit in Bennis Hütte«, erklärte Ellen.
»Ich weiß. Wir haben uns im Vorbeigehen schon kurz kennengelernt.« Sebastian lächelte Susanne flüchtig an.
Im Vorbeigehen schon kurz kennengelernt? Nur mit Mühe schaffte sie es, zurückzulächeln.
»Ach so?« Wenn Ellen überrascht war, ließ sie es sich nicht anmerken. »Okay. Wir überlassen dich jetzt deinen Quellgeistern. Wir wollten eh gerade gehen.«
»Dann wünsche ich den Damen noch einen schönen Abend. He, Frodo, ich glaube kaum, dass Ellen heute einen Fußwärmer braucht.« Er bückte sich zu dem Hund hinunter und zog

ihn am Halsband ein Stück zur Seite. Als er sich wieder aufrichtete, berührte seine Hand für Bruchteile von Sekunden Ellens Arm. Ellen beugte ihm kaum wahrnehmbar den Kopf zu, als wollte sie sich an seine Schulter lehnen.

»Na, dann mach's gut. Und tu nichts, was du hinterher bereuen müsstest«, sagte sie in ihrem ironischen Ton und wies auf die Bündel in den Buchenzweigen.

»Würde ich nie machen«, erwiderte er im gleichen Ton.

Ellen lachte. »Also, wollen wir los, Susanne?«

Susanne schluckte trocken. »Ja, lass uns gehen, bevor der Wein zu warm geworden ist.« Sie warf Sebastian einen Blick zu. Der lächelte sein undurchdringliches Lächeln.

Schweigend liefen die Frauen den Weg zurück durch den Wald. Als sie sich dem Erdwall vor der Talmulde näherten, wurde das Rauschen des Baches lauter. Das Wasser zieht an, was einem fehlt? Susanne lachte tonlos auf. Sie spürte, wie etwas in ihr sich zusammenrollen und leise wimmern wollte.

Es gab wenig Grund zu zweifeln, Sebastian Berger war Ellens »Art« Beziehung.

Teil III

Am Bach

28

Susanne räumte die Reste der Pizza in den Kühlschrank und ignorierte dabei den Wein im Seitenfach. Schon seit zehn Tagen wartete er dort ungeöffnet – seit sie ihre bisher letzte Flasche getrunken hatte, zusammen mit Ellen nach der Rückkehr von ihrem Besuch an der Quelle. Als hätten sie eine innere Übereinkunft getroffen, sprachen sie nicht über die unerwartete Begegnung mit Sebastian. So waren sie recht schweigsam gewesen, während sie gemeinsam noch ein paar Gläser leerten.

Am nächsten Morgen hatte es angefangen zu regnen und seitdem kaum einen Tag aufgehört. Die Wolken hingen tief über den Bergen. Der Bach floss schnell und riss Sand vom Hang mit hinab. Susanne entdeckte im Gewerbegebiet ein Gartencenter, in dem sie Gummistiefel erstand. Darin stapfte sie über die sumpfige Wiese zum Wasserlauf. Sie starrte in die Schlammbrühe, die jetzt darin floss, und fühlte sich irgendwie betrogen. Es war ein dumpf ziehendes Gefühl, eine Art unscharfe Traurigkeit darüber, etwas verloren zu haben, ohne genau zu wissen, was es war.

Seit dem Fronleichnamstag hatte sie keinen Menschen mehr im Engelsgrund gesehen. Selbst die eifrigsten Nordic Walker schienen den matschigen Pfad am Bach zu meiden. Die melancholische Stille, die sich mit dem Regen über das Tal legte, störte Susanne nicht. Sie wollte allein sein, mit niemandem reden

müssen. Wenn sie zum Brötchenholen in den Ort fuhr, machte sie einen Bogen um Ellens Buchhandlung. Sie war unsicher, wie sie sich ihr gegenüber verhalten sollte. Im Grunde genommen ging es sie überhaupt nichts an, mit wem sie schlief.
Sie versuchte, nicht mehr an Sebastian zu denken. Nicht an den Abend, an dem er ihr das Lied vorgesungen hatte. Nicht an die Narbe auf seinem Arm, die sie berühren wollte. Doch diese alberne Sehnsucht in ihr lauerte noch, bereit, beim kleinsten Anzeichen für Hoffnung wieder über sie herzufallen. Darum hatte sie nichts mehr getrunken. Sie wusste, wenn sie trank, war sie der Sehnsucht hilflos ausgeliefert.
Susanne setzte sich an den in eine Kochzeile integrierten Esstisch, der neben einem braunen Schlafsofa, einem offenbar selbstgezimmerten raumhohen Regal und einer Stehlampe mit troddelverziertem schweinsledernem Schirm die Inneneinrichtung der Hütte bildete. Es gab noch einen Nebenraum, den ein Doppelbett fast komplett füllte, und ein winziges Bad. Selbst bei hellem Sonnenschein war es in der Hütte dämmrig, denn die Sprossenfenster waren klein und beschattet vom überstehenden Dach. An diesem Regentag war es um acht Uhr abends schon so dunkel, dass Susanne Kerzen angezündet hatte.
Sie mochte das schmuddelige Licht der Stehlampe nicht, hasste es überhaupt, wenn sie nicht draußen sitzen konnte, sondern den Abend in der Hütte verbringen musste. Sie fühlte sich von den Holzwänden und der niedrigen Holzdecke erdrückt. Außerdem konnte man nicht einmal ein Fenster öffnen, wenn drinnen Licht brannte. Sie hatte es einmal versucht und als Ergebnis den Abend mit geschlossener Tür im Schlafzimmer verbracht. Selbst von dort meinte sie die ganze Zeit das Ploppen der Nachtfalter zu hören, die sich immer und immer wieder gegen den Lampenschirm warfen. Sie konnte sich nicht

erinnern, jemals zuvor derart große Insekten in der Wohnung gehabt zu haben.
Susanne schaute von der Kühlschranktür auf den alten Röhrenfernseher im Regal und zurück. An diesem Morgen war sie mit dem Gefühl erwacht, das etwas in ihr weiterwollte. Was hielt sie schon noch im Engelsgrund? Gleich nach dem Aufstehen war sie mit der Absicht zu Benni gefahren, ihm Druck zu machen. Sie wäre sogar bereit gewesen, ihm zu sagen, dass er verdammt noch mal einen neuen Motor bestellen soll, wenn er keinen gebrauchten auftreiben kann. Doch sie fand Werkstatt und Haus verlassen vor. Alle Türen verrammelt, keine Spur des Besitzers. Nur Ivy stand einsam und motorlos auf dem Hof. Susanne fuhr weiter zur Bäckerei Metzinger. »Der Benni hat einen Auftritt mit seiner Band in Heidelberg«, trompetete die Seniorchefin stolz. Wann ihr Neffe zurück sei, könne sie nicht so genau sagen. »Das weiß man beim Benni vorher nie.«
Nein, sie würde die Flasche auch heute nicht öffnen. Susanne riss sich vom Anblick der Kühlschranktür los. Sie stand auf, um den Fernseher einzuschalten. In dem Moment hörte sie draußen etwas. Sie war ein bisschen stolz darauf, wie vertraut sie inzwischen mit den Geräuschen der Natur war. Sie wusste sofort: Was sich da bewegte, war kein Tier. Jemand kam über die Wiese auf die Hüttentür zu. Sie hielt den Atem an, spürte, wie sich um ihren Bauchnabel ein nervöses Kribbeln ausbreitete. Die Sehnsucht, diese verdammte Sehnsucht rollte sich mit einer raschen Bewegung aus ihrem Verpuppungsstadium heraus und breitete voller Hoffnung die Flügel aus.
Es schepperte und klirrte auf der Terrasse. Eine männliche Stimme fluchte. Die Sehnsucht zog die Flügel wieder ein. Wer auch immer da zu Besuch kam, er klang nicht nach Sebastian. Gleich darauf klopfte es.

Nach kurzem Zögern öffnete Susanne. Draußen stand der genervte Familienvater aus dem Supermarkt. Sein Anzug war vom Regen durchnässt. In der Hand hielt er eine Plastiktüte. Eine gefühlte Ewigkeit sahen sie sich schweigend an.
»Äh, n'Abend«, sagte Susanne schließlich mit unbehaglichem Gefühl. Ihr schoss die Szene vom Supermarktparkplatz in den Kopf. Das Kind, das sie so erschreckt hatte. War etwas mit dem Jungen? Hatte sie ihn am Ende beim Ausparken ...?
»Du erkennst mich nicht.« Der Mann stellte es mit leicht betrübtem Lächeln fest.
Susanne zog unsicher die Schultern hoch.
»Ich habe dich sofort erkannt.« Wie er es sagte, klang es gleichermaßen schmerzlich wie vorwurfsvoll. Ein Tonfall, der in Susanne den fernen Widerhall einer Erinnerung auslöste. »Wenn du jetzt abhaust, verrätst du alles, woran wir geglaubt haben.« Sie hatte diesen Satz vor sehr vielen Jahren aus ihrem Gedächtnis gestrichen. Durfte es wahr sein, dass der Typ, der ihn ihr mit all seinem Pathos an den Kopf geworfen hatte, jetzt wieder vor ihr stand? Sie kniff einen Moment die Augen zusammen. Als sie sie wieder öffnete, war er immer noch da. Er sah sie erwartungsvoll an und rückte mit dieser abwesenden Geste, die ihr schon an der Käsetheke so merkwürdig vertraut vorgekommen war, seine Brille zurecht.
»Harald!? Das glaube ich nicht.«
»Ich fürchte, ich habe da gerade was kaputt gemacht.« Er deutete über seine Schulter in Richtung des Gartentisches. »Bin dagegengestoßen.«
Susanne lugte um die Ecke. Neben dem Tisch lag das Windlicht in Scherben. »Na ja, ich schätze, das war kein sehr wertvolles Stück.« Ihr Blick glitt zum Ende des Sandwegs hinüber. Sie sah nur ihren alten Golf. »Bist du etwa hierhergelaufen?«
»Mein Wagen steht auf dem Wanderparkplatz etwas weiter unten.«

»Ach so?« Sie runzelte die Stirn. Der Parkplatz lag von der Straße aus hinter Bäumen verborgen.
»Ich dachte, es muss ihn ja nicht jeder, der vorbeifährt, hier sehen. Die Leute in der Gegend haben doch nichts Besseres zu tun, als sich das Maul über andere zu zerreißen.« Er räusperte sich und fügte wie zur Erklärung hinzu: »Als ich vorhin ankam, regnete es nicht.«
Inzwischen goss es wieder in Strömen. Haralds graue Locken klebten an seiner Stirn. Susanne erinnerte sich, dass er immer schon besonders lockig wurde, wenn es nass war.
»Möchtest du vielleicht einen Moment reinkommen?«
»Ja, gern.« Rasch schob er sich an ihr vorbei ins Trockene. Er sah sich um, ging zum Esstisch und stellte die Plastiktüte darauf ab, in der sich, wie es klang, Flaschen befanden.
Susanne betrachtete ihn einen Moment von der Tür aus, bevor sie sie schloss. Um Zeit zu gewinnen, ging sie hinüber ins Bad und griff nach einem frischen Handtuch. »Das ist irgendwie absurd«, sagte sie zu ihrem Spiegelbild, das sie ratlos ansah. Zögernd kehrte sie ins Wohnzimmer zurück.
»Woher weißt du eigentlich, dass ich hier in der Hütte wohne?« Sie reichte Harald das Handtuch.
Er nahm seine Brille ab und putzte sie sorgsam trocken. »Ich war am Samstag im Ort zum Brötchenholen. Da sah ich deine alte Kiste in der Hauptstraße stehen. Du glaubst nicht, wie froh ich war. Ich dachte schon, du wärst einfach wieder verschwunden.« Er war mit der Brille fertig und begann mit der gleichen Sorgfalt seine Haare trocken zu rubbeln. »In dem Moment kamst du aus der Bäckerei und fuhrst los. Da bin ich dir hinterhergefahren.«
»Du bist mir hinterhergefahren?« Susanne musste sich setzen. »Und warum hast du dann nicht gleich am Samstag hallo gesagt?« Sie sah Haralds Frau vor sich, wie sie zusammen mit den

Kindern in einer perfekt eingerichteten Einbauküche auf ihn und die Brötchen wartete.
»Ach, Susanne. Als du da im Supermarkt plötzlich aufgetaucht bist ...« Er faltete das Handtuch zusammen, legte es auf den Tisch, setzte sich ebenfalls und schob seine Brille zurecht. Mit einigem Entsetzen bemerkte Susanne, dass seine Augen feucht wurden. In dem Moment surrte es in seiner Anzugtasche. »'tschuldige.« Er zog sein Handy heraus und schaute aufs Display. Rasch ging er zur Tür. Draußen regnete es Bindfäden. Zögernd blieb er im Türrahmen stehen. Er sprach leise. Durch das weiche Geräusch des Regens hörte Susanne nur Satzteile. Doch das genügte, um zu wissen, mit wem er telefonierte. »Was ist denn? ... Ich bin unterwegs zu dem Termin ... Das müssen wir doch wohl nicht jetzt ... Hier in Freiburg regnet es auch ... Nein, es wird sicher spät ...« Langsam kam er zurück. Er ließ das Handy in die Anzugtasche gleiten, zog die Jacke aus und hängte sie über den Stuhl. »Die ist total feucht«, bemerkte er, bevor er sich wieder setzte.
Susanne beobachtete ihn mit einer gewissen Fassungslosigkeit. »Du scheinst Routine in solchen Dingen zu haben.«
»In welchen Dingen?«
»Darin, deine Frau zu belügen. Das war doch deine Frau am Telefon, oder?«
»Ja, das war Marion.« Sein Gesicht verfinsterte sich. »Lass uns jetzt nicht über sie sprechen.«
Das war wirklich absurd. Sie wollte das alles nicht, wollte nicht, dass er in ihrer Hütte saß und sie mit diesem schon wieder feuchten Blick ansah. Sie verschränkte die Arme vor der Brust und richtete sich sehr gerade auf. »Also, Harald, es ist ja nett, dass wir uns mal wiedersehen nach all den Jahren ...«
»Dreißig. Im nächsten Monat sind es genau dreißig Jahre.«
»... aber ich weiß wirklich nicht, was das hier soll. Du fährst mir heimlich nach, tauchst plötzlich abends auf, erzählst deiner Frau

irgendwelche Märchen. Wir können uns gern zum Essen verabreden, du bringst Marion mit, und dann quatschen wir über die alten Zeiten. Doch jetzt ist es wohl am besten, wenn du gehst.«

»Mensch, Susanne, begreifst du denn nicht, was es für mich bedeutet, dich wiedergefunden zu haben?«

Sie starrte ihn an. Wovon um alles in der Welt redete er? »Hm, brauchst du vielleicht mal wieder jemanden, dem du scheißbürgerlichen Freiheitsdrang vorwerfen kannst? Wenn ich mich recht entsinne, war das zuletzt eines unserer beliebtesten Gesprächsthemen.«

Er lachte. »Dein Humor hat sich auch nicht verändert.«

»Was heißt auch?«

»Du bist immer noch wie damals. Die Art, wie du dich anziehst, wie du dich bewegst. Hier, hier, siehst du ...« Er streckte die Hand aus und legte sie auf ihren Arm. »Genau so hast du dir immer schon die Haare hinter die Ohren gestrichen, wenn du über etwas nachgedacht hast.«

Susanne zog ihren Arm weg, griff nach einer der Kerzen auf dem Tisch und konzentrierte sich darauf, die Wachstropfen rund um den Docht abzupulen. »Ich weiß gar nicht mehr, wie ich damals war. Das ist verdammt lange her.«

Sie spürte, wie er sie beobachtete, fürchtete, gleich werde er sagen, dass sie immer schon von Kerzen die Wachstropfen abgepult habe. Sie stutzte, als ihr einfiel, dass das stimmte. Plötzlich sah sie sich wieder in der Bielefelder WG-Küche sitzen, in einer dieser endlosen nächtlichen Diskussionen über den Warencharakter menschlichen Daseins oder die Entfremdung des Einzelnen unter den Verwertungsbedingungen des spätkapitalistischen Systems. Irgendwann landeten sie immer an dem Punkt, dass jedes Problem des Einzelnen zu lösen sei, wenn das System nur erst mal verändert sei. Gott, wie sie diese bleierne, ergebnislose Ernsthaftigkeit am Ende gehasst hatte.

Sie seufzte, hob den Kopf und sah Harald an. »Was ist mit dir? Was hat dich in den Schwarzwald verschlagen? Doch nicht etwa die Weltrevolution?«
Er grinste schief. »Ich bin Personalchef bei einer international tätigen Maschinenbaufirma. Der Hauptsitz ist in der Nähe von Freiburg. Dass wir in Haggerach wohnen ...«
»Liegt an Marion, weil sie unbedingt das Haus hier kaufen wollte, ich weiß.«
»Woher?« Sein Blick war alarmiert.
»Das hast du ihr bei eurem Streit im Supermarkt vorgeworfen. Es war nicht zu überhören.«
»Sie wollte ihr Familiennest mit Vogesenblick. Jetzt hat sie es und liegt mir ständig in den Ohren, wie unglücklich sie ist und dass sie hier keine Kontakte hat.« Seine Stimme wurde scharf. Irgendwie sah er plötzlich viel älter aus. »Ich will nicht über sie sprechen, bitte!«
»Was willst du dann, Harald? Was willst du hier?«
Er deutete auf die Plastiktüte. »Ich habe Wein mitgebracht. Ich möchte ein Glas mit dir zusammen trinken.« Als sie schwieg, fügte er hinzu: »Ich habe auch eine Flasche Heidelbeerwein gekauft. Den mochtest du doch immer so gern.«
Susanne wusste nicht, ob sie lachen oder schreien sollte. »Stimmt. Das hatte ich total vergessen.«
»Siehst du, ich nicht.«
Sie atmete tief durch. Er würde nicht gehen, ohne seinen Plan in die Tat umgesetzt zu haben. Dunkel erinnerte sie sich, dass er auch früher schon eine stahlbetongleiche Beharrlichkeit hatte, die kein Argument durchdringen konnte. Es ärgerte sie, davor zu kapitulieren. Aber sie konnte ihn schlecht mit Gewalt aus der Hütte schmeißen. »Also gut, dann trinken wir ein Glas. Aber keinen Heidelbeerwein. Ich habe noch eine Flasche Riesling im Kühlschrank.«

Gab es eine Parallelvergangenheit, die man hatte, ohne etwas davon zu ahnen? Susanne runzelte die Stirn. Ihr Kopf war längst nicht mehr klar genug, um diese Frage eindeutig zu beantworten. Die Flasche Riesling war leer. Und von dem teuren Brunello, den Harald mitgebracht hatte, war auch nur noch ein Rest da. Sie verteilte ihn gleichmäßig auf sein und ihr Glas. Ein lautes Rumpeln aus dem Bad sagte ihr, dass Harald bei dem Versuch, einen Rotweinfleck aus seiner Anzughose zu entfernen, gegen die Seitenwand der Dusche gestoßen war. Sie hatte ihn davor gewarnt. Der Raum war wirklich sehr eng.

Beklommen starrte sie wieder auf das verblichene Foto, das auf dem Tisch lag. Es war zerknittert, als wäre es lange in einer Brieftasche oder einem Buch aufbewahrt und oft herausgenommen worden. Eine Vorstellung, die ihre Beklommenheit noch verstärkte. Das Bild war in Haralds WG-Zimmer aufgenommen worden. Was als Erstes darauf auffiel, war das große Poster an der Wand. Ein Mann und eine Frau standen Seite an Seite mit Gewehren im Anschlag. Über dem Schattenriss der Figuren in Blutrot der Schriftzug: »They can kill the revolutionary, but never the revolution. IRA (prov) – the peoples army.« Soweit Susanne sich erinnerte, lag in dem Namenszusatz prov, der für provisional stand, die entscheidende Bedeutung für den ideellen Wert des Plakats. Harald hätte sich niemals Werbung für die Revanchisten von der Official IRA übers Sofa gehängt. Die Provs wollten die Sozialistische Republik Irland. Die anderen nur die Macht. Harald hatte eine Arbeitsgruppe ins Leben gerufen, die donnerstags in der WG-Küche tagte und darüber diskutierte, in welcher Form man den irischen Genossen Unterstützung zukommen lassen sollte. Er pflegte mit vielsagender Miene in die Runde zu werfen, dass er auch zu ultimativen Mitteln greifen würde. Was genau er damit meinte, blieb allerdings im Unklaren.

Aber Harald bewahrte das Foto wohl nicht wegen der wehmütigen Erinnerung an seine revolutionäre Phase auf. Als er es vorhin aus der Innentasche seines Jacketts gezogen hatte, lag wieder dieser verdächtige feuchte Schimmer in seinem Blick. »Du und ich, Susanne, das hätte etwas ganz Großes werden können«, hatte er gesagt und nicht ohne Pathos auf das Paar gedeutet, das unter dem IRA-Poster auf dem Sofa saß.

Susanne seufzte und drehte das Foto so, dass mehr Kerzenlicht darauf fiel. Sie mussten damals beide zweiundzwanzig gewesen sein. Harald, schmal, mit schulterlangen Haaren und Nickelbrille, schaute in die Kamera und sagte irgendetwas zu dem WG-Mitbewohner, der das Bild aufnahm. Sie selbst hatte den Kopf an seine Schulter gelegt, blickte zu ihm auf, die Haare so verwuschelt, dass ihr Gesicht kaum zu erkennen war, und zupfte an einer seiner Locken. Vor ihnen auf dem Tisch stand ein Kupferkessel, über dem noch die Reste eines Zuckerhuts zu erkennen waren. Sie hatten eine Feuerzangenbowle gemacht, daran erinnerte Susanne sich beim Anblick des Fotos wieder. Vermutlich lag es an der Bowle, dass sie sich an den weiteren Verlauf des Abends nicht entsann.

Wieder erklang aus dem Bad ein Rumpeln, gefolgt von Fluchen. Die Luft in der Hütte erschien Susanne plötzlich fürchterlich stickig. Sie lief zur Tür und riss sie auf. Tief atmete sie den würzigen Geruch des nassen Waldes ein. Der Regen war in sanftes Nieseln übergegangen, in dem alle Konturen verschwammen. Irgendwo dahinter rauschte der Bach hinab ins Tal; an der Stelle, an der die Steine in ihrem Bett eine natürliche Staustufe bildeten, machte der Sog ein gurgelndes Geräusch.

Susanne schüttelte den Kopf. Was um alles in der Welt hatte das Wasser da nur angezogen? Wenn sie es richtig verstand, sah

Harald in ihrer Bielefelder Beziehung immer noch so etwas wie den Beginn einer großen Liebe, deren Wachsen und Gedeihen sie durch ihr Verschwinden nach Hamburg ein abruptes Ende bereitet hatte. Doch sie konnte sich beim besten Willen nicht an die angebliche Größe der Gefühle erinnern.
In der Hütte hörte sie Schritte.
»Ich weiß nicht, ob der Fleck weg ist«, sagte Haralds Stimme dicht hinter ihr.
Sie zuckte mit den Schultern. »Mit Hausfrauenpatentrezepten kann ich leider nicht dienen.« Sein Problem, womit er Marion den Weinfleck erklärte. Sie wollte damit nichts zu tun haben. Sie wollte nur, dass er endlich ging.
»Ist es dir nicht zu einsam hier?« Mit einer vorsichtigen Bewegung legte er den Arm von hinten um ihre Taille, versuchte sie an sich zu ziehen.
»Ich bin gern allein.« Sie machte sich starr, entwandt sich seinem Griff. Rasch ging sie zurück in die Hütte und setzte sich wieder an den Tisch. Er folgte ihr.
Sie griff nach ihrem Glas und trank den Rest in einem Zug. Warum musste er sie so ansehen? Sie mied seinen Blick, schaute auf das Foto.
»Warst du eigentlich jemals bei den Genossen in Irland, um deine Dienste anzubieten? Das hattest du doch mal vor.«
»Ach, Susanne.« Er lächelte sein schmerzliches Lächeln.
Sie sah ihn nachdenklich an. War es das, was seine Züge so merkwürdig unerwachsen und weich erscheinen ließ, dass sie ihn nicht erkannt hatte? Jahrzehnte schmerzlichen Lächelns?
Er stellte sein Glas ab und berührte dabei ihre Hand. Sie fragte sich, warum sie sie nicht wegzog. Sanft strich er mit dem Zeigefinger ihren Arm entlang, glitt unter den Ärmel ihres weiten Hemds. Ein kleiner Schauer jagte ihren Rücken hin-

unter. Wie lange hatte sie das nicht mehr gespürt? Seine Hand tastete sich weiter vor, erkundete die Schulter, das Schlüsselbein. Es war nicht richtig. Sie musste das beenden. Der Schauer erreichte ihren Bauchnabel. Sie schloss einen Moment die Augen. Die Sehnsucht in ihr zitterte und flüsterte einen Namen – Sebastian.

29

Sie wusste, dass sie träumte. Doch etwas schmerzhaft Helles drang in ihren Traum. Die Schattengestalt, die gerade noch so nah war, verschmolz mit dem Hintergrundrauschen. Es war ein Mann. Seine Wange fühlte sich stachelig auf ihrer Haut an. Susanne blinzelte. Ein Streifen Sonnenlicht fiel durch die Ritzen der Fensterläden auf ihr Kopfkissen. Der Regen hatte aufgehört. Es musste schon fast Mittag sein. Beide Gedanken drangen gleichzeitig in ihr Bewusstsein. Dann tauchte auch der Rest wieder auf.

Sch…! Mit einem Ruck fuhr sie hoch. Sie musste erst ein paarmal tief einatmen, bevor sie es wagte, den Kopf nach links zu drehen. Die andere Hälfte des Doppelbetts war leer. Dort hatte er gelegen. Nein, nicht nur gelegen. Sie sah nach rechts. Auf dem Boden neben dem Bett waren ihre Jeans, ihr Hemd und der BH verstreut.

Susanne stöhnte, als der Restalkohol ihre Hirnrinde zerdrückte. Trinke Rot- und Weißwein nicht durcheinander, niemals. Warum musste sie gegen eine ihrer zentralen Regeln verstoßen? Auf dem Esstisch standen noch die leeren Flaschen und die beiden Gläser. In einem der Gläser war eine dunkle Flüssigkeit. Heidelbeerwein! Verschwommen erinnerte sie sich, wie sie sich eingeschenkt hatte, nachdem Harald schließlich gegangen war. Doch sie hatte nichts mehr davon getrunken, wie es aussah. Wenigstens das nicht.

Sie wankte ins Bad, zwängte sich durch den engen Einstieg in die Dusche und drehte die Brause so weit auf, wie es ging. Sie fluchte leise. Der mickrige Durchlauferhitzer, den Benni installiert hatte, erwärmte das Wasser kaum. Sie hielt ihr Gesicht unter den Strahl, der eigentlich mehr ein Tröpfeln war, und begann sich mit dem neuen Duschgel aus dem Drogeriemarkt im Gewerbegebiet einzucremen. Lebensfreude hieß die Duftmischung, die so intensiv nach Orange und Mango roch, dass einem an dem Aufdruck Bio Zweifel kommen konnten.
Das war also ihr erster Morgen danach seit wie vielen Jahren? Der Marketingtyp auf der Pressereise zählte irgendwie nicht, fand sie. Und der lag ja nun auch schon wieder fast drei Jahre zurück. Sie fühlte, wie das Wasser über ihren Körper rann, und hörte dabei dem Geplapper in ihrem Kopf zu. Ihr Gehirn plapperte wie eine Figur aus einem dieser Frauenromane, in denen Fünfzigjährige den Frust über ihren runden Geburtstag bei einem von ihren Freundinnen arrangierten Date mit einem knackigen Handwerker überwanden, um danach zum Ehemann ins Eigenheim zurückzukehren. Michaela liebte solche Romane. Sie hatte ihr einen zum fünfzigsten Geburtstag geschenkt.
Susanne drehte das Wasser ab. Sie konnte schließlich nicht den ganzen Rest des Tages duschen. Sie trocknete sich ab und trat ans Waschbecken. Die Frau im Spiegel sah müde und blass aus. Sie runzelte die Stirn, was sie schon so oft im Leben gemacht hatte, dass die Zeit zwei steile Falten über der Nasenwurzel eingegraben hatte.
Was war das eigentlich für eine Geschichte mit der SMS auf Haralds Handy gewesen? Er war wieder angezogen, sagte schmerzlich lächelnd, er wolle nicht gehen, aber er müsse, als es in seiner Jackentasche vibrierte. Er reagierte nicht darauf. Doch als Susanne in der Schublade nach der Taschenlampe suchte, die sie da mal gesehen hatte, zog er das Handy rasch

heraus und las. Irgendetwas an seinem Gesichtsausdruck verriet, dass es nicht Marion war, die ihm da kurz vor Mitternacht eine Nachricht schickte.
Marion! Harald! Susanne rannte mit nassen Haaren aus dem Bad, griff wahllos das erste Hemd, das ihr in die Hände fiel, und stieg rasch in eine frische Jeans. Sie musste raus an die Luft, sofort.
Der Engelsgrund lag im Sonnenschein, doch die Wiesen dampften vor Feuchtigkeit. Es sah aus, als hinge über dem Bach ein Nebelschleier. Hinter dem Talende weit im Westen zog schon wieder eine Wolkenfront heran. Auch die Holzbank vor der Hütte war feucht. Susanne ließ sich trotzdem darauf sinken. Dabei stieß sie mit dem Fuß gegen die Reste des Windlichts. Sie nahm die Scherben hoch und legte sie auf den Tisch. Eine Weile beschäftigte sie sich mit dem Versuch, die Glasstücke wieder in das Metallgehäuse einzusetzen. Dann begriff sie die Sinnlosigkeit dieses Unterfangens.
Das Geplapper in ihrem Kopf hatte aufgehört. An seine Stelle war ein unheilvolles Schweigen getreten. Eine brütende Stille, in deren Zentrum ein Aufschrei lauerte. Susanne spürte, dass sie ihn nicht länger in Schach halten konnte, sonst würde es sie zerreißen. *Was hatte sie da getan?* Wie konnte sie mit Harald ins Bett gehen? Mit *Harald!* Wäre er doch nur geblieben, was er für sie seit dreißig Jahren war – ein fast vergessener Schatten aus einer mit Recht vergessenen Zeit. Und jetzt? Jetzt ließ sie sich von ihm ins Ohr flüstern, dass er immer gewusst habe, sie würden sich wiedersehen. Ließ sich von ihm reinziehen in seine verkorkste Ehe. Wie sollte das weitergehen? Sie musste weg. Benni musste das Wohnmobil reparieren, sofort, koste es, was es wolle. Aber der war ja nicht da. Mit leisem Wimmern vergrub Susanne ihr Gesicht in den Händen.
»Alles in Ordnung?«

Sie zuckte zusammen, als sie die Stimme erkannte. Rasch richtete sie sich auf und versuchte ihre Haare irgendwie zu ordnen. Die waren immer noch feucht.

»Ja, sicher, klar«, sagte sie betont munter.

Sebastian musterte sie zweifelnd. Sein Geländewagen parkte hinter Susannes Golf. Sie fragte sich, warum sie ihn nicht hatte kommen hören. Frodo trottete mit der Andeutung eines Schwanzwedelns an ihr vorbei in Richtung Bach.

»Ich wollte dir den versprochenen CD-Player bringen. Tut mir leid, dass es so lange gedauert hat, ich war ein paar Tage für einen Auftrag unterwegs.« Sebastian stellte den Karton, den er unterm Arm trug, auf den Gartentisch.

Er hatte nicht vergessen, dass sie sich an dem gewitterfiebrigen Abend geduzt hatten. Er erinnerte sich sogar noch an den CD-Player. Eine bedrückende Enge stieg in ihrer Brust auf.

»Ach, das ist ja lieb, vielen Dank«, murmelte sie.

»Und rate mal, was ich in meinem Musikregal gefunden habe.« Er griff in den Karton und zog eine CD-Hülle heraus.

Sie erkannte das Cover sofort. Schließlich hatte sie es jahrelang als Platte in Ehren gehalten. Witthüser & Westrupp, »Lieder von Vampiren, Nonnen und Toten«. Ihre Brust zog sich noch enger zusammen.

»Hier, Titel Nummer elf, über den hatten wir doch gesprochen. Heißt schlicht Liebeslied, das wusste ich gar nicht mehr.« Er hielt ihr die Rückseite der CD hin.

Susanne starrte darauf und nickte. Ohne Brille konnte sie das nicht lesen. Sie konnte ohnehin nichts erkennen, weil ihr Tränen in die Augen schossen. Halt mich fest, doch halte mich nicht. Es kam ihr plötzlich vor, als läge es mindestens hundert Jahre zurück, dass Sebastian mit ihr an diesem Tisch gesessen hatte. Wie naiv ihr Verlangen gewesen war, die Hand auszustrecken und ihn zu berühren. Irgendwie unschuldig und unbedarft.

»Das ist ja … klasse, wirklich.« Sie schluckte. Es war albern, jetzt zu heulen. Warum hörte er nicht auf, sie so anzuschauen?

Sie nahm ihm die CD ab. Für den Bruchteil einer Sekunde berührten sich ihre Hände. In einer instinktiven Bewegung wollte sie aufstehen. Dabei wischte sie die Windlichttrümmer wieder vom Tisch. Er bückte sich danach und hob die Scherben auf.

»Am besten kommt das gleich in den Müll, bevor du reintrittst«, bemerkte er mit Blick auf ihre nackten Füße. »Sicher, das alles okay ist?«

»Ja, ja, klar. Ich … ich habe nur etwas Kopfschmerzen.« Das war nicht mal gelogen.

»Ich schmeiß das grad weg.« Zielstrebig ging er in die Hütte. Sie hörte, wie er die Schranktür, hinter der der Abfalleimer war, öffnete und schloss. Ihr fiel wieder ein, dass er sich auskannte, er hatte hier schließlich auch mal gewohnt. Dann fielen ihr die Gläser und die leeren Flaschen auf dem Tisch ein. Und – das Foto, das dort auch noch lag. Als Harald weg war, hatte sie gemerkt, dass er es nicht wieder eingesteckt hatte. Wie von der Tarantel gestochen sprang sie auf, um es beiseitezuschaffen. An der Hüttentür stieß sie mit Sebastian zusammen. Er musterte sie mit einem etwas seltsamen Lächeln.

»Wie wäre es mit einem Kaffee? Ich könnte jetzt einen gebrauchen«, sagte sie schnell.

»Warum nicht.« Er trat beiseite, um ihr Platz zu machen.

»Setz dich doch raus, solange die Sonne endlich mal da ist.«

»Okay.« Wieder dieses seltsame Lächeln. Hatte er die Gläser gesehen? Sicher hatte er das. Und das Foto? Das verdammte Foto. Schnell ließ sie es in einer Schublade verschwinden, stellte die Gläser in die Spüle und die leeren Flaschen in eine Nische hinter dem Kühlschrank. Da standen auch noch die

von der vorletzten Woche. Sie hatte vergessen, sie zu entsorgen.
»Es fängt wieder an zu nieseln.« Sebastian kam mit dem Karton herein. Er blickte sich suchend um und stellte ihn schließlich in das Holzregal. Frodo ließ sich in der Tür nieder, das dicke Hinterteil im Raum, den Kopf auf der Schwelle. Selbst von hinten sah man ihm an, wie unzufrieden er über die Entwicklung des Wetters war.
Susanne musste beim Anblick des frustrierten Fellhaufens lächeln. Sie hatte nie ein Haustier besessen, nicht mal als Kind. Warum eigentlich nicht? Ein Hund könnte neben ihr auf dem Beifahrersitz des Wohnmobils sitzen und seinen Kopf zum Seitenfenster rausstrecken, wie Frodo es in Sebastians Geländewagen machte. Wieder fühlte sie die ziehende Enge in ihrer Brust. Hastig griff sie zu der Espressokanne, mit der Benni dankenswerterweise die Kochzeile ausgestattet hatte. Sie füllte Pulver in das Brühsieb, schüttete Milch zum Erhitzen in einen Topf, versuchte sich ganz auf die Abläufe zu konzentrieren, eine italienische Mamma, die seit Jahrzehnten auf diese Weise für die Familie Espresso zubereitete. Es gelang ihr nicht. In jeder Sekunde fühlte sie den Blick, der auf ihr ruhte. Sebastian hatte sich auf den Stuhl gesetzt, auf dem am Abend zuvor Harald saß, und betrachtete sie mit schweigsamer Aufmerksamkeit.
»Ist dir schon mal aufgefallen, dass jeder Espressotrinker sein eigenes Rezept für den perfekten Kaffeegenuss hat?« Verdammt, der Satz klang wie ein schlechter Werbeslogan. Unglücklich plauderte sie weiter. Sein Schweigen machte sie wahnsinnig. »Ich zum Beispiel gebe immer etwas Kakaopulver und eine Prise Salz hinein.« Sie tat es, schraubte das Kannenoberteil auf und stellte den Kocher auf den Herd.
»Interessant. Da hätte ich auch noch einen Supertipp.«

Endlich machte er den Mund auf.
»Ich fülle immer Wasser in den Kocher. Dann ist das Pulver hinterher nicht so trocken.« Er sagte es, ohne eine Miene zu verziehen, doch in seinen Augen funkelte Spott.
Sie musste lachen. »Echt? Das ist mal wirklich ein guter Tipp. Ich ... Aua, Scheiße.« Mit einem Aufschrei ließ sie die Kanne, nach der sie betont beiläufig gegriffen hatte, auf den Boden fallen. Warum war die in der kurzen Zeit auf dem Herd so heiß geworden? Wahrscheinlich, weil kein Wasser drin war. Sie bückte sich danach. Er kam ihr zuvor.
»Wie wäre es, wenn du dich einfach da hinsetzt, und ich mach das hier?« Er nahm sie bei den Armen und schob sie zu einem Stuhl.
»Okay.« Sie setzte sich widerstandslos. Frodo, der bei ihrem Schrei alarmiert aufgesprungen war, legte sich wieder hin, wobei der Kopf jetzt allerdings in ihre Richtung wies.
Susanne sah zu, wie Sebastian ein Geschirrtuch nahm, bevor er die Kanne aufschraubte und Wasser hineinfüllte. Er bereitete den Espresso mit der gleichen entspannten Aufmerksamkeit, mit der er vorhin sie beobachtet hatte. Jede seiner Bewegungen war konzentriert und hatte doch eine gelassene Beiläufigkeit. Vielleicht war das eine Folge seines Berufs, fiel Susanne ein. Er musste in der Lage sein, unaufgeregt die richtige Brennweite, das richtige Objektiv, den richtigen Bildausschnitt zu wählen, auch wenn die Ereignisse um ihn herum rasend schnell abliefen. Viele Fotografen, mit denen sie in der Agentur zusammenarbeitete, hatten so eine gewisse alle Außenreize abblockende Selbstzentriertheit. Bei manchen grenzte das an Autismus.
Sebastian trug olivfarbene Cargohosen und ein weites lindgrünes Hemd ohne Kragen. Das Grün ließ seine hellen Augen noch mehr leuchten. Er hatte sich, wie Susanne erst jetzt

bewusst registrierte, einen Dreitagebart wachsen lassen. Das stand ihm gut. Verdammt gut. Susanne gehörte noch nie zu den Frauen, die Männer in Business-Anzügen erotisch fanden.

Sie zwang sich, die Augen von Sebastian abzuwenden. Alles war vorbei. Sie würde weiterfahren und ihn nie wiedersehen. Erneut brannten Tränen in ihrer Brust. Mehr noch brannte die Innenfläche ihrer linken Hand, mit der sie nach dem Espressokocher gegriffen hatte. Irgendwie war alles unendlich traurig.

»Es ist lieb, dass du an den CD-Player gedacht hast, aber ich bin wahrscheinlich nicht mehr lange hier«, hörte sie sich sagen. Sie hörte auch, wie kläglich es klang.

»Hat Benni deinen Wagen etwa schon repariert?« Er stellte zwei Tassen Espresso mit Milchschaum auf den Tisch.

Sie seufzte. »Nein, er ist im Moment gar nicht da. Aber sobald er zurück ist, muss er rangehen. Zur Not kaufe ich einen neuen Motor.«

»Hm, ich hatte das Gefühl, dass es dir gar nicht so eilig ist.«

»Na ja, ich ...« Die Tränen schossen ihr in die Augen. »Manchmal passiert eben etwas, das die Dinge verändert.«

Sie griff nach der Tasse, die er vor sie gestellt hatte, und legte nach ihrer Gewohnheit die linke Hand darum, um die Wärme zu spüren. Das machte sie immer, auch im Sommer. Ein stechender Schmerz schoss durch ihre Handfläche.

Er bemerkte, dass sie zusammenzuckte. »Hast du dich vorhin verbrannt? Zeig mal.«

Er nahm ihre Hand und öffnete sie vorsichtig.

Es war irgendwie alles zu viel. Seine Berührung. Sein besorgter Blick. Das Pochen in ihrer Hand. Das Pochen in ihrem Kopf.

»Ich kann nicht länger hierbleiben. Ich muss einfach weg.« Sie schluchzte auf.

Er musterte ihr Gesicht mit diesem ruhigen Blick, dann wandte er seine Aufmerksamkeit wieder ihrer Hand zu.

»Interessiert dich die Lebensweisheit eines älteren Herrn? Solche Entscheidungen sollte man niemals mit einem tierischen Kater treffen«, bemerkte er ungerührt. »Das sieht ja nicht schön aus. Hast du Brandsalbe da?«

Sie starrte auf ihre Hand. Die Innenfläche war krebsrot, an einer Stelle bildeten sich schon Quaddeln.

»Brandsalbe?« Genauso gut hätte er nach einem Schweißgerät oder einem Schnellkochtopf fragen können. Es gab Dinge, die führte sie nicht in ihren Haushalten, egal, wo die gerade waren.

»Na, macht nichts, ich habe was im Verbandskasten im Auto. Bin gleich wieder da. Frodo, bleib«, beschied er dem Hund, der erwartungsvoll aufgesprungen war.

Frodo blieb. Von seinem Platz an der Tür aus sah er mal auf Susanne, dann wieder streckte er den wuscheligen Kopf aus der Tür hinaus hinter Sebastian her. Die Rückkehr seines Herrchens signalisierte er mit Schwanzwedeln im Sitzen.

Zehn Minuten später war Susannes Hand professionell bandagiert. Sebastian lehnte sich auf dem Stuhl zurück und betrachtete sein Werk. »Du kannst die Salbe behalten. In zwei Tagen sollte es besser sein.« Er lächelte ihr aufmunternd zu und legte ihre Hand sanft auf den Tisch.

Gar nichts ist in zwei Tagen besser. Lass mich nicht los. »Danke«, sagte sie matt, straffte die Schultern und räusperte sich. Sie musste sich zusammenreißen. Sie konnte nicht einfach den Kopf an seine Schulter legen und losheulen. Sie hatte noch nie an der Schulter eines Mannes geheult.

»Wo warst du für deinen Auftrag unterwegs? In irgendeinem Krisengebiet?«, fragte sie. Nicht nur, um das Thema zu wechseln. Sie wollte wissen, was er machte.

»Nein, keine Krisengebiete mehr, keine Kriege.« Er schüttelte langsam den Kopf. »Ich arbeite an einem Buch, das Rhythmen der Natur dokumentiert.«
»Rhythmen der Natur?«
»Ja. Das Wachstum und das Verblühen einer Pflanze. Was Jahreszeiten mit einer Landschaft machen. Langsame, natürliche Prozesse, bei denen der Tod kein willkürlicher Gewaltakt ist. Jetzt gerade war ich eine Woche im Emsland.« Er bemerkte Susannes Blick. »Das ist eine faszinierend leere Gegend nördlich von Münster.«
»Ich weiß. Da bin ich geboren.« Sie sah weite, vom Wind bewegte Getreidefelder vor sich. Am Horizont zeichnete sich die Silhouette einer Ölpumpe oder einer zerfallenen Windmühle gegen den Sonnenuntergang ab. Sie sah ein Grab, für das sie, siedend heiß überfiel sie der Gedanke, die halbjährliche Gebühr für die professionelle Gärtnerpflege noch nicht gezahlt hatte. »Seit dem Tod meiner Mutter vor zwölf Jahren war ich nicht mehr da.«
Er fragte nicht weiter nach.
»Dass du nicht mehr in Krisengebiete gehst … hat das etwas damit zu tun?« Sie deutete fast schüchtern auf die Narbe auf seinem Arm.
»Nein. Das war nicht das Ende, sondern der Anfang. Bosnien 1995, die Belagerung von Sarajevo, das war mein erster Kontakt mit einem Krieg. Bis dahin habe ich vor allem Mode fotografiert. Auch für Werbeagenturen. Ich hatte von der Branche offensichtlich eher die Nase voll als du.« Er warf ihr einen vielsagenden Blick zu.
»Was ist in Sarajevo passiert?«
»Ich war total unerfahren. Und total uneinsichtig in die Warnungen erfahrener Kollegen. Ich bin über eine Straße marschiert, die im Schussfeld von Heckenschützen lag. So ein klei-

ner Wichser von Sniper nahm mich ins Visier.« Er grinste grimmig. »Er traf nicht richtig. Eigentlich hatte ich so viel Glück gar nicht verdient.«

Er zog das Lederband aus seinem Hemd und hielt es Susanne hin. Sie streckte die Hand nach dem länglichen Metallstück aus, das daran befestigt war.

»Das Projektil, das sie aus meinem Arm geholt haben. Es beschützt mich bis heute ziemlich gut.«

Und sie hatte gedacht, er trage irgendein Liebessymbol an diesem Band. Sie war erleichtert, obwohl sie spürte, wie sinnlos und albern das war.

»Wie konntest du danach weitermachen?«

»Ich war vollgepumpt mit Adrenalin. Irgendeine berühmte Kriegsreporterin, ich glaube, es war Oriana Fallaci, hat mal gesagt, sie fühle sich nirgendwo so lebendig wie in der Nähe eines Krieges. Da ist was dran, auch wenn es die wenigsten so offen zugeben. Du wirst zum Junkie, musst dahin, wo es gleich explodiert. Ruanda, Somalia, Eritrea, Kongo, Elfenbeinküste, Afghanistan. Ich war fünfzehn Jahre lang immer ganz vorne dabei.«

Susanne schwieg. Mit einer Wucht, die weh tat, wünschte sie sich, sie könnte diese Erfahrungen mit ihm teilen, ihm sagen, wie gut sie das mit der Lebendigkeit des Sterbens verstand. Doch sie hatte ihr Leben lang in einer Werbeagentur gehockt und sich über die Sandras und van Bromens geärgert.

»Aber dann bist du ausgestiegen«, sagte sie in die Stille hinein.

Er nickte. »Ich konnte es nicht mehr ertragen, aus Schrecken Bilder zu machen. Irgendwann läufst du durch noch ein zerschossenes Dorf, stehst vor noch einem zerstörten Haus, siehst noch eine Frau, die ein blutiges Bündel im Arm hält. Und plötzlich wird dir klar, dass ihr Schmerz um das Baby ein Superfoto ist, egal, ob du oder ein anderer die Kamera hebst. Verstehst du, was ich meine?«

»Ich glaube, ja. Aber … können Bilder denn nicht auch aufrütteln, etwas verändern?«
»Das dachte ich auch mal. Aber die Welt hat zu viele Schreckensbilder gesehen, da rüttelt so schnell nichts mehr auf. Und vergiss nicht, jedes Bild kann im Krieg als Propagandawaffe benutzt werden, von der einen Seite oder der anderen, da helfen die besten Absichten des Fotografen nichts.« Er lachte bitter. »Ich kannte eine Frau, eine Deutsche, die für das Internationale Rote Kreuz Flüchtlingslager organisierte. Wir waren in vielen Krisengebieten zusammen. Weißt du, was sie mal zu mir gesagt hat? Vielleicht wäre jeder Krieg viel schneller vorbei, wenn wir nicht die Folgen mildern und den Dreck wegräumen würden. Da wusste ich, dass ich aussteigen muss. Ich wollte nicht zynisch werden. Ich habe meine Sachen zusammengepackt und bin nach Deutschland zurück.«
Susanne forschte in seinem Gesicht. Wer war diese Frau? War sie wichtig für ihn? Aber was gab ihr das Recht, darüber nachzudenken? Gar nichts. Besser auf ein harmloseres Thema umschwenken.
»Und dann bist du hier gelandet, im Engelsgrund? Das war doch die Zeit, in der du hier gelebt hast, oder?«
Er sah sie mit einem Ausdruck an, der ihr irgendwie amüsiert erschien. »Richtig, das wolltest du ja schon wissen, als wir uns zum ersten Mal hier gesehen haben.«
Sie schluckte.
»Aber es stimmt. Ja, so bin ich hier gelandet. Das war vor drei Jahren. Und es war ein Zufall, wie bei dir.«
»Wie lange hast du hier gewohnt?«
»Länger als geplant. Auch da ist mir das Gleiche passiert wie dir.« Er lächelte. »Mir ist Ellen begegnet.«
Ihr Magen zog sich zusammen. Es tat genauso weh wie der Moment an der Quelle, in dem ihr klarwurde, dass er und Ellen … Sie schwieg und wartete.

»Ich war nicht überrascht, dass ihr beide euch mögt«, fuhr er nach einer Weile fort. »Ihr habt viel gemeinsam.«
Woher wusste er, was sie in den letzten Tagen, in denen sie jede Begegnung mit Ellen mied, wie einen Schmerz empfand? Dieses Gefühl, etwas verloren zu haben ...
»Was meinst du damit?«, fragte sie vorsichtig. Immerhin gab es auch eine gewisse Gemeinsamkeit in Bezug auf den Männergeschmack.
»Ihr seid beide ungewöhnliche Frauen, die in kein Muster hineinpassen. Ich habe fast das Gefühl, ihr seid beide auf einer Queste.«
»Bitte was?«
»Zwei Ritterinnen auf der großen Suche. Ewig unterwegs und immer ein bisschen einsam.« Er musterte sie, als wollte er die Wirkung seiner Worte beobachten.
»Ich denke, Ellen hat ihren heiligen Gral schon gefunden«, sagte sie leise.
»Ich weiß nicht so recht ...«
Sein Blick ließ Susanne los und wanderte ins Leere. Du liebst sie. Verdammt noch mal, du liebst sie. Der Aufschrei stieg in ihr hoch. Für einen Moment hatte sie das Gefühl, zwischen ihnen würde sich ein Vorhang ein winziges Stück weit öffnen. Sie könnte ihn mit einem einzigen Satz wegreißen. Doch sie blieb stumm.
»Frag sie selbst. Ihr seid schließlich Schwestern im Geiste.« Die vertraute Ironie war zurück in seinen Augen. Der Vorhang schloss sich wieder. Draußen prasselte der Regen so heftig, dass es durch die offene Tür in die Hütte spritzte. Frodo stand auf und schüttelte sich.

30

Was sollte sie machen? Einfach reinmarschieren mit einem unverfänglichen Satz wie: Hallo, war gerade in der Nähe und wollte mal schauen, was du so treibst? Sich ganz normal verhalten, als hätten sie zuletzt nicht in dieser Schweigeübereinkunft vor der Hütte gesessen, als wäre ihnen an der Quelle niemand begegnet? Warum eigentlich nicht? Sie konnte ja schlecht zur Begrüßung sagen: Ich hatte gestern ein sehr intensives Gespräch mit dem Typen, mit dem du schläfst, und da dachte ich, ich besuche dich mal wieder.

Susanne verlangsamte ihren Schritt und schaute über die Straße hinüber zu dem kleinen Haus, das sich an die Mauer lehnte. Sebastians Bemerkung von den zwei Ritterinnen auf der großen Suche hatte in ihr eine Tür geöffnet. Sie wusste ja schon vorher, dass dahinter etwas war. Jetzt erkannte sie es mit der Klarheit hellen Morgenlichtes. Sie vermisste Ellen. Sie wollte sie sehen, ihr Lachen hören, einen Kaffee mit ihr trinken. Vielleicht könnten sie am Abend essen gehen, es gab in Haggerach erstaunlich viele Restaurants. Sie hatte in einer Seitenstraße sogar einen kleinen Griechen entdeckt. Sie mussten ja nicht über Sebastian sprechen. Sie würde Ellen von der Katastrophe mit Harald erzählen. Vielleicht hatte die eine Idee, was sie jetzt tun könnte.

Bestimmt hatte sie das. Susanne atmete tief durch, überquerte die Straße und betrat ohne zu zögern die Buchhandlung. Wie-

der löste der Geruch von poliertem Holz in ihr dieses hauchzarte Gespinst lang vergessener Geborgenheitsgefühle aus.
Der Platz hinter der Kassentheke war leer. Suchend blickte Susanne sich um. Zwei ältere Touristinnen in regendichter Outdoor-Kleidung begutachteten die Bücher auf dem Auslagetisch. »Sagen det Schwarzwalds. Na, damit hamses aber ooch in jedem Kaff in der Gegend«, bemerkte eine der beiden mit unverkennbar Berliner Dialekt. »Fuffzehnfuffzig wolln se ooch noch dafür haben«, ergänzte die andere. »Komm, lass uns mal weiter. Es regnet gerade nicht.« Die beiden strebten ohne Kaufabsichten zum Ausgang.
Susanne blieb allein im Laden zurück. Sie fragte sich, wie lange Ellen wohl noch würde arbeiten müssen, bevor sie bei solchen Umsätzen genug Geld zusammen hätte, um in Griechenland zu leben. In dem Moment rumpelte es in der Tiefe des Ladens. Susanne folgte dem Geräusch und entdeckte hinter einem der hohen Regale eine Tür, die in ein kleines Hinterzimmer führte. »Ellen? Was treibst du da?«, rief sie laut.
»Frau Johnson ist im Moment nicht da. Kann ich Ihnen vielleicht irgendwie weiterhelfen?« Aus dem Lagerraum kam eine Blondine, die einen Stapel mit Taschenbüchern balancierte. Die obersten schwankten gefährlich hin und her. Bevor Susanne hinzuspringen und sie festhalten konnte, polterte der ganze Stapel zu Boden.
»O nein, nicht schon wieder«, stöhnte die unglückliche Trägerin. »Lauter Neuerscheinungen. Sind vorhin geliefert worden. Ellen hat gesagt, ich soll gleich auslegen, was neu reinkommt. Ich ahnte ja nicht, dass es so viel ist. Wer soll das alles lesen?«
Susanne half ihr, die Bücher aufzuklauben und auf dem Auslegetisch zu arrangieren. »Wo ist Ellen, ich meine, Frau Johnson denn?«, fragte sie etwas irritiert.
Die Aushilfe strich sich eine ihrer üppig wallenden Haarsträhnen aus dem Gesicht. Sie hatte lange, künstliche Fingernägel,

die mit Glitzersternchen besetzt waren. Auch an den Taschenapplikationen ihrer knallengen Jeans und den Spitzen der Cowboystiefel, die sie dazu trug, glitzerte es. Sie sah Susanne mit einem Blick an, der zu sagen schien: Und was geht dich das an, wo Frau Johnson ist?

»Ich bin eine Freundin von Ellen. Sie hat gar nichts davon erzählt, dass sie wegfahren wollte.«

»Es ergab sich wohl recht kurzfristig.« Das Glitzercowgirl schien zu dem Schluss gekommen zu sein, dass Susanne informationsberechtigt war, was Ellens Abwesenheit anging. »War Glück, dass ich gerade auf Familienbesuch da bin. Ich hab ihr früher manchmal im Laden geholfen. Ich mag Bücher irgendwie. Ich heiße übrigens Conny.«

Conny machte eine bedeutungsvolle Pause, als würde sie auf eine Nachfrage warten. Susanne tat ihr den Gefallen nicht. Sie dachte an Ellen. Was war das für eine plötzliche Reise? Irgendwie klang das merkwürdig.

»Ich wohne nämlich schon drei Jahre nicht mehr in Haggerach. War das Provinzleben leid, wenn Sie verstehen, was ich meine.« Conny sah Susanne erwartungsvoll an. Schließlich fügte sie ungefragt hinzu: »Ich habe einen Job in Mannheim und lebe jetzt da.«

»Wo ist Ellen denn hin? Und wann kommt sie zurück?«

Sichtlich enttäuscht davon, dass sie Susanne mit Mannheim nicht beeindrucken konnte, wandte Conny sich ab und ging hinüber zum Kassentresen. Ihre Stiefel knallten über den Holzboden. »Das hat sie nicht so genau gesagt. Nur, sie wäre ein paar Tage weg.« Sie zuckte mit den Schultern. »Schätze, dass sie spätestens übermorgen zurück ist. Dann muss ich nämlich wieder nach Mannheim.«

Die Scheibenwischer waren eine Katastrophe. Susanne fluchte, während sie versuchte trotz der Regenschlieren auf der Windschutzscheibe den Weg ins Gewerbegebiet unfallfrei zurückzulegen. Ein niederdrückendes Gefühl breitete sich in ihr aus. Dass Ellen einfach nicht da war, nachdem sie sich so danach gesehnt hatte, sie zu sprechen, war ... Enttäuschend? Unvorhergesehen? Verwirrend? Unbehaglich rutschte sie auf dem Sitz hin und her. Auf dem Rückweg zum Wagen war plötzlich der Gedanke aufgetaucht, Ellen habe Sebastian ins Emsland begleitet. Jetzt ploppte immer wieder ein Bild an den Rändern ihres Bewusstseins auf, wie Nachtfalter, die ins Licht strebten, obwohl niemand sie da haben wollte. Sie sah die beiden Hand in Hand über eines der weiten emsländischen Felder laufen. Ellens Haare flatterten im Wind.
Aber war Ellen die Sorte Frau, die Hand in Hand mit einem Mann in den Sonnenuntergang lief? Und müsste sie dann nicht wie Sebastian inzwischen zurück sein?
Verflucht! Susanne trat auf die Bremse, dass die Reifen quietschten. Kam gerade noch zum Stehen, Millimeter vor der Stoßstange des Opels, der vor ihr ohne jeden ersichtlichen Grund mitten auf der Straße abgebremst hatte. Der grauondulierte Kopf einer alten Dame schaute aus dem Fahrerfenster. Sie rief etwas zu einer sehr alten Frau hinüber, die trotz des Regens den Bürgersteig vor ihrem Haus kehrte. Die winkte zurück und stützte sich auf ihren Besen. Es sah aus, als würde sich daraus ein längeres Gespräch entwickeln. Kopfschüttelnd umkurvte Susanne den nunmehr auf der Straße parkenden Opel. Sie war den Verkehr in Hamburg gewohnt. Dort fuhren die Leute zügig und diszipliniert. Der Fahrstil der Einheimischen aus Haggerach und Umgebung war absolut unberechenbar. Man musste jederzeit davon ausgehen, dass jemand links blinkte, um in derselben Sekunde rechts ranzufahren, weil er dort

einen Bekannten entdeckt hatte, dem er unbedingt etwas mitteilen wollte. Eine Angewohnheit, die sich offensichtlich durch alle Altersgruppen zog.
Susanne überquerte die Brücke über die Bundesstraße, auf der Lastwagen an Lastwagen in den Hochschwarzwald hineinrollte. Gleich danach begann das Gewerbegebiet. Es war viel ausufernder, als sie zunächst dachte, verästelte sich bis in die Ausläufer der Vorberge auf der westlichen Seite des Haupttals hinein. Es gab Filialen mehrerer Lebensmittelketten, zwei Baumärkte, diverse Möbel-, Schuh- und Bekleidungsdiscounter, einen großen Tierbedarfshändler, Getränkecenter, Gartencenter, eine Autowaschanlage und ein immer gut frequentiertes Selbstbedienungsrestaurant, das zum größten Supermarkt gehörte. Bei Regen saßen die Gäste drinnen unter künstlichen Palmen, bei Sonnenschein auf der Terrasse, die zum Parkplatz hin von Buchsbäumen in Betonkübeln und antiken Plastiksäulen abgegrenzt war. Ein Nicht-Ort, der in seltsamem Kontrast zu den verwinkelten Gassen Haggerachs und den idyllischen Tälern stand. Vielleicht war es ja die Beliebigkeit der künstlichen Umgebung, die die Kunden auf die Idee brachte, hier zu verweilen, vermutete Susanne. Vielleicht waren die Leute irgendwann völlig erschöpft von all der Schönheit und Üppigkeit der Landschaft, in der sie lebten, und all den überbordend mit Blumen geschmückten Innenhöfen, Treppenaufgängen und Balkonen.
Sie ließ den Supermarkt links liegen und lenkte in Richtung der Verkaufsstelle der örtlichen Winzervereinigung, die sie bei ihrem Einkauf im Drogeriemarkt im Vorbeifahren entdeckt hatte. Ihr grauste bei der Vorstellung, am Abend in der Hütte keinen Wein im Kühlschrank zu haben. Nicht nur, weil sie bei dem Wetter drinnen sitzen musste. Sie würde nie wieder einen Abend im Engelsgrund verbringen ohne die Angst, dass Ha-

rald jede Sekunde auftauchen könnte. Und das würde er tun. Sie hatte mit ihm geschlafen. Sie hatte den magischen Frieden ihres Baches zerstört.
Mit leisem Stöhnen registrierte sie, dass sie wieder am Anfang der düsteren Gedankenspirale angekommen war, die sie seit dem morgendlichen Erwachen quälte. Dabei war sie mit der erhebenden Vorstellung eingeschlafen, es könnte sie eine tiefe Freundschaft mit Sebastian und Ellen verbinden. Ihr albernes Verlangen würde für immer einschlafen. Was bliebe, wäre eine Nähe, die sie niemals zuvor bei einem Menschen empfunden hatte, egal, ob Frau oder Mann. Zur Erreichung dieses Erhebungszustands hatte sie eine Flasche Riesling Kabinett trocken gebraucht. Nüchtern und bei hellem Tageslicht musste sie konstatieren, dass sie über Ellen fast nichts wusste und über Sebastian noch weniger. Wo zum Beispiel wohnte er eigentlich? »In der Gegend«, hatte Ellen gesagt. Aber die war verdammt weitläufig. Selbst wenn sie sich trauen würde, konnte sie nicht zufällig bei ihm vorbeischauen. Sie konnte nur hoffen, dass ihn sein Weg irgendwann mal wieder in den Engelsgrund führte.
Wehmütig blickte sie auf den Verband an ihrer linken Hand. Tatsächlich schmerzte die Brandwunde kaum noch, wie von ihm prophezeit. Doch sie konnte sich einfach nicht von der Bandage trennen, die er angelegt hatte. Womit ihr emotionaler Entwicklungsstand in etwa dem eines Teenies entsprach, der sich vier Wochen nicht wäscht, nachdem er sekundenlang den Arm von Justin Bieber berühren konnte. In dem Moment hupte es hinter ihr. Idiot, dachte sie und wollte gerade Gas geben, als sie im Rückspiegel Bennis Porsche erkannte. Benni signalisierte ihr etwas mit der Hand, was sie so interpretierte, dass er mit ihr reden wollte. Das traf sich gut. Sie winkte in den Rückspiegel und fuhr vor ihm her zu seinem Hof.

Nachdem sie die wahre Dimension des Gewerbegebiets erkannt hatte, erschienen ihr der alte Bauernhof und das Chaos in der Werkstatt wie eine letzte Bastion des Widerstands in einer genormten Kommerzwelt. Immerhin sah es bei Benni inzwischen wieder nach Arbeit aus. Auf der Hebebühne war ein A-Klasse-Mercedes aufgebockt. Ivy stand immer noch in ihrer Ecke. Unter der geöffneten Motorhaube hatte sich die dicke Katze ein regensicheres Plätzchen gesucht und döste.
Benni preschte mit Karacho durch die Tordurchfahrt und parkte neben dem Wohnmobil. Er bückte sich, um hinter der Fahrerbank des Porsches irgendwelche ominös aussehenden Metallteile hervorzuholen. Die Katze nutzte die Gelegenheit, um schnurrend auf seinen Rücken zu springen. Lachend setzte er sie zu Boden. Offensichtlich hatte er seine Fronleichnamskrise überwunden.
Strahlend kam er auf Susanne zu. »Hallo, was für ein Zufall, dass i dich da grad gesehen habe. Wollte dich die Tage sowieso anrufen. Es geht nämlich voran.«
Wieso erst die Tage? Und seit wann duzten sie sich? Aber egal. Irgendwie war Benni eben ein Duz-Typ. »Das klingt gut. Ich war vorgestern schon mal hier, aber da warst du nicht da. Wie war denn das Konzert in Heidelberg?«
Er schien sich nicht zu wundern, dass sie davon wusste. »War ein Supergig, echt. Ergibt sich vielleicht sogar eine Tournee draus.«
»Das freut mich. Aber, äh …« Ein unguter Gedanke beschlich sie. »Das Wohnmobil machst du dann vorher fertig, oder?«
»Ha ja«, sagte er etwas vage.
»Es könnte sein, dass ich den Wagen ganz schnell brauche.«
»Ganz schnell?« Er zupfte an seinem Brilli im Ohr. Plötzlich schien ihm eine Idee zu kommen. »Wegen dem Wetter musst du dir keine Sorgen machen. Das wird bald wieder richtig klasse.«
»Benni, ich …«

»Weischt, man kann hier auch bei Regen alles Mögliche unternehmen. Die Tourischte fahren dann nach Freiburg zum Shoppen oder nach Baden-Baden, um reiche Russen zu gucken, oder ...«
»Benni!« Langsam wurde sie sauer.
»Oder fahr mal rüber nach Straßburg, das dauert keine halbe Stunde. Straßburg wird dir gefallen, die alten Gassen, die schicken Läden, das Münster.«
»Benni, was genau heißt, es geht voran?«
»Na, es geht voran. Der Kumpel, der wo den Schrottplatz in Freiburg hat, isch endlich wieder da und meldet sich, sobald der richtige Motortyp ...«
»Ist endlich wieder da?« Sie schrie fast. »Du hattest nicht gesagt, dass er weg war?«
»Echt nicht?« Er sah aus, als würde er ernsthaft versuchen, sich an seine Worte zu erinnern.
»Mensch, Benni, ich dreh noch durch. Ich brauche den Wagen so bald wie möglich. Dann bestell eben einen neuen Motor.«
»Ach, das wird doch viel zu teuer. Warum willst du so viel Geld ausgeben? Ihr Großstädter seid immer so hektisch. Aber wirst schon sehen, der Bach da oben an der Hütte entspannt. Da hat schon mal einer gewohnt, der eigentlich gleich weiterwollte. War der Erste, an den i vermietet habe, nachdem mei Ex ...« Ein Schatten legte sich über sein Gesicht.
O nein, bloß nicht wieder eine neue Depression. »Und was war mit dem?«, fragte Susanne schnell, um ihn abzulenken.
»War ein cooler Typ. Fotograf. Kam gerade aus irgendeinem Krieg und wusste nicht so recht, wohin. Trotzdem wollte er schnell weiter. Am Anfang jedenfalls, aber dann ...«
»Du meinst Sebastian Berger?«
»Du kennst ihn?«
»Ja, ich meine, nein, ich hatte das nur von jemandem gehört. Er ist ja ziemlich bekannt ...«

»Aber ein echter Kumpel. Ich konnte mit ihm stundenlang über das alles mit der Conny quatschen.« Wieder glitt sein Blick ins Leere. Doch bevor er sich ganz darin verlor, fuhr er fort: »Na ja, vorbei. Dem Sebastian hat es dann hier doch so gut gefallen, dass er geblieben isch. Er isch allerdings nach Straßburg rübergezogen, wegen der Stadtluft, hat er gemeint. Trotzdem isch er noch oft hier in Haggerach. Wenn du mich fragst, gibt es da irgendwo eine Frau. Lässt seinen Wagen übrigens auch bei mir reparieren. Also für mich wäre Straßburg ja nichts, viel zu viel Stadtluft, aber ...«

Susanne hörte nicht mehr zu. Fahr nach Straßburg, das wird dir gefallen? Und ob sie nach Straßburg fahren würde. Gleich am nächsten Morgen.

»Mit den mickrigen Scheibenwischern kann ich nicht weit fahren, das ist lebensgefährlich«, unterbrach sie Benni.

»Ach so?« Er schaute zu dem Golf hinüber. »Sag doch was. Kein Problem, i hab bestimmt welche da. Moment.«

Er eilte in seine Werkstatt hinüber. Susanne hörte kramende Geräusche. Gleich darauf kam er mit zwei neuen Wischerblättern zurück.

»Die mach i dir grad dran.«

Susanne schaute ihm zu, während er sein Vorhaben tatsächlich sofort ausführte. In ihrem Kopf jagten sich die Gedanken.

»Und wo in Straßburg wohnt jetzt dieser Fotograf?«, fragte sie betont gleichgültig.

»Irgendwo in der Nähe der Synagoge, aber so genau kenn i mich da nicht aus. Wieso?«

»Nur so.«

»Also, fertig«, bemerkte Benni zufrieden. »Koscht nix. Isch Service«, kam er Susannes Frage zuvor.

Mit schlaksigem Gang lief er über den Hof zu einer Mülltonne und versenkte die alten Wischerblätter darin. Susanne bemerk-

te jetzt erst, dass er Cowboystiefel zum Arbeitsoverall trug. Plötzlich fiel ihr etwas ein. Was hatte er vorhin gesagt?
»Deine Ex heißt Conny?«
Er nickte stumm.
»Ich habe gerade vorhin eine Conny kennengelernt. Sie arbeitet als Aushilfe in dem Buchgeschäft.«
Als sie sein Gesicht sah, wusste sie, dass sie ihm das besser nicht erzählt hätte. Er wurde leichenblass.
»Waaas? Das isch sie. Das muss sie sein. Da hat sie früher öfter geschafft. Sie isch also wieder da!?« Benni schnappte nach Luft. »I dreh durch.«
»Wenn ich sie richtig verstanden habe, fährt sie übermorgen wieder fort«, sagte Susanne vorsichtig. Vielleicht würde ihn das beruhigen.
Mit schlechtem Gewissen fuhr sie kurz darauf weiter zur Winzergenossenschaft. Warum hatte sie nur diese blöde Bemerkung gemacht? Weil ihr Gehirn völlig mit der Verarbeitung der Information beschäftigt war, dass Sebastian in Straßburg wohnte. Schon mit dem kleinsten Ansatz eines Denkprozesses hätte sie darauf kommen können, dass es sich bei dem Cowgirl in Ellens Laden um eben jene Conny handelte, der Benni immer noch nachtrauerte. Irgendwie passte sie gut zu ihm. Zumindest optisch. Hoffentlich würde Benni jetzt nicht irgendeinen Blödsinn machen. Und hoffentlich nahm ihn das nicht so mit, dass er wieder wochenlang nichts auf die Reihe brachte.
Als sie sich mit einem Karton trockenem Riesling im Kofferraum auf den Rückweg machte, bog der rote Porsche gerade vor ihr aus der Hofausfahrt. Der Auspuff stieß eine Qualmwolke aus. Benni gab Gas. Susanne ahnte, dass er sich spontan zum Kauf eines Buchs entschlossen hatte. Wenn daraus nur kein Unheil entstand. Sie hatte in den letzten achtundvierzig Stunden schon genug davon heraufbeschworen.

31

Höher und höher hinauf stieg das Gemurmel all der Menschen, schwang sich an den steil aufstrebenden Pfeilern des Kirchenschiffs bis unter die gewaltige Kuppel. Irgendwo spielte eine Orgel. Die ersten Takte eines Chorals erklangen, brachen dann ab, um von vorne zu beginnen. Offensichtlich übte da jemand. Susanne setzte sich in eine der Kirchenbänke und legte den Kopf in den Nacken. Das berühmte Lichtgefunkel der Fenstermosaike, das die Reiseführer priesen, war nur zu ahnen. Der Tag war wieder einmal grau.
Und doch entwickelte die Atmosphäre des Raums einen Sog, dem sie sich nicht entziehen konnte. Vielleicht war es das Flackern unzähliger Kerzen in den Opferstöcken zu beiden Seiten des Mittelschiffs. Vielleicht die feierliche Melodie der Orgel, die jetzt ihren Fluss gefunden hatte. Vielleicht der Nachhall von acht Jahrhunderten, der in den Mauern mitschwang. Nach oben, zu Höherem hatten die Baumeister des Mittelalters die Blicke der Menschen erheben wollen. Es funktionierte immer noch. Die vielen Touristen, die sich in den Gängen drängelten, reckten die Hälse und versuchten die Erhabenheit der Kuppel auf ihre Handykameras zu bannen. Von allen Seiten wisperte und raunte es auf Englisch, Deutsch, Französisch, Spanisch, Italienisch, Japanisch. Das Straßburger Münster war eine Weltattraktion. Ganz besonders, wenn es draußen gerade in Strömen regnete.

Susanne schloss einen Moment die Augen und überließ sich dem Klang der Kathedrale. Alles schien gleichzeitig weit entfernt und doch ganz nah zu sein, lange her und ewig während. Frieden breitete sich in ihr aus.

Drei Stunden war sie durch die Straßen der Stadt gelaufen. Nachdem sie das Gassengewirr des mittelalterlichen Stadtkerns mit seinen teuren Boutiquen verlassen hatte, wurde das Stadtbild französisch. Klassizistische Bauten begrenzten vierspurige Boulevards und baumbestandene Plätze, auf denen man sich vorsehen musste, nicht von den leise heranschnurrenden Zügen der futuristischen Trambahn überfahren zu werden. Sie hatte das Flüsschen Ill überquert, dessen Arme die Innenstadt wie ein Wallgraben umschlossen. Nordwestlich daran grenzte ein Viertel, das die Franzosen »das deutsche« nannten, »Quartier Allemand«, denn Straßburg gehörte zum Deutschen Reich, als seine Straßenzüge angelegt wurden. Die stuckverzierten Gründerzeithäuser mit den prächtigen Treppenaufgängen erinnerten Susanne an gehobene Altbauwohnlagen in Hamburg oder Berlin. Eindeutig französisch waren dagegen die kleinen Geschäfte, die Gemüse und Lebensmittel verkauften, und die Bars an jeder zweiten Straßenecke. Dann stand sie vor dem wuchtigen Betonbau der Straßburger Synagoge.

Hier also wohnte Sebastian, irgendwo. Nicht, dass sie erwartet hätte, er würde mit seinen langen Schritten um die nächste Ecke biegen. Was ihre alberne kindliche Sehnsucht hoffte, war ein anderes Thema.

Sie hatte sich vor eine der kleinen Bars gesetzt, einen Espresso getrunken und eine Weile das Treiben auf der Straße beobachtet. Direkt gegenüber war ein koscherer Supermarkt. Eine jüdische Mama, ihr Haar unter einer Perücke verborgen, schleppte schwer an einer vollgepackten Tüte, ein kleines Mädchen an der Hand. Ein etwa sechzehnjähriger Junge, offensichtlich ihr

Sohn, folgte ihr in mehreren Schritten Abstand. Er trug einen schwarzen Gehrock. Schulterlange Schläfenlocken fielen unter seinem schwarzen Hut hervor. Ernst und weltentrückt wirkte er in der Kleidung orthodoxer jüdischer Männer. Trotzdem sah er der jungen Frau, die in Minirock und Highheels die Straße entlangradelte, mit großen Augen nach. Sie parkte ihr Rad vor der Bar, stieg elegant ab und begrüßte den Mann, der am Tisch neben dem Eingang saß, mit einem sehr langen Kuss.

In dem Moment wurde Susanne klar, dass Sebastian auch mit Ellen im Arm um die nächste Ecke biegen könnte. Sie zahlte rasch und lief dann zurück in die Innenstadt, wo der Golf in einer katakombengleichen düsteren Tiefgarage stand. Die Besichtigung des Münsters hatte sie eigentlich nicht auf dem Plan. Bei der Beerdigung ihrer Mutter war sie zum letzten Mal in einer Kirche gewesen. Doch als sie den Platz vor der Kathedrale überquerte, begann es wie aus Eimern zu schütten. So fand sie schließlich doch hinein, und der Hall der Zeiten, durch den immer noch Orgelklang perlte, umhüllte sie mit seinem Frieden.

»Du hast versprochen, dass wir in den Virgin-Megastore gehen. Und jetzt sind wir hier. Das ist so gemein.« Die Kinderstimme gellte laut durch das Kirchenschiff. Viele Köpfe drehten sich in die Richtung, aus der der Lärm kam.

»Ich kann nicht mehr laufen. Ich will ein Eis.« Ein zweites Kind mischte sich quengelnd ein.

»Aber draußen regnet es, da kann man kein Eis essen.« Die Frauenstimme klang genervt.

»Kann man wohl. Uääääh.« Das Gebrüll hallte durch den Raum wie eine Sirene. Susanne durchschoss der Gedanke, dass sie so was schon mal gehört hatte. Mit einem unguten Gefühl wandte auch sie den Kopf nach der Geräuschquelle um. Das Gefühl trog sie nicht.

Keine fünf Meter von ihrer Kirchenbank entfernt saß Luca auf dem Boden und schrie aus Leibeskräften. Marion stand mit hängenden Armen daneben und sah aus, als würde sie gleich anfangen zu weinen. Paul hatte Mutter und Bruder den Rücken zugekehrt und übte Kickboxschritte an einer Säule. Hastig suchten Susannes Augen die Umgebung ab. Harald war auf dem Familienausflug nicht dabei, stellte sie erleichtert fest.
»Bitte, Paul, lass das«, bat Marion ihren älteren Sohn.
»Was soll ich denn sonst tun? Hier ist es stinklangweilig.«
»Luca, bitte, steh auf. Du kriegst ja gleich ein Eis«, flehte Marion den Kleinen an.
»Ich will aber jetzt eins.«
Marion fuhr sich mit einer Hand durchs Gesicht. Die Geste wirkte bestürzend hilflos.
»Was ist denn so schlimm daran, wenn wir einen Moment hier im Münster sind? Ich habe euch doch gesagt, ich möchte eine Kerze anzünden. Lasst mich doch einmal etwas tun, was ich gern tun möchte. B-i-t-t-e!« Ihre Tonlage schraubte sich in leicht hysterische Höhen. Luca war so beeindruckt, dass er folgsam aufstand.
»Was für'n langweiliger Quatsch, eine blöde Kerze anzünden«, maulte Paul. Doch er ließ von der Säule ab.
»Man kann den Herrgott dabei um seinen Segen bitten, dann wendet sich alles zum Guten«, sagte Marion mit einer dünnen Mädchenstimme, zog ein Taschentuch aus der Tasche und putzte Luca die Nase. Dabei sah sie sich mit einem um Entschuldigung bittenden Lächeln um. Susanne wollte sich schnell wegdrehen, doch ihre Blicke hatten sich schon getroffen. Fieberhaft überlegte sie, ob sie mit einem unverbindlichen Kopfnicken signalisieren sollte: Ach ja, wir haben uns neulich im Supermarkt in Haggerach gesehen. Aber warum sollte sich Marion an sie erinnern? Sie konnte doch nicht wissen ... Oder?

Ein Ruck schien durch Marions schmalen Körper zu gehen. Hastig packte sie ihre Kinder und schob sie in Richtung Ausgang.
Susanne stand von der Kirchenbank auf. Der Kokon des Friedens, in dem sie sich gewähnt hatte, war zerplatzt. Sie musste diesen Alptraum mit Harald beenden. Er hatte ihr seine Handynummer nicht gegeben. Sie hatte auch nicht danach gefragt. Aber sie erinnerte sich an den Namen des Unternehmens, bei dem er arbeitete. Sie würde versuchen, ihn dort zu erreichen. Als Personalleiter saß er sicher in einem eigenen Büro und konnte ungestört sprechen. Sie musste ihm ein für alle Mal klarmachen, dass ein weiterer Besuch bei ihr in der Hütte zwecklos war.
»'tschuldigung, äh, sorry.« In Gedanken versunken war Susanne in eine ältere Japanerin hineingerannt. Die lächelte sie gleichmütig an. Sie hielt mehrere Kerzen in der Hand, die sie gerade auf dem Opferstock plazieren wollte, vor dem sie standen. Susanne sah zu, wie sie jede Kerze hingebungsvoll an einer der schon brennenden entzündete und sie dann in eine freie Halterung steckte. Hunderte Flammen flackerten auf dem Metallgerüst. Ihr Schein erleuchtete das goldene Gewand einer Marienfigur im Seitenschiff. Die Luft war schwer vom Wachsgeruch.
Sollte sie vielleicht auch eine Kerze anzünden? Susanne kramte in der Jeanstasche nach ihrer Geldbörse, suchte eine Fünfzigcentmünze und steckte sie in den Schlitz, der für die Opferspenden vorgesehen war. Sie hielt den Docht ihrer Kerze an die, die zuletzt von der Japanerin entzündet wurde. Es dauerte einen Moment, bis eine Flamme aufflackerte. Eine unerwartete Traurigkeit stieg in ihr auf. Sie dachte an ihre Mutter, die es geliebt hatte, in jeder fremden Kirche, an der sie vorbeikam, eine Kerze zu opfern. Rasch schickte sie einen stillen Gruß an

die Ewigkeit und an alles, was vorbei war. Was war nur los mit ihr? Sie hielt doch sonst nicht viel von Ritualen, egal, welcher Religion.
»Surprise, surprise. In einer Kirche hätte ich dich wirklich nicht erwartet.«
Susanne ließ fast die brennende Kerze fallen.
»Ellen?!« Ihre Stimme hallte von den Wänden wider. Leiser fügte sie hinzu: »Was machst du denn hier?«
Sie unterdrückte den Impuls, ihr um den Hals zu fallen, steckte erstmal ihre Kerze fest.
»Wie es aussieht, das Gleiche wie du.« Ellen wies mit dem Kopf zu der goldschimmernden Marienstatue. »Wenn ich in der Nähe bin, wechsle ich ein paar Worte mit ihr und zünde ein Licht an.«
»Ich hätte gar nicht gedacht, dass du so gläubig bist.« Irrte Susanne sich, oder wirkte Ellen ernster, älter als sonst?
»Zumindest glaube ich, dass es nicht schaden kann, ab und zu um einen höheren Segen zu bitten. Denk an die unglückliche Näherin. Du hast übrigens vorhin auch verdammt andächtig ausgesehen.«
»Was? Das muss am Kerzenlicht liegen. Oder an der Orgelei.«
Ellen grinste. »Wie auch immer. Wo wir uns hier schon durch so wundersame Fügung getroffen haben, was hältst du von einem Kaffee oder einem Aperitif? Es gibt direkt hinter der Kathedrale eine Bar an einem kleinen Platz, auf den sich nur wenige Touristen verirren. Schau, es scheint nicht mehr zu regnen.«
Susanne hob den Blick zu einem riesigen Rosettenfenster über dem Westportal. Durch vielfarbige Glasmosaike schien die Sonne. Funkelndes Licht tanzte auf den mit vergoldeten Schnitzereien verzierten Pfeifen der Orgel hoch über ihren Köpfen. Der Organist beendete sein Spiel mit einem letzten, sich jubelnd emporschwingenden Akkord.

32

Sie verließen die Kathedrale durch das Hauptportal und wandten sich nach rechts. Auf dem Münsterpatz herrschte jetzt, da der Regen aufgehört hatte, reges Treiben. Touristen bevölkerten die Tische der Restaurants oder standen mit zurückgelegten Köpfen herum und fotografierten die Dämonenfratzen am Westwerk des Langschiffs. Gutgekleidete Straßburger eilten an ihnen vorbei auf dem Weg vom Büro in den Feierabend. Hinter dem Münster endete die Fußgängerzone. Eng waren die Gassen auch hier, doch es zwängten sich Autos hindurch. Die windschiefen alten Häuser waren unrenoviert. Es gab keine teuren Boutiquen, sondern arabische Imbisse, afrikanische Handyläden, kleine Galerien, Secondhand-Plattenläden in feucht aussehenden Räumen.

»He, hier ist ja ein Waschsalon.« Susanne blieb stehen. Sie sah nur zwei Maschinen und einen Trockner, aber immerhin. Ein dunkelhäutiger junger Mann saß auf einem Plastikstuhl neben der Tür. Er wippte rhythmisch im Takt der Musik aus seinem MP3-Player.

Ellen war ebenfalls stehen geblieben. »Äh, ja, so what?«

»So was suche ich seit einer Woche. Ich habe mich in der Reinigung im Haggeracher Gewerbegebiet nach Waschmöglichkeiten in der Nähe erkundigt. Die Frau hat mich angeguckt, als hätte ich was Unanständiges gefragt.«

Ellen lachte. »Die Idee eines Waschsalons ist mit der Vorstellungswelt einer badischen Hausfrau unvereinbar. Du wirst im

gesamten Landkreis keinen finden. Ich lebe schon so lange hier, mir fallen solche Sachen gar nicht mehr auf. Aber du kannst bei mir waschen, wenn du willst.«
»Das wäre super, danke.«
Sie gingen weiter.
»Wo wohnst du denn eigentlich?« Susanne fiel ein, dass auch das etwas war, was sie über Ellen nicht wusste.
»Direkt über dem Laden. Hatte ich das nicht erzählt?«
»Nein.«
»Es ist etwas eng, aber sehr romantisch. Warum kommst du nicht am Wochenende mit deiner Wäsche vorbei? Wir könnten danach was essen gehen. So, da sind wir schon.«
Ellen bog von der Straße in einen sehr schmalen Durchgang ab. Nach wenigen Schritten standen sie auf einem Platz, der rundum von Häusern eingefasst war. Unter einer Kastanie in der Platzmitte plätscherte ein Brunnen, an dem zwei Kinder spielten. Ihre Mütter saßen rauchend auf einer Bank und sahen ihnen zu. Drei, vier Bars und Restaurants hatten ihre Tische in den Ecken des Platzes arrangiert.
Ellen steuerte auf die Bar zu, die im vollen Schein der späten Nachmittagssonne lag. Alle Plätze waren von Büromenschen in Feierabendstimmung besetzt, die es plötzlich gar nicht mehr eilig hatten. Jetzt trugen sie Sonnenbrillen, die Männer hatten ihre Jacketts ausgezogen, die Frauen waren schlank und dezent geschminkt. Man trank Campari, Aperol oder irgendwelche milchigen Pastis-Gemische. Gerade als Ellen und Susanne sich nach einem freien Platz umsahen, stand ein Paar auf und schlenderte engumschlungen davon.
»Et voilà!« Mit einer einladenden Handbewegung auf den Stuhl neben sich sank Ellen zufrieden nieder.
»Das ist ja wirklich nett hier.« Susanne blinzelte in die Sonne. Von den Nebentischen drangen Gesprächsfetzen herüber. Ihr

Französisch war nicht besonders gut, doch sie fand, dass auch eine Unterhaltung darüber, wo man zu Abend essen wollte, in dieser Sprache ungeheuer dramatisch klang.
»Irgendwie kommt es einem so vor, als wäre Haggerach Lichtjahre weit entfernt«, sagte sie nachdenklich.
»Ja, das geht mir hier auch immer so.« Ellen lächelte. »Manchmal brauche ich das Gefühl von etwas mehr Leben um mich herum. Wie heißt das noch? Stadtluft macht frei?«
Susanne zuckte zusammen. Sebastian sei wegen der Stadtluft hierhergezogen, hatte Benni gesagt.
»Bist du oft in Straßburg?« Sie fragte es so neutral wie möglich.
»Ab und zu. Es gibt einen englischsprachigen Buchladen in der Nähe vom Hauptbahnhof. Die Besitzerinnen sind wie ich Amerikanerinnen. Wir tauschen uns aus und freuen uns, mal wieder Englisch reden zu können.«
Aus dem Augenwinkel beobachtete Susanne Ellens Gesicht. War das wirklich der wichtigste Grund, warum sie nach Straßburg fuhr? Noch während sie es dachte, hasste sie sich dafür.
Der Kellner kam. Ellen bestellte Campari Orange. Susanne zögerte. Sie musste schließlich noch nach Haggerach zurückfahren. Ellen allerdings auch. Oder blieb sie über Nacht hier? »Ja, das nehme ich auch«, hörte sie sich sagen. »Ich wollte übrigens gestern bei dir in der Buchhandlung vorbeischauen und habe dabei deine Aushilfe kennengelernt.«
»Ah. Conny ist klasse. Sie sieht vielleicht nicht so aus, aber sie hat ein ganz bodenständiges Gefühl dafür, welche Bücher empfehlenswert sind. Sie hat mir früher öfter mal geholfen, aber dann ist sie weggezogen.«
»Ja, das hat sie mir erzählt.« Susanne wartete, aber Ellen machte keine Anstalten, eine Erklärung für den Grund ihrer Abwesenheit hinzuzufügen. »Wusstest du übrigens, dass sie mal mit

Benni zusammen war?«, fragte sie schließlich, um die Gesprächspause zu beenden.
»Ja, aber woher weißt du das?« Ellen warf ihr einen verwunderten Blick zu.
»Ach, äh, Benni hat mal erwähnt, dass seine Ex öfter in der Buchhandlung arbeitete, als sie noch ihr Liebesnest im Engelsgrund hatten.« Okay, es war nur die halbe Wahrheit, aber die genauen Umstände, wie sie es erfahren hatte, waren ja nicht so wichtig. »Als ich Conny sah, dachte ich, dass sie doch ganz gut zu ihm passen könnte.«
»Das war ein echtes Drama mit den beiden. Benni war verrückt nach Conny. Das ist er ja immer noch. Und Conny war verrückt nach ihm.«
»Hm, und wo lag das Problem? Der Geschmack für Klamotten kann es ja wohl nicht gewesen sein.«
»Oh, Madame hat eine spitze Zunge.«
Susanne fuhr zusammen. Es stimmte. Aber manchmal konnte sie nicht anders. »Was ist also passiert«, fragte sie schnell.
»Conny ist eine Frau, die immer Ziele hat. Sie wollte die Welt sehen, irgendwann weg aus Haggerach. Und Benni ... Du hast ihn ja kennengelernt.« Ellen zuckte mit den Schultern. »Er ist zufrieden mit dem Chaos, in dem er lebt. Conny wollte, dass er was aus sich macht. Aus seiner Musik. Oder wenigstens aus seiner Werkstatt. Als sie merkte, dass das niemals passieren wird, ist sie gegangen. Ich denke, sie liebt ihn immer noch. Ich musste sie überreden, mich die paar Tage im Laden zu vertreten. Sie hatte Angst, Benni könnte plötzlich im Laden stehen.« Ellen lächelte. »Es hat ihn noch nie zufällig in meinen Laden gezogen. Versuch doch mal, dir Benni mit einem Buch vorzustellen.«
Susanne blieb das Mitlachen im Hals stecken. Was hatte sie da jetzt schon wieder mit ihrer Gedankenlosigkeit angerichtet? Sie

dachte an Conny mit ihren glitzernden Cowboystiefeln. Über das Bild schob sich das blasse Gesicht von Marion.
Zum Glück kamen in dem Moment die Drinks. Ellen hob ihr Glas. »Schön, hier mit dir zu sitzen.«
»Auf das Münster, das uns auf so segensreiche Weise wieder vereint hat.« Eine Art innere Wärme stieg in Susanne auf. Gott, wie nah sie sich dieser Frau fühlte, von der sie so wenig wusste. Und die sie, wie sie bemerkte, mit aufmerksamem Blick musterte. »Puh, richtig warm ist es hier in der Sonne«, sagte sie schnell.
»Ja, endlich wieder.« Ellen zog sich den Cardigan aus, den sie über ihrem langen Kleid trug. Mit einem Hauch von Neid registrierte Susanne, wie perfekt ihr das stand, was Modemagazine lässigen Lagenlook nannten. Sie war schlank, hatte schmale Schultern. Auch mit fünf übereinandergezogenen Schlabberteilen sah sie noch grazil aus. Bei ihr selbst wirkte so ein Look dagegen, als wollte sie Figurprobleme verdecken. Was ja auch zutraf.
Plötzlich bemerkte Susanne ein Pflaster in Ellens Armbeuge. »Hat dir jemand Blut abgezapft?«
»Ach, nur ein Routinecheck. Aber was ist eigentlich mit deiner Hand? Wollte ich vorhin schon fragen.«
»Nur eine kleine Brandverletzung.«
»Du solltest den Verband mal wechseln. Sieht ziemlich mitgenommen aus.« Ellen runzelte die Stirn.
»Ja, sicher. Mach ich heute Abend.«
Sie nippten an ihren Drinks und schauten einen Moment schweigend in den tiefblauen Himmel über dem kleinen Platz.
»Hast du noch was anderes in Straßburg unternommen als Kerzen anzuzünden?«, fragte Ellen schließlich.
»Ich bin herumgelaufen. Ich lasse mich in fremden Städten gern einfach durch die Straßen treiben. Am Ende bin ich in

dem Viertel gelandet, in dem die Synagoge ist.« Sie zögerte kurz. »Es hat etwas Exotisches. Ich könnte mir gut vorstellen, dort zu wohnen.«

»Ja, mir gefällt das Quartier Allemand auch. Es gab mal eine Zeit, da habe ich überlegt, dorthin zu ziehen. Aber weißt du, schöne Altbauwohnungen in der Gegend sind teuer. Und ich liebe nun mal die Haggeracher Stille.« Ellen warf Susanne einen raschen Seitenblick zu. »Ganz abgesehen von den Geheimnissen der Wälder mit ihren mystischen Quellen.«

War das eine unterschwellige Aufforderung, nach Sebastian zu fragen? Und was, wenn sie das nicht wollte? Susanne trank einen Schluck Campari. Eigentlich mochte sie das bittersüße Zeug nicht.

»Wusstest du, dass Straßburg die größte jüdisch-orthodoxe Gemeinde in Frankreich hat?«, fuhr Ellen fort. »Ein Freund von mir wohnt in der Nähe der Synagoge. Wenn man am Schabbat bei ihm auf dem Balkon sitzt, hört man von dort die Gesänge des Rabbis.«

Susanne drehte ihr Glas auf dem Tisch und beobachtete interessiert das Muster der Ringe, die das Kondenswasser auf der Metalloberfläche bildete. Ellen musste Sebastian meinen. Natürlich wusste sie, wo er wohnte. Natürlich saß sie am Wochenende mit ihm auf dem Balkon. Sie fühlte Ellens Blick auf sich und sagte vage: »Ach, tatsächlich?«

»Ja. Aber nicht alle Juden in Straßburg sind tief religiös und tragen Gehröcke oder Perücken. Dieser Freund von mir hatte mal eine sehr schräge Affäre mit einer sehr schrägen jüdischen Malerin. So ganz vorbei ist das immer noch nicht.«

Susanne hob den Kopf und starrte Ellen an.

»Du kennst ihn ja auch, fällt mir gerade ein.« Ein schwer zu entschlüsselndes Lächeln spielte um Ellens Lippen. »Sebastian Berger.«

»Aber ich dachte, er wäre ... Ich meinte ...« Susanne holte tief Luft. »Ich dachte, dass er der Mann ist, von dem du mir erzählt hast. Deine komplizierte so eine Art von Beziehung.«
»Hat er dir das gesagt?«
»Nein, nein. Ich habe gesehen, wie du ihn angeschaut hast, als wir ihn an der Quelle ...« Susanne fühlte sich ertappt.
Ellen hielt ihren Blick fest. »Du hast recht, Sebastian ist der Mann, von dem ich dir erzählt habe. Wie gesagt, er ist ziemlich kompliziert.«
»Aber ... du liebst ihn?« Susanne wandte ihre Aufmerksamkeit wieder dem Glas zu. Es tat weh, das auszusprechen. Trotzdem war es auch eine Erleichterung.
»Ich habe ja schon versucht, es dir zu erklären. Es ist schön, wenn wir zusammen sind. Wenn wir nicht zusammen sind, lebt jeder sein Leben.« Ellen lachte leise. »Eigentlich ist Sebastian wie sein Hund. Frodo wurde aus einem spanischen Tötungszwinger gerettet. Er ist sehr vorsichtig mit seiner Zuneigung, aber absolut ehrlich. Doch in seiner Hundeseele wird er immer ein Straßenhund bleiben, unabhängig, frei und einsam.«
Susanne musste lächeln. Es schien ihr eine sehr treffende Beschreibung von Sebastian zu sein. Sie sah seine Augen vor sich, diesen wachsamen, alles registrierenden Blick. Wie gut Ellen ihn kannte. Sie griff zu ihrem Glas, doch als der Camparigeruch ihre Nase erreichte, stellte sie es wieder ab. Suchend blickte sie sich nach dem Kellner um. Es gab hier doch bestimmt auch Wein.
»Du hast Sebastian am Bach kennengelernt?« Die Frage klang nicht misstrauisch, sondern eher amüsiert.
Susanne hörte auf nach dem Kellner zu suchen und sah Ellen an. »Ja, er lief mit seiner Kameraausrüstung vorbei. Das heißt, eigentlich habe ich zuerst Frodo kennengelernt. Er stürmte plötzlich auf mich zu. Mir blieb fast das Herz stehen.«

»Das hat Sebastian erzählt. Er sollte Frodo im Wald besser an die Leine nehmen. Aber das findet er albern. Wenn der Hund einem Förster über den Weg läuft, kann das böse ausgehen.«

»Stimmt.« Ob er Ellen auch von seinen anderen Besuchen an der Hütte erzählt hatte? Von dem Gewitterabend? Von dem Lied? Das kleine heulende Elendswürmchen, das seit dem Treffen an der Quelle in Susanne hauste, zitterte leise.

»Wenn er etwas Zeit hat, fotografiert er im Moment für mich ein paar mystische Plätze in den Bergen um Haggerach. Ich will für den Herbst einen größeren Prospekt machen lassen, und ...« Ellen stockte. Für einen Moment flackerte ihr Blick. »Ich bin ihm sehr dankbar dafür. Bezahlen könnte ich Fotos von Sebastian Berger natürlich nicht.«

»Was fotografiert er denn im Moment beruflich?« Es war eine taktische Frage. Susanne mochte es nicht, taktische Fragen zu stellen, aber das Würmchen in ihr musste wissen, ob Ellen mit ihm im Emsland war.

»Vor allem Landschaften. Ab und zu macht er auch mal ein Porträt. Er ist ein großartiger Porträtfotograf. In seinen Bildern siehst du die Seele eines Menschen. Aber er porträtiert nur Leute, die ihn wirklich interessieren, ob das nun Profis sind oder nicht.« Ellen lächelte. »Vor kurzem lehnte er sogar den Auftrag ab, für ein großes Magazin irgendeinen berühmten Fußballer abzulichten.«

»Hat er dich mal fotografiert?«

»Ja, aber das habe ich gar nicht gemerkt. Ich wusste nicht mal, dass er an dem Abend einer meiner Wanderungen gefolgt war. Ich erzählte gerade eine Geschichte. Ich finde, ich sehe auf dem Foto aus wie irgendeine meiner Sagengestalten.«

Susanne dachte an die Wanderung, die sie mit Ellen gemacht hatte. Sah sie wieder neben dem verkohlten Baumstumpf stehen, sah, wie ihr Kleid und ihre Haare im Wind flatterten. »Vielleicht sind diese Gestalten ja ein Teil von dir. Oder du bist ein Teil von ihnen.«

»Du meinst, ein Geist?«

Ellen sah plötzlich so ernst aus, dass Susanne ihr dahingeworfener Satz leidtat. Warum dachte sie nicht ein einziges Mal nach, bevor sie etwas sagte?

»Dann pass nur auf, dass ich dir nicht eines Nachts am Bach erscheine, zusammen mit meiner Freundin, dem Bärbeli.« Ellen zwinkerte ihr zu. Der Schatten auf ihrem Gesicht war verschwunden. »An der jüdischen Malerin hatten ihn übrigens zuerst ihre Bilder interessiert. Er sah sie in einer Galerie und wollte die Künstlerin unbedingt porträtieren. Erwähnte ich schon, dass sie in ihre Farben organische Materialien hineinmischt, je nach Thema des Bildes? Mal nimmt sie für Rot Tomatenmark, mal Menstruationsblut.«

Susanne fragte sich, wie Ellen so amüsiert darüber sprechen konnte. Für sie selbst war die Vorstellung, dass es diese Frau noch in Sebastians Leben gab, gerade ziemlich unerträglich.

»Macht dir das denn gar nichts aus, wenn er mit ihr …?«

Ellen sah sie nachdenklich an. »Er gehört nicht mir, ich gehöre nicht ihm. Ich sagte doch, Sebastian ist ehrlich mit seinen Gefühlen. Wenn er bei mir ist, dann ist das meist sehr intensiv. Was ich nicht ertragen könnte, wäre ein Mann, der heimlich zu einer Geliebten schleicht, um sich hinterher frisch geduscht wieder zu mir aufs Sofa zu setzen und fernzusehen.«

Krrks. Mit einem hässlichen Geräusch zerriss in Susanne der Schleier, der zumindest in der letzten Stunde über ihrem unheilvollen Wiedersehen mit Harald gelegen hatte. Sie griff zu ihrem Glas. Verzog das Gesicht, als der Campari ihre Geschmacksnerven malträtierte.

Ellen lächelte. »Was hältst du davon, wenn wir zur Abwechslung was Anständiges trinken? Sie haben hier einen sehr guten elsässischen Riesling. Trocken, natürlich.«
Susanne zögerte. »Nichts lieber als das. Aber ich nehme nur ein Achtel, ich muss ja noch zurückfahren.«
»Oh, sorry. Da habe ich jetzt im Moment nicht dran gedacht. Dann trinke ich auch nur ein Achtel.« Ellen stand auf. »Ich bestelle an der Theke, das geht schneller.«
Susanne sah ihr nach, wie sie sich mit ihren grazilen Bewegungen an den vollbesetzten Stühlen vorbeischlängelte. Sie registrierte, dass auch der Blick des graumelierten Anzugträgers vom Nachbartisch ihr folgte. Susanne seufzte. Ellen blieb also über Nacht in Straßburg. Die Frage, bei wem sie schlief, erübrigte sich dann wohl.

33

Die tiefstehende Sonne blendete im Rückspiegel. Susanne warf einen Blick zurück auf die gerade überquerte Rheinbrücke, die Frankreich mit Deutschland verband. Der Fluss war hier auch eine klar gezogene Grenze zwischen der Großstadt Straßburg und den im Abendlicht ruhenden Feldern und Wiesen der badischen Rheinebene. Für einen Moment hatte sie das Gefühl, als würde sich mit dem Überqueren dieser Linie das Tempo verändern, in dem die Zeit floss. Alles verlangsamte sich. Aber vielleicht lag das auch nur daran, was sie an diesem Nachmittag in Straßburg erlebt hatte. Ellen war jetzt sicher bei Sebastian. Ob sie ihm wohl berichtete, wen sie im Münster getroffen hatte?

Susanne trat aufs Gaspedal. Auf der Bundesstraße, die die Ebene durchquerte, war nicht mehr viel Verkehr. Die Kammlinie des Schwarzwalds im Osten kam rasch näher. In der Gegend um Haggerach leuchteten die Hänge rot im Sonnenlicht. Über den höheren Bergen dahinter hingen Wolken. Zogen sie jetzt auf oder ab?

Unwillig schüttelte Susanne den Kopf. Warum dachte sie übers Wetter nach? Weil sie keine Lust hatte, über das Gespräch mit Ellen nachzudenken? Ihr fiel ein, dass im CD-Player immer noch die Neville Brothers steckten. Sie zögerte kurz, dann drückte sie auf Wiedergabe. »Yellow Moon« könnte sie ja überspringen.

Sie summte mit, während sie einen Lastwagen überholte. »A Change Is Gonna Come.« Alles wird sich ändern. Ohne Vorwarnung schossen ihr Tränen in die Augen. Die Straße verschwamm. Instinktiv lenkte sie nach rechts. Sie zuckte zusammen, als die Hupe des Lasters in ihren Ohren dröhnte. Sie hatte den Fahrer geschnitten. Wenige hundert Meter voraus entdeckte sie die Ausfahrt zu einem Parkplatz. Sie setzte den Blinker. Als der Wagen stand, schaltete sie den Motor aus. Die Neville Brothers verstummten.

Susanne verschränkte die Arme auf dem Lenkrad und ließ ihren Kopf darauf sinken. Sie wusste, dass das genauso albern wie nutzlos war. Im Grunde hatte ihr Ellen nur bestätigt, was ihr ohnehin schon klar war, mal abgesehen von der Sache mit der Malerin. Es gab keinerlei Anlass zu melodramatischen Reaktionen. Und doch fühlte sie sich wie nach einer Operation am offenen Herzen. Sebastian hatte sich dort festgesetzt, ihre Lebensadern mit Sehnsucht überflutet. Das war jetzt vorbei. Es musste einfach vorbei sein. Die Beziehung zwischen ihm und Ellen war etwas Besonderes. Susanne hatte es in Ellens Augen gesehen. Und außerdem war alles, was sie sich über ihn zusammengereimt hatte, nichts als eine Illusion. Irgendwie kam es Susanne vor, als wäre Ellen eine weise, erwachsene Frau und sie selbst ein in unausgegorenen Gefühlen zappelndes, mit den Jahren gealtertes Mädchen.

Sie richtete sich aus ihrer Verzweiflungspose auf. »Wie kann es sein, dass du immer noch so verdammt jung aussiehst? Es ist ja fast, als hätte das Leben bei dir keine Spuren hinterlassen.« Wer hatte das gesagt? Michaela! Nachdem sie ein Buch über Schicksalsanalyse anhand von Gesichtsfalten gelesen hatte. Susanne lächelte grimmig. »Nicht, dass das Leben es nicht versuchen würde«, sagte sie zu ihren Augen im Rückspiegel.

Was sie im Rückspiegel auch sah – die dunkle Limousine, die in diesem Moment auf den Parkplatz fuhr und direkt hinter ihr hielt. Zwei Männer saßen darin. Susanne beschlich ein mulmiges Gefühl. Sie drehte den Zündschlüssel. Verdammt, die Kiste sprang nicht an. Das Problem hatte sie zuvor schon ein paarmal gehabt. Einer der Männer stieg aus und kam auf den Golf zu. Schweißgebadet versuchte sie erneut den Motor zu starten. Jetzt stand der Mann neben der Fahrertür. Er griff in die Innentasche seines seltsamen Windblousons. Was wollte der Typ? Sie starrte auf die Hand, die langsam etwas aus der Tasche zog. Es war keine Pistole. Es war eine Art Ausweis.

Der Mann klopfte an die Scheibe und hielt ihr den Ausweis hin. Ohne Brille konnte sie nichts erkennen. Sie starrte dem Mann ins Gesicht. Er machte ihr ein Zeichen, die Scheibe runterzukurbeln.

»Guten Abend. Landespolizei Baden-Württemberg, Fahrzeugkontrolle. Kann ich bitte mal Ihre Papiere sehen?«

Eine Zivilstreife! Erleichtert atmete Susanne durch. Dann fiel ihr ein, dass womöglich der geschnittene Lkw-Fahrer …

»Habe ich was falsch gemacht?« Sie schenkte dem Polizisten ihr freundlichstes Lächeln, während sie in ihrem Rucksack nach Personalausweis und Führerschein suchte.

»Den Fahrzeugschein brauche ich auch.« Er erwiderte ihr Lächeln nicht. Mit gerunzelter Stirn begann er ihren Personalausweis zu studieren.

Fahrzeugschein? Susanne konnte sich nicht erinnern, jemals einen in dem Golf gesehen zu haben. »Äh, ich glaube, ich habe gar keinen.« Am Gesicht des Polizisten sah sie, dass es die falsche Antwort war.

»Wohnsitz Hamburg«, sagte er, als wäre allein das irgendwie verdächtig, und fügte nach einer bedeutungsschwangeren Pause hinzu: »Der Wagen hat ein lokales Nummernschild.«

Na und, war das etwa verboten? Susanne merkte, wie sie langsam sauer wurde. »Natürlich. Ich habe ihn ja vorhin hier in der Gegend gestohlen.«
Er presste die Lippen aufeinander. Humor schien er nicht zu besitzen.
»Steigen Sie aus«, sagte er barsch. »Warum haben Sie hier auf dem Parkplatz gehalten?«
»Um zu telefonieren. Das ist ja wohl im Fahren verboten, wenn ich mich recht entsinne.«
»Kann ich bitte mal Ihr Handy sehen.«
Genervt griff Susanne zu ihrem Rucksack. In dem Moment fiel ihr ein, dass sie das Handy gar nicht dabeihatte. Es hing in der Hütte am Ladegerät.
»Ach, äh, ich finde es gerade nicht.« Wie der Polizist sie ansah, würde er sie gleich verhaften. Verzweifelt zermarterte sie sich das Gehirn nach einer plausiblen Erklärung. »Es muss wohl unter den Sitz gerutscht sein.«
»Ulli.« Mit einer Handbewegung orderte er seinen Kollegen herbei, der bisher im Wagen sitzen geblieben war. »Lass mal den Ausweis hier überprüfen.«
Ohne allzu große Begeisterung nahm Ulli die Order entgegen. Als er sich gerade abwenden wollte, bekam er auch schon den zweiten Auftrag. »Und durchsuch den Wagen, ob du unter den Sitzen ein Handy findest.«
Ulli warf ihm einen Blick zu, den man in Fernsehkrimis selten sieht, doch er machte sich ans Werk. Während Susanne und der Kollege ihm schweigend zusahen, leuchtete er mit der Taschenlampe unter die Sitze. »Da isch nichts«, meldete er schließlich.
»Und im Handschuhfach?«
Ins Handschuhfach hatte sie noch nie hineingeschaut. Susanne schickte ein Stoßgebet zum Himmel, dass Benni darin keine verdächtigen Gegenstände aufbewahrte.

Ulli meldete jeden Fund. »Schraubenzieher ... Hammer ... Taschenlampe ...« O nein. Susanne sah sich schon die Nacht auf irgendeiner Polizeiwache verbringen. »Fahrzeugbrief«, verkündete Ulli. »Mensch, weischt, wem der Wagen gehört? Der isch auf Bernhard Metzinger zugelassen.«

»Auf den Benni?« Auch in das Gesicht seines humorlosen Kollegen kam Leben. »Kennen Sie Benni Metzinger?«, wandte er sich an Susanne.

»Er hat mir den Wagen zur Verfügung gestellt. Ich wohne zurzeit in einer Ferienwohnung, die er ...«

»In der Hütte im Engelsgrund? Warum sagen Sie das nicht gleich?« Jovial hielt der nunmehr glänzend gelaunte Mann Susanne die Wagentür auf. »Dann noch einen schönen Aufenthalt bei uns. Grüßen Sie den Benni. Und nichts für ungut. Es kommt in letzter Zeit immer mehr Rauschgift über die Grenze in die Region. Wir sind gehalten, verstärkt verdächtige Fahrzeuge zu kontrollieren.«

Susanne lächelte verständnisvoll. Der Golf gab eine Reihe von würgenden Geräuschen von sich, bevor der Motor endlich ansprang.

»Ja, ja, der Benni und seine alten Kisten«, bemerkte der Polizist grinsend.

Susanne nickte ihm zum Abschied zu. Sie konnte es plötzlich kaum erwarten, zurück nach Haggerach zu kommen. Sie würde am Kebab Central an der Hauptstraße noch etwas zu essen kaufen. Und dann in ihr stilles Tal hineinfahren und die Welt hinter sich zurücklassen.

Über dem Engelsgrund leuchtete ein Abendhimmel in psychedelischen Farben, dunkelbonbonrosa am westlichen Talende, tiefseeblau über den Wipfeln der Buchen am Hang. Susanne nahm den Rucksack und die in Alufolie verpackte Pizza Vier

Jahreszeiten aus dem Wagen. Hatte sie eigentlich eine Flasche Riesling in den Kühlschrank gestellt? Bestimmt hatte sie das. Ihr Elendswürmchen brauchte etwas, in dem es sich suhlen konnte.

Gedankenverloren legte sie die Pizza auf den Gartentisch neben das Windlicht und schloss die Hüttentür auf. Mitten in der Bewegung hielt sie inne. Wieso war da ein Windlicht? Sie hatte noch kein Neues besorgt, weil das Wetter zu schlecht gewesen war, um draußen zu sitzen. Mit einer unguten Ahnung betrachtete sie die schmiedeeiserne Hängeampel. Auf dem Deckel pappte ein Aufkleber. Sie holte ihre Brille aus der Parkatasche. »Schöne Dinge für Heim und Garten. Geschenkehaus Kasimir, Freiburg.«

O nein, bitte nicht, flehte etwas in ihr. Aber hatte sie es nicht nur zu genau gewusst, dass er wieder auftauchen würde? Was für ein Glück, dass die beiden emsigen Landespolizisten sie wenigstens lange genug aufgehalten hatten, um eine direkte Begegnung zu vermeiden. Eine niederdrückende Schwere legte sich auf ihre Schultern. Sie stützte sich auf den Tisch und atmete tief durch. Morgen war Freitag. Da würde er sicher im Büro sein. Morgen musste sie ihn anrufen und diesen Spuk ein für alle Mal beenden.

»Da bist du ja endlich.«

Susanne fuhr herum. »Mein Gott, Harald. Wie kannst du mich so erschrecken?«

»Ich warte schon zwei Stunden. Jetzt muss ich dann gleich wieder weg.«

»Hast du dich hinter der Hütte versteckt, oder wo warst du, als ich gerade kam?« Es klang unfreundlich, und das sollte es auch.

Überrascht trat er einen Schritt zurück. »Ich bin ein Stück den Bach hinaufgegangen. So ein fließendes Gewässer hat etwas sehr Entspannendes nach einem beschissenen Tag im Büro.«

Susanne musterte ihn. Er sah tatsächlich etwas blass und mitgenommen aus.
»Stress gehabt?« Eigentlich wollte sie das gar nicht fragen.
»Freisetzung von Humankapital nennt das der postmoderne Kapitalismus. Ich wickle gerade eine ganze Abteilung ab, die davon noch nichts weiß.« Er rückte seine Brille zurück und sah Susanne eindringlich an. »Aber das hast du nicht gehört, okay?«
Susanne bedachte ihn mit einem schiefen Lächeln. Erwartete er jetzt, dass sie ihn bemitleidete? So wie er dastand in seinem hellen Maßanzug, kombiniert mit blauem Hemd und blau-beige gestreifter Krawatte, sah er aus wie der Inbegriff des modernen Managers. Nur die schmerzlich weichen Gesichtszüge passten nicht dazu. Und der Schlamm an den teuren braunen Lederschuhen. Der Pfad am Bach war noch immer regenfeucht. Ob er die Schuhe wohl putzte, bevor er heim zu Marion ging?
»Ich habe übrigens heute deine Frau gesehen.«
»Was!? Wo?« Er sah alarmiert aus.
»Sie war mit den Kindern im Straßburger Münster.«
»Was zum Teufel hat sie da gemacht?«
»Soviel ich weiß, wollte sie eine Kerze opfern und um höheren Segen bitten.«
»Du hast mit ihr gesprochen?« Es war pures Entsetzen, was sie da in seinem Blick entdeckte.
Sie entschloss sich, ihn nicht zu quälen. »Nein. Das sagte sie zu den Kindern. Die halbe Kathedrale hat die Szene mit angehört.«
»Was war denn nun schon wieder los?«
»Der Kleine saß auf dem Boden und brüllte. Der Große versuchte eine Säule einzutreten.«
Harald nahm die Brille ab und rieb sich müde die Augen.
»Du wusstest gar nicht, dass sie heute in Straßburg war? Sprecht ihr denn nicht darüber, was sie tagsüber so macht?«

Um seinen Mund spielte wieder dieser scharfe Zug, der sich beim Thema Marion offensichtlich unvermeidbar in sein Gesicht schob. Mit einem Schulterzucken setzte er die Brille wieder auf.

»Ach, Susanne. Ich muss los, leider. Dabei wollte ich dir heute so viel sagen.«

Er griff nach ihrem Arm. In einer instinktiven Abwehrreaktion hob sie die Hand. »Hör zu, Harald. Ich muss auch mit dir reden. Ich hatte vor, dich morgen im Büro anzurufen, aber dann kann ich es dir auch jetzt gleich sagen. Ich ...«

»Ich weiß, ich weiß es doch.« Es klang so überschwenglich, dass Susanne für einen Moment der Mund offen stehenblieb. »Ich weiß, worüber du dir Gedanken machst. Auch mir geht so vieles durch den Kopf, seit ich bei dir war. So viel hat sich in den letzten Jahren aufgestaut. Aber jetzt bist du da, Susanne. Alles kommt in Bewegung.«

»Nein. Nein!« Das durfte doch wohl nicht wahr sein. »Hör mir zu, Harald. Ich will nicht, dass du noch einmal hierherkommst. Was zwischen uns passiert ist, war ein Fehler.«

Sein Handy klingelte. Er sah auf die Nummer und nahm den Anruf an. »Entschuldige.«

Susanne stöhnte auf. Was für ein Déjà-vu-Erlebnis.

»Ja, Marion? ... Doch, doch, ich bin auf dem Weg. Die Sitzung hat etwas länger gedauert ... Ich bin gleich an der Autobahnausfahrt. In zehn Minuten bin ich da.«

Susanne beobachtete ihn mit einer Mischung aus Unglauben und Abscheu. Wollte er seiner Frau allen Ernstes weismachen, er säße im Auto, während im Hintergrund Vögel zwitscherten?

»Ich muss jetzt wirklich los.« Harald lächelte ihr schmerzlich zu. »Am Wochenende kann ich nicht weg von zu Hause. Marion hat Geburtstag. Morgen kommt ihre Mutter. Und nächste Woche bin ich auf Dienstreise in Holland. Aber danach reden wir in Ruhe über alles.« Ehe Susanne sich's versah, riss er sie an sich. »Glaub mir, nichts ist ein Fehler an dem, was wir getan haben«, flüsterte er ihr ins Ohr. Bevor er sie küssen konnte, schob sie ihn weg. Mit einem letzten schmerzlichen Blick eilte er davon. Doch dann drehte er sich noch einmal um. »Ich habe dir ein neues Windlicht mitgebracht.«

»Schon gesehen«, bemerkte Susanne trocken.

Sie ließ sich auf die Gartenbank sinken. Kurz darauf tauchte unten auf der Talstraße eine Gestalt im hellen Anzug auf, die durch die Dämmerung zum Wanderparkplatz hastete. Susanne fragte sich, an was sie das gerade Erlebte erinnerte. Dann fiel es ihr ein. *Manche mögen's heiß*. Die letzte Szene, in der Jack Lemmon, als Frau verkleidet, verzweifelt versucht, dem verliebten Millionär zu erklären, warum sie kein Paar werden können. Lemmon reißt sich die Perücke vom Kopf und schreit: »Aber ich bin ein Mann.« Und der Millionär sagt verzückt lächelnd: »Macht nichts. Nobody is perfect.«

Ein Laut entrang sich Susannes zugeschnürter Brust. Er begann wie ein Wimmern. Dann entschied er sich anders, versuchte sich als leises Kichern. Das fühlte sich gut an. Irgendwie tröstlich. Das Kichern wuchs und wurde stärker. Susanne begann zu lachen.

Sie lachte so laut, dass der Klang den ganzen Engelsgrund erfüllte.

34

Weißt du was? Es könnte gut sein, dass diese Marion vor kurzem bei mir im Laden war.«

Susanne hielt einen Moment inne, bevor sie Ellen den nächsten Slip abnahm, den die ihr aus dem Wäschekorb zum Aufhängen reichte. »Schon möglich. Sie sieht aus wie jemand, der liest«, sagte sie zögernd. Sie hatte keine Lust, noch mehr Einzelheiten aus dem Leben dieser Frau zu erfahren. Sie wünschte, sie hätte ihren Namen niemals gehört.

»Deine Beschreibung der Kinder passt jedenfalls. Der Kleine war kurz vor einem Heulkrampf, keine Ahnung, warum. Der Große wollte ein Comicheft. Als ich sagte, dass ich keine Comics habe, dafür aber tolle Kinderbücher, trat er vor Wut so heftig gegen meinen Auslagentisch, dass die Stapel darauf umkippten.« Ellen verdrehte bei der Erinnerung die Augen. »Seine Mutter stand einfach daneben und bat ihn lieb, das doch bitte nicht zu tun.«

»Das klingt sehr nach ihr. Hat sie wenigstens einen Erziehungsratgeber gekauft?«

»Nein. Aber dafür das teuerste Buch mit regionalen Sagen. Sie wollte wissen, ob meine geführten Wanderungen auch für Kinder geeignet sind. Doch ich nehme grundsätzlich nur Kinder über zwölf mit. Die Teilnehmer sollen sich auf der Tour gruseln. Wenn ich die Geschichten kleinkindverträglich mache, wird es langweilig. So, das hier ist jetzt der Letzte.«

Susanne nahm den blaugepunkteten Slip aus Ellens Hand und fand noch einen Platz auf dem Wäscheständer. Beim Festklemmen nummerierte sie ihn in Gedanken: der fünfundzwanzigste. Es war eine Angewohnheit, die sie sich vor vielen Jahren zugelegt hatte. Wäsche waschen und Wäsche aufhängen gehörten zu den Haushaltsverrichtungen, die sie am meisten anödeten. Ihre Strategie gegen die Ödnis war, bei jedem Sonderangebot einen Packen Unterwäsche zu erwerben. Denn je mehr Wäscheteile der Mensch besitzt, desto seltener muss er die Maschine anwerfen. Bedauerlicherweise führte diese Lebensweisheit dazu, dass der Aufhängevorgang dann umso länger dauerte. Um beim Anklammern von Dutzenden Slips nicht durchzudrehen, entwickelte sie das Zählritual. Es wurde zu einer Art Meditation über das Vergehen der Zeit. Ein Slip, ein Tag, zerflossen im Meer der Ewigkeit.
»Ich bin jetzt seit fünfundzwanzig Tagen hier!« Ungläubig starrte Susanne auf ihre aneinandergereihten Slips.
»Meinst du schon oder erst?«
»Ich weiß es nicht. Vielleicht beides. Die Gegend hier hat so etwas Zeitloses.« Susanne ließ sich in einen der beiden Korbstühle sinken, die zusammen mit einem Mosaiktisch Ellens kleinen Dachgarten schmückten. Er war nur zu erreichen, wenn man durch ein schmales Giebelfenster hinaus auf den Anbau stieg, der die Buchhandlung mit der Stadtmauer verband. Dafür saß man dann mitten in einer Postkartenidylle. Nach links fiel der Blick über die verschachtelten Giebel des Städtchens; auf einem Kamin nicht weit entfernt hockte ein Storchenpaar in seinem Nest. Geradeaus schaute man auf grüne Hänge, hinter denen sich die Einfahrt in Susannes Tal verbarg. Rechts erhob sich die Mauer eines Wehrtürmchens, das einmal zur Stadtbefestigung gehörte. Ellen hatte daran ein Gerüst angebracht, an dem sich eine lachsfarbene Kletterrose und eine veilchenblaue Clematis emporwanden.

»Lass dich nicht täuschen. Deine Hütte oben im Engelsgrund liegt in einem Zeitloch, das ist wahr. Aber in Haggerach ticken durchaus die Uhren.«

»Wie meinst du das?«

Ellen rückte den Wäscheständer ein Stück näher an die Stadtmauer. »Hier ist die Sonne am längsten«, sagte sie, ohne auf Ellens Frage einzugehen. »Ich schätze, wenn wir von Stavros zurück sind, kannst du die Wäsche trocken mit nach Hause nehmen.«

»Stavros?«

»Ihm gehört das kleine griechische Restaurant gleich um die Ecke. Ich dachte, dass wir zum Essen zu ihm gehen. Er ist nicht besonders gut drauf, seit ihm seine Freundin vor ein paar Monaten mit ihrem Ex-Mann durchgebrannt ist. Aber kochen kann er immer noch hervorragend.« Ellen setzte sich in den zweiten Korbstuhl. »Doch um auf die Zeit zurückzukommen. Die hast du doch seit deiner Ankunft gut genutzt. Du hast eine sehr nette Buchhändlerin kennengelernt. Dir ist der Geist einer seit Jahrhunderten toten Näherin begegnet.« Sie bemerkte Susannes erschrockenen Blick. »Na ja, oder eine lebendige moderne Hexe auf dem Weg zur Party. Und last, but not least wurdest du wieder vereint mit einer großen Jugendliebe.«

Susanne stöhnte auf. »O bitte, Ellen, mach dich nicht darüber lustig. Die Geschichte bringt mich noch um den Verstand. Ich komme hier nicht weg, solange Benni das Wohnmobil nicht fertigmacht. Ich will mich nicht vor Harald verstecken. Ich will aber auch keine Angst mehr davor haben müssen, dass er wieder an der Hütte auftaucht. Und ich will nicht mehr darüber nachdenken müssen, was zum Teufel mit seiner Frau los ist.« Sie merkte, dass ihre Stimme zitterte.

»Oh dear, so schlimm?«

»Na ja.« Susanne schluckte. »Ich weiß, dass es albern ist. Aber als ich am Morgen danach aufwachte, konnte ich einfach nicht fassen, was ich getan hatte.«
»Warum hast du es dann getan?«
»Ach, Ellen.« Die Rose duftete süß in der Spätnachmittagssonne. Die Störche klapperten. Für einen Moment fühlte Susanne sich versucht, einfach zu erzählen, warum sie es getan, nach wem sie sich wirklich gesehnt hatte. Dann war der Moment vorbei. »Jemand hat mir vor kurzem mal was erzählt von wegen it's sex, stupid.«
»Hm, ja, da ging es um Spaß. Wenn es mit einem Mann zu kompliziert zu werden droht, lässt man lieber die Finger davon.«
»Danke, das hilft mir wirklich weiter.«
Ellen lachte. Dann beugte sie sich vor und streichelte Susannes Arm. »Bei dir sind Beziehungen immer kompliziert, stimmt's?«
»Du hast es erkannt. Das ist die Geschichte meines Lebens«, sagte sie mit ironischem Unterton. Vorsichtig legte sie ihre Hand auf Ellens. »Hast du keine Idee, wie ich Harald loswerde?«
»Mal überlegen. Auftragskiller? Zu auffällig in Haggerach. Oder nein, ich habe es. Wenn er das nächste Mal auftaucht, fesselst und knebelst du ihn und lässt ihn erst wieder frei, wenn er dich bis zu Ende hat ausreden lassen.«
»Das ist ja eine super Idee. Das mache ich.« Susanne seufzte. »Zum Glück bin ich ihn wenigstens für die nächste Woche los. Da ist er nämlich auf Dienstreise.«
»Na also.« Ellen stand auf. »Komm, lass uns essen gehen. Vielleicht fällt uns dabei ja noch eine andere Lösung für Harald ein. Ich kriege langsam Hunger.«

Der idyllische Biergarten, den das Restaurant Patras auf einem Schild im Fenster anpries, war ein kopfsteingepflasterter Hof, in den man durch den Hinterausgang gelangte. An den Fachwerkmauern der Nachbarhäuser rankten Rosen empor. Diverse Schalen und Steinkübel, die um die Tische des Restaurants herum arrangiert waren, boten genug Platz für ein ganzes Blütenmeer. Die meisten waren allerdings unbepflanzt. Nur ein paar Lavendelbüsche bemühten sich wacker, Mittelmeeratmosphäre zu verbreiten.

»Stavros zieht sich nur noch am Kochen hoch. Das ist seine Lebensphilosophie.« Stirnrunzelnd betrachtete Ellen die leeren Blumengefäße. »Wenn er das Drumherum weiter so lieblos behandelt, laufen ihm noch die Gäste weg.«

»Was guckst du so kritisch, Ellen?« Der Besitzer des Patras war neben ihrem Tisch aufgetaucht und sah lächelnd auf sie herunter. Er war groß und hager und hatte ein Raubvogelgesicht, das von dunklen Locken umrahmt war. Vereinzelte graue Strähnen verliehen seiner Erscheinung etwas Wettergegerbtes, das man eher auf einem griechischen Fischerboot als in einem Haggeracher Restaurant vermutet hätte. Die blaue Kochschürze, die er über seiner Jeans trug, wirkte wie ein Versehen.

»Stavros! Iassu.« Ellen stand auf und umarmte ihn. »Ich dachte nur gerade, dass es hübsch aussehen würde, wenn du wieder ein paar Blumen pflanzt.«

»Iassu, Ellen. Dass mache ich, morgen oder übermorgen.« Er packte sie um die Hüfte, hob sie hoch und drückte sie fest an sich.

Lachend befreite sich Ellen. »Schön, dich so fröhlich zu sehen«, sagte sie mit warmer Stimme. »Wie laufen die Geschäfte?«

»Super. Heute Abend ist der Laden voll.« Als er Ellens zweifelnden Blick bemerkte, sagte er schnell: »Alles reserviert. Da drüben für sechs Personen, hier am Nebentisch für fünf, dann noch mal zwei Tische für zwei.« Er zuckte mit den Schultern. »Die Leute kommen immer später, als sie sagen. Sind fast wie Griechen. Was wollt ihr trinken?«

Sie bestellten griechischen Weißwein. Stavros ging, um die Getränke zu holen.

»Macht er denn alles allein hier, kochen und bedienen?«, fragte Susanne überrascht.

»Nein, am Wochenende hat er meist eine Aushilfe zum Kellnern. Die ist wahrscheinlich drinnen und sieht fern. Ist ja noch nicht viel los.«

Das stimmte. Außer ihnen saßen nur zwei Touristenpärchen im Hof, die sichtlich zufrieden die letzten Reste auf ihren Tellern leerten.

»Stavros ist keiner, der einen großen Wirbel macht, damit jeden Abend noch mehr Gäste kommen. Er hält es für völlig in Ordnung, wenn die Leute mal etwas länger auf ihre Bestellung warten müssen. Darum, dass der Laden läuft, hat sich Claudia gekümmert, seine Freundin. Seit sie weg ist …« Ellen zuckte mit den Schultern.

»Ist sie auch Griechin?«

»Nein, sie ist Deutsche. Aus Frankfurt, wenn ich mich recht entsinne. Das war so eine typische deutsch-griechische Liebesgeschichte. Sie hat sich im Urlaub unsterblich in ihn verliebt. Seine Familie hat ein Restaurant in Patras. Sie ist dortgeblieben, wollte das Lokal mit ihm führen. Aber da war auch noch seine Mutter.« Ellen verzog das Gesicht. »Weißt du, das ist eine ganz besondere Beziehung, griechische Männer und ihre Mütter.«

»War das auch so bei diesem Mann, den du geliebt hast? Wie hieß er gleich?«

»Giorgios. Nein. Seine Mutter war zum Glück weit weg, in Athen.« Einen Moment flackerte Ellens Blick. »Claudia jedenfalls hat es nach einem Jahr nicht mehr ausgehalten und ist zurück nach Deutschland. Stavros folgte ihr. Sie suchten einen Ort, in dem die Mieten für ein kleines Restaurant nicht zu hoch waren. So landeten sie in Haggerach. Das ist jetzt vier Jahre her.«

»Warum hat sie ihn verlassen?«

»Ich glaube, es war so ähnlich wie bei Conny und Benni. Irgendwie passten die Lebenseinstellungen nicht auf Dauer zusammen. Dann tauchte Claudias Ex-Mann plötzlich wieder in ihrem Leben auf. Tja, und weg war sie.« Ellen seufzte. »Seitdem redet Stavros spätestens nach dem dritten Ouzo nur noch davon, dass er nach Hause will, Krise hin oder her. Ich fürchte, dieser Sommer ist sein letzter in Deutschland.«

Für einen Moment war wieder der angespannte Zug in ihrem Gesicht. Susanne lag die Frage »Was ist los mit dir?« auf der Zunge. Doch eine schwer fassbare Scheu ließ sie schweigen.

»So, zwei Viertel Samos. Und ein Schluck zur Begrüßung.« Stavros stellte drei schmale Ouzogläser auf den Tisch und füllte sie. Dann nahm er sich eins davon und erhob es feierlich. »Jamas.«

»Jamas.« Ellen stieß erst mit ihm, dann mit Susanne an. Mit dem gleichen feierlichen Blick wie Stavros tranken sie den Anisschnaps in einem Zug leer. Stavros schenkte nach.

Schnell hielt Susanne die Hand über ihr Glas. »Ich muss nachher noch heimfahren.«

»Du kannst bei mir schlafen, wenn du willst. Komm, lass uns diesen Abend feiern.« Ellen warf ihr einen seltsamen, fast flehenden Blick zu.

»Na gut, überredet.« Susanne ließ Stavros nachschenken.

»Können wir vielleicht noch was bestellen?« Die Stimme des Touristen klang leicht genervt.

»Bin sofort da!«, rief Stavros, machte jedoch keine Anstalten, das Versprechen allzu wörtlich zu nehmen.

Ellen sah ihm nach, als er schließlich dann doch hinüberging, um die Touristen mit einer Runde Ouzo zu besänftigen.
»Ich mag ihn«, sagte sie zärtlich. »Ich habe hier so viele schöne Abende erlebt. Wenn die anderen Gäste weg sind, legt Stavros richtige griechische Musik auf, nicht dieses Touristen-Sirtaki-Gedudel. Vielleicht macht er das ja nachher auch.«
In Ellens Augen lag eine Sehnsucht, die Susanne schmerzte. Das Haus auf dem Peloponnes. Die Heimat ihrer Seele. War es der Gedanke daran, der sie so ernst und nachdenklich machte?
»Hier bei Stavros habe ich übrigens auch Sebastian kennengelernt«, fuhr Ellen fort. »Er wohnte zu der Zeit in deiner Hütte und kam zum Essen öfter her. Er saß da drüben an dem Tisch neben der Tür. Er sah aus wie jemand, der von weit her gekommen ist und bald wieder weit fort sein wird.«
Susanne blickte hinüber zu dem Tisch, an dem jetzt die ungeduldigen Touristen saßen, und versuchte zu lächeln. Hatte sie nicht beschlossen, sich endlich wie eine erwachsene Frau zu benehmen?
»Und wie sah Frodo aus?«, fragte sie, um den Kloß im Hals loszuwerden.
Ellen lachte. »Den gab es da noch nicht. Das heißt, da wird er sich noch irgendwo in Spanien herumgetrieben haben. Sebastian suchte erst nach einem Hund, nachdem er sich entschlossen hatte, hier zu ... Nein, das glaube ich jetzt nicht.«
Ellen starrte auf die Restauranttür. Susanne drehte sich um. Am Hinterausgang stand ein Paar, das sich suchend nach einem Tisch umsah. Als die Frau Ellen entdeckte, winkte sie und kam herüber.
»Hallo, Conny. Ich dachte, du bist längst wieder in Mannheim«, sagte Ellen.
»Ja, dachte ich auch. Aber dann ...« Conny schaute, als wäre sie selbst überrascht von der Änderung ihrer Pläne. Sie trug ein

Jeanskleid mit einem weiten Tellerrock, ganz ohne Glitzersteine. Die Haare hatte sie locker hochgesteckt. Sie sah hübsch aus. »Dann stand er plötzlich im Laden.«
Sie machte eine Kopfbewegung in Richtung Benni, der ihr gefolgt war.
»I denk, du könntest mal wieder ein Buch lesen. I komm in den Laden, und da war sie.« Benni strahlte übers ganze Gesicht.
»Er meinte, wir könnten mal wieder zusammen was essen gehen.«
»Gute Idee.« Ellen lächelte.
»Ja.« Wie Conny das sagte, klang es eher wie eine Frage.
»Wenn einen so ein Zufall wieder zusammenführt, das isch doch ein Zeichen. Mein i.« Benni griff nach Connys Arm, ließ ihn aber sofort wieder los, als würde er fürchten, er könnte sie verschrecken.
»Haben Sie reserviert?« Stavros' Bedienung, ein rundliches junges Mädchen mit fröhlichen Augen, hatte offensichtlich ihre Tätigkeit aufgenommen. Sie wies den beiden einen der leeren Tische zu mit einer Grandezza, als würde sie ihnen den allerletzten freien Platz in einem vollbesetzten Nobellokal organisieren.
»Schönen Abend, ihr beide«, sagte Ellen.
»Euch auch.« Das Paar schritt zu seinem Platz. Benni drehte sich noch einmal um und zwinkerte Susanne zu.
»Was hatte jetzt das zu bedeuten?« Ellen sah Susanne verwundert an.
»Keine Ahnung. Benni ist halt etwas schräg.« Susanne hielt es für besser, ihren Anteil an der wunderbaren Wiedervereinigung für sich zu behalten. Sie sandte ein Stoßgebet ins Universum, auf dass ihre Gedankenlosigkeit Conny nicht ins Unglück stürzte. Die saß, wie sie aus dem Augenwinkel beobachtete,

sehr gerade auf ihrem Stuhl, während Benni auf sie einredete. Sie bemerkte, dass Ellen sie immer noch forschend betrachtete.
»Was ist?«, fragte sie mit halbem Lachen.
»Du hast Geheimnisse vor mir.« Ellen sagte es mit einer ironisch überspitzten Betonung, dass es klang wie eine eheliche Auseinandersetzung. »Nie sagst du mir, was du denkst.«
»Du auch nicht. Außerdem denke ich grundsätzlich nicht.«
Sie lachten.
»Darauf sollten wir trinken.« Ellen nahm ihr Weinglas, und sie stießen an. Einen Moment hielten sich ihre Blicke fest. In Susanne stieg wieder dieses Gefühl von Heiterkeit und Wärme auf, das sie schon in Straßburg empfunden hatte. Ellens Nähe schien alles so leicht zu machen. Das Gefühl verwirrte sie. Sie trank schnell.
»Ihr habt viel gemeinsam.« Woher wollte Sebastian das wissen?
»Ah, da sind ja die Ritterinnen der Tafelrunde.«
Ellens und Susannes Köpfe flogen herum. Sebastian stand ein paar Meter von ihnen entfernt und sah ihnen zu.
»Ich wollte euch nicht stören.« Er lächelte entschuldigend. »Aber wie es aussieht, ist mir das doch gelungen.«
»Was hast du gesagt? Ritterinnen der Tafelrunde?« Ellen schaute ihn leicht amüsiert an.
»Das seid ihr doch. Immer auf der großen Suche.«
»Hm, und nach was suchen wir?«
»Im Moment, wie es aussieht, nicht nach meiner Gesellschaft.« Er trat an den Tisch heran. »Ich verschwinde gleich wieder. Ich war mit Frodo auf einem langen Spaziergang in den Bergen und dachte, ich bringe dir die Fotos vorbei. Als du nicht zu Hause warst, fiel mir ein, dass du gesagt hattest, ihr würdet heute essen gehen.«
Er legte einen großen Umschlag auf den Tisch.
»Das ist ja klasse. Danke. Da bin ich gespannt.« Ellen begann sofort den Umschlag zu öffnen. »Setz dich doch.«

»Ich will euch wirklich nicht stören.« Er schaute von Ellen zu Susanne.
»Nein, ich meine, klar ...« Susanne sah auf das Lederband an seinem Hals. Einfach ganz normal atmen. Sich wie eine erwachsene Frau über fünfzig benehmen. Sollte sie ihn duzen? Wusste Ellen, dass sie sich duzten?
»Okay, für einen Moment. Frodo mag es nicht, wenn er lange im Wagen warten muss.« Sebastian setzte sich.
»Wow. Das ist wunderschön.« Ellen hatte eine Reihe großformatiger Fotos vor sich ausgebreitet. »Hier, schau, das Kreuz der Näherin.« Sie schob Susanne das Bild hin.
Susanne fühlte sofort wieder den Schauder, den sie unter den Tannen empfunden hatte. Das Kreuz sah aus, als würde es im Zwielicht der Farne und Sträucher leuchten. Anklagend schien es emporzuragen aus dem nadelbedeckten Boden. Sebastian musste für diesen Effekt im Liegen fotografiert haben. Zwischen den Baumstämmen im Hintergrund lagen dunkle Schatten. Plötzlich erstarrte Susanne. War da am Rande des Dickichts nicht eine Gestalt? Eine Gestalt, die sie schon einmal gesehen hatte?
»Da ist die Näherin!«, entfuhr es ihr.
»Was? Wo?« Sebastian und Ellen riefen es gleichzeitig.
»Na da, hinter den Bäumen.« Sie zeigte auf die Stelle im Bild.
»Also ich weiß nicht«, meinte Ellen.
»Hoffentlich macht sie mir jetzt keinen Ärger wegen der Fotorechte.« Sebastian grinste.
»Na gut, war ein Witz«, sagte Susanne schnell. »Aber im Ernst, es ist wirklich ein intensives Bild.«
Sie hob den Kopf und sah Sebastian an. In seinen Augen funkelte der vertraute leise Spott. »Vielleicht solltest du deine Brille aufsetzen«, meinte er lächelnd.
»Gute Idee.« Susanne erwiderte sein Lächeln tapfer. Du! Der kleine Elendswurm in ihr wimmerte. Dieses alberne Du war

also nichts, das nur sie beide teilten. Sie reichte Ellen das Foto zurück.
»Was macht eigentlich deine Hand?«, fragte Sebastian plötzlich, als fiele es ihm in dem Moment wieder ein.
Susannes Elendswurm jaulte auf. »Danke, ist schon wieder okay.« Sie warf einen Seitenblick zu Ellen. Die war ins Betrachten der Fotos vertieft und schien dem Gespräch keine Aufmerksamkeit zu schenken. Warum auch? Offenbar war es keine Neuigkeit für sie, dass Sebastian ihr die Hand verbunden hatte.
»Ich, äh …« Erst als Ellen und Sebastian sie überrascht ansahen, bemerkte Susanne, dass sie aufgesprungen war. »Ich …«
»Hinter der Theke die Tür rechts und dann die Treppe runter«, beschied ihr Ellen sachlich. »Wenn du Stavros' Servicemädel vor dem Fernseher entdeckst, sag ihr, sie soll die Karte bringen.«
Im Weggehen hörte Susanne, wie Ellen Sebastian fragte: »Isst du was mit uns?« Seine Antwort hörte sie nicht mehr. Sie wollte es nicht, aber sie musste sich nach den beiden umdrehen, bevor sie ins Restaurant hineinging. Ellen hatte sich ihm zugewandt. Sie sagte etwas. Er lächelte und legte seine Hand auf ihren Arm.

Susanne kühlte ihr Gesicht mit Wasser. Das machte nichts, weil sie damit kein kunstvolles Make-up zerstörte. Sie schminkte sich fast nie. Seit sie die Agentur verlassen hatte, benutzte sie nicht mal mehr Lippenstift. Sie riss ein paar Blätter aus dem Papierspender neben dem Waschbecken und trocknete sich damit ab. Sah man etwa, dass ihre Augen gerötet waren? Wütend starrte sie in den Spiegel. Sie war dabei, sich endgültig lächerlich zu machen. Schloss sich auf einer Restauranttoilette ein, um zu heulen. Und um was vergoss sie Tränen? Um einen bescheuerten Irrtum. Sie knüllte das Papier zusammen und warf es mit Nachdruck in den dafür vorgesehenen Behälter.

Sie atmete tief durch. Sie würde jetzt zurückgehen. Sagen, dass sie plötzlich fürchterliche Migräne habe. Und die beiden allein lassen. Als sie die Stufen zurück zum Lokal emporstieg, fühlte sie sich auf bittere Weise gereift. Sie hatte ihre Entscheidung getroffen.

An der Tür zum Hof blieb sie überrascht stehen. Bis auf den Tisch mit der Reservierung für fünf waren plötzlich alle Plätze besetzt. Wie lange war sie eigentlich auf der Toilette gewesen? Vom Gefühl her waren es keine zehn Minuten.

An ihrem Tisch war nur noch Sebastian. Susanne spürte seinen forschenden Blick, als sie sich ihm wieder gegenübersetzte.

»Wo ist Ellen?«, fragte sie.

»Bei Stavros in der Küche. Er wollte ihr irgendeine neue CD vorspielen. Sie spricht griechisch mit ihm. Es ist für sie wie atmen.«

Susanne nickte. Sie konnte ihn nicht ansehen. Ließ ihren Blick umherstreifen. Conny und Benni lachten an ihrem Tisch über irgendwas. Sie beugten sich einander zu.

»Ich dachte, du bist bei ihnen und hörst Musik. Alles in Ordnung?«

Susanne lachte leise. »Das fragst du mich dauernd. Mir geht es prima.« Sie schaffte es, ihm den Kopf zuzuwenden.

»Ich habe es vermasselt, oder? Ich hätte nicht herkommen sollen. Es ist euer Abend.«

Sie zuckte mit den Schultern. Alles in allem hatte er wohl recht. Sie holte Luft, um ihm zu sagen, dass sie jetzt heimfahren werde.

»Susanne.« Seine Stimme war sanft. Sie konnte sich nicht erinnern, dass er ihren Namen schon einmal ausgesprochen hatte. »Nennen dich eigentlich alle Leute Susanne? Das klingt so aufgeräumt und durchorganisiert. Das passt nicht so richtig zu dir.«

»Vielen Dank.« Was sollte das jetzt werden?
»Sanna …« Er sah sie nachdenklich an. »Eine Freundin von mir hat ein Bild gemalt mit dem Titel ›Sanna und die zehn Versuchungen‹.«
Die schräge Straßburger Künstlerin! »Wie viel Menstruationsblut wurde denn für dieses Werk verwendet?« Es klang schärfer, als sie wollte.
Einen Moment wirkte er irritiert. Dann nickte er wie erleichtert, dass die Erklärung so naheliegend war. »Ach so, Ellen hat dir von ihr erzählt.«
Sie wich seinem Blick aus.
»Es gab mal jemanden, der mich Sanna genannt hat.« Sanna, übernimm du die Agentur. Sie sah Peer Hörnig vor sich, eingehüllt in Gitanes-Qualm. »Er lebt nicht mehr.«
Sie strich ihre Haare hinter die Ohren zurück und hatte das Gefühl, sich selbst bei dieser Ausweichgeste zu beobachten. Ihr war schon wieder zum Heulen zumute. Aber sie konnte doch nicht noch mal auf die Toilette rennen.
»Ich bin ein Idiot, Sanna. Es tut mir leid.«
»Dass du hierhergekommen bist? Sei nicht albern. Warum holst du Frodo nicht aus dem Auto und bleibst?« Sie musste das Gespräch wieder auf harmlose Gefilde lenken.
»Du weißt, was ich meine, oder?«, fragte er. »Ich wollte dich nicht traurig machen. Es ist einfach so, dass ich …«
Sie straffte die Schultern. Kein Mann hatte sie jemals dazu gebracht zu heulen. Schon gar nicht vor seinen Augen.
»Es ist einfach so, dass du und Ellen eine ziemlich komplizierte, aber, wie es aussieht, verdammt intensive Beziehung habt. Das ist schön für sie, schön für dich, und mehr gibt es da nicht zu erklären.« Oh, Prinzessin, in Eis gegürtet. Warum fiel ihr jetzt ausgerechnet eine Zeile aus einer Opernarie ein? *Turandot.* Die Frau, die es nicht ertragen konnte, dass ein Mann ihre Seele

berührte. Wenigstens brauchte sie keinen kaiserlichen Scharfrichter, um sich Gefühle vom Leib zu halten.
Sebastian schüttelte den Kopf. »Doch, Sanna, das gibt es. Ich …«
Er wurde von Lärm an der Hintertür des Restaurants unterbrochen.
»Ich will aber *Wetten, dass …?* gucken. Alle aus der Klasse gucken *Wetten, dass …?*« Ein Junge stürmte in den Hof und trat gegen eine der leeren Pflanzschalen. Eine grauhaarige Frau in einem sehr eleganten Hosenanzug zog ihn von dort weg. »Aber Paul. Deine Mutter hat heute Geburtstag und möchte feiern. Und Oma freut sich doch auch, mit euch allen hier zu sein. Schau mal, das hier ist bestimmt unser Tisch.«
Mit Entsetzen begriff Susanne, wer den Nebentisch für fünf Personen reserviert hatte. In dem Moment kam auch schon Marion hinzu. Sie hatte Susanne nicht bemerkt, denn sie war damit beschäftigt, den weinenden Luca zu beruhigen.
»Wo bleibt denn dein Mann?«, fragte die grauhaarige Frau. Das »dein Mann« klang wie ein Becher Gift.
»Harald sucht einen Parkplatz.« Marion setzte sich mit dem Rücken zu Susanne. Sie versuchte Luca auf einem Stuhl unterzubringen. »Mamma, lass uns einen friedlichen Abend verbringen, ja. B-i-t-t-e.«
»Es ist doof hier. Warum kann ich nicht *Wetten, dass …?* gucken?«
»Es ist gar nicht doof hier. Du kriegst bestimmt Pommes frites zum Essen.« Marions Mutter tätschelte Paul den Kopf. »Wenn du jetzt brav bist, kauft Oma dir Montag etwas Schönes.«
»Ein neues Skateboard?«
Oma schluckte. »Mal sehen.« Fast erleichtert blickte sie in Richtung Restauranttür. »Harald, mein Lieber, da bist du ja endlich. Komm, setz dich.« Sie rückte ihm den Stuhl neben sich zurecht.

Mit spürbarem Widerwillen steuerte Harald darauf zu. Bevor er sich niederließ, hängte er sorgsam sein Jackett über die Stuhllehne. Dabei streifte sein Blick erst Susanne, zuckte dann zu Sebastian und sofort zurück zu ihr. Für den Bruchteil einer Sekunde schien er zu erstarren. Dann hatte er sich wieder gefangen.

Sebastian, der die kleine Szene bemerkt hatte, sah Susanne fragend an.

Die öffnete den Mund und schloss ihn wieder. Sie musste hier weg, und zwar sofort.

»Wisst ihr, was ich gerade denke?« Ellen war wieder aufgetaucht und stand neben dem Tisch.

»Was?«, fragte Susanne mechanisch.

»Es ist etwas kühl heute Abend. Ich habe vergessen, mir eine Strickjacke mitzunehmen. Wollen wir nicht lieber drinnen essen?« Sie lächelte Susanne aufmunternd zu.

35

Die Stimme des Sängers war dunkel und rauh. Dunkel und rauh wie die Melodie, die in der Seele der Nacht geboren zu sein schien. Wuchtige Bouzoukischläge trotzten im Refrain gegen die Traurigkeit an, ein Aufstampfen des Lebens, ein kraftvoller Tanz am Abgrund.

Susanne drückte die Wiederholungstaste, um das letzte Lied noch einmal zu hören. Genau dieses Lied hatte Stavros aufgelegt, als das Patras leer war, nur noch sie, Ellen, Conny und Benni am Stammtisch neben der Theke saßen. Susanne verstand die griechischen Worte nicht, doch sie fühlte sofort, dass sie von etwas erzählten, was ihr sehr vertraut war.

»Was ist das für eine Musik?«, hatte sie fasziniert gefragt.

»Das ist Rembetiko, der griechische Blues«, hatte Ellen erklärt. Und ihr dann den Text des Liedes übersetzt. »Reisende sind wir, fahren weiter durch die Nacht. Die Asche in unseren Herzen tragen wir mit uns, wohin wir uns auch wenden.«

Die letzten Bouzoukischläge verhallten im Engelsgrund. Nach kurzem Zögern schaltete Susanne Sebastians CD-Player ab. In der einsetzenden Stille erschienen ihr die Szenen des Abends im Patras seltsam melodramatisch und aufgekratzt. Sebastian, der sich verabschiedet hatte, als sie ins Restaurant hineinwechselten. Ellen, die mit undurchdringlicher Miene meinte, er habe wohl noch eine Verabredung in Straßburg. Stavros, der sich irgendwann mit einer Flasche Ouzo zu ihnen setzte und mit leuchtenden Augen vom Licht über dem Hafen von Patras sprach. Die Tischreservierung für fünf, die schon früh nach Hause strebte, Marions Mutter energischen Schrittes voran. Harald bildete mit gequältem Blick die Nachhut und schob den widerstrebenden Paul vor sich her. Conny und Benni, die sich an den Händen hielten, als sie aus dem Garten kamen, und von Stavros auf ein paar letzte Ouzos eingeladen wurden. Wie sich herausstellte, hatte Benni den praktisch schrottreifen Wagen des Restaurantbesitzers ohne Beanstandung durch den TÜV gebracht. Der Prüfer sei ein großer Countryfan, wusste er zu berichten.

Und dann diese Musik, die Susanne aufwühlte wie kaum etwas je zuvor Gehörtes. »Rembetiko ist Schmerz und Freude, Sterben und Leben, allein sein und wie verrückt lieben. Ich wusste, dass du das sofort fühlen würdest«, hatte Ellen am nächsten Morgen beim Frühstück auf ihrem Balkon gesagt und Susanne die CD geschenkt.

Liebte Ellen Sebastian wie verrückt? Liebte sie nicht genauso sehr das Alleinsein? Susanne war sich nicht sicher. Sicher war, dass sie beides sehr gut verstand. Und sicher war, dass das, was sie zu Sebastian gesagt hatte, von nun an klar für sie galt: Er und Ellen hatten eine intensive Beziehung, und Punkt. Jetzt musste sie nur noch Harald loswerden. Dann könnte sie endlich aufgehen in ihrem meditativen Dasein als Einsiedlerin am Bach. Jedenfalls, bis Benni das Wohnmobil repariert hatte.

Bei Stavros erwähnte er, »für ein paar Tage« mit Conny nach Mannheim fahren zu wollen. Etwas erstaunt stellte Susanne fest, dass es sie nicht weiter aufregte. Mochten da draußen Wochen vergehen, im Engelsgrund verdichtete sich die Zeit zu einem Tropfen, der sie schützend umhüllte.

Sie kämpfte kurz mit dem Impuls, das Lied von den Reisenden mit Asche im Herzen noch einmal anzuhören. Dann entschied sie, dass es zu früh war, um sich in der Stimmung zu verlieren. Noch fuhr sie nicht wieder allein hinaus in die Nacht. Außerdem wollte sie die wunderbare Stille des Abends nicht zerstören. Benni hatte mit seiner Wetterprognose recht gehabt. Die Tage waren wieder heiß und sonnendurchflutet, die Abende an der Hütte gesäumt vom dunkelgrünen Samt der Buchen oben am Hang und erfüllt von der Stimme des Wassers. Am Bachlauf waren hohe Farne und blau blühende Schlingpflanzen hochgeschossen, zwischen denen handtellergroße Libellen herumschwirrten. Von ihrem Platz auf der Bank aus konnte Susanne das Wasser nicht mehr sehen, doch sie hörte sein Fließen und hatte gelernt, die Tonlagen zu unterscheiden. An diesem Abend klang der Bach hell und silbern, fast wie das Lachen einer Frau.

Dann bemerkte Susanne, dass in der Nähe wirklich jemand lachte. Zwei Frauen kamen den Pfad am Bach entlang hinauf. Es waren keine der üblichen Nordic Walkerinnen aus Haggerach, die abends noch eine Runde durch den Wald drehten. Diese beiden hatte Susanne noch nie gesehen. Sie trugen Lederbeutel, die ausschauten, als wären sie prall mit irgendwelchen Dingen gefüllt. Um den Hals der Älteren hing an einem Lederband ein großes Federbüschel. Als sie Susanne vor ihrer Hütte bemerkten, nickten sie ihr grüßend zu, ohne ihre Unterhaltung zu unterbrechen. Sie gingen weiter hangaufwärts.

Susanne sah ihnen nach. Schlagartig begriff sie. Konnte es sein, dass in dieser Nacht Vollmond war? Als sie am Wochenende mit Ellen von Stavros heimgegangen war, stand ein schon ziemlich runder Mond am Himmel. Waren die Frauen etwa …? Sie sprang auf. Es gab keine Zeit, lange zu überlegen. Rasch verschloss sie die Hütte und folgte ihnen.

Der Pfad, der durch die Talmulde hinauf zum Rundwanderweg führte, lag verlassen vor ihr. Wenn sie dort hinaufgegangen wären, hätten sie noch zu sehen sein müssen. Sie waren also dem Bach unter die Bäume gefolgt, hatten den Weg eingeschlagen, den sie und Ellen an Fronleichnam gegangen waren. Sie wollten wirklich zur Quelle! Susanne zögerte kurz, dann schlüpfte sie durch die Büsche am Waldrand hindurch. Was sollte schon passieren? Die Sonne würde frühestens in einer halben Stunde untergehen. In ihrer Erinnerung war der Weg den Hang hinauf nicht weit. Sie könnte im Schutz der Bäume um die Lichtung herumgehen und von oben einen Blick hinunterwerfen. Sie wollte ja nur wissen, ob sich wieder Gestalten in wallenden Umhängen zur Hexenparty einfanden. Die beiden, denen sie folgte, waren eher unspektakulär gekleidet. Die mit dem Federbüschel trug Jeans, die andere ein Leinenkleid von der Art, wie Ellen sie liebte.
Susanne hörte sie lachen. Es klang, als wären sie schon ein ganzes Stück voraus. Sie beeilte sich, die Richtung einzuschlagen, aus der das Lachen gekommen war. Nach ein paar hundert Metern blieb sie stirnrunzelnd stehen. Als sie mit Ellen hier war, gab es einen Trampelpfad, der zwischen den Bäumen hindurchführte. Aber vielleicht hatte der Regen der letzten Wochen ihn davongespült. Sie erkannte jedenfalls nichts, das auch nur annähernd ein Pfad war. Zu ihrer Rechten rauschte der Bach in seinem in den Hang geschnittenen Bett. Sie musste auf dem richtigen Weg sein. Der Bach führte sie automatisch zur Quelle.
Voller Stolz über die Naturkundigkeit, die ihr im Engelsgrund zugewachsen war, ging Susanne weiter. Und weiter. Und weiter. Schließlich blieb sie wieder stehen. Sollte sie nicht längst an der Lichtung sein? Warum war das Rauschen des Baches jetzt so weit entfernt? In diesem Moment hörte sie das Lachen

wieder. Es kam von links. Die Frauen lachten irgendwo oben am Hang. Mit aufsteigendem Unbehagen sah sie sich um. Es war schon verdammt dunkel unter den Buchen. Dabei hatte sie sie licht in Erinnerung, die Abendsonne schien damals durch sie hindurch. Doch jetzt standen die Stämme vor ihr eng beieinander.
Susanne drehte sich um. Hinter ihr war der Wald genauso finster. Sie erkannte nicht einmal mehr, wo sie hergekommen war. Sei nicht albern, das ist lächerlich, du bist im Touristenparadies Schwarzwald, sie karren ganze Busladungen von Japanern auf diese Berge hinauf, redete sie sich gut zu. Da erklang das Lachen wieder. Jemand lachte irgendwo hinter ihr im Wald. Ihr Herz pochte in ihrer Kehle. Es war doch alles gar kein Problem. Wenn sie immer bergab lief, landete sie automatisch in der Talmulde, die zurück zum Engelsgrund führte. Aber sie konnte nicht einfach bergab laufen, denn da unten war etwas. Ein paar Sekunden stand sie wie erstarrt. Dann begann sie zu rennen. Nach links rannte sie und hörte, während sie lief, wie viel Lärm sie machte. Zweige knackten unter ihren Füßen. Es war ihr egal. Sie musste weg von hier. Weg von den Stimmen im Wald.
Es war schon sehr dämmrig, als Susanne mit rasendem Herzen wieder am Bachlauf in der Talmulde stand. Sie sah über sich den freien Himmel und atmete tief durch. Langsam verging die Panik, die sie unter den Bäumen erfasst hatte. Sie meinte von den Hängen immer noch Frauenlachen zu hören. Aber vielleicht war es ja auch nur das Wasser. Vielleicht war es die ganze Zeit das Wasser gewesen.
Sie beeilte sich, zurück zur Hütte zu kommen. Unglaubliche Erleichterung überfiel sie, als die Mulde sich vor ihr in das sanfte Tal des Engelsgrunds weitete. Doch dann stockte ihr der Atem. Etwa zwanzig Meter vor ihr auf dem Pfad stand eine

Gestalt in einem langen Gewand. Susanne wollte zur Seite springen. Dabei trat sie auf einen Zweig.
Die Gestalt fuhr herum. »Mein Gott, Susanne. Da bist du ja. Ich hatte schon Angst, dass ich jetzt eine Suchexpedition organisieren muss.«
Es war Ellen.

»Was wolltest du denn da oben an der Quelle?« Leicht amüsiert hatte Ellen Susannes Bericht von ihrem Waldabenteuer gelauscht. Sie saßen beim Schein von Haralds Windlicht auf der Bank vor der Hütte und tranken den sehr edlen Wein, den Ellen mitgebracht hatte.
»Quatsch, ich war nur neugierig, wollte einfach mal sehen, was die Mädels da so treiben.«
»Hm. Vielleicht mögen sie keine neugierigen Zuschauer.«
»Du meinst, wenn sie mich gesehen hätten ...« Susanne schluckte.
»Dann wärst du jetzt vermutlich ein Baumstumpf.« Ellen lachte. »Aber es sind ja nette Hexen. Du hast doch diese Schutzbündel gesehen, die sie in die Büsche rund um den Platz hängen. Sieht so aus, als würde der Zauber funktionieren.«
Susanne musterte Ellens Gesicht. Wieder war sie nicht sicher, ob sie ernst meinte, was sie da sagte. Sie dachte an die Panik, die sie unter den Buchen befallen hatte. An das unheimliche Lachen im Wald. Und war die Sache mit dem Windlicht nicht auch seltsam? Sie hätte schwören können, dass es die ganze Zeit unbenutzt neben dem Tisch auf dem Boden stand. Doch als sie es vorhin anzünden wollte, war es nicht dort. Sie fand es im Schein der Außenbeleuchtung hinter der Regenrinne an der Seitenwand der Hütte.
Fröstelnd schaute sie zum Berghang mit der Quelle hinauf. Er zeichnete sich dunkel ab unter einem klaren Sternenhimmel.

»Mach dir keine Gedanken. Der Engelsgrund ist ein friedlicher Ort. Vielleicht sind die Frauen auch einfach zu der Hütte vom Schwarzwaldverein aufgestiegen, die oben am Wanderweg liegt. Die wird oft für private Feste gemietet.« Nach einer Pause füge Ellen hinzu: »Ich hoffe, ich habe dich vorhin nicht zu sehr erschreckt. Als ich auf meinem Balkon saß, dachte ich plötzlich, dass ich wahnsinnig gern mit dir zusammen den Vollmond aufgehen sehen würde. Es ist ein so wunderbarer Abend.«

»Du hast mich verdammt erschreckt.« Susanne grinste. »Aber es ist schön, dass du hier bist.«

Während sie es sagte, wurde ihr bewusst, wie ernst sie das meinte. Sie spürte die Wärme, die Ellens Nähe in ihr auslöste. Wusste plötzlich, dass es niemanden auf der Welt gab, den sie in diesem Moment lieber neben sich fühlen würde. Auch nicht Sebastian.

Eine Weile schwiegen sie einfach. Lauschten dem Singen des Baches. Dem leisen Wind, der durch die Bäume strich. Dem dunklen Ruf einer Eule. Über der Kammlinie der Hänge vor ihnen breitete sich langsam ein heller Schein aus.

»Sebastian beschäftigt dich sehr, stimmt's?« Es war mehr Feststellung als Frage.

Susanne zuckte zusammen. »Wie meinst du das?«

»Das weißt du doch. Ich habe den Eindruck, dass du dich wegen ihm gerade ziemlich fertigmachst.«

»Was? Nein. Ich meine ... Er ist ein ungewöhnlicher Mann, klar, er ist interessant, aber ... Ich wusste ja nicht, dass er mit dir zusammen ist.«

»Wie sehr ein Mann dich beschäftigt, hat nichts damit zu tun, ob er mit einer anderen zusammen ist. Das ist jedenfalls meine Erfahrung. Macht die ganze Sache nur noch komplizierter.«

»Das stimmt.« Susanne seufzte.

Ellen schenkte ihnen beiden Wein nach. »Also erzähl, wann hast du dich in ihn verliebt?«
»In der allerersten Sekunde, in der ich ihn gesehen habe.« Einen Moment erschrak Susanne, dass ihr das so herausrutschte. Aber sie wollte vor Ellen keine Geheimnisse mehr haben. »Es war genau hier vor der Hütte an meinem allerersten Abend. So was ist mir ewig nicht mehr passiert.«
Ellen nickte. »So ging es mir mit ihm auch. Er saß bei Stavros, und ich war hin und weg.«
»Du hast das so toll gesagt. Einer, der von weit her gekommen ist und bald wieder weit fort sein wird.«
»Mir scheint, wir stehen beide auf diese leicht angeschlagenen Typen«, konstatierte Ellen trocken. »Die fallen nur nicht unbedingt in die Kategorie Spaß.«
Der helle Schein breitete sich am Nachthimmel aus, ließ die Sterne, die er erfasste, verblassen.
»Du musst nicht meinen, dass ... Es war nichts, absolut nichts. Ich habe nicht mit Sebastian geschlafen. Nichts ist passiert.« Etwas kläglich fügte Susanne hinzu: »Außer dass ich mich wie ein Teenie benommen habe, der sich nach dem Typen aus der Oberstufe verzehrt, der nicht mal seinen Namen kennt.«
»Siehst du, das meine ich mit sich verrückt machen.« Ellens Stimme klang sanft. »Glaube mir, Sebastian interessiert an dir mehr als nur dein Name.«
Susanne atmete tief durch. »Ellen, wenn ich in meinem langen Leben eines immer gehasst habe, dann Rivalitätsspielchen zwischen Freundinnen um einen Mann. Du musst dir keine Gedanken wegen Sebastian machen. Du liebst ihn. Für mich ist das Thema damit abgeschlossen.«
Hatte sie gerade Freundinnen gesagt? Ja, das hatte sie. Es fühlte sich gut an.

»Ich mache mir keine Gedanken wegen Sebastian. Wie gesagt, er gehört nicht mir und ich nicht ihm. Worum ich mir ein paar Gedanken mache, bist du, Susanne.«

»Ich?«

»Vielleicht suchst du in Sebastian etwas, das er nicht ist.«

Susanne fühlte ihren Blick. Sie wartete.

»Erinnerst du dich, worüber wir an dem Tag gesprochen haben, als wir am Kreuz der Näherin waren? Du hast gesagt, dass deine Seele immer noch ein Zuhause sucht.«

Etwas in Susannes Brust krampfte sich zusammen. Hatte sie das wirklich gesagt? Hatte sie das nicht nur gedacht? Aber meinte sie nicht schon auf dieser Wanderung, dass Ellen ihre Gedanken lesen konnte?

»Sebastian ist vieles, aber er ist kein Zuhause, für niemanden. Ich fürchte, auch nicht für sich selbst.«

Susanne spürte plötzlich das Bedürfnis, Ellen in den Arm zu nehmen. Doch sie berührte nur vorsichtig ihre Hand. »Und du willst mir erzählen, ich sei diejenige, die sich wegen ihm fertigmacht.« Sie holte tief Luft, dann fragte sie zaghaft: »Ist es das, was dich so traurig macht?«

Die Frage schien Ellen zu überraschen. »Sebastian? Nein, nein. So wie es ist zwischen uns, ist es perfekt.« Sie machte eine wegwerfende Handbewegung. »Ich bin im Moment ein bisschen sentimental. Vielleicht liegt das daran, dass ich in drei Wochen neunundfünfzig werde. Du musst dir nichts dabei denken.«

»Sicher?«

»Sicher!«

Sie blickten wieder hinüber zu dem Hang, über dem der Lichtschein so hell wurde, dass sich die Konturen einzelner Bäume abzeichneten.

»Weißt du, warum Litha das wichtigste Fest der Hexen ist?«, fragte Ellen plötzlich. »Es ist der Höhepunkt des Jahres. Das

Licht ist am hellsten. Alles in der Natur gedeiht. Doch es ist auch ein Wendepunkt. Ab dieser Nacht beginnt die Gegenbewegung. Die Dinge neigen sich ihrem Vergehen entgegen.«

»Mensch, Ellen, sag nicht so was Trauriges.«

»Das ist nicht traurig. Es ist nur natürlich. Da, schau ...«

Sie hakte sich bei Susanne ein. Sie sahen zu, wie sich hinter den Baumkronen oben am Hang ein riesiger rotleuchtender Mond emporschob. In majestätischer Stille stieg er auf, verdichtete sich mit jedem Meter, wurde kleiner und strahlender, als zöge er Kraft aus den Hängen an. Dann ergoss sich silbernes Licht über den Engelsgrund.

Irgendwo oben im Wald lachte jemand. Aber vielleicht war es ja auch nur der Bach.

36

Susanne runzelte die Stirn und legte das Buch mit Kurzgeschichten von D. H. Lawrence beiseite. Eine seltsame Erzählung, die Ellen ihr da so eindringlich empfohlen hatte. Kein Geringerer als der wiederauferstandene Jesus wandert ziellos unter den Menschen umher und trifft auf eine Hohepriesterin, die ihr gesamtes bisheriges Leben im Dienst an einer fordernden Göttin verbracht hat. Sosehr es sie auch zu dem Fremden hinzieht, der da in ihren Tempelbezirk hereinplatzt, schafft sie es doch nicht, über den Schatten ihrer selbstauferlegten Einsamkeit zu springen. Sie schläft mit ihm, entrückt in einen Traum, den nur sie selbst kennt. Schließlich lässt sie ihn weiterwandern und bleibt zurück, wie zuvor allein mit ihrem Tempeldienst.

Was wollte Ellen ihr mit diesem Buchtipp sagen? Und wo zum Teufel blieb Harald? Er musste inzwischen längst von seiner Dienstreise zurück sein. Jeden Abend hatte sie an der Hütte gewartet, um von ihm nicht wieder überrascht zu werden. Sie hatte nichts getrunken, wollte absolut klar im Kopf sein. Denn dieses Mal würde sie diejenige sein, die ihn nicht zu Wort kommen ließ.

Doch er tauchte nicht auf. Stattdessen bevölkerten immer mehr Touristen den Engelsgrund. Es war Haupturlaubssaison. Als Susanne am Mittag vom Einkaufen zurückgekehrt war, saßen drei norddeutsche Ehepaare etwa in ihrem Alter in zünftiger Wanderkleidung am Gartentisch und verzehrten eine Brotzeit. Sie hätten gedacht, es handle sich um eine Hütte des Schwarzwaldvereins, gaben die Wanderer als Entschuldigung an, und nötigten Susanne eine halbe Salami Hausmacherart auf. Sosehr sie sich über die Eindringlinge in ihrer Einsiedelei ärgerte, schienen sie ihr immerhin eine Erklärung zu sein für das Windlichträtsel. Offensichtlich waren sie nicht die Ersten, die den Platz vor der Hütte für ein Picknick nutzten und sich dazu erst mal Platz verschafften.

Auch jetzt am Abend noch kündigte Lärm den Anmarsch einer größeren Wandergruppe an. Schon tauchten die ersten Köpfe unten am Bachlauf auf. Susanne erkannte die weißhaarige Seniorchefin der Bäckerei Metzinger, die den anderen rüstig voranschritt.

»Sooo, ahaaa, jaaa«, trompetete sie zu Susanne hinüber, als die Gruppe die Hütte passierte. »Lesen Sie ein bissle?« Susanne winkte ihr zu. Erst als sie vorüber waren, fiel ihr ein, dass Frau Metzinger sicherlich wusste, ob ihr Neffe inzwischen aus Mannheim zurück war. Sie blickte der Gruppe nach. Der Letzte in der Reihe verschwand gerade unter den Bäumen am Ende der Lichtung.

Als er weg war, bewegte sich etwas in dem Gebüsch ein paar Schritte vom Bachpfad entfernt. Hinter einem hohen Haselstrauch tauchte der Kopf eines Mannes auf. Er schien sich erst mal umzuschauen, ob der Weg leer war, bevor er ganz aus seinem Versteck herauskam. Susanne seufzte innerlich auf, als sie ihn erkannte. Sie ging zum Bach, um ihm auf dem Pfad entgegenzutreten. Als er sie sah, beschleunigte er seine Schritte.

»Es tut mir leid. Du hast sicher schon gewartet«, rief er ihr zu. »Aber es ging nicht eher.« Harald trug an diesem Abend nicht sein Manageroutfit, sondern Jeans und Polohemd. Susanne verschränkte die Arme, als er Anstalten machte, sie zur Begrüßung an sich zu ziehen. Unschlüssig blieb er vor ihr stehen. »Ich bin gelaufen, über den Rundwanderweg durch den Wald. Ich habe Marion gesagt, dass ich heute Abend einfach eine Runde frische Luft brauche.«

Er war unrasiert und hatte dunkle Ringe unter den Augen. Irgendwie sah er aus, als hätte er nächtelang kaum geschlafen. Susanne musste an das Gift in der Stimme seiner Schwiegermutter denken. »Ist Marions Mutter noch da?«, erkundigte sie sich.

Er schüttelte den Kopf und blickte auf den Bach, der unter dem Pflanzendschungel dahinplätscherte. »Ach, Susanne«, sagte er mit Grabesstimme. »Ich muss mit dir reden.«

»Wie schon gesagt, ich auch mit dir.«

Ohne eine Einladung abzuwarten, ging er mit hängenden Schultern zur Hütte hinüber und ließ sich auf die Bank sinken. Mit einer gewissen Fassungslosigkeit folgte sie ihm. Sie hatte vermeiden wollen, dass er sich überhaupt niederließ. Sie zog den Gartenstuhl auf die andere Seite des Tisches und setzte sich ihm gegenüber.

»Harald, ich ...«, begann sie.

»Warte.« Sein Blick wanderte unruhig den Pfad am Bach entlang. »Vielleicht sollten wir besser hineingehen. Wenn da jetzt noch einmal der halbe Ort vorbeikommt ...«

Keinen einzigen Millimeter würde sie ihm noch einmal nachgeben. »Ich habe nicht die Absicht, mich an so einem schönen Abend in die Hütte zu verkriechen. Was ich dir zu sagen habe, können wir ganz wunderbar hier draußen besprechen.«

»Wenn du meinst.« Er rückte die Brille zurecht. »Aber dann lass uns die Plätze tauschen, okay?«

Sie schnaubte durch die Nase. Durfte das wahr sein? Wortlos stand sie auf und ging links um den Tisch herum. Er tat das Gleiche auf der rechten Seite. Ein absurder Pas de deux, bei dem eigentlich nur noch die Pirouette beim Hinsetzen fehlte.

»Ich weiß, was du jetzt denkst«, sagte Harald, als sie wieder saßen. »Du denkst, dass ich ein lächerlicher Feigling und Heuchler bin.«

»Pfff …«, machte Susanne und überlegte, wie direkt sie es ausdrücken sollte.

»Du hast recht. Ja, verdammt, du hast recht. Ich bin feige. Da treffe ich dich wieder, und du öffnest mir die Augen über mein Leben. Mein Gott, endlich frei sein. Frei von all dem kleinbürgerlichen Angstscheiß, frei von den Lügen, frei von den Raten für das Haus, für die Solaranlage, für die verfluchte Einbauküche. Und was mache ich?« Er redete sich immer mehr in Fahrt. »Nehme ich die Chance an, die das Schicksal mir bietet? Sage ich, lass uns abhauen, gleich morgen, ach was, heute Nacht noch, wir brauchen deine alte Kiste nicht, ich kaufe einfach ein neues Wohnmobil? Nein, mache ich nicht. Ich zögere. Ich zaudere. Ich denke an meine Kündigungsfrist in der Firma. An die Vorfälligkeitsentschädigung bei der Hypothek. Und jetzt, Susanne, jetzt ist es zu spät. Jetzt kann ich nicht mehr mit dir wegfa…«

»Was war das gerade mit dem Abhauen?« Sein Redeschwall hatte sie vorübergehend paralysiert. Jetzt richtete sie sich kerzengerade auf.

»Ich kann jetzt nicht weg hier. Es ist wegen …«

Sie schlug mit der flachen Hand so heftig auf den Tisch, dass das Windlicht hüpfte. Harald verstummte. »Jetzt hörst du mir mal zu, okay?« Sie rieb sich die schmerzende Handfläche. Sie wollte ganz ruhig klingen, auch wenn sie kurz vor einem Schreikrampf war. »Ich weiß nicht, wie du auf die Idee kommst, dass ich mit dir irgendwohin würde abhauen wollen. Ich weiß nicht, wie du auf die Idee kommst, unsere Bielefelder Studentenliebe wäre etwas ganz Besonderes gewesen.«

»Du hast es doch auch gefühlt, ich meine, an diesem Abend …« Er wies in die Richtung, in der in der Hütte die Schlafkammer war.

Sie stöhnte leise. »Es tut mir leid. Ich hätte mich nicht darauf einlassen dürfen. Es war ein Fehler. Ein Missverständnis. Ich wollte es dir beim letzten Mal schon sagen, aber du hast ja nicht zugehört.«

Er starrte sie an. »Es ist dieser Typ, nicht? Ich ahnte es doch gleich, als ich dich mit ihm zusammen da beim Griechen sah.«

»Himmelherrgott noch mal, Harald!«

»Mit ihm willst du wegfahren, stimmt's?«

»Das darf nicht wahr sein. Kapierst du es wirklich nicht? Ich will mit überhaupt niemandem wegfahren. Das hier ist meine Reise. Meine, verstehst du? Ich werde in genau dem alten Wohnmobil von hier wieder abhauen, in dem ich angekommen bin. Und ich werde allein weiterfahren.« Jetzt hatte sie doch geschrien. Und es tat ziemlich gut.

Er machte den Mund auf, machte ihn wieder zu, murmelte schließlich: »Aber wir …«

Sie schüttelte den Kopf. »Es gibt nichts, was uns heute noch verbindet, Harald. Absolut nichts. Ganz ehrlich, ich möchte einfach nur, dass du jetzt nach Hause zu deiner Familie gehst und nicht mehr wiederkommst.«

Einen Moment war es sehr still. Sogar der Bach schien dem Satz nachzulauschen, sein Plätschern war wie ein leises Flüstern. Mit stillem Schrecken sah Susanne, dass Haralds Brille beschlug. Er würde doch nicht etwa anfangen zu heulen?

Er nahm die Brille ab, strich sich über die Augen, dann setzte er die Brille wieder auf.

»Ich habe aus Amsterdam etwas mitgebracht.« Er zog aus der Hintertasche seiner Jeans ein Päckchen Tabak.

Ungläubig sah Susanne zu, wie er Zigarettenpapier, ein Taschenmesser und ein Plastiktütchen mit einem flachen braunen Riegel auspackte, der aussah wie Schokolade. Mit einer gewissen Feierlichkeit arrangierte er die Utensilien auf dem Gartentisch.
»Willst du jetzt einen Joint drehen oder was?«
»Als ich es kaufte, dachte ich, wir rauchen das unterwegs, irgendwo mitten in der Nacht. Als ich vorhin herkam, dachte ich, dann rauchen wir es halt hier.« Er lächelte schmerzlich. »Wie es aussieht, rauchen wir es jetzt zum Abschied.«
Sie hob abwehrend die Hände. »Nein, danke. Ich rauche seit Jahren nicht mal mehr Zigaretten.«
»Ach komm.« Er sah sie mit einem fast flehenden Gesichtsausdruck an. »Ich will jetzt nicht einfach so nach Hause gehen. Du hast keine Ahnung, was da los ist.«
Sie würde nicht nachfragen. O nein, das würde sie nicht.
»Es ist wegen Paul. Er hat in der Schule seinen Stuhl durch eine Fensterscheibe geschmissen, weil er sich über irgendwas geärgert hatte«, erläuterte er auch ungefragt.
Susanne schwieg. Sie sah den Jungen vor sich, wie er im Straßburger Münster gegen die Säule trat.
»Wir waren heute mit ihm in Freiburg bei einem Kinderpsychologen. Der meint, es sei ADHS.«
»Das kann man doch behandeln, oder?«
»Das sagte der Psychologe auch. Marion ist völlig ausgerastet, hat geschrien, sie stopfe ihr Kind nicht mit Psychopharmaka voll.«
»Und nach so einem Tag sagst du ihr, du gehst noch eine Runde in den Wald?«
»Du weißt nicht, was ich schon alles tue, damit es ihr gutgeht.«
Sie wollte es auch nicht wissen. Sie wollte nie mehr über ihn oder Marion nachdenken müssen.

Schweigend beobachtete sie, wie er Zigarettenblättchen aneinanderklebte, Tabak hineinfüllte, von dem Haschisch-Piece eine Portion abschnitt, in feine Brösel zerhackte, sie über dem Tabak verteilte und das Ganze zu einer festen Tüte rollte. Als hätte er die letzten dreißig Jahre nie etwas anderes gemacht. Sie sah ihn wieder in Bielefeld am Küchentisch sitzen. Plötzlich erinnerte sie sich, dass er vom Kiffen immer fürchterlich emotional wurde.

Er rauchte mit geschlossenen Augen. Süßlicher Duft breitete sich aus. Wie lange hatte sie das nicht mehr gerochen. Bilder tauchten auf. Dieses Waldschwimmbad, über dessen Zaun sie komplett zugekifft nachts geklettert waren. Sie sprangen nackt ins Becken. Susanne erinnerte sich, wie sie auf dem Wasser lag und in die Sterne schaute. Dabei konnte sie überhaupt nicht schwimmen.

Irgendwann hatte sie angefangen, sich von solchen psychedelischen WG-Nächten fernzuhalten, denn nicht ein einziges Mal bescherte ihr Haschisch großartige Visionen oder wahnsinnige Erkenntnisse. Um sie breitete sich einfach nur ein geradezu gespenstischer Frieden aus, durch den von außen nichts zu ihr durchdrang. Auch nicht ein direkt auf sie zufahrendes Auto.

Harald machte ein Geräusch zwischen Kichern und Schnauben. »Weißt du eigentlich, was für ein Arschloch ich geworden bin? Ein Arschloch, das im feinen Anzug den großen Macher spielt. Ein Arschloch, das mithilft, dem internationalen Großkapital Arbeitskräfte zu besten Verwertungsbedingungen zu besorgen. Ein Arschloch, das seine Frau bei jeder sich bietenden Gelegenheit betrügt.«

Er hielt Susanne den Joint hin. Die schüttelte den Kopf.

»Wie viele sind es denn?«

»Wie viele was?«

»Geliebte.«

»Nicht, dass du denkst, du wärst für mich eine von ihnen. Mit dir, das kann man mit nichts anderem vergleichen.« Er nahm noch einen tiefen Zug. »Es gibt da in Amsterdam eine Sekretärin unserer niederländischen Tochterfirma. Und dann gibt es mein Heideröschen.«
»Dein was?«
»Heidrun. Apothekerin. In Lüneburg. Unsere Logistikzentrale für Nordeuropa. Lüneburg. Verstehst du. Umgeben von Heide. Röslein, Röslein, Röslein rot, Röslein auf der Heide.« Harald lachte so heftig, dass er einen Hustenanfall bekam.
»Warst du eigentlich auch an diesem Brückentag nach Fronleichnam beim Heideröschen?« Susanne dachte an seinen Streit mit Marion an der Käsetheke.
Er grinste vielsagend.
Susanne fühlte, wie beklemmende Mattigkeit in ihr hochkam. Es war eine ähnliche Beklemmung wie die, die sie beim Anblick von Michaelas und Theos rechtwinklig zur Bettkante ausgerichteten Pantoffeln empfunden hatte. Wie konnten Frauen in Ehen leben? Sie nahm Harald den Joint aus der Hand und zog vorsichtig daran.
Er betrachtete sie mit einem entrückten Lächeln. »Ich wollte das alles hinter mir lassen. Ich wollte frei sein. Wie du, Susanne. Du warst immer schon so. Wolltest weg aus Bielefeld. Und dann bist du einfach abgehauen. Hast dich in unseren Käfer gesetzt und bist los.«
Unseren Käfer? Sie starrte ihn an.
»Mich hast du einfach zurückgelassen«, sagte er und begann zu weinen.
Den nächsten Zug inhalierte Susanne. Das Beklemmungsgefühl löste sich langsam auf. In Haralds Schluchzen mischte sich die Stimme des Wassers, murmelnd und sanft und voller kühlendem Trost.

»Warum fährst du nicht mit Marion und den Kindern in die Freiheit?« Es schien ihr, als wäre ihre Stimme fast so sanft und tröstend wie der Bach.
»Was?«
»Du sagtest doch, du willst ein Wohnmobil kaufen.«
»Ja, für uns, Susanne.« Er reichte über den Tisch, um ihr den Joint aus der Hand zu nehmen. Sie ließ die erst halb aufgerauchte Tüte auf den Boden fallen und trat sie schnell aus.
»He, was soll das?«
»Es ist genug, Harald.« Es ist genug. Es ist genug. Es ist genug. Die Worte klangen in ihr nach wie ein Glockenspiel in einem Tempel.
Harald sah sie mit leicht glasigen Augen an.
»Du hast eine Familie. Überrasche sie mit dem Wohnmobil. Sind nicht demnächst Ferien?« Die Priesterin wandte sich ihm mit liebevoller Geste zu. Susanne meinte den Stoff des Gewands auf ihren Schultern zu fühlen. Konnte es eigentlich sein, dass sie nach zwei Zügen schon so zu war?
»Na ja, ich weiß nicht.«
»Aber ich weiß es. Du musst jetzt gehen.«
Er sah sie eine Weile an. Dann glitt sein Blick zum Bach, zu den grünen Hängen, die im Licht der untergehenden Sonne leuchteten. »Es ist so friedlich hier.«
»Deine Frau wartet auf dich. Sie braucht dich heute.«
Er nickte langsam und stand auf. Dabei musste er sich mit der Hand am Tisch abstützen.
»Willst du nicht lieber ein Taxi rufen?« Ihr Handy lag seit drei Tagen im Rucksack, fiel ihr ein. Der Akku war sicherlich leer. Aus seiner Jeans hatte sie aber mehrmals ein Surren gehört, das auf eine eingehende SMS deutete.
»Ich laufe über den Rundwanderweg zurück. Ich muss nachdenken.«

Am Bach drehte er sich um. Es sah aus, als wollte er noch etwas Bedeutungsvolles sagen.
»Überleg dir das mit dem Wohnmobil«, sagte Susanne schnell.
Er hob zögernd die Hand, dann wandte er sich ab und ging auf dem Pfad hangaufwärts.
Susanne fragte sich kurz, ob er in seinem zugekifften Zustand den Weg finden würde. Doch die Welle der Erleichterung, die sie im gleichen Moment überflutete, spülte die Frage fort. Es war vorbei! Sie war allein mit dem Bach. Das Glücksgefühl erfasste sie mit überwältigender Kraft.
Dann hörte sie den Wagen, der den Feldweg heraufkam.
Langsam ging sie hinüber, mit untergeschlagenen Armen. Sie musste wirklich verdammt zu sein. Das Nervenzucken beim Gedanken, Sebastian könnte es sein, blieb aus.
Er war es auch nicht. Es war ein Taxi aus der Kreisstadt. Der Fahrer stieg aus, hievte einen offensichtlich schweren Trolley aus dem Kofferraum, zog ihn zur Beifahrertür und hielt sie für seine Passagierin auf. Die stieg aus und knickte mit ihren Sandalen im sandigen Untergrund um.
»Du liebe Güte, du wohnst hier ja total abgelegen.«
»Michaela. Was machst du denn hier?« Susanne lächelte sanft. Den Frieden in ihr konnte nichts erschüttern.
»Hast du meine Nachrichten nicht bekommen? Ich habe dir mindestens fünfmal auf die Mailbox gesprochen.« Das Taxi fuhr davon. Michaela blieb mit ihrem Trolley zurück wie eine Vision aus einem anderen Universum.
»Äh …«
»Ich habe es nicht mehr ausgehalten. Ich musste weg von Theo.«
Susanne nickte verständnisvoll. »Eine andere Frau?«
»Wie kommst du denn auf so was?« Michaela sah sie entsetzt an.
»Ach, ich dachte nur so.« Susanne nahm den Trolley. »Wie wäre es mit einem Glas Wein?«

37

Er hat es mir versprochen. Er hat es mir hoch und heilig versprochen. Wenn die Solaranlage auf dem neuen Dach montiert ist, fahren wir für ein paar Tage auf eine Nordseeinsel. Jetzt ist die blöde Anlage fertig, doch gestern fing er plötzlich damit an, dass er die Thujahecke in den Ferien noch neu pflanzen will. Außerdem könnten wir uns zu Hause viel besser erholen, mal ganz abgesehen von der Ökobilanz.« Michaela schnaufte irgendwo zwischen Empörung und Trotz. »Meinst du, du hast noch ein Glas Wein? Der schmeckt wirklich lecker.«

»Na klar. Warte, ich hole die Flasche.« Susanne stand sehr vorsichtig auf, doch die Wirkung des Joints schien langsam nachzulassen. Das Gefühl zu schweben, das sie vorhin, als sie Michaelas Trolley getragen hatte, so plötzlich überfiel, war jedenfalls weg. Trotzdem widerstand sie der Versuchung, auch für sich ein Glas mit hinauszutragen, als sie den Wein aus dem Kühlschrank nahm.

»Du, ich glaube, da draußen ist irgendwas.« Michaela stand in der Tür, sichtlich verängstigt.

»Wo denn?«

»Na, da drüben.« Sie deutete in Richtung des Baches.

Susanne lauschte. Zwischen den Bäumen auf der anderen Seite der Lichtung raschelte es.

»Das ist etwas ziemlich Kleines. Vielleicht ein Iltis. Die sind gern im Dunkeln unterwegs.«

»Bist du sicher? Wollen wir nicht lieber reingehen?«

Susanne lachte. Sie erinnerte sich an ihre eigene Unsicherheit in den ersten Schwarzwaldnächten. »Sei kein Angsthase. Es ist ein wunderschöner Abend.« Sie schob sie zurück zur Bank. »Außerdem ist es relativ unwahrscheinlich, dass ein Bösewicht seine Opfer ausgerechnet mitten im Wald sucht.«
Michaela sah sich unsicher um. »Und was, wenn jemand weiß, dass du ganz allein in der Hütte lebst?«
»Ach komm, Michaela, trink noch ein Glas.« Sie schenkte ihr ein.
»Trinkst du denn gar nichts?« Die Frage klang ein bisschen ungläubig.
»Mir ist heute nicht danach«, sagte Susanne lässig.
»Vielleicht sollte ich auch nicht mehr. Ich bin schon ganz angetütert.«
Das stimmte. Im Schein des Windlichts sah Susanne, dass Michaelas Wangen gerötet waren.
»Na und? Es ist der Abend deiner Befreiung. Was hat Theo gesagt, als du losgefahren bist?«
Michaela nahm noch einen kräftigen Schluck. »Gar nichts. Ich habe ihm einen Zettel auf den Küchentisch gelegt, als er im Gartencenter war. ›Fahre zu Susanne. Essen für zwei Tage steht im Kühlschrank. Weiß nicht, wann ich wiederkomme.‹« Sie kicherte. »Fast wie in *Thelma und Louise,* nicht?«
Susanne dachte an das Gewicht von Michaelas Koffer. Für wie viele Tage hatte sie eigentlich gepackt? »Aber du erinnerst dich schon, wie die Geschichte der Mädels ausgegangen ist?«, sagte sie vorsichtig. »Wie findet Sarah es denn, dass Mama weg ist?«
Es war eine gemeine Frage. Michaela reagierte erstaunlich entspannt. »Die ist bis nächsten Mittwoch in einem betreuten Feriencamp auf dem Reiterhof. Sie meinte, es sei total cool, dass ich alleine wegfahre.« Sie lächelte liebevoll. Doch dann legte sich ein leichter Zug von Besorgnis auf ihr Gesicht. »Wo ist ei-

gentlich meine Handtasche? Du hast hier Handyempfang, oder? Hast du jedenfalls gesagt. Sie muss mich natürlich jederzeit erreichen können.«

»Doch, doch, hier gibt es Handyempfang. So weit sind wir nun auch wieder nicht von der Zivilisation entfernt. Deine Handtasche liegt übrigens drinnen auf dem Tisch.«

Oder hätte sie lieber erwähnen sollen, der Empfang sei öfter mal schlecht? Sie hatte keine Ahnung, ob das stimmte. Während Michaela hineineilte, stellte Susanne fest, dass elektronische Kommunikation keine Rolle mehr für sie spielte. Sie hatte ihr Laptop dabei. Sie war sogar im Besitz eines Internetsticks. Beides lag unausgepackt in einer der Taschen, die sich in der Schlafkammer stapelten.

»Gott sei Dank. Das Netz ist sogar stark hier.« Michaela kam mit dem Handy zurück und legte es vor sich auf den Tisch. »Vielleicht sollte ich Theo mal kurz anrufen und ihm sagen, dass ich hier bin.«

»Hat er sich denn seit heute Morgen schon mal bei dir gemeldet?«

»Nein.«

»Wenn ihn nicht interessiert, ob du heil angekommen bist, dann würde ich ihm das an deiner Stelle auch nicht mitteilen.«

»Meinst du?« Michaela schaute etwas unglücklich auf das Handy.

»Ich kann mich nicht erinnern, dass Thelma im Film alle fünf Minuten zu Hause angerufen hätte.«

»Aber da gab es auch noch keine Handys.«

»Michaela!« Susanne warf ihr einen halb amüsierten, halb strengen Blick zu.

»Am Ende ist ihm etwas passiert, und er hat meinen Zettel noch gar nicht gelesen.«

»Was sollte ihm denn im Gartencenter passiert sein?«

»Was weiß ich. Plötzlicher Herztod, so was hört man doch immer wieder bei Männern in seinem Alter. Und dann war unser

letztes Gespräch ein Streit. Wir haben heute beim Frühstück fürchterlich über seine ewige Rumpusselei im Garten gestritten.« Michaela sah jetzt sehr unglücklich aus.
»Dann ruf ihn um Himmels willen an, wenn du dir solche Sorgen machst.« Susanne stand auf, um sich jetzt doch ein Glas zu holen. Ihr innerer Frieden war dahin. In der Hütte stützte sie sich einen Moment auf den Küchentisch und atmete tief durch. Sie mochte Michaela. Sie mochte ihre unerschütterliche Gutmütigkeit und Wärme. Trotzdem schaffte sie es immer wieder, sie in kürzester Zeit zur Verzweiflung zu treiben.
Als sie zurückkam, saß Michaela kerzengerade und mit weit aufgerissenen Augen auf der Bank und lauschte in ihr Handy. »Er geht nicht ran. O Gott, ich hatte recht«, wisperte sie tonlos. »O mein Go… Theo?! Ich bin's. Warum gehst du denn nicht ans Telefon? … So früh schon? Es ist doch noch nicht mal halb elf … Was?? Ich wollte dir sagen, dass ich angekommen bin … Ach so … Ja, mach ich … Ja, ja … Tschüss.« Michaelas Stimme war immer dunkler geworden. »Er lässt dich grüßen«, sagte sie düster, griff nach der Weinflasche und schenkte sich nach. »Kannst du dir das vorstellen? Ich drehe fast durch vor Sorge um ihn, und er geht in aller Seelenruhe schlafen. Pfff.« Mit verächtlichem Schnaufen trank sie. »Also wirklich, ich fasse es nicht. Statt sich zu freuen, dass ich mich melde, fragt er, was ich will. Das hätte er sich schon gedacht, dass ich angekommen bin, hat er gesagt. Auf die Idee, dass ich ihn vielleicht verlassen könnte, kommt er wohl überhaupt nicht. Ha.« Sie trank noch einen Schluck und lachte grimmig.
»Aber das hast du doch auch nicht vor, oder?«
»Und warum nicht?«
Es klang so wütend, dass Susanne sich instinktiv ein Stück zurücklehnte. »Na komm, du brauchst jetzt ein paar Tage Abstand, und dann siehst du das schon wieder ganz anders«, sagte sie be-

sänftigend. »Außerdem bist du es nicht gewohnt, so viel Wein zu trinken. Da reagiert man manchmal etwas arg dramatisch.«

Michaela richtete sich auf. Sie starrte Susanne an. »Du hältst mich für ein Hausmäuschen, nicht? Für so ein liebes kleines Mäuschen mit rosa Schleifchen am Schwänzchen, das man nicht ernst nehmen muss. Du denkst das. Theo denkt das. Alle denken das.« Ihre Stimme zitterte ein bisschen. In ihrem Blick lag eine Wut, die Susanne seltsam aufwühlte. Sie hatte diese Wut schon einmal gespürt, an dem Tag in Hamburg, an dem sie Theo und ihr erklärt hatte, dass sie aussteigen werde aus ihrem bisherigen Leben. »Du und deine tollen Ideen.« War es nicht das, was sie geschrien hatte?

»Michaela, du bist ein lieber Mensch«, sagte sie leise. »Du bist der liebste Mensch, der mir jemals begegnet ist. Aber du bist ganz bestimmt kein Mäuschen.«

Michaela wischte sich die Tränen aus den Augen.

»Außerdem würde dir sicher etwas Geschmackvolleres einfallen als ausgerechnet ein rosa Schleifchen.«

»Vorsichtig, ja? Ganz vorsichtig!« Es klang streng. Doch Michaela lachte.

Susanne hob ihr Glas. »Willkommen im Engelsgrund. Wenn du ein paar wilde, gefährliche Dinge erleben willst, bist du hier richtig.«

Sie stießen an. In diesem Moment hörten sie vom Bach her Geräusche. Es raschelte und knackte, als würde sich etwas in dem dichten Pflanzengestrüpp am Ufer bewegen.

»Das klingt aber ziemlich groß«, flüsterte Michaela.

Susanne war aufgesprungen. »Da kommt jemand den Berg hinunter«, sagte sie ruhig. Jemand, der trotz des Halbmonds, der inzwischen klar und hell am Himmel stand, vom Uferpfad ins Gebüsch geraten war. Sie ahnte, wer es war, bevor die Gestalt am Rande des Windlichtscheins auftauchte.

»Ich muss im Kreis gelaufen sein.« Harald sagte es irgendwie ratlos und fügte nach einer Pause hinzu: »Ich habe Marion angerufen und gesagt, dass ich noch im Wald bin.« Er steuerte über die Lichtung auf die Bank zu. Als er Michaela bemerkte, blieb er wie angewurzelt stehen. »Ach, du hast Besuch.«

»Eine Freundin. Sie bleibt eine Weile hier.«

»Oh.«

»Ja. Gute Idee übrigens, Marion Bescheid zu geben. Warum hast du dir kein Taxi gerufen?«

»Ich wusste doch nicht, wo ich war.«

An der Argumentation war etwas dran. »Aber jetzt weißt du, wo du bist.«

»Ich kann mich doch nicht hier abholen lassen«, sagte er vorwurfsvoll.

Susanne seufzte. »Okay. Dann gehst du jetzt runter auf die Talstraße und auf der Richtung Haggerach. In ein paar Minuten rufst du von dort ein Taxi und lässt dich einsammeln.«

Unschlüssig sah er von Susanne zu Michaela und zurück.

»Meinst du, du kriegst das hin?«, fragte Susanne.

Zögernd nickte er.

Eine Weile sagte niemand etwas. Michaela trank von ihrem Wein und sah etwas verwirrt aus.

»Dann will ich mal«, bemerkte Harald schließlich.

Er wollte wieder den Bachpfad einschlagen, doch Susanne hielt ihn zurück. »Geh lieber über den Auffahrtsweg runter. Nicht, dass du noch mal im Kreis läufst und wieder hier landest.«

Mit einem letzten schmerzlichen Lächeln wandte er sich in Richtung des Sandwegs. Das Geräusch seiner Schritte verschmolz mit dem Murmeln des Baches, noch bevor er außer Sichtweite war.

38

Das ist ja wunderschön hier.« Michaela blieb entzückt stehen. Vor ihnen öffnete sich die Waldlichtung im strahlenden Licht der Morgensonne. Der Ort hatte sich verändert, seit Susanne zum letzten Mal an genau derselben Stelle gestanden hatte, vier Wochen zuvor mit Ellen. Damals waren sie über eine Wiese zur Quelle hinübergelaufen. Jetzt wogten vor ihnen hüfthoch Gräser und wilde Blumen im sanften Wind. Es führte kein sichtbarer Pfad hindurch, fast, als ob nie jemand seinen Fuß auf die Lichtung setzen würde.

»Wir müssen auf die andere Seite, zu den Felsen da hinten«, sagte sie und ging voran, mitten hinein in das Blütenmeer. Immerhin hatte sie den Weg durch den Buchenwald an diesem Morgen problemlos gefunden. Hinter ihnen schlossen sich die grünen Wogen wieder.

»Ringelblumen. Wilde Malven. Arnika.« Michaela nannte die Namen mit Andacht und strich mit der Hand über die Gräser. »Hier gibt es sogar seltene Heilpflanzen. Hat die mal jemand angepflanzt?«

»Keine Ahnung. Vielleicht weiß Ellen das. Du kannst sie heute Abend ja fragen, wenn wir sie beim Griechen treffen.«

»Ich bin schon gespannt darauf, sie näher kennenzulernen. Ich fand sie total nett, als wir sie gestern in ihrer Buchhandlung besucht haben.« Nach einer kurzen Pause fuhr Michaela verträumt fort: »Meinst du, ob ihr Freund auch mitkommt, dieser Fotograf?«

Ein kleines bisschen zuckte etwas in Susanne zusammen. Doch sie redete sich schnell ein, dass es nicht besonders weh tat, daran zu denken, wie Ellen sich aus Sebastians Umarmung gelöst hatte, als sie in den Laden traten. Die Abschiedsszene eines Paars, das eine Nacht miteinander verbracht hatte.
»Ich glaube nicht, dass er mitkommt. Sagte er nicht, er führe für zwei Wochen nach Spanien, um irgendwelche Schluchten in den Pyrenäen zu fotografieren?«, fragte sie betont gleichgültig.
»Stimmt. Schade. Er ist wirklich interessant. Uups.« Michaela blieb im Gräsermeer hängen, stolperte und landete auf den Knien.
»Du hättest dir ein Paar vernünftige Turnschuhe mitbringen sollen. Riemchensandalen sind hier am Bach eher unpraktisch.« Susanne reichte ihr die Hand, um ihr aufzuhelfen.
»Du hast recht. Gibt es in dem Gewerbegebiet nicht einen großen Schuhmarkt? Da könnte ich mal ...« Michaela verstummte und bückte sich wieder hinunter zu der Stelle, an der sie gerade gekniet hatte. »Was ist denn das?« Sie zeigte Susanne, was sie aufgehoben hatte. Auf ihrer Hand lag ein tropfenförmiger mattblauer Stein, der an einem Lederband befestigt war. »Komisch, dass jemand so was mitten im Wald verliert«, sagte sie.
»Wer weiß«, meinte Susanne. »Zu manchen Zeiten ist die Quelle recht bevölkert. Komm, ich zeige dir etwas, das du bestimmt noch nicht gesehen hast.«
Sie hatten die Felsen fast erreicht, näherten sich den Büschen, die die Quelle verbargen. Tief hingen die Zweige über das grün schimmernde Wasser. Doch die Schutzbündel waren verschwunden. Auch die Opfergaben vom Felsvorsprung waren fort.
»Was wolltest du mir zeigen?«, fragte Michaela neugierig.
»Ach, äh, die Quelle. Manche Leute in der Gegend sagen, das Wasser habe magische Kräfte.« Susannes Augen suchten die

Büsche und Felsspalten in der Nähe ab. Wer hatte die Hexenutensilien weggeräumt?
Aus der Hintertasche von Michaelas weißer Jeans ertönte ein hässliches Quäken.
»Eine Störungsmeldung.« Rasch zog sie ihr Handy heraus. »Kein Netz. Wie seltsam. Ich habe doch gesehen, dass es sogar vorhin mitten im Wald Empfang gab.«
»Es wird schon kein Drama sein, wenn Sarah dich mal zehn Minuten nicht sofort erreichen kann.« Seit fünf Tagen war Michaela jetzt da. Und es war keine Stunde vergangen, in der sie nicht checkte, ob das Handy empfangsbereit war. Dabei hatte ihre Tochter bisher erst ein einziges Mal angerufen, um von einem besonders tollen Sattel zu erzählen, den jemand auf dem Reiterhof günstig verkaufen wollte. Michaela hatte sie an ihren Vater verwiesen, worauf Sarah offenbar ziemlich sauer wurde. Das schloss Susanne jedenfalls daraus, dass Michaela nach dem Anruf sehr geknickt aussah.
Ein Hauch dieses Ausdrucks lag auch jetzt wieder in ihren Augen. Gedankenverloren hielt sie den Stein, den sie immer noch in der Hand hatte, unter das Quellwasser. »Uh, ist das kalt«, rief sie. »Schau nur, ohne Sand schimmert der ja richtig. Ich wäre untröstlich, wenn ich so etwas Schönes verloren hätte.«
Michaela trocknete den Stein vorsichtig an ihrer Hose ab und schob ihn in die Tasche. »Vielleicht sollten wir ihn zum Fundbüro bringen. Wir könnten auch einen Aushang an der Pinnwand in diesem großen Supermarkt machen.«
Susanne schüttelte lächelnd den Kopf. »Siehst du, du bist einfach der liebste Mensch der Welt.«
»Ja, mit einem Schleifchen am Mauseschwänzchen.« Es klang leicht gereizt.
Erst als sie wieder unter den Bäumen auf dem weichen Waldboden liefen und Michaela sich vergewissert hatte, dass sie im

Netz war, entspannten sich ihre Züge. Wie um die absolute Notwendigkeit seines empfangsbereiten Zustands zu demonstrieren, meldete das Handy den Eingang einer SMS.
»Von Theo.« Michaela schaute unschlüssig auf das Display hinunter. Sie schien zu zögern, bevor sie die Nachricht öffnete. Nach ihrem Anruf am ersten Abend hatte sie kämpferisch erklärt, sie melde sich ganz bestimmt nicht noch einmal als Erste bei ihm. Da er sich allerdings auch nicht meldete, herrschte seitdem Funkstille. Michaela erwähnte das Thema mit keinem Wort. Doch Susanne spürte, dass sie kreuzunglücklich darüber war.
Die Erwartung, die sich in Michaelas Gesicht spiegelte, berührte sie. Sie schickte ein Stoßgebet zum Himmel, Theo möge sie anflehen, so bald wie möglich heimzukehren. Sie musste allerdings zugeben, dass darin auch ein gewisser Egoismus lag. In nur fünf Tagen hatte Michaela es geschafft, dass die Hütte aussah wie etwas, das in jeder Wohnzeitschrift unter dem Titel »Mein romantisches Wochenendparadies« abgebildet werden könnte. Sogar auf dem Gartentisch hatte sie in einem leeren Marmeladeglas Blumen vom Bach arrangiert. Es war alles hübsch anzusehen, aber irgendwie zerstörte es für Susanne den Charakter ihrer Einsiedelei.
Beim Lesen der SMS presste Michaela die Lippen aufeinander. Susannes Hoffnung, es sei eine Nachricht der Sehnsucht, zerstob.
»›Wie alt sind die Eier im Kühlschrank? Es steht nichts drauf. Gruß, Theo‹«, las Michaela vor. Jedes Wort war ein Boxhieb ins Nichts.
»Na ja, immerhin lebt er noch«, versuchte Susanne sie zum Lachen zu bringen.
»Aaah.« Es war ein Laut zwischen Stöhnen und Schreien. »Dieser verdammte Starrkopf. Dieser ...« Michaela ballte die rechte Hand zur Faust und hieb damit abwärts. Es sah aus, als würde

sie ein Schwert in die Erde stoßen. Dann marschierte sie los, mit weit ausholenden Schritten.

»Warte. Das ist die falsche Richtung. Wir müssen hier entlang.« Susanne wies hangabwärts. Doch Michaela war schon zwischen den Buchen verschwunden. Seufzend lief Susanne ihr nach. Sie wollte keinen Vermisstenfall riskieren, auch wenn es heller Vormittag war und niemand seltsam im Wald lachte. Sie musste nicht weit laufen. Michaela saß leise schluchzend auf einem umgeknickten Baumstamm. »Ach je. Was ist denn los?« Susanne setzte sich neben sie.

»Seit wir verheiratet sind, haben wir uns noch nie so gestritten. Und ich war auch noch nie fünf Tage weg von ihm.« Michaela rang nach Atem. »Aber ihm ist es offenbar völlig gleichgültig, ob ich da bin oder nicht. Hauptsache, er kann im Garten rumpusseln und abends die ZEIT lesen.«

Wieder überwältigten sie Tränen. Susanne legte ihr den Arm um die Schultern. »Vielleicht fällt es ihm nur schwer, in Worten auszudrücken, wie sehr er dich vermisst.«

»Er ist Deutschlehrer!« Michaela schniefte. »Hast du ein Taschentuch?«

Susanne schüttelte den Kopf.

»Mist. Ich auch nicht.«

Einen Moment saßen sie schweigend nebeneinander. Michaelas Schluchzen verebbte.

»Manchmal ist es wirklich zum Verzweifeln«, sagte sie leise. »Theo interessiert sich nur noch für Dinge, die mit dem Haus zu tun haben. Oder er regt sich über irgendwas auf, das in den Nachrichten war. Er hat so gar keine Sehnsucht danach, wenigstens ab und zu mal was anderes zu sehen. Wenn ich sage, lass uns doch mal hierhin oder dorthin fahren, dann weiß er immer schon ganz genau, warum es uns dort nicht gefallen würde. Er ist so ein Besserwisser geworden.«

Susanne verkniff sich die Bemerkung, dass er das immer schon war. Am Anfang war sie sogar froh gewesen, als Theo in Michaelas Leben trat. Er hob sich wohltuend ab von den Typen, an die sie zuvor regelmäßig geriet. Mit ihrer Wärme, ihrer Mitleidensbereitschaft und ihrer Vorliebe für psychologische Ratgeberbücher zog sie Männer an, die schwerste Wunden aus vorangegangenen Beziehungen mit sich trugen. Wenn sie nicht sowieso noch verheiratet waren. Der Höhepunkt war Theos Vorgänger, der Michaela fast dazu gebracht hatte, zusammen mit ihm und seiner Frau eine Therapie wegen seines notorischen Fremdgehens zu machen.

»Ich dachte, dass du mit Theo glücklich bist«, sagte sie. »Das wolltest du doch, eine Familie, ein schönes Zuhause.«

»Du hast das immer verachtet, ich weiß.«

»Wie kommst du denn da drauf?« Susanne fuhr zusammen. Verachtung war ein kaltes Wort. »Ich konnte mir nur nie vorstellen, so zu leben wie du. Ich habe doch schon mal versucht, es dir zu erklären.« Der Streit im Maisenberg schien eine Ewigkeit zurückzuliegen. Dabei waren es gerade mal zehn Wochen.

»Wieso? Wie lebe ich denn, dass es so unvorstellbar ist? Das hast du mir bisher eben noch nicht erklärt.«

Susanne dachte an das Erstickungsgefühl, das sie in Michaelas wunderschönem Familiennest überfiel. Wie ein Faustschlag war da wieder das Bild vom Doppelbett und den Pantoffeln.

»Also, nur zum Beispiel, diese rechtwinklig ausgerichteten Puschen zu beiden Seiten des Ehebetts ...« Sie seufzte. Es klang albern, wenn sie es in Worte fasste.

»Was sollte ich deiner Meinung nach mit den Dingern machen? Ihnen einen Fußtritt geben, damit sie in irgendeiner Ecke landen?« Michaelas Stimme war scharf.

»Vielleicht. Oder verbrenn sie rituell im Garten. Ich habe mich immer schon gefragt, wozu Menschen Pantoffeln brauchen.«

»Meinst du das jetzt ernst? Bei dir weiß man nie so genau, ob du einen gerade hochnehmen willst. Das geht mir manchmal ziemlich auf die Nerven.«
Susanne sah Michaela ungläubig an. War das die liebe, sanfte Freundin, die sie aus Hamburg kannte? »Ach, vergiss die blöden Pantoffeln«, sagte sie ausweichend. Ob Ellen wohl verstehen würde, was sie an dem Bild so erstickend fand?
Das herausfordernde Funkeln in Michaelas Augen wurde matt. Fast sah es aus, als würden schon wieder Tränen darin aufsteigen. »Weißt du, wie ich mich manchmal fühle? Wie eine Rose, die ganz viele Knospen getrieben hat. Aber dann wird es kalt und nass, und alle Knospen gehen ein, bevor sie aufblühen können.«
»Also, das ist doch wirklich Quatsch.« Am liebsten hätte Susanne sie geschüttelt. »Warum machst du nicht mal etwas nur für dich? Sarah ist doch jetzt schon ganz selbständig. Du könntest wieder arbeiten, zumindest halbtags.«
»He, ich bin fünfzig und seit fast sechzehn Jahren raus aus dem Sekretärinnenjob. Die warten da draußen unter Garantie alle auf mich.«
»Hast du es denn schon mal versucht? Vielleicht kannst du ja auch vorher irgendeine Fortbildung machen, um mehr Chancen zu haben.«
»Oh, super Idee. Jemand hat mir vor gar nicht so langer Zeit erklärt, Fortbildungen seien kleingeistige Veranstaltungen und kämen für ihn überhaupt nicht in Frage.«
Susanne zuckte zusammen. »Das kommt auf die Situation an. Wenn du wieder reinwillst in einen Job, kann es das Richtige sein. Ich wollte raus, aus allem.«
»Und wenn ich das auch will? Wenn ich sagen würde, ich breche mit dir auf in unbekannte Fernen?«
Susanne hielt einen Moment den Atem an, betrachtete interessiert einen abgebrochenen Ast, der vor ihr auf dem Boden lag.

»Ich, äh, ich glaube nicht, dass das Wohnmobil noch vor dem Ende der Hamburger Schulferien fertig wird. Sind ja nur noch zwei Wochen«, sagte sie zögernd.
»Schade. Ich wäre so gerne ein Stück mitgefahren.«
Michaela senkte den Kopf. Jetzt sah sie tatsächlich aus wie eine Rose, die lange niemand mehr gegossen hatte. Susanne fühlte sich ziemlich schuldig, dass die Vorstellung, sie mit auf die Reise zu nehmen, sie so entsetzt hatte.
»Wenn Theo keine Lust hat, mit dir wegzufahren, warum buchst du nicht für dich allein eine Woche in einer schönen Gegend, wo man irgendeinen Kurs machen kann. Du bist doch so kreativ«, schlug sie vor.
»Du meinst einen Malkurs in der Toskana oder autobiographisches Bildhauern an der Ostsee?«
Angesichts des unüberhörbaren Sarkasmus in der Frage wiegte Susanne nur vage den Kopf.
»Das ist völlig out«, fuhr Michaela fort. »Alle frustrierten Nurhausfrauen-Mütter aus Sarahs Klasse machen heutzutage eine Yogalehrerausbildung.«
Ihre Mundwinkel zuckten. Zu Susannes Erleichterung begann sie nicht wieder zu weinen. Sie lachte.
Susanne stimmte in das Lachen ein. »Na bitte, dann wäre das ja geklärt.« Nach einer Pause fügte sie hinzu: »Wie ist es, wollen wir langsam zurückgehen?«
Michaela nickte und stand auf. »Oh, die Hose muss in die Wäsche«, bemerkte sie mit Blick auf ihre Jeans. »Weiß scheint am Bach mindestens so unpraktisch zu sein wie Riemchensandalen.«
Langsam gingen sie nebeneinander den Hang hinunter, das Rauschen des Wassers zu ihrer Linken. Es schwoll an, als sie sich der Stelle näherten, an der der Bach durch den Erdwall floss.
»Es klingt fast, als wären Stimmen im Wasser, findest du nicht?«, sagte Michaela. »Stimmen, die singen.«

»Oh, der Bach klingt jeden Tag anders.« Susanne lächelte. »Wie gesagt, es gibt Leute, die meinen, er habe besondere Kräfte.«
Sie schlüpften durch die Büsche ins strahlende Sonnenlicht. Auf dem Bachpfad kamen ihnen vom Tal her drei ältere Wanderer entgegen. Sie grüßten im Vorbeigehen, sichtlich bester Laune.
»Na, ich bin mal gespannt, ob die gerade auch wieder eine Rast vor meiner Hütte eingelegt haben«, sagte Susanne. »Vielleicht sollte Benni mal ein Schild aufstellen, auf dem deutlich *Privat* steht.«
»Ach, die werden schon nichts kaputt gemacht haben«, meinte Michaela großzügig.
»Ich möchte ja nicht dein Gesicht sehen, wenn sich die Stadt Hamburg mal einen Wanderpfad durch die schönsten Ökogärten der Vorstädte einfallen lässt.«
»Und Theos Gesicht erst.«
Sie lachten. Michaela schien ihr sonniges Gemüt wiedergefunden zu haben. Sie summte leise vor sich hin und bückte sich dann und wann, um aus dem Pflanzendschungel am Bachbett eine Blume oder ein besonders schönes Gras herauszuzupfen.
»Schau nicht so«, kommentierte sie Susannes Blick. »Schöne Sträuße in der Wohnung sind gut für die Seele. Das tut auch dir gut.«
»Hab ich irgendwas gesagt?«
Plötzlich blieb Michaela stehen.
»Weißt du, was ich mir gut vorstellen könnte? Einen kleinen Blumenladen zu haben. Ich würde ungewöhnliche Blumen verkaufen, auch wilde. Ich könnte sie bei uns im Garten ziehen. Ich würde den Leuten genau die Sträuße zusammenstellen, die zu ihrer Seelenlage passen.« Michaelas Augen leuchteten vor Begeisterung. »Ich sehe es richtig vor mir.«
»Blumen für Ihre Seele. Hm. Blumen, die Ihre Seele braucht. Seelenblumen ...« Susanne spielte mit den Worten. »Müsste

man ein bisschen dran basteln. Aber da könnte ich dir sicher ein schönes Werbekonzept machen.«
Sie gingen weiter. Michaela tanzte geradezu voran, bis sie den Engelsgrund erreichten. »Das ist schon verrückt«, sagte sie. »Dieser Bach mit seinem Rauschen macht den Kopf so klar.«
»Magische Kräfte eben.« Susanne stupste ihr liebevoll in die Seite und ging zur Hütte hinüber. Dabei fiel ihr plötzlich das Lederband mit dem Stein wieder ein, das Michaela in ihre Hosentasche gesteckt hatte. Ganz sicher hatte es eine der Quellhexen verloren. Ob so ein Amulett auch irgendwelche Kräfte entfalten konnte? Und wenn ja, welche?
Gedankenverloren kramte sie den Hüttenschlüssel aus ihrer Jeanstasche. Sie wollte gerade aufschließen, als unter ihren Turnschuhen etwas knirschte. Sie trat einen Schritt zurück. Glasscherben? Einen Moment sah sie verständnislos darauf hinab. Dann begriff sie, dass es die Reste des Marmelade-Blumenglases vom Gartentisch waren.
»O nein, wie ist das denn passiert?« Michaela war neben sie getreten. Sofort begann sie die Blumen aufzusammeln, die verstreut auf der Türschwelle lagen. Liebevoll versuchte sie die zarten Stengel in ihrer Hand aufzurichten. Sie sanken schlaff in sich zusammen. »Da ist nichts mehr zu retten, die waren zu lange ohne Wasser«, stellte sie betroffen fest. »Meinst du, das waren die drei Wanderer, die wir vorhin gesehen haben?«
»Hm, kann schon sein.« Ein dumpfes Unbehagen stieg in Susanne auf. Wenn sie das Glas versehentlich umgestoßen hätten, müsste es dann nicht neben dem Tisch liegen? Wäre es überhaupt beim Fall auf dichtes Gras zersprungen? Sie musste an das Windlicht denken. Und wenn jemand es absichtlich versteckt hatte? Jemand, der an diesem Morgen wieder da war, um das Blumenglas gegen die Haustür zu schleudern?

39

Wieso zu spät? Der Juli ist noch nicht vorbei. Da kann man immer noch etwas pflanzen.« Michaelas Wangen waren gerötet. Nicht nur vom Wein und den Ouzos, die Stavros reichlich ausgeschenkt hatte – zur Begrüßung, vor dem Essen, zum Essen, nach dem Essen. Seit ihr der Bach die Idee zu ihrem Blumenladen vorgesungen hatte, glühte sie geradezu von einem inneren Feuer.

»Rittersporn in Türkis und Blau. Dahlien in Purpur und Rottönen. In dem großen Kübel da neben der Treppe würde sich eine Kletterrose gut machen.« Der Reihe nach deutete Michaela auf Stavros' traurig leere Pflanzbehälter und ließ darin Blütenträume entstehen. »Und dann müsste man mal schauen, welcher Standplatz am längsten Sonne hat. Ich finde, Stavros sollte eine Bougainvillea in seinem Hof haben.«

»Ich liebe Bougainvilleen. Sie erinnern mich an Griechenland. Im Garten meines Hauses wachsen sie wild.« In Ellens Augen lag wieder diese Sehnsucht, die sie so weit fortrücken ließ.

»Vielleicht braucht auch Stavros' Seele eine Erinnerung an Griechenland, meint ihr nicht«, sagte Michaela. »Er sieht aus wie ein südländisches Wildkraut, das jemand in einen viel zu engen Topf gepflanzt und an ein Fenster ohne Sonne gestellt hat.«

»Das ist ein interessantes Bild.« Ellen sah sie überrascht an. »Da wäre ich nie draufgekommen. Aber es passt verdammt gut.«

Michaela lächelte. Susanne musterte sie aufmerksam. Eine verletzte Männerseele, die es zu hegen und zu pflegen galt. Liebäugelte sie etwa mit einer alten Leidenschaft?
»Was für eine Pflanze ist denn zum Beispiel Theo?«, fragte sie.
»Ach, der. Das ist so ein lebender Stein, der das ganze Jahr rumliegt und Wasser spart. Und wenn er denn endlich mal eine einzige Blüte hervorgebracht hat, ist er so fertig davon, dass er gleich wieder ruhen muss.«
Der geknickte Ausdruck schlich sich wieder in ihr Gesicht. Sofort tat es Susanne leid, dass sie Theo erwähnt hatte. »Apropos Stein«, wandte sie sich schnell an Ellen. »Wir waren heute Morgen an der Quelle.«
»Und du hast sie auf Anhieb gefunden?« Ellen grinste.
»Ja, ob du es glaubst oder nicht. Übrigens war der ganze Baumschmuck verschwunden.«
»Baumschmuck?«
»Na, du weißt schon.« Susanne warf einen Seitenblick zu Michaela. Doch die war damit beschäftigt, Stavros beim Servieren an einem Nachbartisch zuzusehen.
»Tja, in Haggerach haben halt auch die Quellgeister Kehrwoche«, bemerkte Ellen.
»Alles okay hier? Noch Wein? Noch Ouzo?« Stavros lächelte sein Raubvogellächeln auf sie hinunter.
»Och, noch ein Glas Wein wäre nicht schlecht.« Michaela lächelte zu ihm hinauf. Dann bemerkte sie, dass die Gläser von Ellen und Susanne noch gar nicht leer waren. »Oh, äh, ich meine ... Ist das okay, wenn ich noch was bestelle?«
Sie sah ein bisschen verwirrt aus über ihren Weinkonsum.
»Na klar.« Susanne und Ellen nickten ihr aufmunternd zu.
»Einen schönen Abend mit Freunden muss man feiern.« Stavros sagte es feierlich und schritt davon, um Michaelas Wein zu holen.

»Michaela hat mitten auf der Lichtung im hohen Gras ein Lederband mit einem Stein gefunden, so eine Art Amulett«, fuhr Susanne fort.
»Tatsächlich? Vielleicht hat es ja jemand dort verloren, damit es zu ihr kommt«, meinte Ellen.
»Was? Nein, nein. Ich habe schon überlegt, wie ich es dem wahren Besitzer zurückgeben kann. Es ist wirklich sehr hübsch.« Michaela stand auf, um den Stein aus der Jeanshintertasche zu ziehen. Mitten in der Bewegung hielt sie inne. »Oh, der ist in der anderen Hose. Ich habe mich ja vorhin umge...« Sie wurde bleich. »Das Handy ist auch in der anderen Jeans. Ich muss sofort zurück zur Hütte.«
»Wegen eines Handys?« Ellen sah leicht amüsiert aus.
Susanne ahnte das sich anbahnende Melodram. »Ach, Michaela, sei nicht albern. Lass uns den Abend genießen, wie Stavros gesagt hat. Sarah hat dich seit drei Tagen nicht angerufen. Wenn sie es ausgerechnet jetzt versucht, muss sie eben eine Nachricht hinterlassen.«
»Aber es ist ihr letzter Abend im Camp. Ich weiß überhaupt nicht, ob ihre Rückfahrt morgen früh organisiert ist.«
Susanne verdrehte die Augen. »Da wird sich Theo schon drum gekümmert haben.«
»Ja, sicher, für dich ist immer alles ganz easy.« Michaela klang gereizt.
»Kennst du ihre Handynummer auswendig? Dann könntest du sie doch einfach anrufen und musst deswegen nicht zur Hütte zurück«, sagte Ellen begütigend.
»Sicher habe ich ihre Nummer im Kopf. Kann mir denn eine von euch ein Handy leihen?«
»Ich fürchte, ich habe keins dabei«, musste Susanne einräumen.
»Ich auch nicht.« Ellen kicherte, hörte aber schnell damit auf, als sie Michaelas Gesicht sah.

»Ist was passiert?« Stavros stand mit dem Wein da. Besorgt sah er Michaela an.
»Nein, nein. Sie braucht nur ein Telefon, um ihre Tochter anzurufen, und keine von uns hat eins dabei«, erklärte Ellen.
»Kein Problem.« Stavros zog aus der Tasche seiner Küchenschürze ein Festnetztelefon. »Sie können gern das hier benutzen, Miccchaela. Wie alt ist denn die Kleine?« Er sprach den Namen mit einem sanften, kehligen ch aus, was sehr charmant klang. Für einen Moment legte er ihr die Hand auf die Schulter.
Michaela sah zu ihm auf wie eine Ertrinkende, die jemand im letzten Moment ins rettende Boot zieht. »Fünfzehn.«
»Ah.« Stavros schaute etwas überrascht, nickte ihr aufmunternd zu und ging hinein.
»Er ist wirklich nett, nicht?« Michaela sah ihm nach, bis er in der Hintertür des Restaurants verschwand. Dann wandte sie ihre Aufmerksamkeit dem Telefon zu. Sie wählte. Lauschte mit der parallel zur Anzahl der unbeantworteten Ruftöne wachsenden Anspannung, die Susanne nun schon allzu gut kannte. Dann richtete sie sich erleichtert auf. »Endlich. Hallo, Schatz, ich bin es, Ma… Hallo? … Wer ist denn da? … Ach … Ja genau, die bin ich. Kann ich sie mal sprechen? … Wie? … Aha … So? … Na gut … Sie kann mich jederzeit anrufen, wenn irgendwas … Ja, im Moment unter der Nummer … Danke gleichfalls.«
Michaela beendete das Gespräch und sah konsterniert von Susanne zu Ellen. »Tsss«, machte sie. »Da war ein Junge an ihrem Handy, ein gewisser Tom. Von einem Tom hat sie mir noch nie etwas erzählt. Das muss man sich mal vorstellen. Sie gibt ihr Handy an diesen Typen, damit er mir, falls ich anrufe, sagt, dass sie auf einem Abendritt ist und morgen früh von ihrem Vater abgeholt wird. Also wirklich.«
»Was ist denn daran jetzt schon wieder verkehrt? Sie kennt dich eben, dachte sich, dass du heute Abend anrufst, und hat dafür

gesorgt, dass du ihre Nachricht kriegst, damit du beruhigt bist. Ist doch ein cleveres Mädchen.« Susanne merkte, wie genervt ihre Stimme klang. So genervt, dass Ellen aufsah.

»Ich finde es nicht richtig, dass sie ihr teures Handy an einen wildfremden Jungen gibt.« Michaela funkelte Susanne empört an.

»Ich vermute, so wildfremd ist der gute Tom deinem Töchterchen nicht. Mein Gott, sie wird in ein paar Wochen sechzehn. Du musst sie schon einsperren, wenn du nicht willst, dass sie den einen oder anderen Jungen kennenlernt.«

»Ach du, du ... Du hast überhaupt keine Ahnung, wie das ist, wenn man ein Kind hat.« Michaela war aufgesprungen. Als ob die Heftigkeit ihr im gleichen Moment schon peinlich wäre, stand sie unschlüssig am Tisch. »Ich, äh ... Ich bring dann mal das Telefon zurück und frage, was ich für das Gespräch zahlen soll.«

»Klar. Bestell doch für mich bitte gleich noch ein Glas Wein, wenn du eh drinnen bist.« Ellen lächelte ihr zu.

»Für dich auch?« Michaela sandte Susanne einen War-doch-nicht-böse-gemeint-Blick.

Susanne beschloss, die Versöhnungsbotschaft vorerst zu ignorieren. Es war nicht das erste Mal, dass Michaela ihr ihre Kinderlosigkeit um die Ohren haute. »Im Moment nicht. Ich muss ja nachher noch fahren.«

»Ah, okay.« Etwas unglücklich machte sich Michaela auf den Weg.

Susanne sah ihr seufzend nach. »Manchmal frage ich mich, ob ich als Mutter auch so eine Superglucke geworden wäre«, sagte sie, als Michaela durch die Lokaltür verschwunden war.

»Bereust du, dass du keine Kinder hast?«

»Nein, absolut nicht. Ich denke, mir fehlt einfach dieses Muttertier-Gen. Auch wenn Michaela mir bei jeder sich bietenden

Gelegenheit einreden will, ich traure unbewusst um meinen nie geborenen Nachwuchs.« Sie wandte Ellen den Kopf zu, die sie aufmerksam beobachtete. »Für sie ist es einfach unvorstellbar, dass eine Frau auch eine andere Sehnsucht unglücklich machen kann als die nach einem Baby.«

Ellen lachte. »Ah, das kenne ich. Hier in der Gegend sind Frauen über fünfzig oft schon Großmütter. Kaum jemand versteht es, wenn ich sage, dass ich nie Kinder wollte. Würde ich erklären, ich konnte keine kriegen, dann wäre es okay, dann könnte man mich bedauern. Aber keine gewollt zu haben, oh, oh, das klingt gleich nach böser Egoistin.«

»Ich finde, es ist mindestens genauso egoistisch, ein Kind zu kriegen, damit man nie mehr einsam und unglücklich sein muss.« Susanne sah plötzlich das blasse, überforderte Gesicht von Haralds Frau vor sich.

»Das stimmt. Doch es ist politisch korrekt, denn man sorgt auf diese Weise dafür, dass Psychotherapeuten und Sozialarbeiter immer ein gutes Auskommen haben.« Ellen grinste schief. »Aber es gibt etwas bei der Kinderlosigkeit, das mir erst jetzt langsam klarwird. Irgendwann kommst du an einen Punkt, an dem du merkst, dass sich die Dinge dem Ende entgegenneigen. Ganz langsam zunächst, denn eigentlich fühlst du dich noch wie im Sommer, alles blüht, es ist warm, und so schön bleibt es ja vielleicht auch noch eine ganze Weile. Doch du spürst, dass die Zeit davonläuft. Irgendwann wird es Winter sein. Und wenn du keine Kinder hast, dann gibt es nichts, was von dir weitergeht.«

»Ach, Ellen.« Susanne schluckte. Irgendwie war da plötzlich ein brennender Kloß in ihrer Brust.

»Das ist nicht traurig, nur natürlich.« Ellen lächelte, als sie ihre Worte aus der Vollmondnacht wiederholte. »Du musst einfach vor dem Ende herausfinden, warum du gelebt hast. Mit oder ohne Kinder.«

Sie hielt Susanne ihr Glas hin. Die stieß mit ihr an und fühlte, wie ihr Tränen in die Augen stiegen.

»Für Männer ist es übrigens viel einfacher«, sagte Ellen rasch. »Wenn die an den berühmten Punkt kommen, können sie sich immer noch schnell eine jüngere Frau suchen, die ihnen ein Kind auf die Welt bringt.«

»O ja, so einen kenne ich.« Susannes Tränen versiegten, bevor sie flossen. Sie dachte an die zärtliche Geste, mit der Wolfgang sein Baby vor dem Wind geschützt hatte.

»Ich könnte mir gut vorstellen, dass Sebastian irgendwann auch noch Vater wird«, sagte Ellen leise.

»Die Malerin!?« Susanne starrte sie an.

»O nein, das glaube ich nicht. Die ist zu schräg. Aber wer weiß, wenn er in ein, zwei Jahren irgendwo eine warmherzige, liebevolle junge Michaela trifft ...«

»Die immer eine Jacke für ihn dabeihat und ihm nachts um zwölf noch etwas zu essen macht, wenn er hungrig aussieht.« Susanne lachte bitter.

»Was?«

»Ach, nichts. Vergiss es.« Nach einer Pause fügte sie hinzu: »Ich dachte, Sebastian ist auf Dauer nur mit Frodo glücklich.«

»Auch Hunde müssen dich irgendwann verlassen.«

Sie schwiegen einen Moment. An dem einzigen Tisch, der außer ihrem an diesem Abend im Garten besetzt war, machte sich Unruhe breit. Offenbar fehlte es an Alkoholnachschub.

»Ich hatte mal einen Hund«, sagte Ellen plötzlich. »Lena. Nach der schönen Helena aus der griechischen Mythologie. Ich fand sie als Welpen am Strand, nicht weit von meinem Haus. Sie hatte goldfarbenes Fell und unglaubliche Bernsteinaugen.« Sie lächelte weich bei der Erinnerung.

»Hast du sie mit nach Deutschland gebracht?«

»Ja, natürlich. Ich konnte sie tagsüber mit in den Laden nehmen. Sie war sanft und klein, niemand erschrak vor ihr. Wir waren immer zusammen, drei Jahre lang.« Ellen schluckte und griff nach ihrem Glas. »Dann ist sie eines Morgens hinter einer Kundin hergerannt, die ein kleines Mädchen dabeihatte. Lena war verrückt nach Kindern. Ich war gerade mit anderen Kunden beschäftigt und habe nicht gemerkt, dass Lena auf die Straße raus ist. Sie rannte direkt in das Mofa eines dieser Jugendlichen, die wie die Irren durch den Ort rasen.« Leise fuhr sie fort: »Ich habe sie an einem schönen Platz im Wald begraben, in der Nähe der Quelle.«

»Wie lange ist das her?«, fragte Susanne.

»Fünf, nein, sechs Jahre jetzt.«

»Wolltest du denn danach keinen neuen Hund?«

»Sie war ein ganz besonderer Hund.«

»Du wirst wieder einen besonderen Hund haben«, versuchte Susanne sie zu trösten. »Spätestens, wenn du irgendwann mal ganz in Griechenland bist.«

»Vielleicht hast du recht.« Mit einem merkwürdigen Blick sah Ellen sie an. »Wo ist eigentlich Michaela geblieben?«

»Stimmt, sie ist jetzt schon eine ganze Weile verschwunden. Sie wird doch wohl nicht in irgendeiner Ecke sitzen und weinen?« Susanne musste plötzlich daran denken, wie sie selbst sich am letzten Stavros-Abend auf der Toilette eingeschlossen hatte.

»Ich gehe am besten mal nachschauen. Ich muss eh mal wohin.« Ellen sprach's und sprang auf.

Nachdenklich blieb Susanne zurück. Sie starrte auf die leeren Pflanzkübel, die leeren Tische. Die Dinge neigen sich ihrem Ende entgegen, auch wenn es sich anfühlt, als wärst du noch mitten im Sommer. War das der wahre Grund, warum sie aus Hamburg aufgebrochen war? Um herauszufinden, warum sie lebte, bevor es vorbei war?

»Von wegen sitzt in einer Ecke und weint.« Ellen war mit zwei neuen Gläsern Wein zurück. »Michaela ist bester Dinge. Sie sitzt bei Stavros in der Küche, trinkt Ouzo und hört Rembetiko. Holla, meine Herrschaften, immer mit der Ruhe«, wandte sie sich dann zu den durstigen Touristen, die beim Anblick der Gläser, die sie gebracht hatte, noch lauter nach dem Wirt riefen. »Was darf es denn für Sie noch sein?«

Mit entschiedenen Schritten ging sie hinüber, um die Bestellung aufzunehmen.

40

Neun Uhr abends. Rate, wo wir um die Zeit noch sitzen, und rate, wer schon lange weg ist. Wir mussten gerade an Dich denken. *Wir vermissen Dich!* Madame ist unerträglich. Ihr geht das wohlgeformte Hinterteil auf Glatteis. Haben letzte Woche den dritten wichtigen Kunden verloren, seit Du weg bist. Rick ist überhaupt nicht amused. Komm zurück und übernimm den Laden!!! Diese Nachricht vernichtet sich natürlich selbst, sobald sie vom Empfänger gelesen wurde. Sehnsuchtsvolle Grüße aus Hamburg von den Agenturknechten Katharina und David.«

Susanne schaute im Mailkopf, von wann die Nachricht war. Nur ein paar Tage alt, stellte sie fest. Im Ochsenfrosch ging die Schinderei also weiter wie eh und je. Sie dachte an Sandras dauerklingelndes Handy, ihr aufgesetztes Lachen. Bei der Vorstellung, wieder in der Agentur zu sitzen, wurde ihr regelrecht übel.

»Sorry, aber meine Sehnsucht hält sich in Grenzen. Lasst Euch nicht unterkriegen. Und grüßt Madame auf gar keinen Fall von mir«, tippte sie als Antwort und drückte auf Senden. Dann schloss sie den Eingangskorb, ohne die zweihundertsechzig weiteren Mails darin auch nur genauer anzuschauen. Vielleicht sollte sie auf Alle markieren und dann auf Löschen gehen, überlegte sie kurz. Aber das würde Michaela, die mit ihr am Gartentisch saß und ihr zusah, vermutlich entsetzen.

»Also, der Internetstick funktioniert wunderbar. Einer Mail an Theo steht also nichts im Wege«, sagte sie und schob Michaela den Laptop zu.

»Tja.« Michaela betrachtete den Rechner, als sähe sie ein solches Gerät zum ersten Mal in ihrem Leben.

»Du musst nur auf Neue Mail klicken, da oben.« Susanne zeigte ihr den Button.

»Ja, ja, das weiß ich doch. Oder glaubst du, ich hätte noch nie eine Mail geschrieben?«

»Okay. Mach einfach, wie du willst.« Susanne stand auf. »Ich räume inzwischen mal die Spülmaschine aus.«

Mit zwiespältigen Gefühlen begann sie sich in der Hütte zu schaffen zu machen. Es war der vierte Tag seit dem Abend bei Stavros. Der neunte also, an dem sie ihre Einsiedlerklause mit Michaela teilte. Es war ja nicht so, dass sie sie von irgendetwas abhielt. Es war auch nicht so, dass sie ständig von ihr genervt wäre. Michaela räumte auf. Michaela arrangierte Blumensträuße. Michaela kochte. Sie hatte sich sogar den vorwurfsvollen Blick abgewöhnt, wenn Susanne eine Flasche Wein öffnete, und trank selbst davon mit.

Warum sie immer so ungeduldig mit ihrer armen Freundin sei, hatte Ellen gefragt. Susanne musste zugeben, dass sie nicht beschreiben konnte, was »dieses Michaelaische« an ihr genau war. Doch mit jedem Abend, an dem die untergehende Sonne den Engelsgrund in irisierendes Licht tauchte, fragte sich Susanne dringlicher: Wenn alle Dinge ihrem Ende entgegengingen – warum dann nicht der Besuch von Michaela? Die Schulferien in Hamburg würden in einer Woche vorbei sein. Doch zwischen Theo und Michaela war immer noch kein direktes Wort gewechselt worden.

Er lebte noch. Es ging ihm bestens. Er hatte die Thujahecke gepflanzt und erwog jetzt die Anlage eines Gartenteichs. Das hatte die allem Anschein nach heil heimgekehrte Sarah ihrer Mutter am Telefon berichtet. Er ließ Michaela und Susanne in jedem Gespräch Grüße ausrichten. Trotzdem erklärte Michaela immer noch hartnäckig, er solle sie selbst anrufen, vorher rede sie nicht mit ihm. Und da Sarah weder von großem Chaos noch von fehlenden Mahlzeiten berichtete, blieb der von Susanne nach ihrer Heimkehr erhoffte Effekt aus, dass Michaela in Panik vor dem völligen Verwahrlosen ihres Kindes sofort heimfuhr.

So war Susanne zu dem Schluss gekommen, dass die Dinge in diesem Fall einen gewissen Anschub brauchten. Am Abend zuvor beim Wein vor der Hütte hatte sie vorgeschlagen, dass Michaela Theo eine Mail schicken könnte mit ein paar Gedanken, die ihr durch den Kopf gingen. Nach dem zweiten Glas fand Michaela die Idee richtig gut. Allerdings hatte Susanne da keine Lust mehr verspürt, ihren Laptop nebst Internetstick auszupacken und in Betrieb zu setzen.

Möglicherweise ein taktischer Fehler. Als sie wieder vor die Hütte trat, stand der Laptop immer noch unberührt auf dem Tisch. Michaela schaute zum Bach hinüber, der zwischen den Wildblumen und Gräsern hindurchglitzerte.

»Ich könnte diesem singenden Wasser ewig zuhören«, sagte sie.

Susanne setzte sich wieder auf die Bank. »Und, hast du Theo geschrieben?«

»Nein, ich bin im Moment überhaupt nicht in der Stimmung dazu.« Michaela sah weiter auf den Bach. »Ich weiß auch gar nicht, was ich ihm schreiben sollte.«

»Da gibt es doch bestimmt jede Menge.«

»Was denn? Sag du mir was. Schreiben ist doch sowieso eher dein Ding.«

»Na ja, du könntest zum Beispiel damit anfangen, dass du ihn vermisst und ...«

»Das ist es ja.« Michaela wandte den Kopf zu Susanne. »Ich vermisse ihn nicht. Dabei waren wir noch nie so lange getrennt.«
»Hm.«
»Auch von Sarah war ich noch nie so lange getrennt.« Es klang fast überrascht. »Vielleicht hast du recht. Vielleicht ist sie längst viel selbständiger, als ich dachte, und ich muss aufhören sie zu beglucken.« Sie lehnte sich zurück und genoss mit geschlossenen Augen die Sonne. »Du musst loslassen, was du nicht verlieren willst. Das habe ich mal in einem Buch gelesen. Als ich vorhin dem Bach zuhörte, ist es mir wieder eingefallen.«
»Dann kann ich den Laptop ja erst mal wieder einpacken«, bemerkte Susanne.
»Ach, du ...?« Michaela setzte sich auf und öffnete die Augen.
»Ja?«
»Ich, äh ... Könntest du mir vielleicht nachher den Wagen leihen?«
»Den Wagen?« Susanne war überrascht. Sie wusste, dass Michaela eine sehr unsichere Autofahrerin war. »Klar, warum nicht. Wir können aber auch gern zusammen fahren, wenn du irgendwas einkaufen oder besichtigen willst.«
»Nein, nein, ich ...« Michaela nagte an ihrer Unterlippe. Es sah aus, als ringe sie mit sich, was sie sagen sollte. »Ich habe um fünf eine Verabredung.«
»Ach! Mit wem denn?«, schoss es aus Susanne heraus.
Michaela lächelte. Ihre Mundwinkel zuckten ein bisschen. Ihre Wangen röteten sich.
Plötzlich begriff Susanne. »Michaela! Was muss ich da hören?«, tat sie, als wäre sie entsetzt. Ein bisschen war sie es sogar. Das hätte sie Michaela nicht zugetraut.
»Stavros hat doch heute Ruhetag. Ich habe ihm vorgeschlagen, dass wir zusammen ein paar Pflanzen für seinen Hof kaufen können, und ich setze sie ihm dann ein.«

»Ah, ihr trefft euch also zum Gärtnern.« Susanne musste grinsen.
»Na und, was ist dabei?«
»Nichts. Gar nichts.«
»Was war mit dir und deinem Harald, hm? Stavros ist wenigstens nicht verheiratet. Nicht, dass ich mit ihm ins Bett will«, beeilte sich Michaela hinzuzufügen.
»Sag bitte nicht mein Harald, sonst kriege ich Krämpfe und grüne Pickel. Es ist vorbei, den letzten Akt hast du ja mitgekriegt. Und du hast natürlich recht, Stavros ist nicht verheiratet.« Susanne betonte den Namen Stavros. Im gleichen Moment tat es ihr leid. Sie hatte es geschafft, dass Michaela wieder besorgt aussah. »Es war ein Witz. Ich habe es dir doch schon im Wald gesagt. Es tut dir bestimmt gut, mal wieder etwas Spaß nur für dich zu haben.«
Das Lächeln kehrte in Michaelas Augen zurück. »Wie spät ist es eigentlich?«
»So um die drei. Was sagt denn dein Handy?«
Michaela wollte wie üblich in die Hosentasche greifen. »Oh, es muss irgendwo drinnen liegen.«
Etwas besorgt sah Susanne ihr nach. Stavros beschäftigte sie also so sehr, dass sie darüber die ständige Telefonverbindung zu Sarah vergaß?
»Schon halb vier«, rief Michaela von drinnen. »Ich geh dann mal ins Bad.«
Gleich darauf hörte Susanne Duschgeräusche. Nachdenklich lehnte sie sich auf der Bank zurück. Michaelas Aufgeregtheit hatte etwas Rührendes. Doch würde es ihr wirklich guttun, sich am Ende ernsthaft in Stavros zu verlieben? Susanne war nicht sicher, ob er der Typ Mann war, der ihre Wärme in sich aufsaugte, ohne irgendetwas zurückzugeben. Er hatte eine gewisse ruhige Abenteuerlichkeit, hinter der alles Mögliche ste-

cken könnte. Aber Michaela wäre niemals auf einem Fischerboot im Nirgendwo glücklich, auf dem es bestimmt keine Handyverbindung gab.
Susanne hatte plötzlich eine Filmszene im Kopf. *Die Brücken am Fluss.* Die Szene, in der Meryl Streep sich hinter dem Küchenschrank versteckt, damit ihre unbedarft lärmende Familie nicht mitkriegt, dass sie um diesen wortkargen, irgendwie abenteuerlichen Clint Eastwood weint, der ihr den Hauch eines Blicks auf ein Leben jenseits der Rinderzucht eröffnet hat. Eastwood spielte in dem Film einen Fotografen, wenn Susanne sich recht erinnerte.
Aus den Duschgeräuschen waren Föhngeräusche geworden. Susanne zog den Laptop zu sich heran. Eigentlich wollte sie ihn ausschalten. Doch sie ertappte sich dabei, dass sie ins Internet ging und Google öffnete. Den Namen Sebastian Berger einzugeben fühlte sich ein wenig an, als würde sie heimlich in seinen SMS herumschnüffeln.
Fast zweihunderttausend Treffer warf die Suche aus. Susanne starrte einen Moment auf die Zahl. Ihr war nicht bewusst gewesen, dass Sebastian so bekannt war. Er hatte diverse Bücher veröffentlicht, diverse Ausstellungen gemacht, diverse Preise bekommen. Die meisten Einträge bezogen sich darauf. Dann blieb Susannes Blick an einem älteren Artikel aus dem *stern* hängen. Sie öffnete ihn.
Er war aus dem Jahr 2005 und trug den etwas melodramatischen Titel »Der mit dem Tod tanzt«. In dem Artikel ging es darum, wie ein Kriegsberichterstatter mit dem Grauen umgeht, das sein Geschäft ist. »Einer muss hinschauen, denn Bilder haben Wirkung. Wenn es Bilder gibt, kann die Welt sich nicht gemütlich zurücklehnen und sagen, was geht mich das an«, wurde Sebastian zitiert. Es schnitt Susanne ins Herz, wie viel desillusionierter er inzwischen klang.

Sie klickte in die Bildergalerie hinein. Einige seiner preisgekrönten Aufnahmen. Ein Foto von ihm mit Splitterschutzweste, wie er mit irgendeinem Rebellenkommandanten im Kongo verhandelt. Auf dem letzten Bild in der Reihe stand er in einer Art Festsaal, in dunklem Anzug und offenem weißem Hemd, und schaute mit etwas genervtem Lächeln in die Kamera. Die Frau an seiner Seite trug zu Jeans einen schwarzen Satinblazer mit tiefem Ausschnitt. Sie sah aus, als würde sie sich darin nicht besonders wohl fühlen. Susanne atmete scharf ein. Die Bildunterschrift lautete: »Berger mit seiner langjährigen Lebensgefährtin, der französischen Journalistin Muriel Augur, im Dezember 2003 auf einer Spendengala zugunsten der Opfer des Bürgerkriegs in Darfur. Augur wurde wenige Wochen später bei einer Reportage über ein Flüchtlingslager an der Grenze zum Tschad von sudanesischen Milizen erschossen.«
»Das ist ja der Fotografenfreund von Ellen.«
Susanne zuckte zusammen. Sie hatte nicht gemerkt, dass Michaela zurückgekommen war und ihr über die Schulter sah.
»Wie seltsam. Einen Moment habe ich jetzt wirklich gedacht, die Frau auf dem Foto seist du.« Michaela schüttelte den Kopf. »Verrückt, wie ähnlich sie dir sieht.«
»Ja, das ist verrückt.« Langsam klappte Susanne den Laptop zu. Einen Moment empfand sie nichts als die Zeit, die stillstand. Dann drang ein sanfter Duft von Rosen und Amber in ihr Bewusstsein. »Hm, riechst du gut«, sagte sie leise.
Michaela zupfte an ihren Haaren. »Und wie sehe ich aus?«
Susanne betrachtete sie. Sie trug eine lässige ausgewaschene Jeans – schließlich war sie ja zu Gartenarbeiten verabredet. Dazu eine sehr romantische hellblaue Blümchenbluse. In ihre dichten braunen Haare hatte sie raffinierte Wellen geföhnt. Auf ihren Lippen lag ein Hauch apricotfarbener Lippenstift, der genau zu den Blümchen in der Bluse passte.

»Du siehst hinreißend aus. Wie ein Strauß Wildblumen vom Bach.«

Michaela strahlte. »Es ist gleich Viertel vor fünf. Ich fahr dann am besten mal los.«

Susanne begleitete sie zu Bennis altem Golf. »Manchmal hakt die Schaltung zwischen dem dritten und vierten Gang. Dann musst du kurz Zwischengas geben«, erläuterte sie.

»Oh.« Michaela blickte alarmiert auf.

»Aber du fährst ja nicht weit«, fügte Susanne schnell hinzu. Sie löste den Autoschlüssel von ihrem Bund, was nicht ganz einfach war. Während sie daran herumfummelte, fuhr unten auf der Talstraße ein dunkler Wagen langsam an der Einfahrt zum Feldweg vorbei. »Da sucht mal wieder einer den Wanderparkplatz«, murmelte sie. »Ah, na endlich. Hier. Am besten setzt du rückwärts zur Straße runter. Drehen ist hier oben etwas kompliziert, weil der Wagen keine Servolenkung hat und die Wiese an manchen Stellen matschig ist.«

»Rückwärts?« Michaela sah entsetzt aus.

»Also gut, ich wende den Wagen für dich.«

Beim Hin- und Herrangieren kamen Susanne Bedenken, ob Michaela wirklich sicher durch die kurvige Strecke in den Ort kommen würde. »Soll ich dich nicht vielleicht doch hinfahren? Kannst ja anrufen, wenn du wieder abgeholt werden willst«, schlug sie vor, als der Golf schließlich mit der Schnauze in Talrichtung abfahrbereit stand.

»Das ist lieb, aber ich schaff das schon. Ich weiß ja auch gar nicht, wie spät es wird. Ich meine, wir müssen die Blumen erst kaufen, dann pflanzen und ...«

»Schon klar.« Susanne lachte, reichte ihr den Schlüssel und nahm sie in den Arm. »Ich wünsche dir einen wunderschönen Abend.«

Michaela flüsterte ihr ins Ohr: »Ich bin total aufgeregt.« Dann löste sie sich von ihr und öffnete die Autotür.

In dem Augenblick tauchte der dunkle Wagen auf der Talstraße aus der anderen Richtung wieder auf. Er stoppte kurz, bevor er in die Auffahrt zur Hütte hineinbog. Sie sahen ihm einen Moment schweigend entgegen.

Dann machte Michaela »Ach!«. Es klang wie ein Seufzen. Ein Laut, als würden Millionen von Träumen gleichzeitig platzen.

Der Wagen kam langsam den Feldweg herauf. Susanne erkannte erst das Hamburger Nummernschild, dann den Fahrer. Er hielt ein paar Meter vor dem Golf. Aus der Beifahrertür sprang ein sehr schmales, sehr langhaariges Mädchen im bauchfreien Tanktop heraus.

»Überraschung. Hi, Mum, hallo, Susanne«, rief Sarah und fiel Michaela um den Hals. »War es nicht eine coole Idee von mir, Papa zu dem Trip zu überreden?«

»Ja, Schatz, das war es«, murmelte Michaela. In der nächsten Sekunde schrie sie auf: »Du hast ja ein Piercing!!!«

»Cool, oder? Papa hat es erlaubt.«

Entsetzt starrte Michaela auf Sarahs linke Augenbraue, in der ein Metallstift steckte. »Das ist ja fürchterlich.«

»Man kann es wieder rausnehmen. So was haben doch alle Mädchen in meiner Klasse.«

Auch Theo war inzwischen ausgestiegen, hatte ein paar Dehnübungen gemacht und war zu ihnen getreten. Sehr vorsichtig lächelte er Michaela an. »Hallo, Liebling. Du siehst aber wirklich erholt aus.«

»Danke.« Michaelas rechte Hand lag immer noch auf der Türklinke des Golfs. Sie ließ sie zögernd, widerwillig los.

»Soso, das hier ist also dein Refugium vor den Sachzwängen der bürgerlichen Welt«, wandte sich Theo an Susanne und sah sich um. »Wirklich schön hier in der Gegend, das muss man schon sagen.«

»Aber der Ort unten sieht aus wie am Arsch der Welt«, bemerkte Sarah. »Und was die Leute da so anhaben, völlig daneben. Bei uns war so was vor zehn Jahren in.«
»Wir waren vorhin kurz im Hotel. Ich, äh, ich habe mal zwei Zimmer genommen.« Theo warf Michaela einen Blick zu. »Also, du könntest mit uns unten schlafen. Ist doch sicher bequemer«, fügte er hinzu, als sie nicht reagierte.
»Ich würde lieber hierbleiben.« Michaela sah Susanne flehend an. »Wenn das okay ist für dich.«
»Ja, klar, sicher. Natürlich kannst du bleiben.« Susanne brachte es nicht fertig, in diesen Blick hinein etwas anderes zu sagen.
»Tja, so, na gut, dann ist das ja geklärt.« Theo sah enttäuscht aus, doch er fasste sich schnell. »Dann mache ich folgenden Vorschlag. Wir fahren ins Hotel und machen uns etwas frisch. Und dann kommt ihr herunter, und ich lade die versammelten Damen zum Essen ein.«
»Au ja. Ich habe vorhin ein kleines griechisches Restaurant gesehen«, meinte Sarah.
Michaela wurde sehr blass.
»Das hat glaube ich heute Ruhetag«, sagte Susanne. »Es gibt aber auch einen ganz netten Italiener. Und jede Menge badische Lokale.«
Fünf Minuten später fuhr der dunkle Wagen mit Theo und Sarah auf der Talstraße davon. Michaela stand nach wie vor bewegungslos neben dem Golf.
»Alles in Ordnung?«, fragte Susanne leise.
Michaela nickte langsam. »Ich rufe Stavros an und sage ihm, dass ich nicht komme. Er soll nicht umsonst warten.«
»Ach, Michaela.« Susanne streichelte ihren Arm. »Vielleicht könnten wir sagen, dass wir beide heute Abend schon verabredet sind, mit Ellen. Das hatten wir nur gerade vor freudiger

Überraschung ganz vergessen. Dann könntest du trotzdem gehen.« Sie spürte selbst, dass der Vorschlag nicht besonders überzeugend klang.
Michaela lächelte traurig. »Nein. Das Ganze wäre eh keine so richtig gute Idee gewesen, oder?«
Mit langsamen Schritten ging sie zur Hütte, um zu telefonieren. Das Leuchten in ihrem Gesicht war verschwunden.

41

Ich habe es mal eben in den Routenplaner eingegeben. Nur zehn Minuten Fahrzeit von der Autobahnabfahrt Baden-Baden.« Sarah hielt Theo ihr Handy hin.

Der machte eine abweisende Handbewegung. »Das interessiert mich überhaupt nicht. Ich fühle mich jetzt wirklich von dir verarscht. Du hast das schon vor der Abfahrt geplant und rückst erst eine halbe Stunde vor der Rückfahrt damit heraus. So geht das nicht, junge Dame.«

»Ach, Mööönsch«, maulte Sarah. »Mama, sag du doch auch mal was dazu.«

Michaela schob den Teller mit dem Käsebrötchen, von dem sie nur ein paar Bissen gegessen hatte, von sich weg. »Ich finde, da hat dein Vater recht. Es wirkt fast so, als hättest du die ganze Reise nur machen wollen, um auf dem Rückweg ein Pferd anzuschauen.«

»Wenn ich das vorher gesagt hätte, wäre Papa doch gar nicht erst losgefahren.«

»Eben«, schnaubte Theo. »Das meine ich mit verarschen. Du weißt genau, was ich für eine Einstellung zum Thema eigenes Pferd habe. Ganz abgesehen davon, dass wir uns das nicht leisten können.«

»Aber es wäre doch gar kein eigenes Pferd. Zur Hälfte würde es dem Reitstall gehören. Und von meinem Anteil müssten wir auch nur fünfzig Prozent zahlen. Das sind mal gerade zweitausendfünfhundert Euro.«

Michaela und Theo starrten sie an.

»Ich habe noch fast zweitausend von der Konfirmation«, sagte Sarah schnell. »Bleiben nur fünfhundert, die überhaupt zu zahlen sind. Und für den Rest arbeite ich im Stall.« Sarah machte ein flehendes Gesicht.
»Was ist das überhaupt für ein Deal. Du bezahlst die Hälfte eines Pferdes, mit dem sie Geld verdienen, weil auch andere damit durch die Gegend reiten dürfen, aber du kriegst vom Gewinn nichts ab? Das ist doch Turbokapitalismus in Reinkultur«, sagte Theo angewidert.
»Nein, gar nicht, das ist fair. Dafür zahle ich keine Stallgebühren für die Box. Und Tjalda würde nur an der Longe für Anfänger eingesetzt. Ich dürfte sie einreiten, und auch nur ich würde mit ihr ausreiten.«
»Tjalda?«, fragte Michaela.
»Das ist ihr Name.« Sarahs Augen leuchteten auf. »Sie ist noch ganz jung. Und sie ist so schön. Ich habe Fotos, hier auf dem Handy.«
Mit der digitalen Routine einer Fünfzehnjährigen zauberte Sarah in Sekunden ein Pferdefoto aufs Display. »Schau sie dir doch an, Mama. Sie hat eine goldfarbene Mähne.«
Ein kleiner sanfter Hund mit goldfarbenem Fell. Susanne, die den Schülerschen Familiendisput beim Abschiedsfrühstück im Café Metzinger schweigend beobachtete, wurde seltsam schwer ums Herz. Sie musste sich eingestehen, dass die Vorstellung, Michaela würde am Abend nicht mehr in der Hütte sein und Blumensträuße arrangieren, plötzlich gar nicht mehr so verlockend war. Außerdem hatte es weh getan zu sehen, wie Michaelas Augen dunkler wurden, als sie begriff, dass ihre Tochter die Reise nicht um ihretwillen arrangiert hatte.
Michaela nahm Sarah das Handy aus der Hand und schaute sich das Pferd an. »Ach, das ist ja niedlich. Und dieser weiße Fleck auf der Schnauze.«

»Blesse. Bei Pferden heißt das Blesse.« Sarah strahlte.

Erst jetzt fiel Susanne auf, dass das Piercing in ihrer Augenbraue verschwunden war. »Was ist denn mit deinem neuen Bodyschmuck passiert?«, erkundigte sie sich.

»Och, Mama gefiel er ja so überhaupt nicht. Da habe ich ihn rausgemacht«, sagte Sarah und lächelte Michaela an.

Raffiniertes kleines Biest, schoss es Susanne durch den Kopf. Pluspunkte machen bei Mama, um sie als Verbündete gegen Papa einsetzen zu können.

Die taktische Rechnung schien aufzugehen. »Also, dieser Deal klingt mir auf jeden Fall ganz vernünftig«, sagte Michaela zu Theo. »Und ich meine, anschauen können wir uns doch die Tjalda auf jeden Fall mal. Wenn es schon direkt auf dem Weg liegt.«

Theo strich sich über den Bart. Wie unbehaglich ihm zumute war, spürte man geradezu körperlich. Doch das schlechte Gewissen, das er offensichtlich Michaela gegenüber immer noch hatte, schien seine Argumentationslust auszubremsen. »Und wer garantiert mir, dass dieser sogenannte Deal auch eingehalten wird?«, versuchte er es trotzdem noch einmal.

»Das wird alles schriftlich fixiert«, erklärte Sarah. »Außerdem vertraue ich Tom total.«

Jetzt schnappte Michaela nach Luft. »Wer ist eigentlich dieser Tom? Ich hatte ihn am Telefon, als ich am letzten Abend auf dem Hof bei dir angerufen habe.«

»Tom ist der Sohn des Stallbesitzers. Er ist achtzehn. Und total süß.«

»Achtzehn! Seit wann kennst du ihn? Du hast ihn mir nie vorgestellt, wenn ich dich abgeholt habe.« Zum ersten Mal seit Tagen sah Susanne wieder den Mutteralarm in Michaelas Gesicht.

»Hab ich nicht?«, fragte Sarah harmlos. »Dann mach ich das eben beim nächsten Mal.«

»Also wirklich.« Michaela knüllte die Serviette zusammen und warf sie auf das angebissene Brötchen.
»Nun gut, so sei es.« Theo hörte auf, sich über den Bart zu streichen. »Dann fahren wir bei dem Gaul vorbei. Aber ich will diese ganze Geschichte erst noch von dem Stallbesitzer selbst hören, bevor irgendetwas entschieden wird.«
»Mensch, Paps, du bist der Größte.« Sarah fiel ihm um den Hals.
»Gut, gut.« Sah Theo tatsächlich gerührt aus? Susanne konnte es kaum glauben. »Aber dann sollten wir so langsam los.«
»Kein Problem. Ich habe gesagt, dass wir sicher nicht vor eins …« Sarah brach ab, als sie merkte, dass sie gerade verraten hatte, wie sicher sie mit der Pferdebesichtigung gewesen war. Doch Theo hatte es nicht mitbekommen. Er war damit beschäftigt, Frau Metzinger darauf aufmerksam zu machen, dass er zahlen wollte. Michaela sah ihre Tochter mit einem seltsamen Blick an, sagte jedoch nichts.
»Sooo. Ahaaa. Geht's heute also wieder heim?« Frau Metzinger war schließlich nach angemessenem Haggeracher Zeitmaß erschienen. Grinsend registrierte Susanne Theos irritierten Blick. Die Seniorchefin war nun mal stets gut informiert über Hüttenbewohner und deren Anhang. Außerdem stand der bis unters Dach vollgepackte Wagen direkt vor der Tür. Theo hatte im lokalen Gartencenter eine spezielle biologische Teichfolie entdeckt, die er angeblich in ganz Hamburg nicht finden konnte. Weil der Kofferraum damit voll war, musste das Gepäck bei Sarah auf der Rückbank untergebracht werden.
Theo zahlte. Sarah war schon hinausgerannt. Durchs Fenster sah Susanne sie eifrig SMS tippen. Ob sie Tom mitteilte, dass alles glattgegangen war?
»So«, sagte Theo, »wollen wir dann?«

»Geh du nur schon. Ich trinke meinen Cappuccino noch aus.« Irgendetwas in Michaelas Stimme ließ Theo verwirrt aufblicken, doch er trollte sich ohne Widerstand.

Einen Moment saßen Susanne und Michaela schweigend am Tisch.

»Wie es aussieht, fährt Thelma dann wohl wieder nach Hause«, sagte Michaela schließlich.

»Das ist besser, als im Grand Canyon zu zerschellen.« Susanne lächelte ihr zu. »Ich glaube, Theo hat ein total schlechtes Gewissen. Vielleicht wird er sich ja ein bisschen verändern.«

»Vielleicht.« Es klang wenig überzeugt. »Und was wird aus Louise?«

»Die wird weiterfahren. Ich habe das Gefühl, dass Benni das Wohnmobil bald repariert hat.«

»Weißt du denn jetzt, wohin du fahren willst?«

»Auf jeden Fall nach Süden ans Meer. Und dann mal schauen.« Plötzlich überfiel Susanne die Sehnsucht so heftig, dass es ihr die Luft abschnürte.

»Pass bitte auf dich auf, ja. Ich will, dass du heil nach Hamburg zurückkommst.«

»Ich pass auf mich auf, versprochen.«

»Du könntest nach Griechenland fahren«, sagte Michaela plötzlich. In ihren Augen flackerte das Strahlen auf, das an dem Nachmittag darin lag, an dem Theo und Sarah erschienen. Nach einer Pause fuhr sie fort: »Würdest du Stavros von mir grüßen? Du siehst ihn doch bestimmt auf Ellens Geburtstagsfeier. In zwei Wochen ist die, oder?«

Susanne nickte. »Ja, in zwei Wochen. Klar grüße ich ihn. Soll ich ihm irgendwas Besonderes sagen?«

»Nein. Nur einen ganz lieben Gruß.« Michaela seufzte.

»Kommst du? Papa wird langsam unruhig.« Sarah war wieder im Café aufgetaucht.

»Ich komme.«
Michaela stand auf. Susanne hakte sich bei ihr ein. Gemeinsam gingen sie unter dem aufmerksamen Blick von Frau Metzinger durch den Verkaufsraum hinaus.
»Ah, da seid ihr ja.« Theo unterdrückte das »endlich«. Er trat auf Susanne zu. Einen Moment sah es so aus, als wollte er sie umarmen. Dann gab er ihr etwas steif die Hand. »Tja, dann mal weiterhin eine gute Reise.«
»Euch auch. Tschüss, Theo.«
Von Sarah bekam Susanne einen nach Apfellipgloss duftenden Wangenkuss. Die beiden stiegen ein.
Susanne hielt Michaela die Beifahrertür auf.
»Weißt du was?«, sagte Michaela. »Ich habe vergessen, die schöne Kette mit dem Mondstein aufs Fundbüro zu bringen.«
»Wie Ellen schon sagte, sie wollte vielleicht zu dir. Behalte sie als Erinnerung an den Engelsgrund.«
»Das fand ich irgendwie nicht richtig. Sie liegt auf dem Tisch in der Hütte. Mach du damit, was du meinst.«
»Dann schicke ich sie dir nach Hamburg.«
»Nein. Ich weiß nicht genau, warum, aber ich glaube, sie gehört an den Bach.«
»Okay.«
Sie sahen sich an. In Michaelas Augen schimmerten Tränen. Rasch umarmte sie Susanne und stieg ein. »Und lass die Sträuße nicht so lange in der Hütte stehen, bis sie völlig vertrocknet sind. Das gibt keine gute Energie. Wirf sie vorher weg, hörst du.«
»Ja, Mama.« Susanne räusperte sich. Sie würde doch wohl jetzt nicht heulen.
Die Tür fiel zu. Theo startete den Wagen und lenkte auf die Straße. Er hupte. Michaela und Sarah winkten. Dann waren sie fort.

42

Wieder allein mit dem Bach! Susanne blieb noch einen Moment im Wagen sitzen, nachdem sie den Motor abgestellt hatte. Sie sah hinüber zur Hütte, die in der Mittagssonne döste. Seit Tagen schon war es sehr heiß. Ein Ausnahmesommer, wie selbst wetterverwöhnte eingeborene Haggeracher sagten. Die Sonne hatte die Wiesen im Engelsgrund zu mattgelbem Stroh gebleicht. Nur am Bach blühte es üppig weiter. Selbst in der Vase schienen die Blumen und Gräser noch eine besondere Lebenskraft zu haben. Das Blau der Blüten, die Michaela am Morgen für einen Abschiedsstrauß gepflückt hatte, leuchtete im Schatten des überhängenden Daches auf der Fensterbank. Wieder kroch leise Wehmut in Susanne hoch.

Schnell stieg sie aus und begann ihre Einkäufe aus dem Kofferraum zu räumen. Als sie den Karton mit dem Riesling heraushob, meinte sie aus dem Augenwinkel eine Bewegung hinter sich wahrzunehmen. Sie drehte sich um, doch da war niemand. Kein Wanderer weit und breit in Sicht auf dem Bachpfad. Kein Besucher, der sie auf der Gartenbank erwartete. Sie ließ die Tüten am Auto und trug zunächst den Weinkarton zum Gartentisch. Irgendwo hinter der Hütte knackte ein Zweig. Sie blieb stehen und lauschte. Stille, nichts als Stille. »Und was, wenn jemand weiß, dass du ganz allein in der Hütte lebst?« Sie runzelte die Stirn. Es durfte doch wohl nicht sein, dass Michaela sie mit ihrer ständigen Besorgtheit angesteckt hatte.

Blödsinn! Susanne stellte den Wein auf dem Tisch ab. Dabei fiel ihr das zerbrochene Blumenglas wieder ein. Das hatte sie tatsächlich völlig vergessen. Mit unbehaglichem Gefühl sah sie sich um. Lagen wieder irgendwo Scherben? Ihr Blick streifte die Hüttentür, und ihr wurde kalt.

An der Klinke hing ein Bündel aus bizarren Wurzeln, mit einem Stofffetzen zusammengewunden. Irgendetwas baumelte daran. Zögernd trat Susanne näher und zuckte dann zurück. Ungläubig starrte sie auf etwas, das aussah wie die verkohlten Reste einer Barbie-Puppe. In dem Moment knackte es wieder hinter der Hütte.

Sekundenlang stand Susanne da wie gelähmt. Dann geschah etwas Seltsames. Eine ungeheure Wut stieg in ihr auf. Welches Arschloch versuchte da, ihr Angst einzujagen? Ohne darüber nachzudenken, schnappte sie sich Haralds Windlicht, den einzigen erreichbaren Gegenstand, der als Waffe in Frage kam.

»Verdammt noch mal, wer ist da?«, schrie sie und stürmte um die Hüttenecke, bereit, das Windlicht jedem Unhold an den Kopf zu werfen.

Der Unhold stand keine zwei Meter von ihr entfernt und starrte sie mit blassem Gesicht an. Susanne ließ das Windlicht sinken und starrte zurück. Sie fragte sich, warum sie nicht besonders überrascht war.

»Was soll der Blödsinn?«, stieß sie barsch hervor.

»Das wissen Sie doch ganz genau. Verschwinden Sie von hier. Hauen Sie ab, und lassen Sie meinen Mann in Ruhe.« Marion ballte die Hände zu Fäusten. Einen Moment sah es so aus, als wollte sie sich auf Susanne stürzen.

»Ich Ihren Mann in Ruhe lassen? Das ist ja wohl der größte Witz.«

»Warum sind Sie hergekommen? Warum wollen Sie meine Familie zerstören? Ich weiß, dass sie Harald schon lange kennen.

Ich habe das Foto gesehen, das er immer vor mir versteckt hat. Sagen Sie mir, seit wann das schon läuft. Sagen Sie es mir.« Es klang matt und flehend, fast so, als würde sie zu ihren Kindern sagen: Bitte, lasst das doch.

»Sie denken doch nicht etwa, dass ich wegen Harald hier bin?«

»Warum denn sonst?«

Fassungslos schüttelte Susanne den Kopf. »Ich hatte keine Ahnung, dass er hier lebt. Wir waren während des Studiums mal kurze Zeit zusammen, das stimmt. Aber danach habe ich ihn dreißig Jahre lang nicht gesehen. Glauben Sie mir, ich will nichts von ihm, absolut nichts.«

»Er war hier bei Ihnen. Ich weiß das. Ich weiß es immer, wenn er bei einer seiner Geliebten war. Aber die anderen sind weit weg. Sie sind so nah.« Sie schluchzte auf.

Susanne sah ihr beim Weinen zu. Sie verfluchte den Abend mit Harald. Sie verfluchte sich. »Wollen Sie sich nicht lieber hinsetzen?«, hörte sie sich fragen.

Marion folgte ihr schluchzend zur Gartenbank.

Als Susanne den Weinkarton sah, fielen ihr die Tüten am Auto wieder ein. »Ach du liebe Güte, da vorn schmelzen gerade fünf Tiefkühlpizzen.« Sie rannte los, um die Einkaufstüten aufzusammeln. Marion hörte auf zu weinen und beobachtete sie.

Wortlos schloss Susanne die Hütte auf. Das Wurzelgebinde mit der verkohlten Puppe warf sie sofort in den Müll. Dabei spürte sie wieder Wut in sich. Warum musste ausgerechnet sie sich mit Haralds durchgeknallter Frau auseinandersetzen? Sollte sie doch lieber das Heideröschen heimsuchen. Oder die Holländerin mit den guten Kontakten zu Coffeeshops.

Seufzend schenkte sie zwei Gläser kalten Wein aus dem Kühlschrank ein. Vielleicht war es noch etwas früh am Tag, aber die Situation schien ihr ausgefallen genug, um darüber hinwegzusehen.

Sie stellte Marion ein Glas hin und setzte sich ihr gegenüber. Zuletzt hatte sie mit Harald in dieser Konstellation gesessen, den Tisch als Barriere dazwischen.
»Wie sind Sie eigentlich auf die Idee mit dem Bündel und der Puppe gekommen?«, fragte sie.
»Ich habe in einem Buch über Sagen aus der Region davon gelesen. Es soll ein alter Hexenbrauch sein, um jemanden von einem Ort zu vertreiben.«
»Na klasse. Und das haben Sie dann zusammen mit Ihren Kindern gebastelt, vermute ich.«
»Selbstverständlich nicht.« Zögernd betrachtete Marion das Glas.
»Es sind nur ein paar Hexenkräuter drin, mit denen man jemanden in einen Baumstamm verwandeln kann«, bemerkte Susanne.
Marion lächelte vorsichtig und trank einen Schluck. »Es tut mir leid, ich habe da wohl etwas übertrieben.«
»Allerdings. Haben Sie eigentlich auch das Windlicht versteckt und die Blumenvase zerbrochen?«
»Ja.«
Einen Moment herrschte Schweigen.
»Okay, hören Sie zu«, sagte Susanne dann. »Es stimmt, Harald war hier. Und es stimmt, ich habe mit ihm geschlafen, ein einziges Mal. Es tut mir leid, wirklich. Ich hätte es nicht tun sollen.«
»Warum haben Sie es dann getan?«
»Ich ... Ich habe dabei an einen anderen gedacht.«
Marion sah sie prüfend an. Sie sagte nichts.
»Danach war Harald nur noch ein einziges Mal hier«, fuhr Susanne fort. Den halben Besuch, bei dem er das Windlicht brachte, beschloss sie zu unterschlagen.
»Das war der Abend, an dem er mir erzählen wollte, er habe sich im Wald verlaufen, oder?«

»Er hatte sich wirklich verlaufen.«
Marion schaute ungläubig und trank noch einen Schluck.
»An dem Abend habe ich ihn gebeten, zu Ihnen nach Hause zu gehen und nie mehr wiederzukommen. Hat er auch nicht gemacht.«
Wieder tranken sie schweigend.
»Äh, Sie deuteten vorhin an, dass Harald mehrere Geliebte hat?«, fragte Susanne vorsichtig. »Und Sie wissen davon?«
Marion lachte bitter. »Die eine schickt ihm jeden Abend per SMS einen Gutenachtkuss, bevor sie schlafen geht. Er glaubt, ich wusste das nicht.«
Susanne starrte sie an. »Warum um alles in der Welt machen Sie das mit?«
»Weil ich ihn liebe. Weil wir zwei Kinder haben. Brauchen Sie noch mehr Gründe?«
»Ich könnte keinen Tag so leben.«
Marion lächelte süßlich. »Sicher, wenn man so hohe moralische Ansprüche hat wie Sie ...«
»Darum geht es doch gar nicht. Wenn ein Mann klar sagt, dass ihm eine einzige Frau nicht reicht, und wenn seine Partnerin das akzeptiert, dann von mir aus. Doch so eine heimliche Betrügerei wie die von Harald finde ich, sorry, genauso zum Kotzen wie Ihr heimliches Rumspionieren in seinen SMS.«
»Ach ja?«
»Ach ja! Wenn Sie es nicht schaffen, ihn zur Rede zu stellen, ist das Ihre Sache. Aber wenn Sie sich dann das Recht anmaßen, seine vermeintlichen oder wirklichen Geliebten zu terrorisieren, ist das was ganz anderes.« Susanne redete sich in Fahrt. »Himmelherrgott, es tut mir leid, wenn Ihre Ehe nicht glücklich ist, doch es ist verdammt noch mal nicht meine Schuld. Machen Sie mit Harald eine Paartherapie oder reichen Sie die Scheidung ein. Aber lassen Sie mich in Zukunft in Frieden.«

Marion schluckte. »Wir hätten niemals hierherziehen dürfen. Vorher waren wir glücklich.«
Susanne verschränkte die Arme und schwieg. Sie wollte nichts mehr hören. Aber Marion drängte es offenbar zum Reden.
»Wir haben vorher in Frankfurt gelebt. Da bin ich geboren. Da lernten wir uns kennen. Wir hatten dort Freunde, meine Familie. Dann rief ein Headhunter bei Harald an, um ihm diesen Job in der Nähe von Freiburg anzubieten. Es war eine Riesenchance für ihn, mit Ende vierzig noch Karriere zu machen. Ich war da gerade mit Luca schwanger.« Sie seufzte.
»Das traf sich doch eigentlich ganz gut«, bemerkte Susanne, als Marions Schweigen ausuferte.
»Dachten wir auch. Wir beschlossen, ein Haus zu kaufen, irgendwo in schöner Lage, mit viel Natur drum herum. Dann stellten wir fest, dass so was in Freiburg unbezahlbar ist, selbst bei Haralds Gehalt. Wir suchten in der weiteren Umgebung und fanden das Neubaugebiet hier in Haggerach.«
»Na ja, ruhig ist es hier, schön ist es, Natur gibt es jede Menge. Wo ist das Problem?«, versuchte Susanne erneut den stockenden Redefluss zu beschleunigen.
»Das ist es ja. Es gibt hier nichts als Ruhe und Natur. Von Anfang an kam Harald abends erst spät. Er arbeitete lange, dazu dann noch die halbe Stunde Fahrzeit. Ich war den ganzen Tag allein zu Hause. Ich kannte hier doch niemanden.«
»Ich dachte, Mütter finden sich immer gegenseitig.«
»Die Leute hier sind … Nun ja, nett sind sie, da kann man nichts sagen. Aber sie sind seltsam. Allein dieser schreckliche Dialekt, den ich kaum verstehe.« Marion schüttelte den Kopf. »Egal, wo ich war, auf dem Spielplatz oder im Elternbeirat von Pauls Kindergarten, immer hatte ich das Gefühl, nicht dazuzugehören. Ich hatte vor, wieder halbtags als Sekretärin zu arbeiten, sobald Paul in der Schule und Luca im Kindergarten war. Aber hier in der

Nähe gibt es eine solche Stelle nicht. Und jetzt, bei den Schwierigkeiten, die Paul im Moment hat, braucht er mich natürlich ganz. Er ist ein sehr emotionales Kind, müssen Sie wissen.«
Susanne deutete ein Nicken an. Während sie Marions immer matter werdender Stimme zuhörte, spürte sie den Impuls, diese Frau einmal kräftig durchzuschütteln, damit sie aus ihrer Lethargie erwachte.
In dem Moment blickte Marion auf ihre eindeutig teure Armbanduhr. »Ich muss los. Um drei hole ich Paul vom Nachmittagsunterricht ab. Zum Glück hat er nur zweimal die Woche so lange Schule. Es belastet ihn schon sehr. Danach fahren wir zur Kita und holen Luca.« Sie stand auf.
Zweimal die Woche? Das waren also die Tage, an denen sie Voodoopuppen verbrannte und um fremde Hütten herumstrich. »Kann ich sicher sein, dass ich keine Überraschungen an meiner Türklinke mehr finden werde?«, fragte Susanne.
Marion nickte stumm.
»Ich bin ohnehin nicht mehr lange hier. Ich werde bald weiterfahren«, fügte Susanne vorsichtshalber hinzu.
»Wohin fahren Sie denn?«
»Nach Süden. Ich will für ein Jahr mit einem Wohnmobil unterwegs sein.«
Plötzlich geschah eine erstaunliche Veränderung mit Marion. In ihr Gesicht kam Leben. Ihre Augen leuchteten auf.
»Ach, das ist ja toll. Davon träume ich schon so lange.«
»Tja, warum machen Sie Harald nicht mal den Vorschlag, wenigstens einen Urlaub so zu verbringen?«
Marion senkte den Kopf und zuckte mit den Schultern. »Ja, vielleicht«, murmelte sie. »Also dann ...«
»Also dann.«
Sie nickten sich zu. Dann schlug Marion den Bachpfad talabwärts ein. Offensichtlich hatte sie ihren Wagen, genau wie

ihr Mann zuvor, auf dem von Bäumen verborgenen Wanderparkplatz unten an der Talstraße abgestellt.
Susanne sah ihr nach. Ob Harald sie wohl jemals mit einer Wohnmobiltour überraschen würde? Irgendwo hoffte sie es für beide. Mehr noch hoffte sie allerdings, dass sie nie wieder etwas von diesem Paar hören musste.

43

But I was so much older then
I'm younger than that now.«
Bennis kratzige Stimme füllte mikrophonverstärkt Stavros' Hof. Im Hintergrund rührte Manni, der einsame Reiter, die Drums. Ein vollbärtiger Cowboyhutträger, den Susanne nicht kannte, spielte Bass. Sie hatte wirklich schon schlechtere Coverbands gehört. Die Jungs waren gut.
Sie ging zum Büfett, hinter dem Stavros mit untergeschlagenen Armen der Musik lauschte, und nahm sich noch ein paar Hackbällchen. Sie lächelte ihm zu. »Das Essen ist ganz große Spitze.« Als sie seinen Blick bemerkte, fügte sie schnell hinzu: »Das ist es natürlich immer. Aber heute ist es besonders toll.«
Stavros grinste. »Wie wäre es mit einem Ouzo?«
Susanne wiegte unentschlossen den Kopf. Es war noch früh am Abend. Andererseits musste sie nicht mehr fahren. Ellen hatte ausdrücklich gesagt, zur Einladung gehöre ein Taxi nach Hause. Oder ein Platz auf ihrem Sofa. Beim Angebot des Sofaplatzes hatte sie einen Moment gezögert. Susanne ahnte, warum. Sie ging davon aus, dass Sebastian bei ihr übernachten würde. Es gab Konstellationen, für die Ellens Wohnung einfach zu klein war.
Sie sah sich um. Etwa dreißig Leute gruppierten sich um die Stehtische, mit denen Stavros den Hof an diesem Abend bereichert hatte. Die meisten der Gäste kannte Susanne nicht.

Sebastian war noch nicht da. Von einem Tisch auf der anderen Hofseite aus winkte ihr Ellen zu. Sie winkte zurück.
»Ouzo ist eine gute Idee«, befand sie.
Stavros schenkte sich auch ein Glas ein. »Jamas.« Sie stießen an und tranken in einem Zug aus. »Ellen hat immer ungewöhnliche Ideen«, bemerkte Stavros beim Nachschenken. »Die meisten Leute feiern runde Geburtstage groß. Sie feiert den neunundfünfzigsten.«
»Stimmt, das ist ungewöhnlich.« Susanne nippte nachdenklich an ihrem zweiten Ouzo. Als Ellen sie zu ihrer Geburtstagsfeier im Patras einlud, ging sie von einem Essen mit ein paar Leuten aus. Eine Party mit Livemusik hatte sie nicht erwartet.
»Wie geht es Michaela?«, fragte Stavros. Die Grüße hatte Susanne ihm gleich am Abend von Michaelas Abfahrt ausgerichtet, als sie mit Ellen bei ihm das Ende der Episode Harald begoss.
»Es geht ihr gut.« Susanne dachte an das Telefonat mit ihr einige Tage zuvor. Niedergeschlagen hatte Michaela berichtet, wie Theo ihre Blumenladenidee in wenigen Sätzen zerpflückte. »Ziemlich gut jedenfalls.«
»Ich hoffe, sie ist glücklich. Sie ist eine wunderbare Frau. Wenn sie lacht, scheint die Sonne.«
Überrascht sah Susanne ihn an. Ein versonnenes Lächeln spielte um seine Lippen. Sollte sie Michaela erzählen, was er gesagt hatte? Sie leerte ihr Glas. Vielleicht sollte sie es besser lassen.
Sie ließ sich von Stavros einen Wein geben und schlenderte auf den Tisch zu, an dem Ellen in einer Frauenrunde stand. Sie erkannte die Amerikanerinnen mit dem Buchladen in Straßburg. Ellen hatte sie am Anfang des Abends mit den beiden bekannt gemacht. Auf halbem Weg zupfte sie jemand am Ärmel.
»Das ist super, dass ich dich hier treffe. Ich wollte dir schon die ganze Zeit was sagen.« Conny zog sie zu einem Tisch, an dem sie wie es aussah allein stand. Sie trug ein weißes Kleid mit

knielangem Tellerrock. Das tiefe Dekolleté war mit Glitzernieten besetzt.
Das Du hatte sie wohl von Benni übernommen. Verwundert stellte Susanne ihr Glas auf dem Tisch ab. Dabei bemerkte sie, dass Conny auf gewisse Weise nicht allein war. Sie hatte unverstellbare Sicht auf die kleine Bühne, auf der Benni gerade eine kratzig schöne Version von Dylans *Don't Think Twice It's Alright* zum Besten gab. Immer wieder glitt sein Blick zu ihr.
Conny sah Susanne bedeutungsvoll an. »Du warst mein Schicksal.«
»Bitte was war ich?«
»Du hast Benni an dem Tag damals erzählt, dass ich im Buchladen war. Er hat es mir verraten.«
Susanne zuckte zusammen. Conny habe furchtbare Angst davor, dass Benni im Laden auftauchen könnte, erinnerte sie sich wieder an Ellens Satz. »Ich, äh, es tut mir leid«, stammelte sie.
Ohne Vorwarnung fiel Conny ihr um den Hals. »Das muss dir nicht leidtun. Ich werde dir dafür immer dankbar sein.«
Benommen von der Maiglöckchenduftwolke aus Connys Dekolleté lächelte Susanne erleichtert. »Das ist gut. Ich meine natürlich, dass ihr euch wiederhabt, nicht, dass du mir dafür ewig dankbar sein müsstest.«
Conny ließ sie los. »Schauen wir mal, ob es gut ist, dass wir uns wiederhaben«, sagte sie trocken. »Aber ich liebe Benni, ich kann es nicht ändern.« Da ihrem letzten Satz wenig hinzuzufügen war, stießen sie schweigend an.
»Lasst mich mit euch trinken, Mädels.« Ellen war zu ihnen herübergekommen und legte beiden den Arm um die Taille.
»Du siehst heute Abend so schön aus«, seufzte Conny.
Es stimmte. Ellen hatte ihre Haare zu einem festen Knoten im Nacken verschlungen, nur eine Strähne rieselte ins Gesicht. Die Strenge der Frisur betonte ihre hohen Wangenknochen und die

fein geschwungene Linie ihres Halses. Das Rauchgrau des langen Leinenkleids brachte die grauen Augen zum Leuchten. Im tiefen V-Ausschnitt hing an einem Lederband ein blau schimmernder Stein, den Susanne noch nie an ihr gesehen hatte.
»Genau so einen Stein hat Michaela an der Quelle gefunden«, rief sie.
»Das ist Mondstein. Stärkt die Intuition und gibt seelische Kraft. Hat sie ihn mit nach Hamburg genommen?«
»Nein. Sie meinte, der Stein gehört an den Bach.«
Einen Moment wirkte Ellen überrascht. »Vielleicht hat sie recht«, sagte sie nachdenklich.
»Busted flat in Baton Rouge, waitin' for a train
When I's feelin' near as faded as my jeans«
Susanne sah auf. Bennis Version von »Me and Bobby McGee« kannte sie schon aus seiner Garage. Auf der Bühne hatte die Performance Gänsehautcharakter.
»Benni wird immer besser«, sagte Ellen bewundernd.
Conny strahlte. »Ich finde ja, er sollte unbedingt eigene Songs schreiben. Aber er sagt, das erlaube sein Respekt vor den Großen nicht. Verstehe ich nicht. Mit eigenen Songs im Repertoire könnte er viel mehr aus der Band machen.«
Susanne und Ellen warfen sich einen Blick zu.
»Wo ist eigentlich dein Fotograf?«, fragte Conny plötzlich.
»Sebastian hatte heute einen Termin in Frankfurt bei seinem Verlag. Im Moment steckt er in einem Stau bei Karlsruhe. Er hat vorhin angerufen.« Ellen lächelte Susanne zu. »Er versucht auf jeden Fall noch zu kommen.«
Susanne war nicht sicher, ob sie froh oder enttäuscht über Sebastians Abwesenheit war. Sie hatte ihn seit dem Abend nicht mehr gesehen, an dem sie sich heulend vor Gefühlsverwirrung auf der Toilette einschloss. Plötzlich musste sie wieder an die Frau auf dem *stern*-Foto denken. Die Französin, die ihr so ähnlich sah.

Benni kündigte »ein Päusle« an. Unter dem Applaus des Publikums kam er an den Tisch und zog Conny an sich. Sie legte den Kopf an seine Schulter.
Ellen hakte sich bei Susanne ein. »Komm, ich möchte dir jemanden vorstellen, den du glaube ich schon mal gesehen hast.« Sie führte sie zu dem Tisch, an dem sie zuvor gestanden hatte. Die Buchhändlerinnen hatten sich zu einer anderen Gruppe gesellt. Jetzt standen dort ein Mann und eine Frau im Gespräch vertieft. Der Mann war klein, rundlich und hatte eine Halbglatze. Ihn hatte Susanne definitiv noch nie gesehen. Die Frau mit kurzgeschnittenen grauen Haaren drehte ihnen den Rücken zu.
»Ah, die Königin des Abends.« Der Mann strahlte Ellen entgegen.
Lachend bugsierte sie Susanne zwischen ihn und die Frau. »Das ist Klaus Bechtle, seines Zeichens Leiter der Stadtwerke Haggerach und ein wahnsinnig lieber Mensch«, stellte sie ihn Susanne vor. »Und das ist Franka Gössle, eine Mitwanderin auf geheimnisvollen Pfaden, wenn sie nicht gerade von irgendwelchen Leuten Belege für die Fahrtkosten in ihrer Steuererklärung fordert.«
Die grauhaarige Frau wandte ihnen den Kopf zu. Sie hatte ungewöhnliche Augen, deren Farbe Susanne an den Mondstein in Ellens Dekolleté erinnerte. »Ah, die Frau vom Bach«, sagte sie. Susanne erkannte sie sofort. Es war die ältere der beiden Hexen, die sie an dem Vollmondabend verfolgt hatte. Die mit dem Federbüschel um den Hals. Hatte Ellen nicht gesagt, die leitende Schamanin der Region arbeite auf dem Finanzamt? Sie stand also der Oberhexe gegenüber.
»Das ist Susanne Holtmann, die vom Zufall in unser friedliches Tal verschlagen wurde. Was gut ist, denn sonst hätten wir uns nie kennengelernt.« Ellen gab Susanne einen zärtlichen Knuff in die Seite, dann wandte sie sich an den Stadtwerkleiter. »Wo

ist eigentlich deine Frau? Ich muss ihr unbedingt was erzählen.«
»Ingrid liegt gerade Benni zu Füßen«, sagte der trocken. »Sie isch ein großer Fan von ihm.« Grinsend folgte er Ellen zu der Gruppe, die sich um Connys Tisch gesammelt hatte.
Die Oberhexe sah Susanne mit ihren Mondsteinaugen an. »Es gibt keine Zufälle«, sagte sie.
Susanne lächelte. »Finden Sie nicht, dass man sich Zusammenhänge auch einreden kann?«
»Wir können uns doch duzen, oder?«
»Gern.«
»Warum wolltest du uns zur Quelle folgen, Susanne?«
Susanne trank einen Schluck Wein. »Oh, hat Ellen mich verraten?«
Franka wirkte überrascht. »Wieso Ellen?«
Susanne fühlte sich nicht wohl unter dem Blick dieser merkwürdigen Augen. Vielleicht sollten sie die Frau bei der Steuerfahndung einsetzen. Wenn sie einen Abrechnungssünder fixierte, blieb garantiert kein geheimes Konto verborgen.
»Ich war neugierig auf, äh, die Kleiderordnung bei euren Treffen«, hörte sie sich wahrheitsgemäß sagen.
»Die Kleiderordnung?«
»Ich wollte wissen, ob es unter euch Leute in langen, wallenden Umhängen gibt.«
»Um uns mit den Kräften der Natur zu verbinden, müssen wir kein Kostümfest veranstalten. Wie kommst du darauf?«
Susanne berichtete von der Gestalt, die sie in der Gewitternacht vor Fronleichnam am Bach gesehen hatte.
Franka dachte einen Augenblick darüber nach. »Ah«, sagte sie dann, »du hast wahrscheinlich die Näherin gesehen.«
»Waaas?« Susanne rief es so laut, dass einige der anderen Gäste interessiert zu ihnen blickten. Auch Ellen drehte den Kopf.

»Ich kenne die Geschichte. Die Näherin ist seit fast vierhundert Jahren tot.«
»Aber sie weiß es nicht, die arme Seele.« Franka sagte es im Tonfall leisen Bedauerns. »Ich bin ihr auch schon nachts im Wald begegnet. Sie ist einsam. Doch sie tut niemandem etwas zuleide.«
Susanne fröstelte. Das Gespräch war ein wenig absurd. Hilfesuchend sah sie zu Ellen hinüber. Doch die war in eine Unterhaltung mit dem Stadtwerkleiter und seiner ebenso rundlichen Frau vertieft.
»Ellen sagte mir, dass du bei einer Werbeagentur arbeitest.« Franka schien das Thema Näherin als abgehandelt zu betrachten. »Da hätte ich nämlich eine Bitte an dich.«
»Ich habe früher bei einer Agentur gearbeitet. Das ist vorbei. Um was geht's denn?«
»Um die Kräfte des Baches. Du hast ja sicherlich schon bemerkt, dass er besondere Energien ausstrahlt.«
»Na ja, er ist recht, äh, entspannend«, sagte Susanne vorsichtig.
»Entspannend? Ich kenne keinen anderen Platz, an dem die Kräfte der Natur so intensiv wirken. Keiner, der sie gespürt hat, verlässt den Engelsgrund unverändert. Wann bist du eigentlich zum ersten Mal dort gewesen?«
»Das war Mitte Juni. Warum?«
»Im Frühling also.« Franka nickte wissend. »Die Energien des Wassers verändern sich mit den Jahreszeiten. Ich bin überzeugt davon, dass man den Bach immer zu der Jahreszeit entdeckt, deren Kräfte für die eigene Entwicklung besonders wichtig sind. Im Frühling geht es um Themen wie Aufbruch und Neuanfang. Es geht darum, Vergangenes und Vertrocknetes im Feuer der Veränderung zu verbrennen, um als Phönix aus der Asche neu emporzusteigen.«
Susanne blickte Franka an, die mit leuchtenden Augen und erhobenen Armen gen Himmel sah. Sie hatte offenbar einen ähn-

lichen Hang zur mystischen Dramatik wie Ellen. »Aha«, sagte sie trocken. »Und was hat das Ganze mit Werbeagenturen zu tun?«
»Ich bin zu dem Schluss gekommen, dass es Zeit ist, möglichst viele Interessierte an die Kräfte des Baches heranzuführen. Dazu plane ich eine Reihe von Jahreszeitenseminaren. Inmitten der Natur können die Teilnehmer die spielerische Lust des Sommers in sich spüren, das Reifen und Vergehen des Herbstes, die strengen Herausforderungen des Winters.« Schon wieder verfiel Franka in einen leicht deklamatorischen Stil. Dann jedoch besann sie sich und wurde geschäftlich. »Man kann die Seminare einzeln buchen. Doch eigentlich sind sie als Gesamtzyklus gedacht. Ich suche jemanden, der die Idee professionell, wie sagt man, verkaufen kann.«
»Hm, du meinst so was in Richtung Selbsterfahrung im sagenumwobenen Schwarzwaldtal?«
»Ja, genau. Mir fehlt auch noch ein zündender Name für die Seminare.« Erwartungsvoll sah Franka Susanne an.
»Ich kann ja mal darüber nachdenken«, sagte sie ausweichend. Erleichtert sah sie, dass Ellen an den Tisch zurückkam. »Weißt du noch, wann du zum allerersten Mal am Bach warst?«, rief sie ihr entgegen.
»Das ist lange her. Es war im Winter. Der Bach war vereist.«
»Die Winterenergie fordert von uns, in unsere tiefsten Tiefen hineinzugehen«, erklärte Franka düster.
Ellen warf ihr einen scharfen Blick zu. »Wie du meinst. Aber heute will ich feiern.« Für einen kurzen Moment lag ein bitter trauriger Zug auf ihrem Gesicht, wie der Schatten eines Nachtvogels, der die Sterne verdeckte.

»Zum Ende unseres heutigen Programms spielen wir noch einen Titel von Großmeister Bob Dylan«, kündigte Benni an. »Es isch ein wunderschönes Lied, das er für eine Frau geschrieben hat, die er nie vergessen konnte. Sara heißt sie, genau wie der Song. I möcht ihn heute Abend einer ganz besonderen Frau widmen, die i nie vergessen werde.«

Conny ließ ihr Glas sinken und starrte ihn an. Er erwiderte ihren Blick, während die ersten Akkorde erklangen.

»Ach Gott, ach Gott, der bringt mich noch zum Heulen«, murmelte Conny.

Beklommen lauschte Susanne dem schwermütigen Song. Im Laufe des Abends hatte sich in ihr eine diffuse Traurigkeit angesammelt, die ihr die Brust zuschnürte. War es Frankas düstere Anmerkung zur Winterenergie? War es Ellens Reaktion darauf? Die Oberhexe hatte sich bereits mit der Ankündigung verabschiedet, Susanne am nächsten Tag ihre Aufzeichnungen zu den Jahreszeitenseminaren vorbeizubringen.

»Alles in Ordnung? Du siehst so nachdenklich aus.« Ellen fasste Susanne sanft am Arm.

»Ja, klar, alles in Ordnung. Ich dachte nur gerade, dass Benni an deinem Geburtstag ein fröhlicheres Programm hätte zusammenstellen können.«

Ellen lächelte. »Er hat mich vorher gefragt, ob er mal etwas Gefühlvolleres ausprobieren könne als sein klassisches Countryrepertoire. Mir gefällt es.«

Im letzten Refrain der Ballade hatte Benni noch eine besondere Überraschung versteckt. Er zelebrierte sie mit inbrünstiger Stimme.

»Conny, oh Conny, it's all so clear I could never forget, Conny, oh Conny, loving you is the one thing I'll never regret ...«

Die Musik verklang. Eine Sekunde herrschte ergriffenes Schweigen. Dann brandete Beifall auf. Er wurde geradezu frenetisch, als Conny zu Benni auf die Bühne stürmte und sich tränenüberströmt in seine Arme warf.

»Ellen, meine Süße, es war ein wunderschöner Abend. Wir müssen leider gehen, du weißt ja, wir müssen früh raus.« Das rundliche Ehepaar Bechtle war mit entschuldigendem Lächeln an den Tisch gekommen.

Irritiert stellte Susanne fest, dass diverse andere Gäste den Vorstoß als Initialzündung nahmen, sich ebenfalls zu verabschieden. Sie sah zu, wie Ellen Umarmungen erwiderte und Hände schüttelte.

»Ist es nicht etwas unhöflich, in der Sekunde wegzurennen, in der das offizielle Programm beendet ist?«, fragte sie leise, als Ellen die Verabschiedungsrunde beendet hatte.

»Oh, die Haggeracher sind gern zu den *Tagesthemen* daheim. Damit habe ich gerechnet.« Ellen lachte. Dann wurde sie ernst. »Es war schön, dass alle kommen konnten. Weißt du, ich lebe seit zwanzig Jahren in diesem Ort. Ich wollte die Menschen, die mir in meiner Zeit hier etwas bedeutet haben, endlich mal alle auf einem Haufen sehen.«

Susanne fröstelte plötzlich in der Kühle des Abends. »Gibt es eigentlich einen Grund, warum du das ausgerechnet jetzt wollest?«, fragte sie vorsichtig.

»Wie meinst du das?«

»Irgendwie hätte es doch besser nächstes Jahr gepasst, wenn du sechzig wirst.«

Ellen sah sie lange an. Dann lächelte sie. Es war ein Lächeln, das Susanne die Brust noch fester zuschnürte.

In dem Moment quetschte sich ein zottliger Hundekopf zwischen sie. Frodo sah von einer zur anderen. Dabei wedelte sein Schwanz so begeistert gegen einen Schirmständer, dass es fast wie Glockenläuten klang.

»Ich habe es nicht übers Herz gebracht, ihn im Wagen zu lassen. Er musste durch diesen verfluchten Stau schon lange genug da drinhocken. Frodo, Platz.«

Susanne spürte einen Stich in der Herzgegend, als sie Sebastians Stimme hörte. Brav ließ sich der Hund unter dem Tisch nieder. Ellen streckte die Hand nach Sebastian aus. »Da bist du ja endlich.«
Er nahm sie sehr fest in die Arme. Dann schob er sie ein Stück von sich, um sie zu betrachten. Zärtlich berührte er die Haarsträhne, die ihr ins Gesicht hing.
Susanne wandte den Blick ab. Sie hatte das Gefühl, etwas zu beobachten, das zu sehen sie kein Recht hatte. Zum Glück kamen in diesem Moment Benni und Conny zurück vom Abbau der Bühne.
»Der Auftritt war klasse«, rief sie Benni zu. »Ich liebe melancholische Songs.«
»Danke.« Benni strahlte. »Conny meint auch, dass wir mit gefühlvollen Titeln ein größeres Publikum erreichen.«
Conny nickte nur. Sie hing an seinem Arm, die Wimperntusche zerlaufen von den Tränen, die sie über den letzten Song vergossen hatte. Benni beugte sich hinab und küsste ihre verschmierten Wangen, erst die linke, dann die rechte.
Susanne sah auf ihr Weinglas. Es war leer. Sie verspürte das Verlangen, sich schnell und heftig zu betrinken. Ihre diffuse Traurigkeit drohte sie in einem schwarzen Strudel zu verschlingen. Sie zuckte zusammen, als etwas Eiskaltes ihren linken Knöchel berührte. Sie sah hinunter und blickte in Frodos Augen. Noch einmal stupste er sie mit der Nase an. Dann legte er den Kopf auf ihren Fuß. Sein wissender Blick war wie ein Déjàvu. So hatte sie auch Minou angeschaut, die einäugige Hündin der Johannsens. Susanne lächelte gerührt. Wenigstens Hunde verstanden, wie es in ihr aussah.
Stavros stellte eine Runde Ouzo auf den Tisch. Die beiden Paare waren zu sehr miteinander beschäftigt, um dem Beachtung zu schenken. Susanne griff begierig nach einem Glas. Mit ver-

drehten Augen bedeutete sie Stavros, die Liebenden zu vergessen. Er stieß wortlos mit ihr an und schenkte ihr dabei ein aufmunterndes Lächeln. Dann machte er sich daran, die leeren Tische abzuräumen. Sie sah ihm nach. Irgendwo mochte sie dieses entwurzelte südländische Wildkraut.

»O Mann, jetzt hätt i fast vergessen, dir die gute Nachricht weiterzugeben.« Benni hatte es geschafft, Conny für einen Moment loszulassen, und strahlte Susanne an. »Der Kumpel in Freiburg hat einen passenden Motor fürs Wohnmobil. Spätestens nächste Woche isch das Teil hier. Bald kann die Reise weitergehen.«

»Oh, das ist ...« Susanne schluckte. »Das ist ja großartig.«

Benni sah aus, als hätte er eine begeistertere Reaktion erwartet.

»Also wirklich, da freue ich mich sehr«, setzte Susanne hinzu, merkte allerdings selbst, wie matt das klang.

Der vollbärtige Bassist aus Bennis Band ersparte ihr, noch weitere Versicherungen ihres Entzückens abgeben zu müssen. Er rief Benni zu dem Lautsprecher, den er gerade einpackte. Conny folgte ihm.

Susanne nahm sich den Ouzo, den Conny nicht angerührt hatte, und trank ihn in einem Zug. Jeder Gedanke schien ihr an diesem Abend umflort von Traurigkeit. Sie fühlte sich wie eine Schiffbrüchige, die allein auf einem Felsen im Meer saß. Als Frodo das Gewicht seines Kopfes auf ihrem Fuß verlagerte, schossen ihr Tränen in die Augen.

»Tja, Sanna, jetzt kannst du das Tal der Hobbits bald verlassen. Wohin wird es dich als Nächstes verschlagen, hm? Zu Elben? Zu Zwergen? Zu Menschen?« Sebastian lehnte sich neben sie an den Tisch. Sein Arm lag so nah an ihrem, dass sie seine Wärme fühlte.

»Ich schätze, ich werde einfach der Straße folgen und schauen, wo sie mich hinführt.« Sie sagte es so leichthin wie möglich.

»Warum habe ich das Gefühl, dass dich der Gedanke an den Aufbruch nicht besonders glücklich macht?«

Sie spürte seinen forschenden Blick. Nein, verdammt. Dieses Mal würde sie nicht vor ihm mit den Tränen kämpfen. »Keine Ahnung, warum du das Gefühl hast.« Sie wandte ihm den Kopf zu.
»Wirklich nicht?«
»Wirklich nicht. Wo ist eigentlich Ellen?«
»Verabschiedet sich von den letzten Gästen.« Er wies mit dem Kopf in Richtung der Treppe zum Lokal. Dort hatte sich noch eine kleine Gruppe Haggeracher um sie geschart.
»Weißt du, warum sie an diesem Geburtstag eine so große Party machen wollte?«, fragte Susanne.
Sebastian zuckte mit den Schultern. »Sie meinte, ihr sei danach. Und wenn Ellen nach etwas ist, dann tut sie es.«
»Aber fragst du dich denn gar nicht, was dahintersteckt?«
Er runzelte die Stirn. »Wie meinst du das?«
»Ich meine, dass es irgendeinen Grund dafür gibt. Du kennst sie viel länger als ich. Ist dir in letzter Zeit nichts an ihr aufgefallen? Diese seltsame Traurigkeit, die manchmal in ihren Augen ist?«
Sebastian sah sie überrascht an. »Die war schon immer da«, sagte er nach einer Weile. »Sie kommt und sie geht. Sie ist ein Teil von ihr.«
Und du hast nie versucht, sie zu trösten? Nein, Susanne verkniff sich die Frage.
»Ellen ist eine Frau, die nicht will, dass jemand ihr die Traurigkeit nimmt«, sagte Sebastian, als hätte er ihre Gedanken erraten. »Das müsstest du eigentlich gut verstehen. Du bist doch genauso. Du mit deinem Traum von einer Reise, auf der du immerzu allein in den Sonnenuntergang fährst.«
Susanne schwieg.
»Warum seid ihr so ernst?« Ellen trat zwischen sie und legte ihnen beiden die Arme um die Hüften. »Ich möchte jetzt noch etwas trinken. Und dann will ich tanzen.«

Sie winkte Stavros. Der hatte die Situation gleich richtig eingeschätzt und brachte eine Flasche Wein.
»Was ist mit Rembetiko, Stavros?«, fragte Ellen.
»Hier draußen?« Zweifelnd sah er auf sie hinab. »Da kriege ich Ärger mit den Nachbarn.«
»Ach komm, eine halbe Stunde. He, dhen pirási.«
Er zögerte kurz. Dann lächelte er. »Dhen pirási.«
Er ging ins Lokal und öffnete die Fenster. Ellen schenkte drei Gläser Wein aus der Flasche ein. »Dhen pirási ist ein sehr schöner griechischer Ausdruck. Er bedeutet so viel wie: Das macht überhaupt nichts.« Sie zog Susanne und Sebastian nah zu sich heran. »Lasst uns zusammen auf diesen Abend trinken. Das haben wir noch gar nicht gemacht.«
Sie stieß mit Susanne an und gab ihr einen Kuss auf die Wange. Sie stieß mit Sebastian an und küsste ihn auf den Mund. Dann sah sie erwartungsvoll zwischen ihnen beiden hin und her. Sebastian lächelte. Er beugte sich zu Susanne hinüber und küsste sie vorsichtig auf die Stirn. Sie spürte seine Bartstoppeln an ihrem Gesicht und hielt die Luft an.
Aus Stavros' Musikanlage erklangen die ersten Bouzouki-Schläge. Ellen stellte ihr Glas auf den Tisch. Ganz nah an Susannes Ohr sagte sie leise: »Weißt du, warum ich Rembetiko so liebe? Es gibt keine schönere Art, Schmerz zu empfinden.«
Sie machte ein paar Schritte bis zu der Stelle, an der Stavros die Tische beiseitegeräumt hatte. Mit geschlossenen Augen begann sie sich mit der Musik zu wiegen. Breitete die Arme aus, schnippte mit den Fingern. Der Rhythmus wurde peitschender, härter. Die Stimme des Sängers schrie mit der Melodie auf. Ellen wirbelte herum, stampfte mit dem Fuß auf den Boden.
Susanne überlief eine Gänsehaut. Genau so hatte sie es sich vorgestellt, als sie diese Musik zum ersten Mal hörte. Ein Tanz, der alle Ketten zerriss.

»Frauen sollten eigentlich nicht Rembetiko tanzen.« Stavros war wieder zu ihnen herausgekommen. Er sah Ellen mit untergeschlagenen Armen zu.
»Warum nicht?«, fragte Susanne.
»Es sieht nicht grazil aus. Frauen verstehen auch nicht, um was es dabei geht.« Nach einer Pause fügte er hinzu: »Doch bei Ellen ist das anders.«
Außer Atem kam Ellen herüber. Sie nahm Susanne bei der Hand und zog sie mit.
»Ich kann nicht gut tanzen«, wehrte die sich.
Ellen ließ sie nicht los. »Dhen pirási. Ich weiß, dass du das Gefühl für Rembetiko hast.«
Susanne kam sich fürchterlich unbeholfen und steif vor, wie sie da auf der Tanzfläche stand.
»Mach die Augen zu«, rief Ellen ihr zu.
Sie tat es. Machte ein paar zögernde Schritte. In dem Moment begann ein neuer Titel. Susanne erkannte den Anfang sofort. Es war das Lied von den Reisenden in der Nacht. Sie summte die Melodie mit. »Die Asche in unseren Herzen tragen wir mit uns, wohin wir uns auch wenden.« Der Aufschrei des Refrains ergriff ihren Körper, wirbelte ihn herum. Sie sprang in das Aufstampfen hinein, fühlte Schmerz und Leben. Erst als die letzten Töne verklungen waren, kehrte sie zurück wie aus einer anderen Welt.
»Siehst du, dass deine Seele tanzen kann«, sagte Ellen neben ihr.
Langsam öffnete sie die Augen. Stavros führte Benni eine Schrittfolge vor, die entfernt an Schuhplatteln erinnerte. Sebastian lehnte immer noch am Tisch. Er sah sie an, wie er sie noch niemals angesehen hatte.
Susanne lächelte. In ihr war nichts als eine große Ruhe.
»Dhen pirási«, flüsterte sie.

Teil IV

... weiter bis ans Meer

44

Die Welt einer Schamanin war kein Streichelzoo. Susanne überflog die Stichworte, die sie aus Frankas Unterlagen zu den Bachseminaren herausgeschrieben hatte. »Sich den Schatten stellen / Angst durchleben / Abschied nehmen / Leid spüren / Sterben lassen.« Natürlich sah der Seminarplan der Oberschamanin auch Highlights vor wie Wachstum, Weisheit und Neugeburt. Der Weg dahin klang aber mehr nach Trainingslager für US-Navyseals als nach Selbsterfahrungsgruppe. Die Seminare seien nicht nur für ausgewiesene Esoterikerinnen gedacht, sondern für alle Frauen mit Hang zur Natur, hatte Franka auf Susannes Frage nach der Zielgruppe erklärt. Und ihr die Freiheit eingeräumt, das ganze Konzept deutlich freudvoller zu verkaufen.

Aber wie verkauft man Abschied nehmen und sterben lassen freudvoll? Susanne kaute an ihrem Bleistift. In der Agentur hatte sie sich bei solchen Fragen oft mit Katharina und David zum Brainstorming zusammengesetzt. Jetzt musste ihr Hirn mit sich selbst Pingpong spielen. Ihr Blick heftete sich, ohne etwas gezielt wahrzunehmen, an den Bach, wie er in Hamburg den Vögeln am Himmel über ihrem Ottensener Hinterhof gefolgt war. Das Wasser floss sehr langsam an diesem Nachmittag. Sanft trieben verwelkte Blütendolden auf der Oberfläche. Das dschungelähnliche Pflanzendickicht am Ufer war in den letzten Tagen mehr und mehr in sich zusammengesunken. Es war,

als hätte eine unsichtbare Macht die Losung ausgegeben, alles Blühen einzustellen und sich langsam auf das nahende Ende des Sommers einzustellen.
»Die Traurigkeit dem Bach übergeben. Was vorbei ist, mit dem Wasser fließen lassen.« Klang vielleicht nicht unbedingt freudvoll, aber sanft, tröstlich und ein bisschen erhebend. Susanne notierte die Eingebungsfetzen. Dann nahm sie sich noch einmal Frankas Seminarentwürfe vor und suchte die zur Winterenergie heraus. Die schien ihr der düsterste Brocken auf dem ganzen Weg zu sein. Der Weg! Konzentriert setzte sie sich auf. Waren die Seminare nicht insgesamt ein Weg? Der Weg der Natur. Der Weg der Jahreszeiten. Der Weg des Wassers. Hm. Sie strich Letzteres wieder von ihrem Notizzettel. Zu viele Assoziationen mit Kanalisation und Aufbereitungsanlagen.
»Was bleibt, wenn scheinbar nichts bleibt?« – »Wer sind wir, wenn alles Lebendige davongerissen wird wie vertrocknete Blätter im Wind?« Die Fragen waren bei Franka als zentrale Themen ihres Winterseminars markiert. Susanne dachte an Ellen, die im Winter zum ersten Mal an den Bach gekommen war. Ellen, schön und aufgewühlt beim Rembetiko. Vier Tage lag der Geburtstag zurück. Seitdem hatten sie sich noch nicht wiedergesehen. Susanne beschloss, zu ihr zu fahren und sie für den Abend zum Essen bei Stavros einzuladen, sobald sie mit ihrem Werbekonzept fertig war. Oder sollte sie sofort fahren? Sie fühlte wieder diese diffuse Traurigkeit.
Welche dunklen Fragen waren eigentlich auf dem Weg der Frühlingsenergie zu klären? Sie suchte in Frankas Unterlagen.
»Ist dir bewusst, dass der Weg in den Neubeginn des Frühlings durch das Tor der Tode des Winters führt? Bist du bereit, was in deinem Leben gestorben ist, im Feuer der Veränderung verbrennen zu lassen, um als reife, freie Frau neu geboren zu werden?« Susanne runzelte die Stirn. Unter Frühjahrsenergien

stellte man sich normalerweise etwas Blumigeres vor. Aber da sie im Frühjahr zum ersten Mal an den Bach gekommen war, musste der Weg durchs Feuer in die Freiheit ja wohl ihrer sein. Der Weg der Frühlingsfrau!

Ein Adrenalinstoß durchfuhr sie. Das war es! Das war der Titel für Frankas Bachseminare. Wer die Reihe im Sommer begann, ging den Weg der Sommerfrau. Im Herbst machte man sich auf den Weg der Herbstfrau. Wer die Winterenergien überlebte und alle Seminarwege beschritten und bezahlt hatte, stand praktisch an der Schwelle zur Weisheit.

Susanne spürte ein Kribbeln im Bauch. Sie kannte dieses Kribbeln. Sie hatte es immer gehabt, wenn sie wusste, dass ein Werbekonzept funktionierte. In den langen Agenturnächten war es ihre Droge gewesen. Fast überrascht stellte sie fest, dass sie immer noch wirkte. Vielleicht sollte sie sich ja auf PR-Beratung für Hexen, Schamanen und andere Esoteriker spezialisieren. Aber dann musste sie wohl an ihrer Honorargestaltung arbeiten.

Als Franka die Unterlagen brachte, fragte sie nach Susannes Preisen. Großzügig hatte sie gesagt, sie wolle kein Geld, wenn Franka ihr ein Geheimnis der Quelle verrate. Nach anfänglichem Zaudern hatte die Oberhexe entschieden, dass das Geheimnis, um das es Susanne ging, gelüftet werden durfte. So wusste sie jetzt, dass es tatsächlich eine magische Müllabfuhr gab. Offenbar hatte Franka auf dem kleinen Dienstweg einen Deal mit Klaus, dem Haggeracher Stadtwerkeleiter, gemacht. Solange die Utensilien der Rituale am Tag danach verschwunden waren, fragte niemand, was in Vollmondnächten an der Quelle vor sich ging. Also wurde immer eine teilnehmende Hexe dazu verdonnert, die Schutzbündel und Opfergaben am nächsten Morgen wieder einzusammeln. Eine Ausnahme waren die großen Feste Litha im Juni und Samhain im November. Da durfte die Deko bis zum übernächsten Tag hängen bleiben.

Susanne grinste beim Gedanken an die Haggeracher Hexen, die nicht nur freundlich, sondern auch noch ordentlich waren. Sie räumte die Seminarunterlagen zusammen. Das fertige Konzept würde sie am nächsten Tag schreiben. Jetzt zog es sie zu Ellen.

In dem Moment hörte sie einen Wagen, der von der Talstraße in die Auffahrt hineinbog. Sie stand auf, um nachzusehen, wer da etwas von ihr wollte. Das hatte sie sich angewöhnt, seit sich immer wieder Touristen auf der Suche nach dem Wanderparkplatz in den Feldweg verirrten. Sie mochte es nicht, wenn wildfremde Menschen plötzlich um die Ecke der Hütte bogen. Vielleicht war es auch ein Resultat des Erlebnisses mit Marion.

Der Besucher war kein Wildfremder. Es war Sebastian. Kaum stand der Wagen, sprang Frodo heraus und stürmte auf sie zu. Begeistert wedelnd umrundete er sie mehrmals, um sich dann neben ihr niederzulassen. Susanne kniete sich hin und kraulte ihm ausgiebig den mächtigen Kopf.

»Dein Hund hat mich offenbar in seinen Fanclub aufgenommen. Er tut jedenfalls nicht mehr so, als würde er mich nicht kennen«, sagte sie zu Sebastian, ohne aufzusehen.

»Hm«, machte Sebastian nur. Er blieb vor ihr stehen.

Sie hob den Kopf. Er sah schweigend auf sie hinunter. Mit einem merkwürdigen Gefühl stand sie auf.

»Alles in Ordnung?« Ihr fiel ein, dass er es war, der sie das gefragt hatte, als er zum letzten Mal an der Hütte war.

Erinnerte er sich auch noch daran? Die Spur eines Lächelns spielte um seine Lippen. Es erstarb, bevor es seine Augen erreichte. »Ich muss dir etwas sagen. Können wir uns hinsetzen?«

»Ja klar, sicher.« Was für eine seltsame Frage. Und was wollte er ihr mit einem solchen Blick sagen? Sie ging vor ihm her zur Hütte. Frodo zischte über die Wiese zum Bach.

»Willst du einen Kaffee?« Etwas in Susanne drängte sie, Zeit zu gewinnen. Sie begriff langsam, dass er gekommen war, um die Dinge zwischen ihnen klarzustellen. Sie fühlte wieder den Blick, mit dem er sie ansah, als sie tanzte. Sie wollte ihn noch ein paar Augenblicke neben sich haben, ohne aus seinem Mund zu hören, dass es ein Missverständnis war.

»Nein, keinen Kaffee, danke.« Er nahm ihren Arm und zog sie neben sich auf die Bank. »Es geht um Ellen.«

Susanne atmete tief durch. »Ich weiß.«

Er drehte ihr den Kopf zu und musterte ihr Gesicht. Über seiner Nasenwurzel erschien die scharfe Falte, die sie schon kannte. »Nein, das weißt du nicht. Ellen ist fort.«

»Wie fort? Was soll denn das heißen?«

»Sie ist gestern nach Griechenland gefahren.«

»Sie hat kein Wort davon gesagt, dass sie Urlaub machen will.«

»Es ist kein Urlaub. Sie kommt nicht zurück.«

»Aber wieso, was ...« Susanne schüttelte abwehrend den Kopf.

»Mir hat sie es auch erst vorgestern erzählt, am Abend vor ihrer Abreise. Du hattest recht, als du meintest, es sei etwas mit ihr nicht in Ordnung. Ich habe es nicht gemerkt.«

Vielleicht hättest du was gemerkt, wenn du etwas weniger mit deiner Malerin rumgemacht hättest. Es lag Susanne auf der Zunge. Doch sie sagte es nicht.

»Wie kann sie das machen, einfach so verschwinden, ohne ein Wort?«, stieß sie hervor. In einem Aufwallen von Wut stieß sie die Unterlagen, die sie sortiert hatte, von sich weg. Dabei landete der Stapel im Gras.

»Sie hat mich gebeten, es dir zu sagen. Sie meinte, du würdest sie verstehen.« Sebastian bückte sich, sammelte das Durcheinander ein und legte es wieder auf den Tisch.

»Wie kannst du so gottverflucht ruhig sein?«, fragte sie fassungslos. »Ist es dir denn egal, wenn die Frau, mit der du drei

Jahre lang zusammen warst, auf nimmer Wiedersehen abhaut?«
»Glaubst du wirklich, dass es mir egal ist?« Er sah plötzlich sehr müde aus. »Sie hat mir unmissverständlich klargemacht, dass ich nicht auf die Idee kommen soll, ihr zu folgen. Für sie bin ich ein Teil ihres Lebens in Deutschland. Und das ist vorbei.«
Frodo kam vom Bach und legte sich seinem Herrchen zu Füßen. Susanne fühlte, wie sich in ihr ein dumpfer Schmerz ausbreitete. Sie würde am Abend nicht mit Ellen bei Stavros essen. Sie würde nie wieder mit ihr auf dieser Bank sitzen und Wein trinken. Sie dachte an den Abend, an dem sie den Vollmond aufgehen sahen. An Ellens Worte von den Dingen, die sich dem Ende entgegenneigen.
»Sie hat es schon länger geplant, oder?«, fragte sie leise.
»Nicht sehr lange. Ellen ist keine Frau, die ewig hin und her überlegt. Mitte Juli hat sie die Diagnose gekriegt. Ein paar Tage später beschloss sie, an ihrem Geburtstag Abschied von Haggerach zu feiern.«
»Diagnose?« Der Tag in Straßburg fiel ihr wieder ein. Das Pflaster in Ellens Armbeuge.
»Hat sie dir mal erzählt, dass sie vor vierzehn Jahren Brustkrebs hatte?«, fragte Sebastian. Susanne schüttelte den Kopf. »Ich wusste das auch nicht. Sie musste wohl mehrere Chemotherapien über sich ergehen lassen. Seitdem ging sie jedes Jahr zur Kontrolluntersuchung.« Er seufzte. »Und dieses Mal haben sie wieder etwas gefunden. Wenn ich sie richtig verstanden habe, waren das noch keine Krebszellen, aber so eine Art Vorstufe, aus denen sich möglicherweise irgendwann Krebszellen entwickeln.«
»Brustkrebsstufe null«, sagte Susanne.
»Ja, genau das war es.«
Sie kannte diese Diagnose von einer Texterin, die früher in der Agentur gearbeitet hatte. Die Kollegin ließ sich auf Anraten

der Ärzte die halbe Brust abnehmen und zusätzlich mit einer Kombination aus Chemotherapie und Bestrahlung behandeln. Die Behandlung vertrug sie so schlecht, dass sie seitdem arbeitsunfähig war. Susanne hatte sich damals gefragt, was sie selbst bei einer solchen Diagnose tun würde. Sie ahnte, welche Entscheidung Ellen getroffen hatte.

»Die Ärzte wollten sie mit der großen Keule behandeln, und sie hat sich dagegen entschieden. Habe ich recht?«

Er nickte. »Sie sagte, im Moment habe sie überhaupt nichts. Und sie lasse sich von keinem Arzt vorschreiben, wie sie mit ihrem Leben umzugehen habe.«

»Das kann ich gut verstehen.«

»Sie sagte ja, dass du sie verstehen würdest.«

»Sie hätte trotzdem tschüss sagen können. Ich meine, wir kannten uns noch nicht lange, aber irgendwie war es ...« Der Schmerz in ihr wurde schärfer. »Mir ist nie jemand begegnet, dem ich mich so nah fühlte.«

»Es gibt einen Teil in Ellen, in dem sie niemandem nah ist. Er ist wild und frei. Das meinte ich, als ich sagte, sie hatte immer diese Phasen der Traurigkeit.« Sebastian schwieg einen Moment. »Ich denke, dieses Wilde und Freie hat sie in Griechenland. Darum will sie nicht, dass sich die Leben vermischen.«

»Vielleicht will sie es ja doch. Vielleicht wartet sie darauf, dass du zu ihr kommst.«

»Ich weiß nicht einmal, wo ihr Haus genau ist.«

»Sei nicht albern. Ein Mann, der sagenumwobene Rebellenkommandanten im Kongo aufspürt, wird ja wohl an einem Häuschen in Griechenland nicht scheitern.«

»Woher weißt du das mit dem Kongo?«

»Ich habe es in einem alten *stern*-Artikel über dich gelesen, auf den ich zufällig im Internet gestoßen bin.« Sollte er das mit dem zufällig glauben oder nicht.

Er ging nicht weiter darauf ein. »Ellen will nicht von mir aufgespürt werden. Sie hat mich von sich fortgeschickt.«
»Zu der Malerin?«
Er sah sie lange an. »Nein. Zu dir. Und zu einer liebevollen jungen Frau, mit der ich angeblich in ein, zwei Jahren ein Kind kriegen soll.«
Susanne hielt den Atem an. Zu dir? Hatte er das wirklich gesagt? Wie konnte Ellen das tun? Sie musste doch wissen, dass sie ihn so nicht wollte.
»Dann solltest du bald damit anfangen, die Mutter deiner Kinder kennenzulernen.« Ihre Stimme war rauh.
»Ach, Sanna«, sagte er leise.
»Ich danke dir, dass du mir das von Ellen gesagt hast.« Sie hörte ihre eigene Stimme wie von fern. »Ich fürchte, ich muss jetzt noch was tun. Ich habe dieser Franka versprochen, ihr ein Werbekonzept zu machen, bevor ich weiterfahre.«
»Ich verstehe.«
»Sebastian, ich ...«
Sie sahen sich schweigend an.
»Bitte fahr nicht weg, ohne mir vorher Bescheid zu geben«, sagte er schließlich.
»Okay.«
Er nickte und stand auf.
Plötzlich fiel ihr etwas ein. »Es wäre natürlich praktisch, wenn ich wüsste, wie ich dich erreichen kann.«
»Stimmt. Ich habe auch von dir keine Nummer.« Es klang überrascht.
Sie tauschten ihre Handynummern.
»Tja, also dann ...« Zum ersten Mal an diesem Tag lächelte Sebastian. »Komm, Frodo.«
Der Hund trabte hinter ihm her zum Wagen. Im Gegensatz zu seinem Herrn sah er sich immer wieder nach Susanne um.

45

Im Schaufenster lagen immer noch die Bände mit regionalen Sagen und Mythen. Auch der Metallaufsteller für die Flyer zu Ellens Wanderungen stand noch auf der Treppe zum Eingang. Doch der Laden war geschlossen. An der Tür hing ein Schild: »Wir renovieren für Sie. Wiedereröffnung unter neuer Leitung am Montag, 5. September.«

Susanne studierte es, als würde sich hinter den Buchstaben irgendeine geheime Botschaft verstecken. Dabei war die Sache so klar wie unumkehrbar. Ellen war wirklich fortgegangen. Vor ihrem verlassenen Laden zu stehen und das Schild zu sehen machte es so gnadenlos realistisch, dass es weh tat.

Im Ladeninneren nahm sie eine Bewegung wahr. Conny tauchte in ihrem Blickfeld auf, schwer an einem Karton schleppend. Sie sah Susanne, bedeutete ihr mit einer Kopfbewegung, einen Moment zu warten, und verschwand mit dem Karton wieder Richtung Hinterzimmer. Dann kam sie zur Tür und ließ Susanne herein.

»Du liebe Güte, was für ein Chaos. Wie Benni darauf kommt, dass wir in einer Woche wieder aufmachen können, würde mich echt interessieren. Aber er ist ja nie da. Jetzt holt er übrigens gerade deinen Motor aus Freiburg. Wie ich ihn kenne, kommt er von dem Kumpel dort nicht vor heute Abend zurück.« Sie unterbrach ihren Redeschwall und betrachtete Susanne mit in die Seiten gestützten Händen. »Ich kann das mit

Ellen auch immer noch nicht richtig glauben«, sagte sie dann. »Aber sie war immer schon auf ihre Art ziemlich verrückt. Willst du einen Kaffee?«
Susanne nickte. »Den könnte ich wirklich brauchen.«
Conny machte sich an der Espressomaschine zu schaffen. Susanne wandte den Blick ab. Es erinnerte sie zu sehr an ihre allererste Begegnung mit Ellen. Sie sah sich im Laden um. Etwa die Hälfte der Regale war leer geräumt. Die Bücher stapelten sich in Kisten oder auf dem Boden. In einer Ecke stand eine halbaufgebaute Stereoanlage, daneben Eimer mit pinker und blauer Farbe.
»Ihr verändert ziemlich viel, oder?«
»Wir brauchen Platz für Bennis Musikabteilung. Und wir wollen diese düsteren Balken ein wenig aufpeppen.« Conny reichte Susanne eine Tasse. »Außerdem will ich mehr Thriller und Fantasy ins Programm nehmen. Ellen stand ja total auf, äh, Literatur und so was. Aber ich hatte nie das Gefühl, dass die Leute, die hier in den Laden kommen, nun unbedingt auf der Suche nach anspruchsvoller Lektüre sind. Die wollen im Urlaub was Spannendes lesen.«
Sie setzten sich auf das Sofa, das immer noch an derselben Stelle stand wie bei Ellen.
»Meint ihr denn, dass die Leute im Urlaub CDs kaufen wollen?«
»Na ja …« Conny zögerte. »Benni sieht Haggerach ja schon als Geheimtipp für Countrymusicfans aus ganz Baden.«
»Hm. Finden die nicht heute jedes noch so ausgefallene Album im Internet?«
»Schon, aber der Laden soll ein richtiger Treffpunkt werden, für Fans, für Musiker. Man kann Musik hören, etwas trinken, sich austauschen …«
Susanne verzichtete auf eine weitere Diskussion. Vor ihrem inneren Auge sah sie ein älteres Wanderehepaar auf der Suche

nach Kartenmaterial, das befremdet biertrinkende Cowboyhutträger vor der Stereoanlage beäugte. Doch sie musste ja zum Glück kein PR-Konzept für den Laden entwickeln.

»Weißt du, was schade ist? Dass es niemanden gibt, der Ellens Wandertouren übernehmen könnte. Diese Bücher über Sagen und Märchen und all das Zeug will ich nämlich unbedingt weiterhin führen, das verkaufte sich immer gut.« Conny seufzte. »Und sie würde sich sicher freuen, wenn jemand das fortsetzt, was sie aufgebaut hat. Es ist ja sozusagen ihr Vermächtnis.« Susanne zuckte zusammen bei dem Wort. Conny sah sie erschrocken an. »Ich meine, ich meine ... Ich bin immer noch total durch den Wind, dass sie weg ist. Ruft sie mich aus heiterem Himmel zwei Tage nach ihrem Geburtstag in Mannheim an und fragt, ob ich den Laden und die Wohnung übernehmen will. Weil, sie würde am nächsten Tag nach Griechenland verschwinden und nicht zurückkommen. Das ist alles so seltsam.« Sie warf Susanne einen forschenden Blick zu. »Hast du eine Ahnung, warum sie das so plötzlich gemacht hat?«

»Nein. Sie hat mir kein Wort davon erzählt, dass sie geht. Als ich es erfuhr ...« Susanne biss sich auf die Lippe. Sie wollte jetzt nicht daran denken.

»Ach du liebe Güte, jetzt hätte ich fast vergessen, dir das Päckchen zu geben.« Conny sprang auf.

»Päckchen?«

»Ja. Ellen hat eins für dich dagelassen, oben in der Wohnung. Warte ...«

Sie rannte hinauf. Zwei Minuten später war sie wieder da und drückte ihr einen großformatigen Umschlag in die Hand.

Susanne drehte ihn hin und her. Besonders schwer war er nicht. Warum zögerte sie, ihn zu öffnen? Ihr wurde bewusst, dass Conny ihr neugierig zusah. Sie blickte auf.

»Oh. Äh, ich …« Conny lächelte entschuldigend. »Ich muss mal kurz nach hinten ins Lager.« Es war ihr anzusehen, dass sie ungern ging.
Susanne wartete, bis sie im Hinterzimmer verschwunden war. Dann öffnete sie den Umschlag. Sie zog ein alt aussehendes Notizheft und zwei Fotos im DIN-A4-Format heraus. Das eine kannte sie schon. Es war Sebastians Foto vom Näherinnenkreuz. Auf dem anderen Foto stand Ellen auf einer Waldlichtung. Mit dem rechten Arm wies sie in einer großen Geste gen Himmel. Ihre Haare und ihr Kleid flatterten im Wind. Strahlend sah sie aus und überirdisch, so wie Susanne sie erlebt hatte, als sie zum Kreuz gewandert waren. Es musste das Foto sein, von dem Ellen ihr erzählt hatte. Das Foto, das Sebastian heimlich von ihr gemacht hatte.
Susanne blätterte in dem Notizheft. Die Seiten waren von einer krakeligen Sütterlinschrift bedeckt. Nach einem Moment der Irritation begriff sie. Das waren die Aufzeichnungen der alten Frau, die für Ellen die Gruselgeschichten aus der Region aufgeschrieben hatte. Warum wollte Ellen, dass sie dieses Büchlein bekam?
Susanne wollte es gerade wieder in den Umschlag zurückstecken, als aus den hinteren Seiten ein Briefkuvert fiel. Sie hob es vom Boden auf und fühlte darin einen flachen Gegenstand. Sie sah hinein. Es war der Mondstein, den Ellen an ihrem Geburtstag um den Hals trug. Sie ließ ihn in ihre Hand gleiten. Jetzt besaß sie also zwei davon. Dann sah sie den Brief, der ebenfalls im Kuvert steckte.

Liebe Susanne. Ich glaube, Michaela hat wirklich recht. Diese Steine gehören an den Bach. Du bist die Frau vom Bach. Entscheide Du, was damit geschehen soll.
Das Notizheft war der Anfang meiner Wandertouren. Ich weiß, dass Conny überhaupt keinen Zugang zu den alten Geschichten

hat. Darum möchte ich, dass sie bei Dir sind. Vielleicht kannst Du damit ja etwas anfangen.
Sebastian hat Dir erklärt, warum ich von hier fortgehe. Jedenfalls hoffe ich, dass er es getan hat. Kein Arzt weiß, wann und ob ich überhaupt wieder an Krebs erkranke. Sie wissen nur, was Statistiken sagen. Ein Risiko von eins zu fünf, dass sich innerhalb von fünf Jahren Krebszellen entwickeln. Für mich ist das zu wenig, um meinen Körper den Ärzten auszuliefern. Aber zu viel, um so zu tun, als hätte ich noch ewig Zeit. Ich wollte immer eines Tages ganz in Griechenland leben. Ich habe beschlossen, dass dieser Tag morgen beginnt.
Ich bin froh, dass ich noch lange genug in Haggerach war, um Dich kennenzulernen. Es war schön, den Sommer mit Dir zu erleben. Jetzt wird es für uns beide Zeit, die Reise fortzusetzen.
Ich weiß, dass Du finden wirst, was Du suchst – ein Zuhause für Deine Seele.
Ellen
PS: Schlaf mit Sebastian, bevor Du weiterfährst.

Susanne starrte auf das Postskriptum. Das half ihr, die Tränen zurückzudrängen. In dem Moment klopfte jemand an die Ladentür. Es war Benni. Bevor Susanne aufstehen konnte, war Conny aus dem Hinterzimmer herbeigeeilt und öffnete ihm.
»Du bist schon wieder da«, stellte sie fest.
»I hab doch gesagt, i hol den Motor, dann komm i sofort zurück.« Benni klang beleidigt.
»Ist ja gut, Schatz.« Sie küsste ihn flüchtig.
Da entdeckte Benni Susanne. »Ah, das trifft sich gut. Das Warten hat sich wirklich gelohnt«, verkündete er. »Das isch ein Superteil, der Motor, so gut wie neuwertig. Damit kannst du einmal um die Welt fahren, mindestens.«

Susanne packte Ellens Brief und das alte Heft wieder in den Umschlag und stand auf. »Was meinst du denn, wann du ihn eingebaut hast?«
»Heute isch Montag. I mach mich morgen ran, zwei Tage, denk i mal. Also Donnerstag spätestens isch das Wohnmobil startklar.«
Susanne nickte langsam. »Na gut, wunderbar.« Das Brennen in ihrer Brust wollte einfach nicht aufhören.
Benni und Conny sahen sich an.
»Das heißt nicht, dass du sofort losfahren musst. Du kannst in der Hütte bleiben, solange du willst«, sagte Conny.
Benni nickte. »Haja, klar.«
Susanne schaffte ein Lächeln. »Danke, aber ich fahre so bald wie möglich. Ich bin nur gerade etwas durcheinander wegen der Sache mit Ellen.«
»Wem sagst du das. Das isch ein echter Hammer.« Bennis Seufzer kam aus tiefster Seele.
»Ich will euch nicht länger aufhalten. Ihr habt genug zu tun.« Susanne klemmte den Umschlag unter den Arm und ging zur Ladentür. Die Nachmittagssonne schien durch das Seitenfenster und warf Lichtsprenkel auf die noch honigdunklen Fachwerkbalken. Doch sie fühlte die warme, ruhige Atmosphäre nicht mehr, die bei Ellen über diesem Raum lag.
Auf der Straße atmete Susanne tief durch. Ihr Kopf schlug ihr eine Reihe von vernünftigen Dingen vor, die sie jetzt tun konnte. Überlegen, welche Vorräte sie für die Reise brauchte, und sie einkaufen. Conny fragen, ob sie noch einmal eine Maschine Wäsche in der Wohnung über dem Laden waschen konnte. Aber eigentlich wollte sie nicht noch einmal in die Wohnung, in der es keine Ellen mehr gab. Sie könnte natürlich auch zu dem Waschsalon fahren, den sie in Straßburg entdeckt hatte. Könnte, da sie jetzt seine Telefonnummer hatte, Sebastian an-

rufen und ihn einladen, sie auf dem kleinen Platz hinter dem Münster zu treffen. Sie schüttelte den Kopf über diese Idee. Sebastian war ein Phantasiegespinst, das der Bach für sie hervorgebracht hatte. In der Welt jenseits des Engelsgrunds war er nur ein Mann mit einer erstaunlichen Zahl von Gespielinnen. Sie wusste nicht einmal, wo in der Bar, vor der sie mit Ellen gesessen hatte, eine Toilette war, auf der sie sich einschließen konnte.

Sie blieb stehen. Stellte fest, dass sie statt zum Auto ziellos durch die Haggeracher Gassen gelaufen war. Sie fühlte sich ernüchtert und verlassen. Was albern war. Auch sie würde den Ort verlassen. Würde weiterreisen, ungestört in ihrer Einsamkeit.

Susanne straffte die Schultern und lenkte ihre Schritte entschieden in Richtung Wagen. Der kürzeste Weg führte durch die Gasse, in der das Patras lag. Im Vorbeigehen warf sie einen Blick zur Eingangstür. Daran hing ein großes Schild. Sie konnte es auf die Entfernung nicht entziffern und trat näher heran. »Das Restaurant ist ab sofort geschlossen. Wir danken allen Kunden für vier Jahre Treue.«

Susanne atmete scharf ein. Da öffnete sich eines der Fenster. »Warte, Susanne. Ich mach dir auf.« Gleich darauf erschien Stavros an der Tür.

Sie folgte ihm in den Gastraum. All die Postkartenansichten von Sonnenuntergängen über dem Hafen von Patras, die Fotos berühmter Rembetikosänger, die Hirtentaschen, die die Wände geschmückt hatten, waren abgenommen. Die Stühle standen auf den Tischen. Am Stammtisch, an dem Susanne zum ersten Mal Rembetikoklänge gehört hatte, war Stavros damit beschäftigt, Papiere zu sortieren.

»Du hast das mit Ellen sicher schon gehört«, sagte er und stellte eine Flasche Ouzo mit zwei Gläsern auf den Tisch.

»Ja, habe ich.«
»Ich wusste immer, dass sie verrückt genug ist, eines Tages einfach zu verschwinden.« Er schenkte ein.
»Und du? Gehst du auch zurück nach Griechenland?« Susanne schluckte. Irgendwie war einfach zu viel Endzeitstimmung in diesen Tagen.
Er lud sie mit einer Handbewegung ein, sich zu setzen, und reichte ihr ein Glas. »Ja. Meine Eltern sind inzwischen über siebzig. Sie haben keine Kraft mehr, in diesen Zeiten um ihr Restaurant zu kämpfen. Aber es hat eine gute Lage, nah am Hafen, wo die großen Fähren einlaufen.« Er wiegte den Kopf hin und her. »Ich werde versuchen es zu retten. Es kommen auch wieder mal andere Zeiten.«
»Aber dass du so plötzlich die Zelte hier abbrichst ...«
Er zuckte mit den Schultern. »Was hält mich noch? Ellen hat mir die Augen geöffnet. Wenn das Herz weiß, wohin es gehört, muss man ihm folgen.« Er hielt Susanne sein Glas zum Anstoßen hin. »Jamas.«
»Jamas.« Der Druck in ihrer Brust wurde fast unerträglich.
»Und was ist mir dir?«, fragte Stavros. »Wohin zieht es dich, wenn du weiterfährst?«
Susanne wollte etwas sagen. Ihre Kehle war wie zugeschnürt. Ein trockenes Schluchzen stieg in ihr auf. Sie versuchte es zurückzuhalten. Doch all die Verlorenheit drängte nach oben, alles, was zu Ende ging, verlangte nach einem Laut. Dann gab sie den Kampf gegen die Tränen auf. Die Traurigkeit in ihr brach sich geradezu eruptiv Bahn. Ihre Schultern bebten unter krampfhaftem Schluchzen.
Stavros sagte leise etwas auf Griechisch. Dann setzte er sich auf den Stuhl neben ihr und legte ihr einen Arm fest um die Schultern. »Psst«, machte er und schaukelte sie sanft. Es tat zu ihrer Überraschung gut, in seinem Arm zu weinen. Nach einer

Weile war es vorbei. Der Druck in der Brust war verschwunden.
»'tschuldigung, aber ich ...« Sie griff nach ihrem Glas. »Ich weiß auch nicht, was mit mir los ist.«
Stavros tätschelte noch einmal ihre Schulter. Dann stand er auf, um hinter der Theke nach Servietten zu suchen. Er reichte ihr einen Packen. »Willst du Rembetiko hören? Es gibt keine schönere Art, traurig zu sein.«
»Das habe ich doch schon mal irgendwo gehört.« Sie lächelte.
Stavros legte eine CD in die Musikanlage und ließ sie leise im Hintergrund laufen.
»Wann fährst du denn eigentlich los?«, fragte Susanne.
»So bald wie möglich. Ich muss nur noch einen günstigen Transporter für die Sachen finden, die ich mitnehmen will.«
Susanne trank ihren Ouzo und ließ sich nachschenken. Sie sah hinauf zu Stavros' Raubvogelkopf mit den wirren Locken. Eine überraschende Klarheit war plötzlich in ihr, als hätten die Tränen alles Diffuse weggespült.
»Würde auch ein Wohnmobil gehen?«
Stavros sah nachdenklich auf sie hinunter. Sein Gesicht erhellte sich. Feierlich stießen sie an. Er drehte die Musik lauter.

46

Als sie die Quelle erreichte, stieg die Sonne aus dem Morgennebel. Spinnweben auf den Farnen und Gräsern überzogen den Felshang mit einem Schleier aus schimmerndem Licht. Die Zweige der Büsche am Wasser waren schwer von glänzenden roten Beeren. Michaela hätte sicher gewusst, was für Beeren das waren. Ellen vermutlich auch. Susanne hatte keine Ahnung. Aber schön sahen sie aus.

In den letzten paar Tagen war der Himmel fast durchgehend wolkenverhangen gewesen. Frau Metzinger hatte beim Brötchenholen philosophisch trompetet: »Ja, ja, jetzt geht es dagegen.« Was, wie sich auf Nachfrage herausstellte, die badische Version war von: Die Dinge neigen sich ihrem Ende zu. Üblicherweise benutzten die Einheimischen diese Redewendung offensichtlich nur in der Fastnachtssaison, wenn der Aschermittwoch nahte. Frau Metzinger aber meinte den Sommer und hatte vermutlich keine Ahnung, wie genau sie damit Susannes Seelenlage auf den Punkt brachte.

Es ging dagegen mit ihrer Zeit am Bach. Benni hatte das Wohnmobil tatsächlich zur Hütte gebracht. Ellens Laden hieß jetzt Connys Book-and-Country-Lodge und war mit Livemusik wiedereröffnet worden. Stavros war mit dem Ordnen der Papiere und dem Zusammenpacken der Sachen fertig. Am Nachmittag zuvor hatten sie die Habseligkeiten, die er mitnehmen wollte, in Ivys Heck verstaut.

So brach also Susannes letzter Tag im Engelsgrund an. Am Morgen war sie mit der Eingebung erwacht, noch einmal zur Quelle zu gehen. Statt tiefhängender grauer Wolken lag Frühnebel auf den Hängen, in dem schon das Blau des Himmels zu ahnen war. Der Weg durch die Buchen zur Lichtung hinauf war wie die Durchquerung eines Märchenwalds. Je höher sie kam, desto durchscheinender wurde der Nebel. Jetzt stand sie im Sonnenschein und sah zu, wie sich die letzten Schwaden im Nichts auflösten. Sie zog den Parka aus und knotete ihn um die Hüfte. Die Sonne hatte immer noch viel Kraft.

Susanne hielt eine Hand in das Wasser, das aus der Felsspalte quoll. Sie kam sich plötzlich albern vor. Zögernd nahm sie die beiden Mondsteinamulette ab, die sie um den Hals trug. Sie waren fast identisch. Unterscheiden konnte sie sie nur, weil der Stein, den Michaela gefunden hatte, an einem braunen Band befestigt war und der von Ellen an einem schwarzen. Sie schloss einen Moment die Hand um beide Amulette. Sie fühlten sich kühl an, fast so kühl wie das Wasser. Dann legte sie sie auf den Felsvorsprung über der Quelle. Dorthin, wo die Opfergaben der Hexen lagen, als Ellen ihr den Platz zeigte.

Sagte man eigentlich etwas dazu? Durfte man sich was wünschen? Sie hätte vielleicht Franka fragen sollen. Die war so begeistert vom *Weg der Frühlingsfrau,* dass sie dafür bestimmt noch einen Geheimnisverrat hätte einfordern können. Einen Moment sah sie schweigend auf die Steine. Dann schob sie sie noch ein Stückchen weiter unter Farnzweige. Nur, falls jemand von den Stadtwerken Haggerach vorbeikäme. Sie wollte ja nicht, dass die Hüterinnen der Quelle Ärger bekamen.

Sie trat einen Schritt zurück und fühlte gleichzeitig Erleichterung und leise Enttäuschung. Die Steine gehörten an den Bach. Sie hatte sie ihm zurückgebracht. Doch ganz so unspektakulär hatte sie sich die Übergabe nicht vorgestellt. Müsste es nicht noch irgendein Zeichen, eine Botschaft, eine Erkenntnis geben? In dem Moment raschelte es zu ihrer Rechten im Unterholz. Angespannt wartete sie. Ihre Augen suchten zwischen den Zweigen nach dem Wesen, das da durch den Wald auf sie zukam. Dann lächelte sie. Es war kein kleiner Hund mit goldfarbenem Fell. Auch kein großer, wuscheliger. Es war nur ein Igel. Susanne wandte sich ab. Sie hatte die Botschaft der Quelle verstanden. Es war Zeit zu gehen.

Am Waldrand drehte sie sich noch einmal um. Sie wusste nicht, ob sie diesen Ort jemals wiedersehen würde. Doch vergessen würde sie ihn nie.

Gegen Mittag war sie zurück im Engelsgrund. Sie überlegte, in welcher Reihenfolge sie jetzt zusammenpacken sollte. Verbot sich jeden Gedanken daran, ob sie jemand an der Hütte erwartete. Nachdem sie ihn nicht direkt erreichen konnte, hatte sie Sebastian vor fünf Tagen auf der Mailbox ihren Abreisetermin hinterlassen. Sie war es müde, darauf zu warten, dass er um die Ecke bog. Sie ging über die Wiese auf die Hütte zu. Dann blieb sie wie angewurzelt stehen.

Auf dem Gartentisch lag ein orangeroter Fellsack mit Henkeln. Der Anblick weckte in ihr ungute Erinnerungen. Im gleichen Moment hörte sie aus der Richtung der Auffahrt fürchterlich vertraute Töne. »Oh, ooh, Liebling, isch glaube, da isch ein Anrüf.«

Ungläubig ging Susanne dem Geräusch nach. Hinter dem Wohnmobil parkte ein schwarzer Porsche. Am Porsche lehnte Sandra, das Handy am Ohr. Als sie Susanne entdeckte, winkte sie ihr zu, ohne das Telefonat zu unterbrechen.

Susanne blieb einen Moment stehen, dann ging sie zurück zur Gartenbank und setzte sich. Ganz sicher war das ein Traum. Die scheußliche It-Bag allerdings war erschreckend real. Gar nicht so unwahrscheinlich, dass das Ding eine vierstellige Summe gekostet hatte.

»Du hast dich hier ja in einer richtigen Idylle versteckt.« Sandra rauschte um die Hüttenecke herum. »In Hamburg regnet es übrigens bei zwölf Grad.«

Sie wedelte mit dem Handy, bevor sie es in das Fellteil steckte. Susanne beobachtete sie fasziniert. Fast hatte sie schon vergessen, dass jede von Sandras Gesten etwas bedeutete. Sie hatte also mit Hamburg telefoniert, zweifelsohne mit wichtigen Menschen in wichtigen Angelegenheiten. Nur Rick van Bromen war es sicher nicht gewesen, dann hätte ihre Stimme mehr gegurrt.

»Hallo, Sandra. Wenn das keine Überraschung ist«, sagte sie ohne große Begeisterung. »Woher wusstest du, dass ich hier wohne?«

»Ich bin eben gut vernetzt.«

»Es interessiert mich wirklich«, sagte Susanne scharf.

Sandra sah etwas irritiert aus. »Na gut. Vielleicht erinnerst du dich ja noch an Ulla, die gute Seele einer gewissen Agentur mit dem Namen Ochsenfrosch?«

»Sicher erinnere ich mich an unsere Sekretärin. Noch leide ich nicht unter Alzheimer.«

»Ulla hat noch immer einen sehr guten Kontakt zu ihrer Vorgängerin, wie hieß sie gleich?«

»Michaela Schüler!« Susanne ahnte nichts Gutes.

»Genau. Mit der war Ulla vor ein paar Tagen essen. Dabei hat sie ihr von ihrem Besuch in deinem kleinen Schwarzwaldparadies hier erzählt.« Sandra lächelte zuckersüß.

Michaela! Das durfte nicht wahr sein. Ließ sich diese gutmütige Seele vom größten Sandra-Fan in der Agentur aushorchen! Was sie wohl noch alles erzählt hatte?

Susanne zwang sich zum Pokerlächeln, das sie aus Agenturzeiten nur zu gut beherrschte. »Da hast du dir gesagt, jetzt muss ich aber die liebe Susanne unbedingt mal besuchen, bist in deinen Porsche gesprungen und losgebraust? Da bin ich ja ganz gerührt.«

Die Sorte Poker beherrschte Sandra natürlich auch. »So ähnlich, meine Liebe, so ähnlich. Ich war gestern in Basel bei einem neuen Kunden. Pharmabranche. Könnte eine große Sache werden. Und ich dachte, da fahre ich mit dem Wagen, dann kann ich auf Hin- und Rückweg ein paar Besuche machen, zum Beispiel bei der lieben Susanne. Tja, und nun bin ich hier.«

»Nun bist du hier, in der Tat. Warum setzt du dich nicht einen Moment, wenn du schon hier bist?« Susanne wies auf den Stuhl auf der anderen Tischseite.

Sandra zog den Stuhl an die Seite des Tisches und drehte ihn um. »Ich muss mir dein Tal anschauen. Es ist wirklich schön.«

Susanne betrachtete sie nachdenklich. Sie trug wie immer Schwarz. An diesem Tag war es ein Leinenanzug. Das Jackett hatte sie ausgezogen. Das Spaghettitop darunter sah aus, als wäre es eine Nummer zu klein. Über dem Hosenbund spannte es gefährlich. Konnte es sein, dass Sandra in nur drei Monaten so zugelegt hatte? Sie war nie gertenschlank gewesen, aber in jeder Hinsicht straff. Jetzt wirkte sie ungesund aufgequollen. Ihr Gesicht war grau.

»Wie läuft es so in der Agentur?«, fragte Susanne.

»Super. Ganz hervorragend. Es gibt so viel zu tun, dass man aus einem Tag glatt zwei machen könnte. Aber du weißt das ja sicher noch. Man kommt morgens rein, schaut irgendwann auf die Uhr, und plötzlich ist es schon sechs Uhr nachmittags.«

»Ja, das weiß ich noch.« Susanne lächelte verständnisvoll. Sie wusste ebenfalls, dass die Agentur in den vergangenen Wochen zwei weitere Kunden verloren und drei wichtige Aufträge nicht bekommen hatte. David hatte sie darüber mit regelmäßigen Mails von seinem privaten Account informiert. Nicht dass Su-

sanne ihn dazu aufgefordert hätte. Sie hatte die Mails auch nicht beantwortet. Aber sie hatte sie gelesen, mit einer klammheimlichen Schadenfreude, die ihr selbst nicht geheuer war.
»Bei diesem Baseler Pharmakonzern geht es um einen Werbeetat von über zehn Millionen Euro«, bemerkte Sandra.
»Das klingt doch großartig.« Und wenn du den Auftrag nicht kriegst, kannst du dir schon mal einen Umzugskarton besorgen, um die Sachen aus deinem Chefinnenbüro reinzupacken, fügte Susanne in Gedanken hinzu. Was in ihr ein merkwürdiges Gefühl auslöste. Eine Art dumpfe Mattigkeit, von der ihr übel wurde. Überdruss! Dieses altmodische Wort hätte sie jedem Praktikanten in der Agentur um die Ohren gehauen. Doch es beschrieb wunderbar treffend, was sie plötzlich empfand. Abgrundtiefen Überdruss an all diesen Pokerspielen, den Lügen, dem Geprahle, dem Taktieren, den in trendigen Gewändern versteckten Dolchen und Stuhlbeinsägen. Sandra mochte der wendigste aller weiblichen wie männlichen Schaumschläger der Branche sein, doch was sie nach oben gebracht hatte, würde sie auch wieder verschlingen. Ein paar Sekunden tat sie Susanne fast leid. Sie stand auf. »Ich mache mir einen Kaffee. Möchtest du auch einen?«
»Gute Idee.« Sandra griff nach dem Fellsack und sah sich suchend auf dem Tisch um. »Hast du irgendwo einen Aschenbecher? Oder darf man hier am Wald nicht rauchen?«
»Öh ...« Überrascht stellte Susanne fest, dass sie darüber nie nachgedacht hatte. Sandra war das erste Wesen, das an der Hütte rauchen wollte, mal abgesehen von Harald mit seinem Nostalgiejoint. »Ich hol dir einen Unterteller.«
Als sie fünf Minuten später mit zwei Tassen Milchkaffee wieder herauskam, lagen auf dem improvisierten Aschenbecher bereits zwei ausgedrückte Kippen. Sandra zündete sich gerade die dritte Zigarette an.

»Ich könnte ewig hier sitzen und dem Plätschern des Baches zuhören.« Sie wandte Susanne den Kopf zu. »Gut siehst du übrigens aus, total erholt. Wollte ich vorhin schon sagen.«

»Danke.« Susanne setzte sich wieder auf die Bank. »Da hätte ich einen interessanten Vorschlag für dich. Ab morgen kannst du die Hütte haben, solange du willst. Der Vermieter freut sich bestimmt über einen Dauergast für den Herbst. Du hast Glück gehabt, dass du mich hier noch antriffst. Morgen um die Zeit bin ich schon irgendwo in der Schweiz, unterwegs auf der Straße Richtung Süden.«

»Vielleicht haben wir ja beide Glück gehabt.« Sandra nahm noch einen gierigen Zug und inhalierte tief. Dann drückte sie die erst halb aufgerauchte Zigarette aus. Sie drehte den Stuhl herum, als müsste sie sich vom Anblick des Baches losreißen. »Ich habe nämlich auch einen Vorschlag für dich. Ich schätze, er wird dich sehr interessieren.«

»Na, dann schieß mal los.«

»Wie schon gesagt, komme ich gerade aus Basel. Diese Pharmafirma hat eine neuartige Pille für Frauen nach der Menopause entwickelt. Keine Hormone oder so ein Zeug. Das Produkt wird im Wellnessbereich angesiedelt und frei verkäuflich sein. Die wollen eine Kampagne, die dem Ding ein Image gibt von reifer Frau, die voller Freude mitten im Leben steht. Da muss ein richtig tolles Gefühl rüberkommen, nach dem Motto, wenn ich dieses Mittel nehme, geht es jenseits der fünfzig erst richtig los. Nur nicht so plump ausgedrückt. Verstehst du, was für ein Gefühl ich meine?«

»Voll und ganz. Aber was habe ich damit zu tun?«

»Du könntest die Entwicklung dieser Kampagne leiten.«

Susanne stellte die Tasse ab. »Entschuldige, aber irgendwie habe ich gerade ein Hörproblem. Sagtest du, ich könnte diese Kampagne leiten?«

»Ja. Das ist mein Angebot. Du kommst zurück nach Hamburg und arbeitest wieder für die Agentur.«
Susanne lachte. »Wenn ich mich recht entsinne, hast du mich vor nicht allzu langer Zeit wegen meiner Seniorendenke gefeuert.«
Sandra machte einen spitzen Mund, was sie immer tat, wenn sie harmlos wirken wollte. »Du weißt doch, dass die Zeiten schwierig sind. Für mich ist das auch nicht immer leicht mit van Bromens Jugendwahn. Aber die Märkte verändern sich. Kaufkräftige Kunden über fünfzig erreicht man nicht mit Slogans, die Fünfundzwanzigjährige sich ausdenken. Das habe ich ihm immer wieder gesagt.«
Susanne konnte nicht anders, als Sandra zu bewundern. Es war unglaublich, mit welcher Leichtigkeit sie da gerade Susannes Markteinschätzung als ihre eigene profunde Analyse ausgab.
»Jetzt konnte ich ihn überzeugen, dass wir Leute brauchen, die an der älteren Zielgruppe dran sind, und so habe ich ihm vorgeschlagen, dir die Pharmakampagne zu geben«, fuhr Sandra fort. »Es wäre erstmal ein, äh, projektbezogener Zeitvertrag mit erfolgsgebundenem Honorar. Ich bräuchte dich natürlich spätestens Anfang nächster Woche. Also, was sagst du dazu?«
Susanne lächelte. »Sandra, Sandra, du machst mich sprachlos. Du glaubst also, dass ich zu windigen Konditionen innerhalb von vier Tagen in Hamburg parat stehe, um für dich die Kastanien aus dem Feuer zu holen?«, fragte sie sanft.
Sandra kniff die Lippen zusammen. »Ich würde mir das an deiner Stelle gut überlegen. Du bist nicht die einzige ältere Texterin, die einen Job sucht.«
»Okay, dann kannst du ja einer von den anderen das Angebot machen.«
Sandra entschloss sich, die Taktik zu ändern. »Mensch, Susanne. Sicher gab es zwischen uns gelegentlich mal kleinere Span-

nungen, aber erinnere dich doch nur an die tollen Kampagnen, die du schon für den Ochsenfrosch gemacht hast. Zusammen könnten wir mit dieser Menopausenpille ein ganz großes Ding für die Agentur holen. Ich verstehe ja, dass du noch länger Urlaub machen willst. Aber«, sie lachte nervös, »du kannst ja schließlich nicht ewig mit diesem komischen bunten Wohnmobil durch die Gegend fahren.«

»Warum eigentlich nicht? Ich nehme mir ein paar Packungen von dieser tollen neuen Pille mit, dann geht mir die Energie nie aus.«

Sandra griff nach ihren Zigaretten und warf die Schachtel in den Fellsack. »Ich muss los. Es sind ja noch fast achthundert Kilometer bis Hamburg«, sagte sie matt.

»Vielleicht solltest auch du noch mal über das Angebot mit der Hütte nachdenken«, bemerkte Susanne. »Du siehst nämlich offen gestanden ziemlich fertig aus.«

Sandra warf einen fast wehmütigen Blick zum Bach. »Ich bin nicht der Aussteigertyp.«

Susanne begleitete sie bis zum Porsche und öffnete ihr die Fahrertür. Sandra zögerte einen Moment, dann beugte sie sich vor und gab Susanne ein professionelles Sandra-Bussi auf die Wange. »Mein Angebot steht. Über die finanziellen Konditionen können wir noch reden«, sagte sie zum Abschied. »Überschlaf es noch mal. Morgen früh bin ich wieder in der Agentur. Lass uns unbedingt telefonieren.«

Sie preschte so rasant im Rückwärtsgang den Sandweg hinunter, dass Susanne sekundenlang von einer Staubwolke eingehüllt wurde. Als sie wieder klar sehen konnte, waren Sandra und der Porsche verschwunden. Das Röhren des Motors auf der Talstraße wurde immer leiser. Schließlich war es ganz verhallt.

47

Es war ein abrupter Wetterwechsel. Im Lauf des Nachmittags hatte der Wind auf Osten gedreht. Gegen Abend schwoll er zu beachtlicher Stärke an. Heftige Böen heulten an den Hängen über dem Engelsgrund und trieben ein paar früh gefallene Blätter bis zur Bank vor der Hütte. Susanne streifte den dicken Wollpulli über, den sie klugerweise noch nicht eingepackt hatte. Sie war fest entschlossen, ihren letzten Abend am Bach draußen zu verbringen. Argwöhnisch schaute sie hinauf zu der Wolkenfront, die mit dem Wind heranzog. Doch noch beschienen sie die Strahlen der über dem Talende untergehenden Sonne.

Bis auf die Dinge, die sie für die Nacht brauchte, war ihr Gepäck wieder im Wohnmobil verstaut. Zusammen mit Stavros' Sachen war es jetzt etwas eng darin. Zur Schlafkoje im Heck musste er über ein paar Kartons steigen. Ob es dort angesichts seiner Körpergröße besonders bequem war, wagte sie zu bezweifeln. Langsam wurde ihr bewusst, dass sie am nächsten Morgen mit einem Menschen aufbrechen würde, den sie kaum kannte.

Sie hatten beschlossen, nicht die Fähre von Venedig nach Patras zu nehmen. Sie wollten bis nach Brindisi hinunterfahren, um sich dort erst einzuschiffen. Stavros war noch nie in Italien gewesen. Susanne kannte bisher nur Rom.

Toskana. Umbrien. Die Abruzzen. Sie würden die Regionen auf Landstraßen durchqueren und für die Nacht bleiben, wo es ihnen gefiel. In Susanne breitete sich ganz leise das fiebrige Ziehen aus, das sie zuletzt beim Überqueren der Elbbrücken spürte. Bedauerte sie nicht an jenem Morgen, der ewig zurückzuliegen schien, dass niemand neben ihr auf dem Beifahrersitz saß, nicht einmal ein Hund? Sie musste bei der Erinnerung grinsen.

Sie kannte Stavros kaum, aber sie mochte ihn. Sie hatte an seiner Schulter geheult, was kein anderer Mann auf dieser Welt von sich behaupten konnte. Außerdem war sie sicher, dass sie absolut nichts von ihm wollte. Das würde einen Haufen Probleme ersparen.

Beim Zusammenpacken am Nachmittag war sie auf Sebastians CD-Player gestoßen, der seit der Vollmondnacht mit Ellen unbenutzt im Regal stand. Susanne hatte ihn zusammen mit der geliehenen CD in Connys Book-and-Country-Lodge deponiert, als sie hinuntergefahren war, um die letzte Hüttenmiete zu begleichen. Sollte Sebastian sich die Sachen dort abholen. Sie wollte sich den Kopf nicht mehr darüber zerbrechen.

Wieder traf sie eine Böe. Die Kälte drang durch den Pulli hindurch. Susanne ging in die Hütte, um auch noch den Parka überzuziehen, und nahm sich bei der Gelegenheit ein Glas Wein mit hinaus. Eine Weile beschäftigte sie sich damit, Haralds Laterne anzuzünden. Der Wind blies die Kerze immer wieder aus. Schließlich gab sie es auf.

Sie zog die Kapuze über. Versuchte die Stimme des Baches zu hören. Doch das Ächzen und Stöhnen der Bäume übertönte jedes andere Geräusch. Plötzlich begriff sie. Spürte es mit jeder Faser ihrer Seele. Der Bach hatte sich schon von ihr abgewandt. Es würde keine Abschiedsparty mehr geben. Ihr Sommer im Engelsgrund war vorbei.

Wie zur Bestätigung begann es zu regnen. Susanne lachte grimmig. Sie schrie über das Rauschen der Bäume hinweg: »Ist ja gut. Ich habe es kapiert.« Bevor sie die Hüttentür erreichte, peitschte der Wind ihr noch eine Ladung Regen ins Gesicht. Fröstelnd lehnte sie im Türrahmen. Nahm ein letztes Mal die Abendstimmung im Tal in sich auf. Es war inzwischen fast dunkel.

Er war also wirklich nicht mehr gekommen.

Wie oft hatte sie diesen Gedanken im Lauf des Tages schon weggeschoben mit dem Vermerk, es sei noch zu früh dafür. Sicher war es albern, einfach nur zu warten. Natürlich hätte sie noch einmal versuchen können, ihn auf dem Handy zu erreichen. Doch etwas in ihr wusste, warum sie es nicht tat. Phantasiegespinste kommen, oder sie bleiben weg. Vielleicht war es besser so. Er würde eine Sehnsucht bleiben, die sie in ein paar Stunden für immer am Bach zurückließe.

In der Sekunde raste ein Schatten um die Ecke der Hütte und zischte an ihr vorbei ins Trockene.

»Frodo, stop«, brüllte Sebastian vergebens. Susanne hörte, wie der Hund sich ausgiebig irgendwo im Raum hinter ihr schüttelte.

»Ich dachte, du kommst nicht mehr. Jetzt habe ich deinen CD-Player zu Conny in den Laden gebracht«, sagte sie zu der Gestalt, die aus dem Regen auftauchte. Es war keine sonderlich emotionale Begrüßung. Aber der Sommer der Träume war nun mal seit kurzem vorbei.

»Was?« Sebastian hielt die Kapuze seiner Wachsjacke fest.

»Dein CD-Player ist bei Conny!«, rief Susanne über den Regen und den Wind hinweg.

Mit zwei Schritten war er bei ihr. »Den hatte ich total vergessen.«

»Ich auch.« Sie lächelte vorsichtig. »Möchtest du ein Glas Wein?«

»Gute Idee.«

Frodo lag unter dem Tisch. Um ihn herum war alles feucht. Jetzt stand er auf, um Susanne zu begrüßen. Sie streichelte seinen Kopf.
»Iiih, du riechst nach nassem Hund!«, rief sie. Mit empörtem Augenaufschlag blickte er zu ihr hoch.
»Wir sind erst heute Mittag zurückgekommen. Ich habe in den Vogesen ein paar Stellen entlang der Maginot-Linie fotografiert.« Sebastian hängte seine nasse Wachsjacke an einen Haken neben der Tür, der Susanne zuvor niemals aufgefallen war. Dann lehnte er sich an den Herd und sah zu, wie sie zwei Gläser auf den Tisch stellte. »Dachtest du wirklich, ich lasse dich einfach so fahren?«
Susanne zuckte die Schultern. »Ich war mir nicht sicher.« Sie füllte die Gläser und reichte ihm eins. »Aber es ist schön, dass du noch gekommen bist.« Weil er keine Anstalten machte, sich hinzusetzen, blieb auch sie stehen, lehnte sich an den Tisch.
»Du hast also tatsächlich vor, Ellen in ihrem griechischen Leben aufzuspüren.« Es war mehr Feststellung als Frage.
»Warum sollte ich nicht? Vielleicht war es ein Wink des Schicksals, dass Stavros eine Mitfahrgelegenheit nach Patras brauchte. Von da sind es nur noch an die hundert Kilometer bis Areopolis.«
»Du musst damit rechnen, dass sie nicht gerade begeistert von deinem Auftauchen sein wird. Wenn sie allein sein will, will sie allein sein.«
»Das ist ja dann mein Problem und nicht deins.« Sie stellte das Glas so heftig auf den Tisch, dass Frodo aufschreckte.
»Okay, okay, ich will nur nicht, dass dich eine große Enttäuschung erwartet.«
»Danke, das ist sehr fürsorglich von dir.« Sie hasste sich dafür, dass sie sich wie die Idiotin aufführte, zu der sie in Sebastians Gegenwart immer mutierte. Sie nahm einen Lappen und

wischte den übergeschwappten Wein weg. Warum konnte sie nicht aufhören, die große Spötterin zu spielen? Sie ließ sich auf einen Stuhl sinken, den Lappen noch in der Hand. »Ich habe immer ganz genau gewusst, aus welcher Situation oder von welchen Menschen ich wegwollte«, sagte sie leise. »Zum ersten Mal in meinem Leben will ich zu jemandem hin. Verstehst du, was ich meine?«

Er nickte und setzte sich zu ihr. »Ja, das verstehe ich sehr gut.«

»Ich will mich ja nicht ewig bei ihr einnisten. Ich will einfach nur etwas Zeit mit ihr verbringen, bevor ich weiterfahre. Sie hat mir so viel erzählt von ihrem Blick aufs Meer, von den Farben, die der Horizont hat.«

Er lächelte. »Aber wohin wirst du fahren, wenn du weiterfährst?«

Sie spürte seine hellen Augen auf sich. Vielleicht war es die Art, wie er sie ansah. Vielleicht war es auch nur die direkte Frage. Etwas nahm Gestalt an, das seit ein paar Tagen als Nebel am Horizont ihres Bewusstseins schwebte.

»Ich glaube, ich will auf dieser Reise nur noch am Meer sein.« Sie sagte es mehr zu sich selbst. Doch mit jedem Wort wurde es klarer. »Ich werde um Europa herumfahren, immer an der Küste lang. Nachdem ich bei Ellen war, nehme ich die Fähre von Patras zurück nach Brindisi. Und dann geht die Reise richtig los.«

Ein Schub des fiebrigen Ziehens erfasste sie. Italien. Südfrankreich. Spanien. Die Straße von Gibraltar. Portugal. Im Winter würde sie im Süden sein. Im Frühjahr könnte sie zur britischen Insel übersetzen. Und irgendwann würde sie entscheiden, ob sie noch weiterfahren oder nach Hamburg zurückkehren wollte.

»Ich hätte vielleicht doch eher kommen sollen.«

»Was?« Sebastians Stimme brachte sie zurück in die Gegenwart. »Ein Teil von dir ist jetzt schon weit weg, stimmt's?«

Sie lächelte. »Es ist doch immer so, wenn jemand fortgeht. Man sitzt noch zusammen, doch man spürt schon den Schatten des Abschieds.«
Als hätte Frodo verstanden, was sie gesagt hatte, setzte er sich auf und legte ihr seinen Kopf aufs Knie. Sebastian klopfte ihm sanft den Hals. »Er hat es im Moment wirklich nicht leicht. Es verschwinden alle Frauen aus seinem Leben.«
Susanne beugte sich zu dem Hund hinunter und kraulte seine Ohren. Dabei kam sie Sebastian in die Quere. Sie zuckte zusammen, als sich ihre Finger berührten. Vorsichtig zog sie ihre Hand weg und stand auf, um die Weinflasche aus dem Kühlschrank zu holen. Sie wollte ihm nachschenken, doch er schüttelte den Kopf. So füllte sie nur ihr Glas auf, stellte den Wein zurück und setzte sich wieder hin. Er saß einfach da und sah sie an. Sie fühlte, wie sein Warten an ihr zog. Kitzelnde Flämmchen der Unruhe kreisten um ihre Magengegend, krochen auf ihren Bauchnabel zu.
»Was ist?«, brach es aus ihr heraus.
»Was ist?«
»Warum schaust du mich so an?«
»Morgen kann ich dich schließlich nicht mehr anschauen.«
Aah. Susanne schrie innerlich auf. Schlaf mit ihm, bevor du fährst. Super Idee von Ellen. Sie konnte das nicht. Was sollte sie denn machen? Einfach über ihn herfallen? So war sie nicht gestrickt. Sie war keine Frau, die alberne Spielchen mit Männern spielte.
Sie atmete tief durch. »Ich erinnere dich an diese Journalistin, mit der du zusammengelebt hast. Diese Französin, die in Somalia erschossen wurde.« Leise fügte sie hinzu: »Es war ein Foto von euch in der *stern*-Geschichte, die ich im Internet gefunden hatte.«
Sebastians Blick sagte ihr, dass das Thema nicht unbedingt die Erotik der Situation verstärkte. Auf seiner Stirn tauchte eine steile Falte auf.

»Es stimmt, du siehst Muriel ein bisschen ähnlich. Ich war ...« Er zögerte. »Ich war überrascht, als ich dich zum ersten Mal sah, an diesem Abend hier an der Hütte.«
»Und darum bist du bei Tageslicht wiedergekommen, um mich genauer anzuschauen.« Er schwieg. In die Stille hinein sagte sie: »Das ist okay. Ich kann das verstehen. Ich ... will es nur wissen.«
»Nein, so war es nicht. Wirklich nicht. Mich interessierte einfach, wer dieses seltsame Wesen mit dem *Herrn der Ringe* im Kopf ist, das da in der Hütte gelandet ist.«
»Seltsames Wesen? Na vielen Dank.«
Die Spur eines Lächelns spielte um seine Lippen. »Du bist ein seltsames Wesen. Ich mag deine unbeirrte Verrücktheit, deinen trockenen Humor, deine romantische Verlorenheit, deine Kindsköpfigkeit. Glaube mir, außer in den ersten Sekunden hast du mich nie an Muriel erinnert. Du bist der komplette Gegenentwurf zu ihr.«
Sein Blick glitt von ihr fort. Abwesend kraulte er Frodo, der zur Abwechslung jetzt ihm den Kopf aufs Knie gelegt hatte.
»Es tut mir leid, dass ich nach ihr gefragt habe. Es war vermutlich eine ziemlich kindsköpfige Idee.« Der Wind rüttelte an den Fensterläden. Regen trommelte aufs Dach. Traurigkeit überflutete Susanne. »Ich finde, der Engelsgrund hätte mir einen etwas freundlicheren letzten Abend spendieren können«, sagte sie matt.
»Vielleicht soll dir das Wetter ja nur den Abschied leichter machen.«
Einen Moment sahen sie sich schweigend an. Dann stand Sebastian auf.
»Nein, bitte geh noch nicht.« Auch sie war aufgesprungen. Stand da, erschrocken über sich selbst. Das hatte sie noch nie zu einem Mann gesagt. Meist war ohnehin sie diejenige gewesen, die ging.

Er musterte sie aufmerksam. »Ich wollte Frodo einen Moment rauslassen. Er hat diesen ganz bestimmten Blick.«
»Ach so. Na klar.« Sie lachte nervös.
Als Frodo registrierte, dass es immer noch regnete, blieb er wie angewurzelt auf der Türschwelle stehen. »Komm schon, mein Dicker.« Halb schob, halb zog Sebastian ihn hinaus. Zwei Minuten später kam der Hund als Erster zurück ins Trockene. Bevor Susanne sich in Sicherheit bringen konnte, hatte er sich schon direkt neben ihr geschüttelt.
»Na super, danke, Frodo«, sagte sie lachend und hielt sich das feuchte Hemd vom Körper weg.
»Dann sind wir jetzt wenigstens alle nass.« Sebastian grinste. Sein Pulli triefte.
»Den solltest du besser ausziehen und vor der Elektroheizung im Bad trocknen.« Susanne zupfte an seinem Ärmel. »Warte, ich suche dir ein unbenutztes Handtuch raus.«
Sie wollte ins Bad gehen, doch er stützte eine Hand auf den Küchentisch und versperrte ihr den Weg. Er war so nah, dass sie den Duft seines Duschgels wahrnehmen konnte. Zitrone. So eins hatte sie auch mal genutzt.
Sie hob die Hand und berührte sanft die Narbe an seinem Arm, strich mit den Fingerspitzen daran entlang. »Du schaust mich schon wieder so an.«
»Ich möchte mir eben noch einmal dieses seltsame Wesen anschauen, das in der Hütte gelandet ist.«
In seinen hellen Augen waren ein paar dunkelgraue Sprengsel. Das sah sie aus dieser Entfernung sogar ohne Brille. Vorsichtig streifte ihre Wange seinen Dreitagebart. Sie war so verdammt nüchtern an diesem Abend. Die kitzelnden kleinen Flammen rasten um ihren Bauchnabel. Sie würden sie zerreißen, wenn nichts geschah. O Gott, war diese kindsköpfige, romantische Verlorenheit in ihr manchmal anstrengend.

Er strich ihr die Haare aus dem Gesicht und steckte sie sorgsam hinter ihre Ohren. Die Berührung weckte einen ganzen Schwarm kleiner Flammen, die ihren Rücken hinunterrannen.
»Und jetzt?«, fragte er.
Sie schloss die Augen. Es musste doch irgendetwas Kluges, Witziges, ungeheuer Erotisches geben, das man in so einem Moment sagen oder tun konnte. Sie lehnte sich an ihn. Zuckte zurück, weil der Pulli klitschnass und kalt war. Sie hob den Kopf und sah ihn an. »Zieh die nassen Klamotten aus und schlaf mit mir.«

Das graue Licht der ersten Morgendämmerung sickerte durchs Schlafzimmerfenster. Sie hatte nicht daran gedacht, die Läden zu schließen. Im Nebenzimmer bewegte sich Sebastian vorsichtig. Sie hörte, wie er leise etwas zu Frodo sagte. Die Hüttentür wurde geöffnet und wieder geschlossen. Sie wartete. Kurz darauf sprang der Motor seines Wagens an. Der Rückwärtsgang jaulte, als er den Hang hinunterfuhr. Dann wurde es still. Sie setzte sich auf. Zog die Knie an ihren nackten Körper. Sie hatte gewusst, dass er ohne Abschied gehen würde. Und sie hatte ihn nicht merken lassen, dass sie wach war. Es war in Ordnung so. Die letzte Nacht lag außerhalb der Zeit. Das war ihnen beiden klar gewesen. Sie lächelte bei der Erinnerung daran, wie er sie berührt hatte. Sie würde diese Erinnerung in sich tragen, wohin auch immer ihre Reise sie noch führte.
Sie stand auf und ging hinüber ins Wohnzimmer, in dem es nach feuchtem Hund roch. Sie dachte daran, wie Frodo seinen Kopf auf ihr Knie gelegt hatte, und es tat ein bisschen weh. Dann sah sie das Foto, das auf dem Tisch lag. Sie schaltete das Licht ein und suchte ihre Brille. Es war das Foto einer Frau, die bis zu den Knien in sonnenglitzerndem Wasser stand. Selbstvergessen stand sie da, den Kopf gesenkt, die Haare fielen ihr

ins Gesicht. Sie wirkte fast schwerelos. Es sah aus, als würde sie gleich anfangen auf dem Wasser zu tanzen. Warum um alles in der Welt ließ er ihr dieses Foto da?

Dann begriff sie es. Die Frau auf dem Foto war sie selbst. Er musste es an dem Tag gemacht haben, an dem sie zum ersten Mal die Magie des Baches spürte. Dem Tag, an dem er ihr die Taschenlampe gebracht hatte. Sie versuchte sich an die seltsam entrückte Stimmung zu erinnern, in der sie das Bachbett hinaufgelaufen war. Erfüllt von romantischer Verlorenheit und ganz und gar frühlingstrunken.

Sie lachte leise. Ja, das war es. Sebastian hatte sie ohne es zu ahnen im Moment ihrer Transformation zur Frühlingsfrau fotografiert. Oder ahnte er es vielleicht doch?

Gedankenverloren drehte sie das Foto um. Und schaute fast überrascht auf die paar handgeschriebenen Zeilen. Seine Schrift war erstaunlich akkurat, nur ein paar Anfangsbuchstaben brachen energisch aus. »Ruf mich an, wenn Du die französische Küste erreichst. Ich wollte schon lange die Bunkerreste des Westwalls fotografieren.«

Sie lächelte. »Ach, wolltest du das?«, sagte sie leise.

Rasch zog sie sich an. Machte sich einen Espresso. Rückte einen der Küchenstühle an die geöffnete Hüttentür. Dass die Bank auf der durchnässten Wiese unbenutzbar war, sagte ihr ein einziger Blick.

Tief atmete sie ein. Das Tal roch nach Blättern, nach Pilzen, nach dem heranziehenden Herbst. Susanne legte die Hände um die wärmende Tasse und sah zu, wie ihr allerletzter Morgen im Engelsgrund begann.

48

Stavros wartete wie verabredet vor dem Buchladen. Zu seiner Linken stand ein prallgefüllter Rucksack, zu seiner Rechten ein Pflanzkübel mit einer üppig blühenden gelben Rose. Susanne parkte halb auf dem Bürgersteig. Zufrieden stellte sie fest, dass das Rangieren in der Auffahrt zur Hütte ein perfektes Training gewesen war, um sich mit Ivys Abmessungen vertrauter zu machen. Dass sie allerdings immer für eine Überraschung gut war, hatte sich gerade eben beim Aufbruch im Engelsgrund gezeigt. Als Susanne den Rückwärtsgang einlegte, machte das Wohnmobil einen Sprung nach hinten, der nur wenige Zentimeter vor dem abschüssigen Bereich der Wiese endete. In der Schrecksekunde verpuffte der größte Teil der Wehmut, die sie beschlichen hatte, als sie die Hütte zum allerletzten Mal verriegelte.

»Willst du die ernsthaft mitnehmen?« Sie war ausgestiegen und deutete auf die Rose, die an Stavros' langen Beinen fast zur Hüfte hinaufreichte.

»Die kann ich nicht hierlassen«, erklärte er lapidar.

»Was ist daran so besonders? Ich wette, man kann auch in Patras Rosen kaufen.« Genervt fragte Susanne sich, wo sie die Pflanze noch unterbringen sollte. Das war nun wirklich albern angesichts der gähnenden Leere, die in den Blumenkübeln auf Stavros' Hof geherrscht hatte.

»Diese Rose habe ich für Michaela gekauft. Ich wollte sie damit an dem Tag überraschen, an dem wir verabredet waren.«

Stavros lächelte versonnen. »Keine Sorge, ich finde schon noch einen Platz dafür.«
Er schulterte den Rucksack, griff sich die Rose und verschwand im Wohnmobil. Während Susanne ihn darin herumrumoren hörte, beschlich sie ein schlechtes Gewissen. Sie hatte Michaela gesagt, dass ihr nächstes Ziel Griechenland war und dass sie Ellen besuchen wollte. Dass Stavros mit ihr fuhr, hatte sie nicht erwähnt. Es war ihr nicht richtig erschienen, in Michaela eine Sehnsucht neu anzufachen, die ihr in ihrem Hamburger Dasein nur weh tun konnte. Denn es war offensichtlich, dass Stavros ihr immer noch im Kopf herumspukte. Das Erste, was Michaela zu Ellens plötzlicher Abreise gesagt hatte, war: »Der arme Stavros. Jetzt ist er ja noch einsamer.«
Stavros tauchte aus dem Kabineninneren wieder auf und quetschte sich auf den Beifahrersitz. »Alles untergebracht. Kein Problem«, sagte er durch das heruntergekurbelte Fenster.
Susanne riss sich aus ihrer Grübelei los und kramte den Hüttenschlüssel aus der Parkatasche. Sie warf ihn in den Briefkasten neben der Ladentür. Connys Book-and-Country-Lodge öffnete erst um zehn Uhr. Sie wollte nicht klingeln. Sie hatte sich von Conny und Benni schon am Vortag verabschiedet. Sie könne die Hütte jederzeit wieder mieten und bleiben, solange sie wolle, hatten sie ihr versichert. Doch sie bezweifelte, dass sie auf das Angebot zurückkommen würde. Sie warf noch einen Blick ins Schaufenster, in dem das Poster irgendeines alten Countrysängers hing, den sie nicht kannte. Dann wandte sie sich ab und kletterte hinter Ivys Steuer.
»Ah, ist das etwa …« Ihr Blick fiel auf den Stapel CDs, den Stavros in das Fach der Mittelkonsole gelegt hatte.
Er nickte. »Rembetiko.«
»Klasse. Aber jetzt müssen wir erst etwas anderes hören. Kennst du Hannes Wader?«

»Wer?«
Sie lachte. »Deutschlands wilde siebziger Jahre. Ich spiel es dir vor.« Sie griff hinter den Fahrersitz, nahm sich die oberste CD aus ihrer Reisemusiksammlung und legte sie ein. Doch dann zögerte sie. »Lass uns erst mal aus Haggerach rausfahren«, sagte sie. »Irgendwie passt die Stimmung noch nicht so richtig für Hannes Wader.«
Er sah sie von der Seite an. »Ja, lass uns losfahren.«
Sie drehte den Zündschlüssel. Ivys neuer Motor brummte mit behaglicher Zufriedenheit auf. Vorsichtig lenkte Susanne das Wohnmobil über das Kopfsteinpflaster der Haggeracher Hauptstraße. Stoppte, um den verrückten Willi mit seinen obligatorischen Plastiktüten über die Straße zu lassen. Er winkte ihr zu, freudestrahlend wie ein Kind, und strebte dann weiter in Richtung Café Metzinger.
Außer ihm war noch kaum jemand unterwegs im Ortskern. Doch an der Ampel der Ausfallstraße gab es einen kleinen Stau. Die Pendler verließen den Ort, an dem andere Urlaub machen, um zu ihren Jobs in der Rheinebene zu fahren. Susanne folgte ihnen auf die vierspurige Bundesstraße. Nach dem Einfädeln warf sie an Stavros vorbei einen letzten Blick auf Haggerach. Die kleine Stadt schien noch zu schlummern, halb zugedeckt mit Frühnebelschwaden. Im Neubaugebiet am Hang waren ein paar Kräne dazugekommen. Für einen Moment erkannte sie den Einschnitt, der in ihr verborgenes Seitental führte. Dann versperrte ein Lärmschutzwall am Fahrbahnrand die Sicht.
Es begann zu nieseln. Susanne schaltete den Scheibenwischer auf der kleinsten Stufe an. Die funktionierte nicht. Sie schaltete eine Stufe höher. Auch da rührte sich nichts. Erst auf der schnellsten Stufe setzten sich die Wischer in Bewegungen, ploppten im Stakkatotakt über die Windschutzscheibe.

Susanne stöhnte. »Benni hat gesagt, alles am Wagen sei komplett durchgecheckt.«
»Benni sagt viel.« Stavros grinste. »Sicher finden wir in Italien jemanden, der das reparieren kann. Das ist doch ein italienischer Wagen.«
Schweigend fuhren sie weiter. Die Gewerbegebiete verdichteten sich zur Peripherie der Kreisstadt. Ein großer Kreisel bündelte den Verkehr aus den Schwarzwaldtälern. Susanne nahm die Ausfahrt, die zum Autobahnzubringer führte und nach Straßburg. Die Strecke würde er im Morgengrauen auch gefahren sein. Es war der kürzeste Weg. Ob er wohl jetzt bei der Malerin war? Unwillig schüttelte sie den Kopf. Sie wollte darüber nicht nachdenken.
»In Italien ist das Wetter sicher besser. Ich darf nicht vergessen, die Rose zu gießen«, bemerkte Stavros.
»Hm«, murmelte Susanne abwesend.
»Michaela meinte, alle zwei Tage gießen würde reichen.«
»Hm ... Was?« Sie warf ihm einen irritierten Blick zu. »Wann hat sie das gesagt?«
»Als wir gestern telefoniert haben.« Stavros sah geradeaus auf die Straße.
»Ach, ihr telefoniert miteinander?«
»Sie ruft mich ab und zu an, morgens, wenn sie Zeit hat.«
»Morgens, wenn sie Zeit hat. Natürlich.« Susanne konnte es kaum fassen. Telefonierte Michaela mit ihrem südländischen Wildkraut, während Theo und Sarah in der Schule waren. Und sagte ihr kein Wort davon. Es irritierte sie so, dass sie fast an der Autobahnauffahrt vorbeigefahren wäre.
Mitten auf der Beschleunigungsspur klingelte irgendwo ihr Handy. Siebenmal, achtmal, neunmal. Erst nach zwölf Ruftönen gab der Anrufer auf. Ihr fiel ein, dass sie wieder mal vergessen hatte, die Mailbox einzuschalten. Wie ein scheues kleines

Tier schlich sich der Gedanke in ihren Kopf, dass es Sebastian sein könnte. Sie verscheuchte ihn mit der vernünftigen Frage, warum zum Teufel er sie anrufen sollte. Quetschte dabei Ivy in eine Lücke zwischen zwei schweren Lastzügen.
Stavros sah sich suchend um. »Ich sehe kein Handy. Wo hast du es?«, fragte er.
»Im Rucksack. Irgendwo hinter meinem Sitz.«
Nach einer Weile des Herumkramens hatte er den Rucksack gefunden. »Soll ich das Handy rausholen?«
Sie würde sich nicht verrückt machen. Nicht mehr. »Lass nur. Wenn da jemand etwas Wichtiges will, meldet er sich wieder.«
Susanne konzentrierte sich darauf, das Wohnmobil aus der eingequetschten Lage zwischen den Lastern zu befreien. Doch auf der Überholspur herrschte dichter Verkehr. Es dauerte eine gefühlte Ewigkeit, bis sich eine Lücke öffnete, die ihr groß genug erschien. Trotzdem hatte sie beim Spurwechsel feuchte Hände. Ivy war keine Sprinterin, das war ihr vom ersten Teil der Fahrt noch gut in Erinnerung. Sie beschleunigte. Zu ihrer Überraschung flog Ivy geradezu vorwärts. Der neue Motor tat ihr gut. Susanne atmete erleichtert durch. Nicht mehr auf die meterhohe Ladeklappe von Mrorowski Transporti direkt vor der Windschutzscheibe starren zu müssen war wie eine Befreiung. Sie wechselte wieder auf die rechte Spur. Genoss, wie die Landschaft in Ivys neuem Reisetempo auf sie zuflog. Vor ihnen erhoben sich mitten in der Rheinebene die Anhöhen des Kaiserstuhls. Noch fünfundachtzig Kilometer bis Basel, verkündete ein Entfernungsanzeiger.
Wieder klingelte ihr Handy. Stavros sah sie fragend an. Sie nickte. Es dauerte eine Weile, bis er in den Rucksacktiefen fündig wurde. Das Handy klingelte inzwischen mindestens zum fünfzehnten Mal. Da musste jemand etwas sehr Dringendes wollen. Oder sehr aufdringlich sein.

Die Erinnerung durchfuhr Susanne wie das Kreischen von Metall auf Glas. Sie wusste, wer der hartnäckige Anrufer war, bevor Stavros ihr das immer noch klingelnde Handy reichen und sie die Brille aufsetzen konnte. Sie nickte, als sie die nur zu vertraute Nummer sah. Sandra! Dann drückte sie den Abweisen-Button und schaltete das Handy aus. Stavros schaute überrascht.

»Das war nicht wichtig, Stavros. Absolut nicht wichtig.« Sie lächelte. »Weißt du was? Jetzt hätte ich doch Lust auf Rembetiko.«

Sie nahm Hannes Wader wieder aus dem CD-Player heraus. Ihr war soeben klargeworden, warum sich bei ihr die Stimmung für diese Musik nicht einstellen wollte. Sie musste nicht mehr vom Aufbruch träumen. Sie war ja schon unterwegs.

Sie war unterwegs! Etwas in ihr jubelte laut auf. Wohin auch immer die Reise sie noch führte, eines war gewiss. Vor ihnen lagen die Alpen. Und hinter den Alpen wartete der Süden. Und das Meer.

**»Ich bitte Sie um Ihren Mann.
Nicht für lange, weil ... ich muss sterben.«**

Nicole Walter

Das Leben drehen

Roman

Dieser eine Satz und die Begegnung mit der ungewöhnlichen Amelie stellen Marlenes Leben mit einem Mal auf den Kopf. War sie, die erfolgreiche Ärztin, nicht eben noch glücklich verheiratet? Mit Markus, ihrem Markus? Marlene fasst einen Entschluss. Sie wird nicht zulassen, dass Amelie stirbt. Noch ahnt sie nicht, dass sie ausgerechnet von ihrer Rivalin mehr über das Leben lernen kann, als sie je vermutet hat. Denn das, was Amelie in ihr bewegt, lässt sich nicht mehr zurückdrehen.

KNAUR

Stell dir vor, du triffst nach Jahren die Liebe deines Lebens wieder ...

Annette Hohberg

Ein Sommer wie dieser

Roman

Es ist ein herrlicher Sommer. Klara und Stephan sind Anfang 20, als sie sich in Italien kennenlernen und ineinander verlieben – bis eine unglückliche Verkettung von Umständen sie trennt. Die Jahre vergehen, jeder führt sein eigenes Leben. Durch einen Zufall begegnen sie sich Jahrzehnte später wieder und entdecken, dass sie noch immer dieselben starken Gefühle füreinander haben. Doch Klara ist verheiratet und hat eine erwachsene Tochter, und Stephan ist Literaturprofessor und hat seine Affären. Sollen sie das wirklich alles aufgeben und den Sprung ins Ungewisse wagen? Es kommt der Tag, da müssen sie eine Entscheidung treffen ...